O eco começou, de uma forma indescrití-
vel, a minar-lhe o apego à vida... lograra sus-
surrar «Patos, devoção, coragem — existem
mas são idênticos, tal como a depravação.
Tudo existe, nada tem valor.»

E. M. FORSTER (1879-1970)

Oh, rosa, estás doente!
O verme invisível
Que de noite volteja
Na tempestade plangente,

Descobriu o teu leito
De alegria carmim:
E o seu negro amor secreto
Põe à tua vida um fim.

WILLIAM BLAKE (1757-1827)

ECOS NA SOMBRA

MINETTE WALTERS

ECOS NA SOMBRA

Tradução de Lucinda Santos Silva

EDITORIAL PRESENÇA

FICHA TÉCNICA

Título original: *The Echo*
Autora: *Minette Walters*
Copyright © Minette Walters, 1997
Tradução © Editorial Presença, Lisboa, 1999
Tradução: *Lucinda Santos Silva*
Capa: *Fernando Felgueiras*
Composição: *Multitipo — Artes Gráficas, Lda.*
Impressão e acabamento: *Guide — Artes Gráficas, Lda.*
1.ª edição, Lisboa, Julho, 1999
Depósito legal n.º 139 113/99

Reservados todos os direitos
para Portugal à
EDITORIAL PRESENÇA
Rua Augusto Gil, 35-A, 1049-043 LISBOA
Email: info@editpresenca.pt
Internet: http://www.editpresenca.pt/

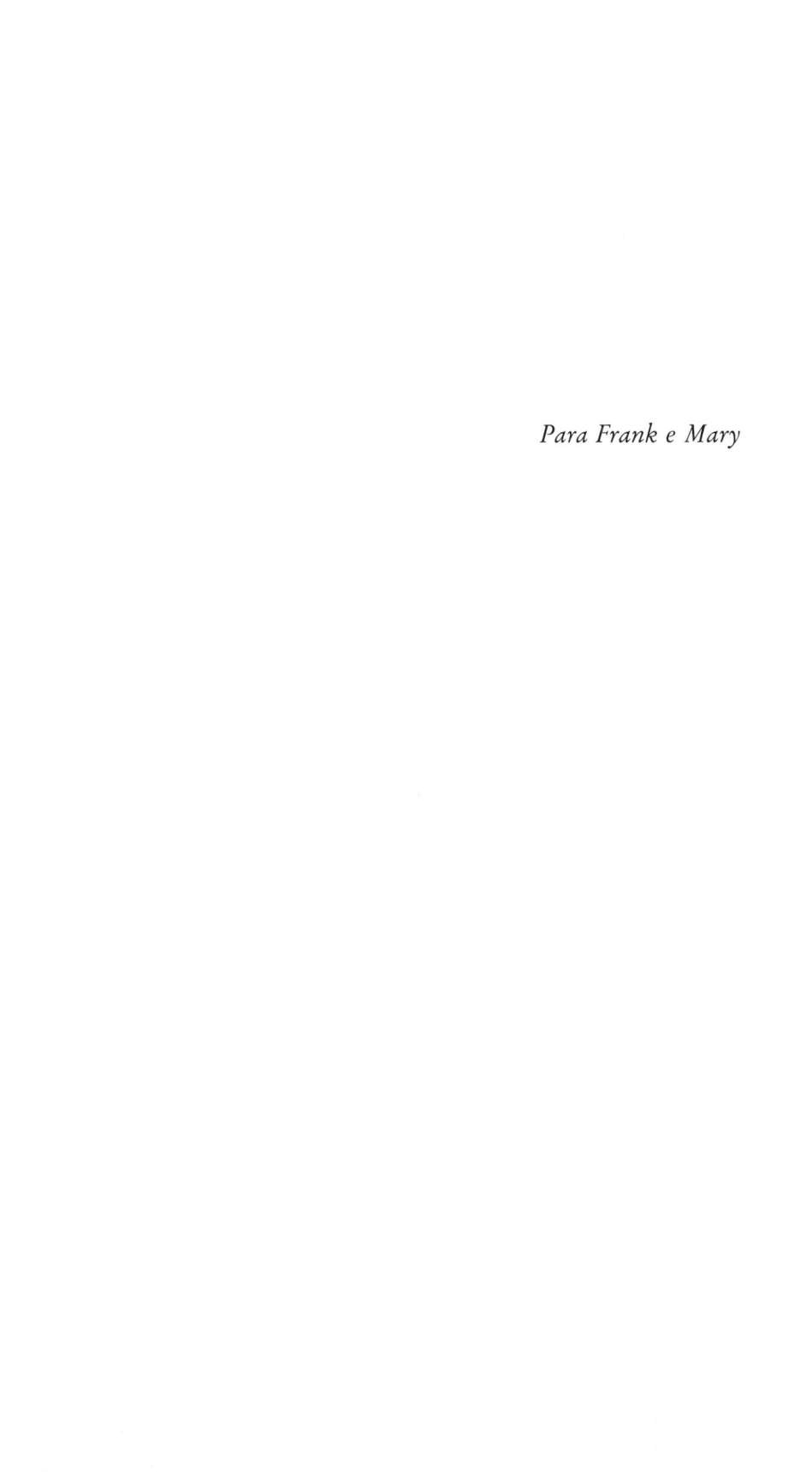

Para Frank e Mary

1

A PRIMEIRA COISA em que Mrs. Powell reparou foi no cheiro. Ligeiramente adocicado. Ligeiramente desagradável. Sentiu-o no ar num fim de tarde quente de Junho quando arrumava o carro na garagem, mas calculou que viesse do caixote do lixo dos vizinhos do outro lado do pequeno muro que dividia as propriedades e não pensou mais nisso. Na manhã seguinte, o cheiro a podridão evolou-se lá de dentro quando abriu as portas da garagem e a curiosidade levou-a a espreitar por entre os caixotes amontoados ao fundo depois de ter tirado o carro, em marcha-atrás, para a rampa de acesso. Não esperava, como é óbvio, encontrar um cadáver. Se algo esperava era que alguém ali tivesse deixado ficar o lixo e chocou-a terrivelmente deparar com um homem morto aninhado ao canto, em cima de folhas de papelão, com a cabeça tombada para cima dos joelhos.

Houve um certo interesse jornalístico pelo caso em grande parte devido ao local onde o morto foi encontrado — no interior de uma rica propriedade junto ao Tamisa nas velhas Docklands de Londres — e também porque o patologista deu como causa da morte a inanição. Que um indivíduo pudesse ter morrido à fome num dos bairros mais chiques de uma das mais ricas capitais do mundo nos finais do século XX era uma notícia irresistível para a maior parte dos jornalistas, ainda por cima depois de saberem, pela Polícia, que ele falecera mesmo ao lado de uma enorme arca congeladora cheia de comida. Os repórteres chegaram em força.

Mas ficariam desapontados. Mrs. Powell era uma entrevistada relutante e já desaparecera de casa. E não estava lá ninguém para dar umas dicas sobre a vida do morto tornando-a digna de reportagem. Era um dos muitos sem-abrigo que vagueavam pelas ruas de Londres, um alcoólico sem família nem amigos, cujas impressões digitais constavam do cadastro sob o nome de Billy Blake em resultado de uma meia dúzia de detenções por pequenos furtos. Entre os polícias londrinos era vagamente conhecido como pregador de rua pelo hábito que tinha, quando estava bêbedo, de se pôr a gritar agressivamente para os transeuntes anunciando o fim do mundo e a destruição que se aproximavam mas, como nenhum deles escutara com atenção as suas incoerentes diatribes, o que pregava nada acrescentara ao conhecimento que dele tinham. O único facto curioso era que tinha mentido sobre a idade aquando da primeira detenção, em 1991. Segundo o cadastro, tinha sessenta e cinco anos mas pelos cálculos do patologista, oficialmente registados no processo de investigação, teria quarenta e cinco.

O envolvimento de Mrs. Powell nesta bizarra tragédia deveu-se unicamente ao facto de ser a proprietária da garagem dentro da qual Billy morrera. Mesmo assim ele não lhe saía do pensamento ao regressar duas semanas depois, quando o mórbido interesse da imprensa já se desanuviara, e, como podia dar-se a esse luxo, custeou as despesas da sua cremação quando o médico-legista finalmente libertou o corpo. Não tinha necessidade de fazê-lo — tal como noutras áreas da assistência social, os trâmites em caso de morte eram cobertos pelo Estado — mas sentiu-se na obrigação para com o seu hóspede indesejado. Escolheu a segunda modalidade mais económica e apresentou-se no crematório no dia certo e à hora marcada. Como calculara, as únicas pessoas que lá estavam eram ela e o padre pois os homens da funerária já se tinham ido embora depois de depositarem o caixão em cima da passadeira rolante. Foi uma cerimónia um tudo-nada comovente, com acompanhamento de música gravada. Elvis Presley cantou, ao princípio, «Amazing Grace» em registo sonoro, o padre e ela lá se aguentaram durante a cerimónia dando as respostas em uníssono (embora ambos independentemente se interrogassem se Billy Blake fora cristão) e um coro masculino de vozes galesas fez uma harmoniosa interpretação de «Abide with Me» quando o caixão deslizou por entre os queimadores e as cortinas se fecharam, discretamente, atrás dele.

Pouco mais havia a dizer ou a fazer e, depois de um aperto de mão e um agradecimento mútuo pela presença de um e outro, Mrs. Powell e o padre foram cada um à sua vida. Como estava incluído na modalidade, as cinzas de Billy Blake foram depositadas numa urna a um cantinho do crematório com uma placa onde se lia o nome e a data da morte. Infelizmente nenhuma dessas informações estava correcta pois o morto não fora baptizado como Billy Blake e o patologista calculara mal a temperatura do corpo enganando-se, nalgumas horas, quanto à hora da morte.

Quem quer que fosse, Billy Blake morreu na terça-feira 13 de Junho de 1995.

Os dois visitantes que, dias depois, vieram dar uma olhadela à placa de Billy Blake passaram despercebidos. O mais velho apontou com um dedo tronchudo para as palavras e fez um ruído trocista com a garganta:

— Vês? O que é que eu te disse? Morreu a doze de Junho de 1995. No diacho da segunda-feira. Certo? Estás convencido, agora?

— Devíamos ter trazido umas flores — replicou o seu jovem companheiro olhando para a profusão de coroas que outros enlutados haviam lá deixado como última homenagem aos recentemente cremados.

— Não valia a pena, filho. O Billy está morto e nunca ouvi nenhum cadáver dizer que gostava de arranjos florais.

— Sim, mas...

— Mas nada — retorquiu o velhote, firmemente. — Estou farto de te dizer que o chato morreu. — Deu um empurrão ao rapaz. — Vê com os teus próprios olhos que eu tenho razão e toca a desandar daqui para fora. — Olhou em volta com uma expressão desdenhosa a franzir-lhe o rosto vincado. — Nunca gostei destes sítios. Não faz nada bem à saúde pensar demasiado na morte. Bem basta quando ela chega.

Apesar de ter mandado limpar a garagem três vezes em seis semanas, por três empresas diferentes, Mrs. Powell desfez-se da arca congeladora, passou a fazer compras mais frequentemente e a arrumar o carro na rampa de acesso. O vizinho comentou isso com a mulher e disse que era uma pena não haver um Mr. Powell. Nenhum *homem* permitiria que uma garagem perfeitamente utilizável fosse desperdiçada só porque lá dentro tinha morrido um vagabundo.

(Excerto de *Mistérios Irresolúveis do Século XX*,
de Roger Hyde, editado pela Macmillan, 1994)

Desaparecidos

O número exacto de pessoas que todos os anos saem de casa para sempre na Grã-Bretanha continua a ser um mistério, mas se definirmos «desaparecidas» por «paradeiro desconhecido» então crê-se que o número ascenda às centenas de milhar. Apenas uma pequeníssima percentagem chega às páginas dos jornais e trata-se por regra de crianças raptadas e subsequentemente assassinadas. Os adultos raramente atraem as atenções. O desaparecimento mais famoso dos últimos anos é o do Conde de Lucan que desapareceu de casa da ex-mulher a 7 de Novembro de 1974 após o brutal assassinato de Sandra Rivett, ama dos filhos, e da tentativa de homicídio de Lady Lucan. Nunca mais foi visto, nem o seu corpo encontrado, embora pouco tenha de misterioso o motivo pelo qual terá resolvido desaparecer. Menos explicáveis foram os desaparecimentos de dois outros «desaparecidos»: Peter Fenton, OBE, «figura influente» no Ministério dos Negócios Estrangeiros, e James Streeter, bancário comercial.

Caso do Diplomata Desaparecido
Peter Fenton, OBE[1]

O desaparecimento de Peter Fenton durante a noite de 3 de Julho de 1988, poucas horas antes de o corpo de sua mulher ser encontrado no quarto da residência do casal em Knightsbridge, causou sensação na imprensa britânica. A casa ficava a menos de um quilómetro e meio do local onde, cerca de catorze anos antes, se desenrolara a terrível tragédia Lucan e as semelhanças entre Peter

---

[1] OBE — Abreviatura de *Officer of the Order of The British Empire* (Oficial da Ordem do Império Britânico. (*NT*)

Fenton e Lord «Lucky» Lucan eram espantosas. Os dois homens haviam frequentado os mesmos círculos sociais e era do conhecimento geral que ambos tinham amigos leais dispostos a ajudá-los; os carros, tanto de um como de outro, foram encontrados abandonados na costa sul de Inglaterra levando a especulações de que tenham feito a travessia do Canal da Mancha; havia, até, uma estranha parecença física sendo ambos altos, morenos e atraentes.

Mas as comparações com o caso Lucan cessaram quando a Polícia revelou que, após minucioso exame forense da casa e do corpo, ficara provado que Verity Fenton se suicidara. Enforcara-se numa trave do sótão durante a noite de 1 de Julho quando Peter Fenton se encontrava em Washington numa visita de cinco dias. Uma reconstituição do sucedido revelou que ele, após o seu regresso dos EUA durante a tarde de 3 de Julho, encontrou o bilhete de despedida da esposa em cima da mesa do vestíbulo e depois procurou-a por toda a casa. Parece não haver dúvidas de que foi ele quem a soltou e depois deitou na cama. Nem de que tenha telefonado à enteada pedindo-lhe para ir nessa noite lá a casa com o marido. Não a preveniu para o que iria encontrar nem lhe disse que não estaria em casa, apenas que deixaria a porta só no trinco. Segundo ela, pareceu-lhe «muito cansado».

Ao contrário de Lord Lucan, que foi formalmente indiciado pelo Tribunal Criminal Central após investigação da morte de Sandra Rivett, Peter Fenton seria totalmente ilibado da morte de sua mulher, Verity. Ficou registado como «suicídio devido a desequilíbrio mental» segundo depoimento prestado pela filha de que se mostrara invulgarmente deprimida durante a ausência do marido. Facto sustentado pelo seu bilhete de despedida no qual dizia, simplesmente: «Perdoa-me. Não aguento mais, querido. Por favor não te culpes. As tuas traições não são nada comparadas com as minhas.»

Contudo, a pergunta mantinha-se: porque desapareceu Peter Fenton? Na opinião de muitos colunistas, parecia lógico que «traições» significassem casos amorosos e houve quem especulasse que ele fugira para os braços consoladores de uma amante. Mas isso não explica o facto de o seu carro ter sido descoberto, abandonado, junto de um porto de *ferry-boats* de travessia do Canal nem o motivo por que terá continuado a esconder-se depois de publicado o resultado da investigação. O interesse começou a centrar-se no seu emprego no Ministério dos Negócios Estrangeiros e nas duas comissões que cumprira em Washington (1981-1983 e 1985-1987) onde, ao que se crê, terá tido acesso a informações altamente secretas sobre a NATO.

Foi coincidência Fenton ter desaparecido poucas semanas antes da detenção de Nathan Driberg[2] nos Estados Unidos? Porque fez a viagem de cinco dias a Washington sozinho sabendo o quão deprimida se encontrava a sua mulher? Terá sido uma tentativa desesperada de descobrir se Driberg iria falar para depois, sentindo-se em segurança, já poder tranquilizar Verity? Pois por que iria ela falar de «traições» antes de se enforcar se não tivesse sabido que o marido era um espião? Estabeleciam-se agora paralelos não com Lord Lucan mas com Guy Burgess e Donald Maclean, os famigerados espiões dos Negócios Estrangeiros dos anos 30 e 40 que desapareceram em 1951 depois de avisados por Kim Philby de que uma investigação de contra-espionagem levada a cabo por agências britânicas e americanas estava prestes a desmascará-los. Tinha Peter Fenton, tal como Donald Maclean, utilizado o seu cargo de confiança na nossa embaixada em Washington para trair o seu país?

Infelizmente, se calhar nunca o saberemos porque se Peter Fenton *foi* um traidor fê-lo por dinheiro e não irá por certo reaparecer como fizeram Burgess e Maclean em Moscovo, em 1956, alegando uma duradoura fidelidade ao Comunismo. Com a fortuna que se crê tenha sido acumulada pela rede de Driberg, podia ter milhões escondidos na Suíça com que financiar uma nova identidade para si mesmo. Mas, segundo a enteada, Marilyn Burghley, seria um erro deduzir que ele beneficiara da sua traição à pátria. «Fiquem sabendo que Peter adorava a minha mãe. Nunca acreditei que "traições" fossem romances que ele tenha tido. O que significa, portanto, que

---

[2] Nathan Driberg (n. 1941 em Sacramento, Califórnia) entrou para a CIA depois de se formar em Harvard, em 1962. Embora fosse um homem de grande inteligência, não conseguiu singrar dentro da CIA e consta que terá começado a revoltar-se progressivamente contra o sistema. Nos primeiros anos da década de 80 elaborou a criação de uma rede de espionagem paralela com objectivos puramente lucrativos e cujos membros seriam apenas do seu conhecimento. As informações eram fornecidas por fontes seguras e vendidas a um comprador escolhido. Consta que entre os países compradores estariam a Rússia, a China, a África do Sul, a Colômbia e o Iraque. Crê-se que tenham feito parte da rede outros agentes da CIA, membros do Congresso, diplomatas estrangeiros, jornalistas e industriais, mas, como Driberg sempre se recusou terminantemente a fornecer quaisquer nomes, as suas identidades mantêm-se secretas. As actividades da rede só foram descobertas quando um dos seus membros, Harry Castilli, um agente da CIA, começou a adoptar um estilo de vida ostensivamente luxuoso. Em troca de imunidade, conduziu os investigadores até Driberg e depôs contra ele em tribunal. Pouco depois da prisão de Driberg, um diplomata francês e um reputado congressista americano suicidaram-se. Um diplomata britânico, Peter Fenton, desapareceu.

tenho de admitir que traiu o seu país e que ela soube disso. Talvez lhe tenha pedido para fugirem os dois e, perante a recusa dela, a tenha acusado de não o amar. Acho que deve ter havido uma grande discussão para ela se matar daquela maneira. Fosse qual fosse a verdade, a vida sem ela era algo que ele não suportaria. A morte da minha mãe foi um castigo muito pior do que qualquer um que os tribunais lhe pudessem ter aplicado.»

Uma análise dos anos de juventude de Peter Fenton e seus antecedentes pouco mais adianta no esclarecimento do mistério. Nascido a 5 de Março de 1950, foi adoptado por Jean e Harold Fenton, de Colchester, Essex. Jean sempre se lhe referiu como o seu «pequeno milagre» pois tinha quarenta e dois anos na altura da adopção e já perdera a esperança de ter filhos. Ela e o marido eram ambos professores e rodearam o filho de todos os cuidados e afecto. A recompensa foi uma criança inteligente que ganhou, primeiro, uma bolsa de estudo para Winchester e depois para Cambridge, onde leu os clássicos. Contudo, durante a adolescência, foi começando a afastar-se gradualmente dos pais e a passar cada vez menos férias no Essex, preferindo, sempre que possível, ficar em casa de amigos em Londres. É óbvio que se envergonhava das suas origens humildes e estava disposto a subir bem alto na vida. Pouco amor demonstrava pelos pais adoptivos.

Numa carta enviada ao irmão, em 1971, Harold Fenton escreveu: «O Peter deu um enorme desgosto à Jean e nunca lhe perdoarei por isso. Quando o admoestei por causa do vício do jogo, perguntou-me se eu preferia que andasse a roubar para sair das nossas vidas e da nossa casa. Tem vergonha de nós. Pelos vistos tenciona entrar para o Ministério dos Negócios Estrangeiros quando sair de Cambridge e queria "avisar-nos" de que, quando isso acontecer, raramente o veremos. A sua carreira deve estar em primeiro lugar. Perguntei-lhe se tinha alguma explicação para o facto de Deus achar justo dar-nos um filho tão impertinente e ele respondeu "Dei-vos motivos para se orgulharem de mim. Que mais queriam?" Tinha-lhe dado uma sova se a Jean não estivesse ao pé.»

Peter Fenton entrou para o Ministério dos Negócios Estrangeiros quando saiu de Cambridge, em 1972, e rapidamente atraiu a atenção de Sir Angus Fraser, então embaixador em Paris. Com o apoio de Fraser, Fenton parecia destinado a uma carreira brilhante. Contudo, o seu casamento com Verity Standish, em 1980, foi visto por muitos como um erro e a sua ascensão meteórica sofreu um certo abalo. Verity, uma viúva com dois filhos adolescentes, era treze anos mais velha que Fenton e, pela sua idade, considerada uma esposa inadequada para um futuro embaixador. Curiosamente, em face do que dissera ao pai dez anos antes, Fenton optou por colocar o seu amor por Verity à frente da carreira e tal decisão parece ter sido recompensada quando ganhou a primeira colocação em Washington em Setembro de 1981.

Seguiram-se sete anos de um casamento aparentemente irrepreensível e forte dedicação ao trabalho. Fenton foi condecorado com a OBE em 1983 por serviços prestados ao governo de Sua Majestade durante a Guerra das Malvinas e Verity revelou-se uma esposa fiel e uma anfitriã muito apreciada em cerimónias oficiais. Os filhos dela, que passavam as férias com o casal em todos os locais do mundo onde se encontrassem, recordam Fenton com afecto. «Foi sempre muito simpático para nós» afirmou o filho de Verity, Anthony Standish. «Uma vez disse-me que sempre achara que o dinheiro e a ambição eram as únicas coisas importantes na vida até a minha mãe lhe ensinar o que era o amor. É por isso que não acredito que ele fosse um traidor. O dinheiro não o teria seduzido. Se querem a minha opinião, ela é que tinha algum romance. Era o tipo de mulher que precisava de constantes demonstrações de amor, provavelmente pelo facto do meu verdadeiro pai ter sido um mulherengo e o casamento deles um fracasso. Talvez se sentisse negligenciada por o Peter andar a trabalhar tanto na altura e se tenha deixado levar para a infidelidade por solidão. Se o Peter descobriu, e ameaçou deixá-la, isso explica a razão por que se enforcou.»

Mas, infelizmente, não explica mais nada. Por que desapareceu Peter Fenton? Está vivo ou morto? Era um espião, um marido adúltero ou um marido enganado? Poderemos realmente acreditar que o seu amor por Verity o transformou de materialista ambicioso em marido e padrasto afectuoso? E se a amava tanto como dizem os seus enteados, que fez antes de partir para Washington que tenha levado a mulher a entrar em tão profundo desespero ao ponto de se suicidar? Intrigantemente, em face da anonimidade e ausência de envelope, o bilhete de despedida de Verity estava endereçado a ele ou a outra pessoa?

A verdade pode muito bem estar contida no que Jean Fenton escreveu no seu diário no dia em que ele fez quinze anos: «Peter adora representar! Hoje faz o papel do filho perfeito. Amanhã será o diabo. Quem me dera saber qual desses vários Peters é o *verdadeiro*.»

O Caso do Bancário Comercial Fugitivo
— James Streeter

James Streeter nasceu a 24 de Julho de 1951, filho primogénito de Kenneth e Hilary Streeter, de Cheadle Hulme, no Cheshire. Frequentou a escola secundária de Manchester e a universidade de Durham, onde estudou línguas modernas. Já formado, aceitou um emprego em Paris no Le Fourquet, um banco comercial francês, onde permaneceu cinco anos antes de se mudar para um banco associado em Bruxelas. Nesse período, conheceu e casou-se com Janine Ferrer, mas o casamento durou menos de três anos e, após o divórcio, em 1983, regressou à Grã-Bretanha para trabalhar no Lowenstein's Merchant Bank, na *City* de Londres. Em 1986 casou com uma jovem e promissora arquitecta sete anos mais nova que ele. Kenneth e Hilary Streeter consideram-no um casamento atribulado. «Tinham muito pouco em comum» admite Hilary «o que provocava brigas mas é ridículo concluir que tenha sido a tensão dos problemas matrimoniais que levou James a tornar-se um ladrão. Além do mais, acreditando no que diz a Polícia, ele começou a desviar fundos um ano antes de se casar pelo que os factos nem sequer o confirmam. O que nos revolta é que a reputação do nosso filho possa ser destruída desta maneira só porque a Polícia se deixa levar sempre pelas aparências. O assassino dele é que merece ser difamado, não James.»

À primeira vista, o desaparecimento de James Streeter é tão autojustificativo como o de Lord Lucan porque, dias depois de abandonar o seu cargo no Lowenstein's Merchant Bank na sexta-feira, 27 de Abril de 1990, e na sua ausência, foi acusado de defraudar os seus empregadores em 10 milhões de libras. Uma acusação aparentemente bem sustentada. Poucas semanas antes de ele desaparecer, os auditores do banco detectaram certas irregularidades e levaram-nas ao conhecimento do conselho de administração. Em questão estava uma discrepância de 10 milhões de libras que parecia irradiar da secção de Streeter e, pior, remontar a um período de mais de cinco anos. Em termos simples, o roubo envolvia a criação de contas fraudulentas que serviam para canalizar vultosas transacções internacionais sendo depois resgatados os juros. A operação das mesmas assentava na impossibilidade de o banco introduzir as devidas funções de segurança no seu sistema informático e, consequentemente, as contas falsas passavam despercebidas e os juros amontoados ao longo dos anos eram substanciais.

A decisão do conselho, errada como o provaram os aconteci-mentos, foi a de autorizar uma investigação interna e secreta para evitar o pânico entre os clientes do banco. Mal conduzida, com o secretismo comprometido desde o início, o resultado foi a impossi-bilidade de identificar o funcionário responsável enquanto, ao mesmo tempo, serviu para o/a alertar para a existência da investigação. Quando James Streeter decidiu fugir na noite de 27 de Abril, a con-clusão tirada foi de que se «pusera a andar» com uma fortuna, tanto mais que a sua abrupta partida se deu a poucas horas da decisão, tardia, do conselho em entregar a investigação à Polícia.

Contudo, apesar do longo interrogatório feito à mulher, e de uma completa auditoria aos seus assuntos financeiros, nunca mais se viu rasto nem de Streeter nem do dinheiro roubado. Os cépticos sus-tentam que a sua fuga foi programada durante semanas, meses ou até anos, e que os 10 milhões de libras saíram do país transferidos para um cofre seguro no estrangeiro. Os defensores, nomeadamente os pais e o irmão, afirmam que James serviu de bode expiatório para as actividades criminosas de outra pessoa e que foi assassinado para proteger o verdadeiro culpado de posteriores averiguações. Em sua defesa, citam um fax manuscrito que foi enviado do gabinete de James às 15h 05m de sexta-feira, 27 de Abril de 1990, para o es-critório do irmão em Edimburgo.

Caro John [lê-se], o pai anda a pressionar-me para eu reservar uma sala para a «festa» das Bodas de Rubi. Sugeriu o Park Lane mas lembro-me de ter ouvido a mãe dizer que se chegassem a festejar algum aniversário importante gostaria de voltar ao hotel no Kent onde fizeram o copo-d'água deles. Estarei a imaginar coisas? E ela alguma vez te disse como se chamava o hotel? O pai diz que é algures em Sevenoaks mas, escusado será dizer, não se lembra dos pormenores. Diz que está a perder a memória mas, cá para mim, ele passou foi o dia todo com um grande pifo e nunca soube onde é que estava! Perguntei aos tios e tias mas também nenhum deles se lembra. Em último caso, acho que vamos ter de estragar a surpresa e perguntar à mãe. Sabes como ela é. Seria uma ofensa para a sua alma puritana gastarmos uma fortuna em qualquer coisa que ela não queira e que depois não aprecie. Sei que ainda falta muito tempo mas quanto mais cedo reservarmos menos hipóteses há de ficarmos desapontados.

Vou estar em casa todo o fim-de-semana por isso dá-me uma telefonadela quando puderes. Disse ao pai que tornava a ligar para ele no domingo à hora do almoço. Um abraço. James.

«Diga a Polícia o que disser» afirma John Streeter «o meu irmão não escreveria aquele fax se tencionasse sair do país nessa mesma noite. Havia uma centena de maneiras melhores de afastar suspeitas oficiais sobre as suas alegadas intenções. O mais provável era referir-se à visita que eu e a minha família íamos fazer-lhes em Maio. "Até daqui a duas semanas" seria muitíssimo mais denunciador que "dá-me uma telefonadela quando puderes". E para que ia ele falar do pai? Não tinha necessidade nenhuma de deixar duas pessoas da família preocupadas com telefonemas não existentes.»

A Polícia tem uma visão mais céptica. Referem o clima de desconfiança que já reinava no Lowenstein's e a necessidade de James de desviar as atenções sobre as suas actividades nesse fim-de-semana. Não obstante o suposto sigilo da investigação interna do banco, a maior parte dos funcionários reparou que a segurança havia sido reforçada e que os relatórios e transacções andavam a ser supervisionados. Começaram os boatos e sabe-se que, pelo menos, duas pessoas da secção de Streeter terão afirmado saber *antes* de ele desaparecer que tinha sido descoberta uma fraude qualquer e que as suspeitas recaíam todas sobre eles. Se, como crê a Polícia, Streeter andou a protelar até a investigação se tornar suficientemente grave para ter de fugir, então o fax para o irmão foi apenas uma das peças da cortina de fumo que lançou para confundir os auditores do banco. Quase todos os telefonemas das semanas que antecederam o seu desaparecimento eram de convites a colegas para se encontrarem em datas marcadas para Abril, Maio e Junho. A mulher disse à Polícia que, nos primeiros dias de Abril, James passou a mostrar-se invulgarmente sociável, sugerindo-lhe que organizasse jantares e visitas de fim-de-semana de amigos, colegas e familiares até Julho ir já bem adiantado.

Segundo a Polícia, estava a cumprir um plano secreto. Apontam para o facto de a sua secretária ter recebido ordens, logo no início da investigação «clandestina», para manter a agenda diária actualizada com compromissos sociais, incluindo os particulares, e é notório que Abril, Maio, Junho e Julho de 1990 estão significativamente mais cheios que no ano anterior. O irmão admite que tal comportamento era invulgar. «Sim, ficámos admirados quando eles nos convidaram para lá ficar porque James sempre disse que achava uma maçada receber pessoas em casa. A Polícia diz que foi uma tentativa bem sucedida de levar os investigadores a pensar que ele não fazia ideia de que a fraude fora descoberta e que se manteria disponível para ser interrogado até Julho. Mas também é lógico afirmar que, estando ele, como toda a gente no Lowenstein's, preocupado com os boatos, tivesse agido de forma diferente tentando dar provas do seu empenho e dedicação. Não foi, por certo, o único funcionário a aumentar o seu horário de trabalho durante esse período e a maioria dessas datas agendadas refere-se a encontros de negócios.»

A família alega ainda, como prova adicional da sua inocência neste mistério por resolver, a falta de conhecimentos informáticos de Streeter. «James não tinha pura e simplesmente capacidade para realizar aquela fraude» afirma John. «A sua total aversão à tecnologia moderna tornou-se motivo de risota ao longo dos anos. Sabia usar uma calculadora e mandar um fax mas imaginá-lo capaz de reprogramar um computador de um banco é ridículo. Quando e como é que ele aprendeu a fazer isso? Não tinha computador em casa e não apareceu ninguém a dizer que o ensinara.»

Mas há quem coloque dúvidas quanto à alegada ignorância de Streeter. Existem provas de que teve um caso com uma mulher chamada Marianne Filbert que trabalhava como programadora na Softworks Limited. A Softworks foi contratada para fazer um relatório sobre a segurança informática do Lowenstein's, em 1986, mas, não conseguindo completar a tarefa, tal relatório nunca chegou a ser apresentado. Os detractores de James Streeter consideram o acesso de Marianne Filbert a esse semiconcluído relatório a chave da fraude enquanto os seus defensores duvidam que ele a tenha sequer conhecido. Verdadeiro ou falso, o romance terá certamente acabado antes da descoberta da fraude pois Filbert mudou-se para os Estados Unidos em Agosto de 1989. Acontece, porém, que a secretária de James Streeter declarou ter dado com ele, por várias vezes, a usar o termoprocessador em correspondência pessoal e colegas seus confirmaram a facilidade que ele teve em aprender a trabalhar com o programa da folha de cálculo. «Foi num instante que ele descobriu um erro que eu tinha feito» afirmou um funcionário da sua secção. «Dizia que qualquer idiota consegue trabalhar com o sistema desde que alguém lhe diga em que teclas deve carregar.»

Mesmo assim continua a haver várias perguntas sem resposta sobre o desaparecimento de James Streeter as quais, na opinião do autor destas linhas, nunca foram correctamente feitas. Se partirmos do princípio de que foi culpado do desfalque de 10 milhões de libras no Lowenstein's Merchant Bank, como é que ele soube que a decisão de envolver a Polícia foi tomada pelo conselho de administração no dia 27 de Abril? A Polícia sustenta que sempre fora sua intenção fugir se a fraude viesse a ser descoberta e foi uma mera coincidência a fuga ter sido marcada para o dia da decisiva reunião. Mas, se assim foi, por que terá ele esperado as seis semanas que durou a investigação interna? A menos que tivesse acesso a documentos do conselho de administração, o que a Polícia admite ser improvável, não poderia ter sabido do fracasso da investigação. E não serão coincidências a mais que o último fim-de-semana de Abril, conforme anotado na agenda profissional de James, fosse também o único fim-de-semana de Abril em que a mulher ia estar fora num compromisso há muito marcado com a mãe dando assim a James — ou a *outra pessoa* — dois dias completos para «concretizar» o seu desaparecimento antes de a sua ausência ser participada às autoridades?

A Polícia afirma que ele escolheu esse fim-de-semana para fugir porque os seus movimentos não podiam ser vigiados e que teria partido fosse qual fosse a decisão a que o conselho chegasse, mas isso é ignorar a relação que existia entre James e a mulher. Segundo Kenneth, um dos motivos por que o casamento era tumultuoso era o facto de as duas pessoas em questão estarem mais empenhadas nas suas carreiras profissionais do que no afecto mútuo. «Se James tivesse dito que tinha de apanhar um avião na sexta-feira para o Extremo Oriente por causa de uma reunião de trabalho na segunda, a mulher não se espantaria nada. A vida deles era assim mesmo. Não precisava escolher o único fim-de-semana em que ela ia estar fora. A ausência dela só se torna importante se foi outra pessoa a escolhê-lo.»

O argumento da Polícia também ignora o fax que James enviou ao irmão. «Vou estar em casa o fim-de-semana todo por isso dá-me uma telefonadela quando puderes. Disse ao pai que voltava a ligar no domingo à hora do almoço.» O facto de John ter telefonado mas não se preocupar quando ninguém atendeu seria, segundo a Polícia, totalmente previsível mas também um estranho risco a correr por um homem culpado. Se juntarmos isso à afirmação de Kenneth Streeter, testada e confirmada por um detector de mentiras, que James prometera telefonar-lhe no domingo com a resposta de John sobre a questão das Bodas de Rubi, então o risco torna-se absolutamente desnecessário. Tendo John feito o telefonema esperado, e Kenneth ficado a aguardar o telefonema prometido, a ausência de James seria mais cedo descoberta.

A defesa do filho, por parte dos Streeter, assenta numa hipótese de conspiração — alguém mais categorizado que James e com acesso a informações confidenciais que manipulou decisões e acontecimentos para evitar ser desmascarado — mas, sem provas irrefutáveis, a sua campanha para limpar o nome do filho parece condenada ao fracasso. Infelizmente as conspirações funcionam melhor na ficção que na vida real e, com base numa leitura objectiva das provas, a conclusão deve ser que James Streeter roubou *mesmo* os 10 milhões de libras antes de fugir e deixar à família a amarga herança da sua traição.

Apesar dos desmentidos dos Streeter, tanto James Streeter como Peter Fenton são, aparentemente, verdadeiros fugitivos. Eram homens maduros com vidas estabilizadas cujos desaparecimentos viriam por certo a causar sensação no seio das respectivas comunidades e a dar origem a exaustivas investigações. O que não se aplica, no entanto, aos dois «desaparecidos» seguintes: Tracy Jevons, uma rebelde de quinze anos com conhecido historial de prostituição e Stephen Harding, um atrasado mental de dezassete com uma longa série de condenações por roubo de automóveis...

2

SEIS MESES depois, a meio de um Dezembro frio e chuvoso quando o flamejante Junho e sua canícula eram já uma memória distante, Mrs. Powell recebeu um telefonema de um jornalista da *Street*, uma revista pretensamente de esquerda, que estava a preparar um artigo sobre a pobreza e os sem-abrigo e que gostaria de saber se ela concordava em dar-lhe uma entrevista sobre Billy Blake. Apresentou-se como Michael Deacon.

— Como é que descobriu este número? — perguntou, desconfiada.

— Não foi difícil. O seu nome e morada vieram em todos os jornais há seis meses e está na lista telefónica.

— Não tenho nada para lhe contar — replicou ela. — A Polícia sabia mais sobre ele do que eu.

Ele insistiu:

— Não lhe tomarei muito tempo, Mrs. Powell. Posso aparecer aí amanhã à noite? Às oito horas, por exemplo?

— Que quer saber acerca dele?

— Tudo o que puder contar-me. Acho a história dele muito comovente. Ninguém se interessou, além da senhora. A Polícia disse-me que tinha pago as despesas do funeral. Fiquei admirado.

— Achei que tinha uma certa obrigação para com ele. — Seguiu-se uma breve pausa de silêncio. — É o Michael Deacon que trabalhava no *Independent*?

— Sim.

— Tive pena que saísse. Gosto da sua maneira de escrever.

— Obrigado. — Parecia admirado como se os elogios fossem uma raridade. — Assim sendo, posso então convencê-la a falar comigo? Disse que sentia uma certa obrigação para com Billy.

— Só que não nutro a mesma simpatia pela *Street*, Mr. Deacon. A única razão por que alguém dessa revista há-de querer entrevistar-

-me a respeito de Billy é para lançar ataques baixos ao governo e recuso-me a ser usada dessa maneira.

Desta vez o silêncio foi do lado de Deacon enquanto repensava a sua estratégia. Seria mais fácil, pensou, se conseguisse dar um rosto e uma idade à voz calma, bastante controlada, da mulher com quem estava a falar, mais fácil ainda se ele acreditasse sinceramente que essa entrevista iria produzir algo de valor. A seu ver, toda aquela história não passaria de uma perda de tempo e estava ainda menos motivado que ela para lhe dar prosseguimento. *No entanto...*

— Não tenho por hábito usar as pessoas, Mrs. Powell, e estou interessado no caso de Billy Blake. Escute, que tem a perder ao falar comigo? Dou-lhe a minha palavra de honra que poremos a história de parte se a senhora não gostar da forma como a entrevista está a ser conduzida.

— Está bem — respondeu ela com repentina determinação. — Espero-o amanhã às oito. — E desligou sem se despedir.

Os escritórios da *Street* eram uma evocação estafada da sua homónima, a Fleet Street, o outrora glorioso centro nevrálgico da indústria jornalística. O edifício ainda ostentava o mastro por cima da porta da frente mas as letras estavam esbatidas e lascadas e poucos eram os transeuntes que nelas reparavam. Como sucedera com a maioria dos periódicos, que se tinham mudado para instalações mais baratas e mais funcionais nas Docklands, também a *Street* tinha os dias contados. Um novo e dinâmico proprietário, com ambições de se tornar um magnata dos *media*, aguardava nos bastidores com planos para relançar a revista conseguindo reduzir os custos, melhorar a produção e dar dela uma imagem do século XXI com uma mudança galvanizante para uma antiga propriedade num dos subúrbios de Londres. Entretanto, a revista ia resistindo com métodos de trabalho antiquados numas instalações elegantes mas pouco práticas sob as ordens de um director, Jim Pearce, saudosista dos bons velhos tempos em que os ricos exploravam os pobres e toda a gente sabia qual era o seu lugar.

JP, ainda sem saber o que os esperava nas primeiras semanas do novo ano (no seu caso uma compulsiva reforma antecipada) mas cada vez mais preocupado com a recusa do actual proprietário em discutir fosse o que fosse que abalasse a estratégia a longo prazo, foi ter com Deacon na tarde do dia seguinte. As únicas concessões à modernidade eram um processador de texto e um gravador de chamadas; fora isso, o gabinete tinha o mesmo aspecto de há trinta anos, com paredes roxas, uma porta apainelada de carvalho coberta com chapas de contraplacado baratucho para disfarçar feias mossas, e cortinas floridas cor de laranja na janela, tudo coisas que eram o último grito da moda em decoração de interiores nos excêntricos e pirosos anos 60.

— Quero que leves contigo um fotógrafo quando fores entrevistar Mrs. Powell, Mike — afirmou Pearce no tom beligerante cada vez mais enraizado à medida que os dias de ansiedade iam passando. — É uma oportunidade boa de mais para se perder. Quero lágrimas e emoção de uma thatcherista que abriu os olhos.

Deacon manteve o olhar fixo no ecrã do computador e continuou a escrever. Com um metro e oitenta e três e pesando mais de oitenta quilos, não se intimidava facilmente. De resto, já mentira a Mrs. Powell e não estava particularmente interessado em que ela o soubesse.

— Nem pensar — replicou rispidamente. — Ela pôs-se na alheta da última vez que os fotógrafos lá apareceram para tirar fotografias e não estou para perder o meu rico tempo a entrevistar a parvalhona para ela depois me dar com a porta na cara quando vir uma máquina fotográfica.

Pearce ignorou o comentário.

— Disse à Lisa Smith para ir contigo. Ela sabe fazer a coisa e se mantiver a máquina escondida até entrar em casa já podem dar os dois a volta a Mrs. Powell. — Lançou um olhar crítico ao amarrotado blusão de Deacon e à barba de fim de tarde. — E, por amor de Deus, vê lá se te arranjas um bocado ou desgraçada da mulher apanha um susto dos diabos. Quero uma Tory rica, bem alimentada, a comover-se com as iniquidades do plano de habitação do governo e não alguém aos berros por pensar que lhe entrou em casa algum larápio de meia-idade.

Deacon inclinou a cadeira para trás e observou o chefe por entre as pálpebras semicerradas.

— A sua filiação partidária não vai interessar nada porque só a incluo no artigo se ela tiver alguma coisa importante a dizer. A ideia foi tua, JP, não minha. Os sem-abrigo são um problema social demasiado grande para ser minimizado por uma única Tory cheia de massa a chorar para o seu lencinho de renda. — Acendeu um cigarro e atirou com o fósforo, furiosamente, para dentro de um cinzeiro já a transbordar. — Esfalfei-me todo com isto e não quero que se transforme numa peixeirada. Estou a tentar propor soluções, não a meter-me em politiquices baratas.

Pearce avançou pesadamente até à janela e pôs-se a olhar lá para baixo, para uma Fleet Street molhada e cinzenta onde os carros avançavam em bicha à chuva forte e algumas janelas transmitiam uma alegria efémera com árvores de Natal acesas e polvilhadas de neve. Mais do que nunca sentia que o fim se aproximava.

— Que tipo de soluções?

Deacon remexeu numa pilha de papéis que tinha em cima da secretária e tirou uma folha dactilografada.

— Do tipo consensual. Ouvi depoimentos de políticos, de líderes religiosos e diferentes grupos de interesse social para ver como é que as coisas tinham evoluído nestes últimos vinte anos. — Olhou para a folha. — Existe uma opinião geral de que os números de famílias desfeitas, jovens viciados em droga e em álcool e gravidezes adolescentes são alarmantes e estou a servir-me dessa opinião como ponto de partida.

— Uma seca, Mike. Conta-me outra. — Seguiu com o olhar uma procissão de guarda-chuvas pretos abertos que passava por baixo da janela e lembrou-se de todos os funerais a que assistira ao longo dos anos.

Deacon puxou uma longa fumaça do cigarro com o olhar fixo nas costas de JP:

— Outra quê?

— Conta-me que tens uma declaração de algum ministro do executivo a dizer que todas as mães solteiras deviam ser esterilizadas. Assim talvez te livre da entrevista com Mrs. Powell. Tens? — O seu bafo embaciou o vidro da janela.

— Não — replicou Deacon, calmamente. — Por estranho que pareça, não consegui encontrar um único político tradicional assim tão estúpido. — Endireitou os papéis em cima da secretária. — Que tal esta citação? Os pobres estão sempre connosco e a única forma de lidar com eles é amá-los.

Pearce voltou-se para trás:

— Quem é que disse isso?

— Jesus Cristo.

— Essa é para rir?

Deacon encolheu os ombros com indiferença:

— Não necessariamente. Para dar que pensar, talvez. Em dois mil anos ainda não apareceu ninguém com uma solução melhor. A verdade

28

é que nenhum político em lado nenhum e em nenhuma época conseguiu resolver o problema. Goste-se ou não, até o comunismo tem a sua quota-parte de pobres.

— Somos uma revista política e não apologistas de um renascer do Cristianismo — retorquiu Pearce, friamente. — Se te custa assim tanto andar a remexer na lama devias ter continuado a trabalhar no *Independent*. Lembra-te disso na próxima vez que me vieres dizer que não queres sujar-te.

Com ar pensativo, Deacon soprou um anel de fumo para o ar.

— Não podes dar-te ao luxo de me despedir — murmurou. — É o meu artigo de fundo que mantém esta revisteca no mercado. Sabes tão bem como eu que, até os tablóides terem saqueado o meu artigo sobre o serviço de saúde à procura de escândalos sobre o caos no atendimento das urgências hospitalares, 99,99% da população adulta deste país não sabia que a *Street* ainda se publicava. Para ti, eu sou um mal necessário.

Não era nenhum exagero. Nos dez meses após a entrada de Deacon para o quadro de pessoal, a tiragem começara a revelar uma modesta subida após quinze anos de firme declínio. Mesmo assim, ainda eram apenas um terço do que haviam sido em finais dos anos 70, inícios dos anos 80. Era preciso algo mais radical para revitalizar a *Street* do que a ocasional publicidade que um jornalista pudesse gerar e, na óptica de Deacon, isso implicava um novo director com novas ideias — facto de que JP estava bem ciente.

O seu sorriso foi caloroso como o de uma cascavel:

— Se tivesses escrito aquele artigo como eu te disse, *nós* é que tínhamos beneficiado com os escândalos e não os tablóides. Por que diabo tinhas de ser tão discreto quanto à identidade das duas crianças envolvidas?

— Porque dei a minha palavra aos pais delas. *E* — acrescentou Deacon enfaticamente — não concordo em usar fotos de crianças gravemente maltratadas para aumentar as vendas.

— Acabaram por ser usadas na mesma.

Sim, pensou Deacon, e isso ainda o enfurecia. Esforçara-se ao máximo por manter o anonimato das duas famílias, mas jornalistas abonados tinham convencido vizinhos e amigos a falar.

— Não por algo que eu tenha feito — redarguiu.

— Não me venhas com essa treta. Sabias perfeitamente que era só uma questão de tempo até alguém se deixar subornar.

— *Devia* ter calculado — corrigiu Deacon, fitando-o de olhos semicerrados por entre o fumo do cigarro. — Sabe Deus o tempo que já passei a ouvir as tuas opiniões. Eras capaz de difamar a tua avó só para conseguires mais um subscritor.

— És um sacana de um mal-agradecido, Mike. Contigo a lealdade é unilateral, não é? Lembras-te de teres aqui entrado a pedir-me emprego quando o Malcolm Fletter te queimou? Estavas desempregado há dois meses e a dar em maluco por causa disso. — Apontou um dedo acusador ao homem mais novo. — Quem é que te aceitou? Quem é que te arrancou daquele apartamento e te deu alguma coisa em que pensares para além da desgraça que tu mesmo trouxeste à tua vida pessoal?

— Tu.

— Exactamente. Por isso dá-me alguma coisa em troca. Arranja-te bem e vai sacar umas fotos e declarações a uma Tory ricaça. Põe um bocadinho de picante lá nesse teu artigo. — E bateu com a porta ao sair.

Deacon ainda teve vontade de ir atrás do seu irascível chefezinho para lhe dizer que, ainda não havia duas semanas, Malcolm Fletter lhe oferecera outra vez o lugar no *Independent*; mas era demasiado benevolente para o fazer.

JP não era o único com a sensação de que o fim se aproximava.

Lisa Smith assobiou apreciativamente quando se encontrou com Deacon à porta do escritório às sete e meia.

— Estás óptimo. Alguma ocasião especial? Vais casar outra vez? Ele pegou-lhe pelo braço e encaminhou-a para o carro.

— Ouve o que te digo, Smith, e deixa-te estar calada. Tenho a certeza que a última coisa que queres é esfregar sal em feridas abertas. És muito meiga e carinhosa para fazeres uma coisa tão cruel.

Era uma bela e espampanante mulher de vinte e quatro anos, com uma cabeleira de caracóis negros e um namorado atento. Deacon cobiçara-a durante uns meses mas era suficientemente cauteloso para não lho dar a perceber. Temia a rejeição. Mais concretamente, temia que lhe dissessem que tinha idade suficiente para ser pai dela. Aos quarenta e dois anos, cada vez se convencia mais de que abusara do físico durante demasiado tempo e com demasiada imprudência. O que em tempos fora um corpo esbelto, de músculos rijos, convertera-se numa série de pneus da bebida que se ocultavam por baixo do cinto escapando à detecção apenas porque as calças de pinças disfarçavam o que as justíssimas *jeans* dantes haviam realçado.

— Mas olha que ficas logo diferente quando te esmeras um bocadinho, Deacon — comentou ela com aparente sinceridade. — A imagem de *enfant terrible* era muito gira nos anos 60 mas já não se usa mesmo nada nos 90.

Ele destrancou as portas do carro e esperou que ela colocasse o equipamento no banco de trás antes de dobrar as longas pernas no da frente.

— Como está o Craig? — perguntou ele sentando-se ao lado.

Ela mostrou-lhe uma aliança com um diamante no anelar esquerdo:

— Vamos casar.

Ele ligou a ignição e arrancaram:

— Porquê?

— Porque queremos.

— Isso não é motivo para se fazer alguma coisa. Eu também quero ir todas as noites para a cama com vinte mulheres mas prezo suficientemente a minha sanidade mental para o fazer.

— Não era a tua sanidade mental que não aguentava, Deacon, mas sim a tua auto-estima. Nunca arranjarias vinte mulheres desesperadas a esse ponto.

Ele fez um sorriso:

— Eu quis casar com as minhas duas mulheres até o fazer e descobrir que elas estavam mais interessadas nos meus saldos bancários do que no meu corpo.

— Obrigada.

— Por quê?

— Pelos parabéns e votos de felicidades para o meu futuro.

— Estou apenas a ser prático.

— Não estás, não — redarguiu ela com um esgar. — Estás a ser azedo... como sempre. O Craig é muito diferente de ti, Mike. Para já, gosta de mulheres.

— Eu *adoro* mulheres.

— Sim — concordou ela —, é esse o teu problema. Não gostas delas mas, lá isso é verdade, adora-las enquanto achares que tens hipótese de as levar para a cama. — Acendeu um cigarro e abriu a janela. —

Nunca te passou pela cabeça que se de facto tivesses sido amigo de qualquer uma das tuas mulheres se calhar ainda estavas casado?

— Agora tu é que estás a ser azeda — replicou ele virando em direcção à Blackfriars Bridge.

— Estou apenas a ser prática — murmurou ela. — Não quero ficar sozinha, como tu. — Introduziu a ponta do cigarro na frincha da janela e deixou que a deslocação do ar lhe arrancasse a cinza. — Então qual é a táctica para esta noite? O JP pediu-me para fotografar as emoções dessa fulana enquanto tu a interrogas sobre um vagabundo qualquer que ela encontrou morto na garagem.

— É esse o plano.

— Como é que ela é?

— Não faço ideia — respondeu Deacon. — A história veio nos jornais em Junho mas, tirando o nome, que é Mrs. Powell, e o endereço, num bairro chique, não se soube mais pormenores. Pôs-se a milhas antes de os repórteres chegarem e quando regressou o caso já não era notícia. O JP calcula que tenha uns cinquenta e muitos, uma apresentação impecável, fortes ligações à direita e um marido corretor da bolsa.

Mrs. Powell tinha seguramente uma apresentação impecável mas faltavam-lhe uns vinte anos para chegar aos cinquenta e muitos. Era também demasiadamente contida para demonstrar minimamente o tipo de emoções por que Lisa esperava. Cumprimentou-os com um brusco e profissional meneio de cabeça antes de os fazer entrar para uma sala imaculada que cheirava a *pot-pourri* de pétalas de rosa e tinha o aspecto limpo, despojado da decoração minimalista. Via-se logo que gostava de espaço e Deacon gostou das poltronas e do sofá de couro bege e cromados que formavam uma ilha em torno de uma mesa baixa, de vidro, no meio de uma carpete de um tom castanho-avermelhado. Ao fundo, uma grande janela, emoldurada por cortinas pesadas mas abertas, dava para o Tamisa deixando ver as luzes do outro lado. Muito pouco mais havia na sala: apenas uma série de prateleiras de vidro por cima de armários de vidro fumado que obviamente continham uma aparelhagem de som; e três quadros — um branco, um cinzento e um preto — que adornavam a parede oposta à das prateleiras.

Ele apontou para eles com um gesto de cabeça:

— Como se chamam?

— O título é francês. *Gravure à la manière noire*. O que em inglês se chama *mezzotint*. São de Henri Benoit.

— Interessante — comentou ele, olhando-a de esguelha, embora não se soubesse bem se a referir-se aos quadros ou à própria mulher.

A verdade é que estava a pensar que o gosto dela em decoração de interiores se enquadrava estranhamente na escolha da casa. Era um simples caixote de tijolo numa nova zona residencial da Isle of Dogs que certamente seria descrita no jargão imobiliário como «uma sofisticada urbanização de moradias para executivos com vista para o rio». Calculou que a casa tivesse uns cinco anos, com três quartos e duas salas, e cotou-a a um preço acima da média. Mas por que é que, gostava ele de saber, iria uma mulher obviamente abastada e com tão bom gosto escolher uma coisa tão incaracterística quando, pelo mesmo dinheiro, podia ter arranjado um espaçoso apartamento no centro de Londres? Talvez gostasse de moradias, pensou cinicamente. Ou da vista para o rio. Ou talvez tivesse sido *Mr.* Powell a escolhê-la.

— Façam o favor de se sentar — disse ela apontando para o sofá. — Desejam beber alguma coisa?

— Obrigada — respondeu Lisa que antipatizara imediatamente com ela. — Pode ser um café, simples. — No esquema da competição feminina, Mrs. Powell exalava sucesso. Parecia ter tudo — até feminilidade — e Lisa olhou em volta à procura de algo que pudesse criticar.

— Mr. Deacon?

— Tem alguma coisa mais forte?

— Claro. Uísque, *brandy*, cerveja?

— Vinho tinto? — sugeriu ele, esperançado.

— Tenho um Rioja de 1984 aberto. Pode ser?

— Pode. Muito obrigado.

Mrs. Powell desapareceu pelo corredor fora e ouviram-na encher a chaleira na cozinha.

— Para que se há-de beber café, Smith — murmurou Deacon —, quando nos oferecem uma bebida alcoólica?

— Pensei que era para nos portarmos bem — sussurrou ela. — E, por amor de Deus, não comeces a fumar. Não há cinzeiros, que eu já vi. Não quero que a chateies até ela concordar com as fotografias.

Ele reparou no seu olhar crítico, pela sala.

— Qual é o veredicto?

— O JP acertou em quase tudo excepto na idade e no marido. *Ela* é que é a corretora. Aposto que o Mrs. é um título de cortesia para lhe dar um certo estatuto num mundo dominado por homens. Não há aqui sinais de nenhum homem. É tudo muito desconfortável e com este cheirete a rosas. Deve ter pulverizado a sala antes de nós chegarmos. — Fez um esgar de desdém. — Detesto mulheres que fazem isso. É só para armar. Querem mostrar que a casa delas está mais limpa que a nossa.

Ele ergueu o sobrolho, divertido:

— Estás com ciúmes?

— Ciúmes de quê? — ciciou ela.

— Do sucesso — murmurou ele levando um dedo aos lábios quando ouviram os passos de Mrs. Powell.

— Se quiserem fumar — disse ela passando uma chávena de café a Lisa e um copo de vinho tinto a Deacon — arranja-se um cinzeiro. — Pousou o copo de vinho na mesa junto a uma cadeira de braços e olhou para ambos.

— Não, obrigada — respondeu Lisa a pensar nas instruções de JP.

— Sim, por favor — pediu Deacon duvidando que conseguisse suportar durante uma hora o cheiro a pétalas de rosa. Para que fora Lisa falar nisso? Quando se dava por ele, o cheiro era enjoativo e fez-lhe lembrar a segunda Mrs. Deacon que lhe esbanjara o modesto pecúlio a encharcar-se em Chanel n.º 5. Fora o mais curto dos seus dois casamentos, durante uns meros três anos até Clara se pôr a andar com um rapazola de vinte anos e uma boa parte do capital do marido. Pegou no pires de porcelana que Mrs. Powell lhe estendeu e depois levou um cigarro à boca e acendeu-o. O cheiro de tabaco a arder neutralizou de imediato o das rosas e Deacon sentiu remorsos e satisfação em partes iguais. Deixou o cigarro a pender-lhe dos lábios enquanto tirava do bolso um gravador e um bloco de notas e os colocava em cima da mesa à sua frente.

— Importa-se que eu grave o que disser?

— Não.

Pôs a fita a andar e, relutantemente, abordou a questão das fotografias:

— Gostaríamos de juntar uma pequena imagem ao artigo, Mrs. Powell, por isso tem alguma objecção a que a Lisa a fotografe?

Ela fitou-o enquanto se sentava:

— Para que quer fotografias minhas se tenciona escrever sobre Billy Blake, Mr. Deacon?

Sim, para quê?

— Porque, à falta de fotos de Billy, que já sabemos que não existem — mentiu ele transferindo o cigarro para o cinzeiro —, receio bem que só nos restem as suas. Há algum problema?

— Há — respondeu ela, calmamente. — Há sim. Já lhe disse que não faço tenções nenhumas de ser usada pela sua revista.

— E, como eu lhe disse, Mrs. Powell, não tenho o hábito de usar as pessoas.

Ela tinha olhos de um azul muito claro, que lhe fizeram lembrar os da sua mãe, o que era uma pena, pensou, porque noutros aspectos era bem atraente.

— Nesse caso concordará por certo que é absurdo ilustrar um artigo sobre a pobreza e os sem-abrigo com a fotografia de uma mulher que vive numa casa cara num bairro caro de Londres. — Fez uma pausa por um momento, convidando-o a falar. Como ele não o fizesse, prosseguiu: — Na verdade, *existem* fotografias de Billy Blake. Eu tenho duas que estou disposta a emprestar-lhe. Uma é do cadastro de quando ele foi preso pela primeira vez e a outra foi tirada na morgue. Qualquer uma delas ilustrará melhor a pobreza do que uma minha.

Deacon encolheu os ombros mas não se pronunciou.

— Disse que estava interessado em Billy.

Parecia aborrecida, pensou ele, o que o deixou curioso pois já era jornalista há tempo suficiente para perceber que Mrs. Powell estava mais ansiosa por contar a sua história do que ele em ouvi-la. *Mas porquê agora, quando, na época, se recusou a falar à imprensa?* Era uma pergunta que o intrigava.

— Infelizmente, sem fotos suas não há artigo — retorquiu estendendo o braço para desligar o gravador. — Ordens do director. Peço desculpa pela perda do seu tempo, Mrs. Powell. — E olhou com pena para o vinho em que não tocara. — E do seu Rioja.

Quando ele começou a arrumar as suas coisas, ela observou-o nitidamente com algo em mente.

— Está bem — disse, de súbito —, tire lá os retratos. A história de Billy precisa ser contada.

— Porquê? — Disparou-lhe a palavra premindo simultaneamente, pela segunda vez, a tecla de gravar.

Era uma pergunta para a qual ela se preparara. As palavras saíram com tal fluência que ele teve a certeza de que a resposta fora ensaiada — Porque estamos muito mal, como sociedade, se partirmos do princípio de que a vida de qualquer homem é tão inútil que a única coisa interessante sobre ele é a maneira como morreu.

— É uma bela afirmação — comentou ele, suavemente — mas muito pouco noticiável. Estão sempre a morrer pessoas anónimas.

— Mas porquê morrer à fome? Porquê aqui? Por que é que ninguém sabe nada acerca dele? Por que é que ele disse à Polícia que era vinte anos mais velho? — Perscrutou-lhe atentamente o rosto. — Não sente a mínima curiosidade por ele?

Claro! A curiosidade serpenteava-lhe no cérebro como uma larva mas estava muitíssimo mais interessado nela que no homem que morrera na sua garagem. *Por que motivo, por exemplo, se mostrava ela tão pessoalmente interessada na morte de Billy a ponto de aceder a ser usada para que publicassem a história dele?*

— Tem a certeza que não o conhecia? — insinuou com aparente indiferença.

A admiração dela foi genuína:

— Não. Para que precisaria eu de respostas se o conhecesse?

Ele abriu o bloco de notas em cima do colo e escreveu: *Para que há-de alguém* precisar *de respostas sobre um estranho seis meses após a morte dele?*

— Como prefere? — perguntou-lhe. — Que a Lisa a fotografe antes ou durante a nossa conversa?

— Durante.

Esperou que Lisa abrisse o fecho de correr do saco e retirasse a máquina.

— Qual é o seu nome próprio, Mrs. Powell?

— Amanda.

— Prefere Amanda Powell ou Mrs. Powell?

— Tanto faz — respondeu ela fitando a objectiva de cenho franzido.

— Com um sorriso ficava melhor — comentou Lisa accionando o obturador. Clic. — Muito bem. — Clic. — Importa-se de olhar para o chão? Óptimo. — Clic. — Mantenha os olhos baixos. Isso, realmente comovedor. — Clic, clic.

— Continue, Mr. Deacon — disse ela, rispidamente. — Não quer, por certo, que eu vomite para cima da carpete.

Ele fez um sorriso:

— Prefiro que me trate só por Deacon, ou Mike. Que idade tem?

— Trinta e seis.

— Profissão?

Ela lançou-lhe um breve olhar enquanto Lisa tirava outra fotografia:

— Sou arquitecta.

— Independente ou trabalha nalguma firma?

— Trabalho na W. F. Meredith. — Clic.

Nada mau, pensou ele. A Meredith devia ser a melhor de todas.

— Qual é a sua filiação política, Amanda?

— Nenhuma.

— Só aqui entre nós.

Ela esboçou um débil sorriso que Lisa captou:

— Já lhe disse.

— Vota? — Apanhou-o a observá-la e desviou o olhar.

— Claro. As mulheres lutaram longa e arduamente para me darem esse direito.

—Vai dizer-me em que partido costuma votar?

— Naquele que eu acho que fará menos estragos.

— Parece ter pouca paciência para os políticos. Há algum motivo especial para isso ou é apenas a depressão de *fin-de-siècle*?

De novo o mesmo sorriso débil enquanto estendia a mão para o copo de vinho:

— Pessoalmente, não creio que classificasse um conceito tão abstracto como a depressão de *fin-de-siècle* com um «apenas» mas para efeitos do seu artigo é tão válido como outro qualquer.

Ele pôs-se a pensar como seria beijá-la.

— Está casada, actualmente, Amanda?

— Sim.

— Que faz o seu marido?

Ela levou o copo aos lábios, esquecendo momentaneamente a objectiva da máquina que lhe estava apontada, e depois pousou-o com um franzir da testa enquanto Lisa tirava outra fotografia.

— O meu marido não estava cá quando eu encontrei o corpo — respondeu —, por isso o que ele faz é irrelevante.

Deacon reparou na expressão de divertido cinismo no rosto de Lisa.

— Tem interesse humano — contrapôs ele, em tom ligeiro. — As pessoas vão querer saber com que tipo de homem está casada uma arquitecta de sucesso.

Talvez ela tenha percebido que a curiosidade dele era pessoal ou, então, como Lisa sugerira, *não* houvesse nenhum Mr. Powell. Fosse como fosse, recusou-se a aprofundar a questão:

— Fui eu que encontrei o corpo — repetiu ela — e já tem os meus dados pessoais. Podemos continuar?

O olhar azul-pálido, tão parecido com o da mãe dele, pousou no rosto magro de Deacon o tempo suficiente para que se sentisse incomodado e a leve fantasia de beijá-la passou de inofensivo divertimento a sádica vingança. Podia imaginar qual seria a reacção de JP perante a escassez de informações que até agora lhe conseguira arrancar. *Nome, posto e número*. E poucas esperanças tinha de que as fotografias conseguissem melhorar a coisa. O seu rosto era tão inexpressivo que mais parecia uma renitente prisioneira de guerra a ser interrogada. Gostava de saber se alguma vez aquele rostozinho frio se deixara emocionar ou se a vida dela fora sempre desapaixonada. Como seria de prever, a ideia excitou-o.

— Está bem — concordou —, falemos então da descoberta do corpo. Disse que ficou chocada. Pode descrever-me a experiência? Que lhe passou pela cabeça quando o viu?

— Nojo — respondeu ela tendo o cuidado de manter um tom de voz neutro. — Ele estava atrás de uma pilha de caixas vazias, ao canto, e cobrira-se com uma manta velha. O cheiro era absolutamente horrível quando o destapei. Além disso, os fluidos corporais tinham-se espalhado pelo chão. — A boca cerrou-se com súbita repugnância e pestanejou quando o *flash* da máquina lhe incidiu nos olhos. — Mais tarde, quando a Polícia me disse que ele tinha morrido de autonegligência e subnutrição, estranhei que não tivesse feito nenhum esforço para se salvar. Não só por eu o ter encontrado ao lado da arca congeladora — e apontou tristemente na direcção da janela — mas por toda a gente, neste bairro, ser tão abastada que até os caixotes do lixo contêm alimentos perfeitamente comestíveis.

— Vê alguma razão para isso?

— Só que estaria tão fraco, na altura em que descobriu a minha garagem, que já não teve forças senão para rastejar até ao canto e esconder-se.

— Para que havia ele de querer esconder-se?

Ela observou-o por um instante:

— Não sei. Mas se não estava a esconder-se, por que não tentou atrair a minha atenção? A Polícia acha que ele deve ter entrado no sábado porque a única hipótese que teve para isso foi quando eu fui às compras nessa tarde e deixei as portas destrancadas durante meia hora. — A sua pouca capacidade de expressar emoções revelou-se nessa altura. A mão trémula aflorou nervosamente aos lábios até se lembrar da máquina e a deixar cair, com brusquidão. — Encontrei o corpo dele na sexta-feira seguinte e o patologista calculou que estivesse morto há cinco dias. O que quer dizer que estava vivo no domingo. Podia tê-lo ajudado se ele me chamasse ou desse sinal da sua presença. Por que não o fez?

— Talvez estivesse com medo.

— De quê?

— De ser entregue à Polícia por invasão de propriedade.

Ela abanou a cabeça:

— Por esse motivo não. Não tinha medo nenhum da Polícia nem da cadeia. Sei que era preso com alguma regularidade. Para que havia de ser diferente desta vez?

Deacon tomou nota, estenograficamente, no bloco para se lembrar das cambiantes expressivas que passaram pelo rosto dela ao falar de Billy. *Ansiedade. Preocupação. Espanto, até.* Estava a ficar cada vez mais interessado. *Que lhe era Billy Blake para conseguir despertar emoções que o marido não era capaz?*

— Talvez estivesse apenas demasiado fraco para atrair a sua atenção. Suponho que o patologista não possa afirmar que ele estivesse consciente no domingo?

— Não — respondeu ela, pausadamente —, mas eu posso. Havia um saco de cubos de gelo no congelador. Alguém o abrira e, como não fui eu, presumo que tenha sido Billy. E tinha urinado num dos cantos da garagem. Se teve forças para andar pela garagem também tinha para bater na porta de comunicação entre a garagem e o vestíbulo. Deve ter sabido que eu estava cá nesse fim-de-semana porque conseguia ouvir-me. A porta não é tão grossa que abafe o som.

— Que pensou a Polícia disso?

— Nada — replicou ela. — Não influenciava em nada a conclusão do patologista. Billy morreu de subnutrição quer tenha sido provocada por autonegligência voluntária ou involuntária.

Ele acendeu outro cigarro e fitou-a por entre o fumo:

— Quanto lhe custou a cremação?

— O valor tem alguma importância?

— Depende do grau de cinismo que atribua ao leitor médio. Podem achar que está a ser reservada quanto ao montante por querer que todos pensem que gastou mais.

— Quinhentas libras.

— O que é muito mais do que lhe teria dado em vida?

Ela concordou com um aceno de cabeça. Clic.

— Se o tivesse encontrado na rua, a pedir esmola, já acharia que estava a ser generosa se lhe desse cinco libras. — Clic. Clic. Lançou um olhar de irritação a Lisa, com ar de quem vai dizer alguma coisa mas depois mudou de ideias. O seu rosto tornou-se novamente inexpressivo.

— Disse-me, ontem, que achou que lhe devia qualquer coisa. O quê, concretamente?

— Respeito, talvez.

— Porque sentiu que, em vida, ninguém o respeitara?

— Mais ou menos isso — admitiu ela. — Mas parece ridiculamente piegas dito por palavras.

Ele escreveu durante uns segundos.

— É religiosa?

Ela desviou a cara quando outro clarão lhe explodiu diante dos olhos:

— Não acha que ela já tirou fotos que cheguem?

Lisa manteve a objectiva apontada ao rosto:

— Só mais algumas com os olhos baixos, Amanda. — Clic. — Isso, está mesmo bem assim, Amanda. — Clic. — Talvez uma expressão mais pesarosa. — Clic. — Óptimo, Amanda. — Clic, clic, clic.

Deacon apercebeu-se da crescente irritação que se ia acumulando nos olhos dela:

— Pronto, Smith. Fiquemos por aqui, está bem?

— Que tal mais algumas na garagem? — sugeriu a jovem, relutante em desperdiçar o resto do rolo. — É só um instantinho.

Mrs. Powell olhou fixamente para as profundezas escarlates do copo antes de dar um pequeno gole:

— Faça favor — replicou sem levantar a cabeça. — As chaves estão em cima da mesa do vestíbulo e a luz acende-se automaticamente quando a porta da garagem é levantada. Já não me sirvo da porta de comunicação.

— Referia-me a mais algumas suas — esclareceu Lisa. — Preciso que venha comigo. Se estiver frio e húmido lá fora, umas imagens exteriores vêm mesmo a calhar. Mais a condizer com um vagabundo a morrer de fome.

A serenidade da outra, depois de tal comentário, só convenceu Lisa de que não estivera a ouvi-la. Tentou de novo:

— Cinco minutos, Amanda, é tudo o que precisamos. Consigo de pé junto ao sítio onde o encontrou, uma expressão um bocadinho chocada, enfim esse tipo de coisas.

O único som que se ouvia na sala era o tiquetaque do relógio sobre a cornija da lareira e tornou-se mais alto à medida que o silêncio de Mrs. Powell se alongava. Parecia estar, na opinião de Deacon, à espera de alguma coisa e ele susteve a respiração, aguardando com ela. Sobressaltou-se quando a ouviu falar:

— Desculpe — disse ela à jovem —, mas nós duas somos criaturas muito diferentes. Eu seria tão capaz de posar com olhos chorosos no sítio onde Billy morreu como de usar essas suas roupas de puta e essa sua maquilhagem de puta. Não sou assim tão ordinária nem estou assim tão desesperada em dar nas vistas, percebe?

Havia um excesso de sibilantes na última frase e a sua cuidadosa dicção perdeu-se. Ligeiramente chocado, Deacon percebeu que ela estava bêbeda.

3

ERA perigoso deixar que um silêncio se arrastasse demasiado. O impacto das palavras dela não perdeu intensidade; pelo contrário, tornaram-se ainda mais autoritárias. Deacon foi obrigado a ver Lisa através dos olhos dela e impressionou-o a exactidão com que descrevera o aspecto da jovem. Comparados com a imaculada beldade sentada na cadeira à sua frente, os polposos lábios pintados de Lisa e a saia colada ao rabo eram escandalosamente provocantes e sentiu-se humilhado por, secretamente, tê-la desejado durante tanto tempo quando desejo era precisamente o que Lisa gostava de despertar. Viu-se como um dos cães de Pavlov forçado a salivar sempre que a avidez lhe era estimulada e a ideia irritou-o.

Tirou as chaves do bolso e sugeriu que Lisa voltasse de carro para o escritório mais o equipamento.

— Eu apanho um táxi quando acabar — disse-lhe. — Deixa as chaves com o Glen, na portaria, que eu depois vou lá buscá-las.

Ela concordou com um gesto de cabeça, satisfeita por ter um pretexto para se ir embora, e Deacon arrependeu-se imediatamente da sua perfídia. Não era nenhum crime exibir os dotes físicos; era, sim, uma celebração da juventude. Deixou a máquina de fora enquanto arrumava o estojo e depois, com um breve aceno de cabeça em direcção à mulher mais velha, saiu da sala.

Ambos ouviram o tilintar das chaves da garagem a serem tiradas de cima da mesa do vestíbulo. Amanda suspirou:

— Fui indelicada para ela. Peço desculpa. Custa-me aceitar a morte de Billy com a naturalidade com que vocês dois o fazem. — Examinou o copo por um instante como se consciente de que cedera um pouco e depois pousou-o na mesa de centro.

— De facto parece encará-la de uma forma muito pessoal.

— Ele morreu na minha propriedade.

42

— Isso não a torna responsável por ele.

Ela fitou-o inexpressivamente:

— Então quem é o responsável?

A pergunta era simplista — a que uma criança faria.

— O próprio Billy — respondeu Deacon. — Já tinha idade suficiente para fazer as suas próprias escolhas na vida.

Ela abanou a cabeça e inclinou-se para a frente sondando-lhe ansiosamente o rosto:

— Disse-me, ontem, que ficou comovido com a história de Billy, por isso podemos falar sobre a vida dele em vez da sua morte? Sei que lhe disse que não tinha nada para contar mas não é exactamente verdade. Sei pelo menos tanto como a Polícia.

— Estou a ouvir.

— Segundo o patologista, ele tinha quarenta e cinco anos, um metro e oitenta e o cabelo, embora estivesse completamente branco quando morreu, deve ter sido escuro. Foi preso pela primeira vez há quatro anos por roubar um bocado de pão e fiambre num supermercado da baixa e identificou-se como Billy Blake, de sessenta e um anos o que, se o patologista tiver razão, o torna vinte anos mais velho do que realmente era. — Falava com rapidez e fluência como se tivesse passado muito tempo a preparar-se unicamente para aquela enunciação dos factos. — Disse que vivia na rua há dez anos mas recusou-se a dar mais informações. Não quis dizer de onde vinha nem se tinha família. A Polícia procurou na lista de desaparecidos em Londres e no Sueste mas, nos últimos dez anos, não fora participado o desaparecimento de ninguém correspondendo à sua descrição. As impressões digitais, no estado em que se encontravam, não constavam dos registos da Polícia e não trazia com ele nada que pudesse comprovar a sua identidade. À falta de mais informações, fizeram o cadastro com os dados que ele lhes forneceu e durante os quatro anos seguintes viveu e, subsequentemente, morreu como Billy Blake. Passou ao todo seis meses na cadeia por roubar comida ou bebidas perfazendo cada uma das penas um ou dois meses no máximo e quando estava cá fora preferia manter-se o mais possível perto do Tamisa. O seu poiso favorito era um armazém ocupado por indigentes a cerca de quilómetro e meio daqui. Falei com alguns dos outros velhotes que o utilizam mas nenhum deles admitiu saber fosse o que fosse acerca de Billy.

Deacon ficou impressionado com o interesse e preocupação dela:

— Que quis dizer com «as impressões digitais, no estado em que se encontravam»?

— Segundo a Polícia, ele uns tempos antes tinha queimado as mãos numa fogueira e deixou que sarassem sozinhas. Estavam as duas tão queimadas que os dedos mais pareciam garras. Acham que poderá ter-se mutilado deliberadamente para evitar ser denunciado por algum crime anterior.

— Merda! — comentou ele irreflectidamente.

Ela levantou-se e foi até junto do armário de vidro na parede oposta.

— Como já lhe disse, *existem* fotografias dele. — Tirou um envelope de uma gaveta interior e voltou com ele despejando o conteúdo para a palma da mão. — Convenci a Polícia a dar-me duas. São as melhores que conseguiram obter do monte que o patologista tirou. Não é muito agradável de se ver e eles duvidam que alguém possa identificá-lo através delas. — Estendeu-lha uma. — O rosto está muito mirrado pela fome e, como a testa e o queixo são tão proeminentes, é provável que fosse muito mais cheio quando ele estava de boa saúde.

Deacon observou a fotografia. Ela tinha razão. Não era muito agradável de se ver. Fez-lhe lembrar as enormes pilhas de cadáveres de Bergen-Belsen quando os Aliados libertaram o campo. O rosto estava quase descarnado de tal forma a pele se retesava sobre os ossos. Ela passou-lhe a outra fotografia:

— Essa é a que foi tirada há quatro anos quando ele foi preso. Mas não é muito melhor. Já nessa altura estava esquelético embora dê uma ideia um pouco melhor do aspecto que possa ter tido.

Seria realmente o rosto de um homem de quarenta e um anos? interrogou-se Deacon. A velhice marcara-o com rugas profundas à volta da boca e os olhos que fitavam a objectiva estavam descorados e amarelos. Apenas o cabelo tinha uma certa vitalidade projectando-se da testa alta embora a sua brancura sobressaísse junto ao tom macilento da pele.

— Poderá dar-se o caso de o patologista se ter enganado na idade dele? — perguntou.

— Parece que não. Sei que pediu uma segunda opinião quando a Polícia não acreditou nele. Lembrei-me — prosseguiu ela — que alguém com o programa de computador certo conseguisse refazer as imagens mas não conheço ninguém especializado nessa área. Se a sua revista puder fazê-lo, daria um complemento visual muito melhor para o seu artigo do que um retrato meu.

— Por que é que a Polícia não o fez?

— Ele não cometeu nenhum crime antes de morrer por isso não estão interessados. Devem ter introduzido a descrição dele no computador, num ficheiro de desaparecidos, mas como não condizia com ninguém encerraram o caso.

— Empresta-mas? Fazemos uns negativos e depois já posso devolver-lhas. — Meteu as fotografias entre as folhas do bloco de notas após o gesto dela de aquiescência. — A Polícia descobriu mais alguma explicação para ele ter escolhido a sua garagem para além do facto de a porta estar aberta no dia em que entrou?

Ela tornou a sentar-se e entrelaçou as mãos no colo. Deacon ficou admirado com a brancura dos nós dos dedos.

— Acham que deve ter-me seguido até casa, do emprego, embora nunca tivessem dado uma razão válida para ele ter querido fazê-lo. Se ele me escolheu, como alguém que valesse a pena seguir, ter-me-ia pedido ajuda, não acha? — Interpelava-o a um nível intelectual mas Deacon sentiu-se mais inclinado a reagir ao tique de ansiedade que lhe assomara ao canto da boca. Ainda não tinha reparado nisso. Começava a perceber que a serenidade dela era uma coisa superficial e que por baixo se agitava algo muito mais turbulento.

— Acho — respondeu. — Não faz sentido seguir alguém sem um motivo. Então? Pode ter havido outra razão qualquer?

— Qual?

— Talvez pensasse que a conhecia.

— De onde?

— Não sei.

— Não seria ainda mais provável ele falar comigo se achasse que me conhecia? — Disparou-lhe a pergunta com tal rapidez que ele calculou tratar-se da que ela própria fizera muitas vezes a si mesma.

Deacon coçou o queixo:

— Talvez nessa altura já estivesse tão debilitado que só conseguisse deixar-se cair e morrer. Onde fica exactamente o seu escritório?

— A uns duzentos metros do armazém onde Billy costumava parar. Toda aquela área vai ser reconstruída. A W. F. Meredith alugou um escritório num armazém que foi restaurado há três anos durante a pri-

45

meira fase. A Polícia achou que a proximidade dos dois edifícios era uma coincidência muito grande mas eu não sou da mesma opinião. Duzentos metros é uma grande distância numa cidade como Londres.

— O seu ar entristecido fê-lo pensar que ela achava tal argumento menos convincente do que queria deixar parecer.

Levantou as folhas do bloco para observar de novo o retrato:

— Esta casa foi construída pela Meredith? — perguntou sem erguer os olhos. — Obteve algum desconto por pertencer à firma?

Ela não respondeu imediatamente.

— Acho que isso não lhe diz respeito — acabou por dizer.

Ele soltou uma risadinha rouca:

— Talvez não, mas uma casa destas custa uma fortuna e também não se pode dizer que tenha feito economias com o mobiliário. Deve ter muito dinheiro para poder comprar tudo isto e esbanjar quinhentas libras com a cremação de um estranho. Estou com curiosidade, Amanda. Ou é uma arquitecta muito famosa ou tem outra fonte de rendimento.

— Como lhe disse, Mr. Deacon, isso não lhe diz respeito. — Por momentos a bebida entaramelou-lhe outra vez a fala. — Voltemos à história de Billy, está bem?

Ele encolheu os ombros:

— Muito provavelmente teria reparado se alguém com este aspecto andasse a vigiá-la, não? — perguntou-lhe batendo com a ponta do dedo no rosto de celulóide.

Ela endireitou-se lentamente, com uma expressão perturbada:

— Não, acho que não.

— Como é que não havia de reparar nele?

— Evitando um contacto visual — confessou ela, com relutância. — É a única forma de não sermos incomodados. Mesmo quando dou dinheiro a alguém raramente olho para eles. Mais tarde não conseguiria fazer um descrição pormenorizada.

Deacon pensou nos jovens sem-abrigo que já entrevistara para o seu artigo e deu-se conta de que tinha dificuldade em descrever qualquer um deles. Custou-lhe admiti-lo mas ela tinha razão. Por puro constrangimento, nunca se olhava muito tempo para os mendigos.

— Está bem — replicou —, digamos que foi uma mera coincidência Billy ter escolhido a sua garagem para morrer. Então alguém o deve ter visto. Se ele vinha pelo passeio à procura de um sítio para se esconder, sobretudo num bairro como este, não pode ter passado despercebido. Algum dos seus vizinhos se apresentou como testemunha?

— Ninguém falou nisso.

— A Polícia fez perguntas?

— Não sei. A coisa resolveu-se numas três ou quatro horas. Foi só o médico chegar e confirmar o óbito. Afirmou que ele tinha morrido de causas naturais e o agente que respondeu ao meu telefonema para o 999 disse que eles já sabiam que era apenas uma questão de tempo Billy Blake vir a aparecer algures feito numa trouxa. As palavras dele foram «Há anos que o idiota do velho anda a suicidar-se aos poucos. Ninguém consegue aguentar a viver da maneira que ele vivia.»

— Perguntou-lhe o que é que ele queria dizer com isso?

— Disse que as únicas vezes em que Billy comia como deve ser era quando estava preso. Fora isso, aguentava-se só com a bebida.

— Pobre diabo — comentou Deacon olhando para o copo dela. — Calculo que a vida sob anestesia fosse mais suportável do que sem ela.

Se ela entendeu a mensagem pessoal do seu comentário não deu mostras disso.

— Pois — limitou-se a dizer.

— Disse-me que achava que Billy Blake não era o verdadeiro nome dele mas sim um nome que adoptou há quatro anos quando foi preso pela primeira vez. Então onde é que ia buscar o dinheiro para a bebida? Tinha de estar inscrito para obter ajudas da Assistência Social.

Ela tornou a abanar a cabeça:

— Perguntei isso aos velhotes do armazém e eles disseram que ele vivia mais da caridade que das esmolas do Estado. Costumava fazer desenhos no Embankment junto aos cais dos passeios de barco e ganhava o suficiente, com os turistas, para pagar a bebida. Só no Inverno, quando as excursões rareavam, é que recorria aos furtos e, se consultar o cadastro dele, verá que todas as detenções foram durante os meses de Inverno.

— Parece que tinha a vida muito bem organizada.

— Também acho.

— Que tipo de desenhos fazia ele? Sabe?

— Sempre o mesmo. Pela descrição dos outros, desenhava a cena da Natividade. Também costumava pregar para os transeuntes sobre a iminente danação de todos os pecadores.

— Era doente mental?

— Tudo indica que sim.

— Usava sempre o mesmo local?

— Não. Creio que a Polícia o obrigava a mudar regularmente de sítio.

— Mas só desenhava essa cena?

— Acho que sim.

— E era bom a desenhar?

— Os velhotes disseram que sim. Consideravam-no um verdadeiro artista. — Inesperadamente soltou uma gargalhada e a troça iluminou-lhe olhar. — Mas estavam bêbedos quando falei com eles por isso não sei até que ponto a sua avaliação artística será válida.

A troça desapareceu tão depressa como surgira mas, uma vez mais, Deacon deixou-se dominar pelas suas fantasias. Convenceu-se de que ela ignorava por completo o que era o verdadeiro desejo e que precisava de um homem experiente para dar largas à sua paixão...

— Que mais conseguiu descobrir?

— Nada. É tudo.

Ele esticou o braço para desligar o gravador.

— Disse que a história de Billy precisa ser contada — recordou-lhe — mas tudo o que sabe sobre ele cabe em duas ou três frases. E, para ser franco, diria que ele nem sequer merece tanto espaço. — Reflectiu por um momento organizando mentalmente as informações. — Tratava-se de um alcoólico e pequeno larápio que mentia sobre a idade e usava um nome falso. Andava a fugir de alguém ou de alguma coisa, provavelmente de uma mulher e de um casamento infeliz e deixou-se cair na mendicidade por ser inadaptado ou doente mental. Tinha um certo jeito para a pintura e morreu dentro da sua garagem porque a Amanda vivia perto do rio e a porta por acaso estava aberta. — Viu que o cigarro esquecido expirava num longo canudo de cinza dentro do pires. — Esqueci-me de alguma coisa?

— Sim. — O movimento ao canto da boca tornou-se subitamente mais pronunciado. — Não explicou por que é que ele se deixou morrer à fome ou por que é que queimou as mãos para ficarem como garras.

Ele fez um ar condescendente:

— Isso é o que os alcoólicos crónicos com graves depressões fazem, Amanda. Bebem em vez de comer, por isso é que o patologista incluiu a autonegligência como causa da morte, e mutilam-se como forma de exteriorizarem a sua angústia face a uma vida que já não lhes traz qualquer esperança. Acho que o seu Billy estava clinicamente doente e, como bebia para se sentir melhor, acabou por aparecer morto dentro da sua garagem.

Pôde perceber, pela expressão resignada do seu rosto, que não lhe dissera nada que não lhe tivesse já ocorrido também e a sua curiosidade em relação a ela aumentou. Porquê aquela *idée fixe* sobre a vida de Billy Blake? Havia algo muito mais profundo a motivá-la, pensou, do que a simples compaixão ou o nobre sentimento sobre o valor de um indivíduo para a sociedade.

— Não consegui encontrar ninguém minimamente interessado em tentar descobrir quem ele possa ter sido — murmurou ela curvando a cabeça para a taça de *pot-pourri* e enterrando distraidamente os dedos no meio das pétalas. — Os polícias foram delicados mas não quiseram maçar-se mais. Escrevi ao meu MP e ao Ministério do Interior a pedir que se fizessem algumas tentativas para encontrar a família dele e responderam-me que não era da responsabilidade deles. Os únicos que se mostraram solidários foram os do Exército de Salvação. Já têm a descrição dele nos ficheiros e prometeram contactar-me se alguém tentar localizá-lo mas não se mostraram muito optimistas. — Parecia muito triste. — Não sei que mais hei-de fazer. Passados seis meses, cheguei a um beco sem saída.

Ele observou-a por uns instantes, fascinado pela sequência de expressões que lhe passou pelo rosto. Calculou que o seu ar de tristeza se pudesse traduzir por profundo desespero em alguém mais emotivo.

— Se isso é importante, por que não contrata um detective particular? — sugeriu ele.

— Faz ideia do preço que eles cobram?

— Quer dizer, então, que já considerou essa hipótese?

Ela confirmou com um aceno de cabeça:

— E não tinha como justificar a despesa. Disseram-me que podia levar semanas, até meses, e não há garantia nenhuma de sucesso.

— Mas já sabemos que é uma mulher rica, portanto a quem teria de justificar a despesa?

Um lampejo de emoção — *constrangimento?* — perpassou-lhe no rosto.

— A mim mesma — respondeu.

— Não ao seu marido.

— Não.

— Quer dizer que ele não se importa que gaste uma fortuna a tentar localizar a família de um morto desconhecido? — O esquivo Mr. Powell intrigava-se.

Ela não disse nada.

— Já reconheceu o valor de Billy ao pagar-lhe o funeral. Por que é que isso não lhe basta?

— Porque o que interessa é a vida, não a morte.

— Não é um motivo suficientemente forte, pelo menos para o género de obsessão que criou.

Ela soltou nova risada e o som sobressaltou Deacon. Era demasiado estridente mas não percebeu se fora a bebida — *ou o medo?* — que lhe imprimira a nota de histeria. Ela fez um esforço visível para se dominar:

— Percebe de obsessões, não percebe, Mr. Deacon?

— Sei é que há qualquer coisa nesta história que não me contou. Parece estar a envidar todos os esforços para tentar identificar Billy Blake e localizar a família dele. Quase — acrescentou, pensativamente — como se sentisse na obrigação de o fazer. Acho que falou com ele e que ele lhe pediu para fazer alguma coisa. Acertei?

Ela olhou através dele com a mesma expressão de desapontamento que a mãe fizera da última vez que a visitou. Desejara tantas vezes ter tentado uma reconciliação que procurava agora, numa estranha, confusa transposição, fazer por uma desconhecida o que não fizera por Penelope. Num gesto carinhoso, pousou a mão no braço de Amanda mas a sua pele estava fria e não reagiu ao toque dele e se chegou sequer a reparar no seu gesto não o demonstrou.

Pelo contrário, reclinou a cabeça no encosto da cadeira, de olhar fixo no tecto, e Deacon sentiu que as portas se fechavam, que as oportunidades se perdiam.

— Pode enviar-me as chaves da garagem quando voltar para o escritório? — pediu-lhe ela, educadamente. — A sua amiga levou-as com ela, a menos que ainda lá esteja.

— Que lhe disse ele, Amanda?

Ela lançou-lhe um breve olhar mas havia apenas enfado nos seus olhos. Deixara de lhe interessar.

— Fiz-lhe perder o seu tempo, e o meu, Mr. Deacon. Espero que não tenha dificuldade em arranjar um táxi. Costuma ser mais fácil virando à esquerda no portão e subindo a rua principal.

Ele bem desejava conseguir perceber melhor o carácter de uma mulher. Tinha a certeza de que lhe estava a mentir mas há anos que as mulheres lhe mentiam e nunca percebera quando elas o estavam o fazer.

Estava um bilhete com os dois molhos de chaves na portaria: *Que cabra! Só espero que não te tenha comido vivo depois de eu ter ido embora. Meti a porcaria das chaves dela no bolso e esqueci-me. Aqui estão, mais as do teu carro. Achei que devias ser tu, e não eu, a devolvê-las! Se te interessa saber, deixei o rolo com o Barry. Disse-me que vai revelá-lo hoje à noite. Até amanhã. Beijinhos, Lisa.*

Deacon decidiu que não havia pressa e dirigiu-se calmamente ao terceiro andar onde Barry Grover acumulava as funções de técnico de revelação e bibliotecário do Arquivo. Era uma personagem um tanto patética, de trinta e poucos anos, solitário convicto, baixo, barrigudo e de olhos proeminentes por detrás das lentes grossas, que se debruçava para as provas fotográficas da sua biblioteca com a avidez de um coleccionador e preferia vaguear pelos gabinetes até altas horas da noite em vez de ir para casa. O pessoal feminino evitava-o sempre que possível e inventava maldosos mexericos nas costas dele. Ao longo dos anos tinham-no classificado de diversas formas e sempre com convicção como pedófilo, *voyeur* e exibicionista, pois era a única justificação que conseguiam arranjar para o seu amor pelas fotografias. Deacon, que o achava tão antipático como as mulheres, sentia, apesar de tudo, uma certa pena dele. A vida de Barry era estranhamente árida.

— Ainda cá estás? — perguntou com falsa bonomia ao empurrar a porta com o ombro e dando com o outro curvado para um recorte de jornal que tinha em cima da secretária.

— É como vês, Mike.

Encavalitou uma nádega na borda da secretária:

— A Lisa disse-me que ias revelar o rolo dela. Lembrei-me de passar por cá a ver como é que saiu.

— Vou-te buscar as provas de contacto. — Barry esgueirou-se rapidamente para fora do gabinete como uma barata gorda e branca e Deacon, observando-o com um olhar crítico, descobriu que era a sua forma de andar que complicava com os nervos das pessoas. Havia algo muito feminino nos passinhos rápidos que ele dava e interrogou-se, não pela primeira vez, se o problema de Barry não teria mais a ver com uma homossexualidade não assumida do que com as perversões heterossexuais de que as mulheres o acusavam.

Acendeu um cigarro e virou para si o recorte de jornal que Barry estivera a ler.

The Guardian, 6 de Maio de 1990

Mulher de Bancário Libertada

Amanda Streeter, de 31 anos, foi libertada ontem, livre de acusações, após dois dias de interrogatório policial. «Estamos convencidos» afirmou um porta-voz da Polícia, «que Mrs. Streeter não esteve implicada no roubo de 10 milhões de libras do Lowenstein's Merchant Bank, nem tem qualquer conhecimento do paradeiro do marido». Confirmou que James Streeter, de 38 anos, terá deixado o país a hora incerta durante a noite de 27 de Abril. «A sua descrição foi posta a circular em todo o mundo e esperamos que seja encontrado numa questão de dias. Mal sejamos informados do seu paradeiro, serão iniciados os trâmites da extradição.»

O advogado de Amanda Streeter emitiu o seguinte comunicado à imprensa: «Mrs. Streeter ficou profundamente chocada com os acontecimentos dos últimos oito dias e prestou toda a colaboração possível à Polícia nas buscas efectuadas. Agora que foi dispensada da investigação, pede para não ser incomodada. Nada pode acrescentar às informações que são já do domínio público.»

As acusações contra James Streeter são que, ao longo de um período de cinco anos, se serviu do seu cargo no Lowenstein's para falsificar contas e roubar mais de 10 milhões de libras. As alegadas irregularidades foram descobertas há cerca de seis semanas mas os pormenores mantidos em segredo para evitar o pânico entre os clientes do banco. Quando se tornou claro que a investigação do próprio banco seria inconclusiva, o conselho de administração decidiu chamar a Polícia. Horas após a tomada da decisão, James Streeter desapareceu. Foi instaurado um processo contra ele, mesmo ausente.

— Reconheci a cara dela.

Deacon não o ouvira regressar e assustou-se com a inesperada, sussurrante, voz no silêncio. Viu o dedo gordo de Barry empurrar o recorte para o lado apontando para um retrato granuloso que estava por baixo.

— É ela, mais o marido, antes de ele fugir. A Lisa chamou-lhe Mrs. Powell mas é a mesma fulana. Deves lembrar-te do caso. Ele nunca foi apanhado.

Deacon baixou os olhos e observou com atenção a fotografia de Amanda Powell-Streeter, de trinta e um anos. Estava de óculos, tinha o cabelo mais curto e mais escuro e o rosto num perfil a três quartos. Não a teria reconhecido mas, sabendo quem era, reparou nas semelhanças. Olhou pensativamente para o marido, por um ou dois instantes, procurando alguma parecença com Billy Blake mas na vida as coisas nunca eram assim tão fáceis.

— Como é que consegues? — perguntou a Barry.

— É para isso que me pagam.

— Isso não é resposta.

O outro sorriu intimamente:

— Há quem diga que é um dom, Mike. — Pousou as provas de contacto em cima da secretária. — A Lisa asneirou com estas. Só há umas cinco ou seis que se aproveitam. Tem de tirar outras.

Deacon ergueu as provas contra a luz e examinou-as com cuidado. Estavam todas más, desfocadas ou com tão pouca luz que o rosto de Amanda Powell parecia de granito. Havia seis fotos perfeitas de uma garagem vazia no final da sequência. Apagou o cigarro num cinzeiro colocado em cima da secretária de Barry mesmo ao lado de um aviso bem visível a dizer: *Para bem da minha saúde, por favor não fume.*

— Como diabo conseguiu ela fazer uma porcaria destas? — perguntou, furioso.

Pacientemente, Barry lá despejou o cinzeiro para o cesto dos papéis.

— A máquina dela deve ter algum problema. Amanhã requisito-a para arranjar. É uma pena. Costuma ser tão competente.

Considerando a má qualidade das fotos de Lisa, ainda era mais extraordinário que Barry tivesse conseguido estabelecer a ligação. Deacon tirou o bloco de notas do bolso do casaco e puxou para fora os dois retratos de Billy Blake.

— Não o reconheces, pois não?

O baixinho pegou neles e colocou-os lado a lado em cima da secretária. Examinou-os durante muito tempo.

— Talvez — acabou por dizer.

— Talvez, como? Ou reconheces ou não.

Barry pareceu ficar magoado:

53

— Não percebes nada disto, Mike. Supondo que eu tocava um compasso de Mozart, talvez fosses capaz de identificá-lo com sendo de Mozart mas nunca conseguirias dizer a que obra ele pertencia.

— O que é que isso tem a ver com a identificação de um retrato?

— Não ias perceber. É muito complicado. Vou ver o que consigo fazer.

Deacon sentiu-se devidamente posto no seu lugar. E não era a primeira vez, nessa noite. Mas havia menos probabilidades de ser atormentado por pensamentos sobre Barry do que sobre uma mulher que lhe fazia lembrar a mãe.

— E se me arranjasses uns bons negativos? O mais certo é ele não se parecer nada com isto quando estava em forma, saudável, mas talvez se consiga fazer alguma coisa no computador para encher um pouco o rosto. Já nos dava uma base melhor para começarmos, não dava?

— É possível. De onde vieram as fotos?

— Mrs. Powell. Ele morreu na garagem dela sob o nome de Billy Blake mas ela não acredita que esse fosse o verdadeiro nome dele. — Fez-lhe um breve resumo do que Amanda lhe contara. — Está com a ideia fixa de tentar identificá-lo e localizar a família dele.

— Porquê?

Deacon bateu com o dedo no recorte de jornal:

— Não sei. Talvez tenha alguma coisa a ver com o que aconteceu ao marido.

— Não me custa nada fazer os negativos. Quando é que os queres?

— Amanhã, logo de manhã?

— Faço-tos agora.

— Obrigado. — Deacon olhou para o relógio, ao levantar-se, e reparou, com surpresa, que já passava das dez. — Mudança de planos — disse, inesperadamente, tirando o casaco de Barry do cabide atrás da porta. — Vou mas é levar-te a tomar um copo. Caramba, homem, não és nenhum escravo desta maldita revista. Por que diabo é que de vez em quando não nos mandas bugiar, a todos?

Barry Grover deixou-se arrastar ao longo do passeio pela mão insistente de Deacon no seu ombro mas era um voluntário relutante. Já antes fora alvo de tais convites espontâneos. Conhecia o programa, sabia que só fora convidado por um rebate da frívola consciência de Deacon, sabia que ia ser esquecido e ignorado cinco minutos depois de entrarem no bar. Os companheiros de copos de Deacon estariam ao balcão e Barry ia ficar de lado, sem querer meter-se onde não era desejado, sem querer chamar as atenções indo-se embora.

No entanto, como de costume, foi invadido por uma terrível ambivalência à medida que se aproximavam do bar pois ao mesmo tempo receava e desejava muito ir beber um copo com Deacon. Receava a inevitável rejeição, desejava muito ser aceite como amigo de Deacon pois este demonstrara-lhe, desde que entrara para a *Street*, a maior camaradagem e companheirismo que Barry jamais encontrara. Disse para consigo mesmo que bastava ser aceite uma única vez. Afinal de contas era uma ambição tão pequena para um homem. Sentir que fazia parte de um grupo, nem que fosse só por uma noite, contar uma anedota e fazer rir, ser capaz de dizer na manhã seguinte: «Fui beber um copo com um amigo.»

Parou abruptamente à porta do bar e começou a limpar furiosamente os óculos a um grande lenço branco.

— Afinal, Mike, acho que é melhor ir para casa. Não tinha reparado que era tão tarde e, para te fazer os negativos, não posso chegar atrasado.

— Tens tempo para uma caneca — retorquiu Deacon, jovialmente. — Onde é que moras? Eu deixo-te em casa depois, se me ficar em caminho.

— Camden.

— Fica combinado, então. Eu moro em Islington. — Passou um braço amigo pelos ombros de Barry e, juntos, atravessaram a soleira do Lame Beggar.

Mas as previsões do baixinho gordo tinham todo o fundamento. No espaço de minutos, Deacon fora arrebanhado para um ruidoso festejo pré-natalício enquanto Barry se limitava a disfarçar o embaraço e a solidão num simulado desprendimento junto à parede. Quando percebeu que Deacon estava bêbedo de mais para o levar a casa, ou mesmo para se lembrar da oferta, é que sentiu crescer dentro de si uma terrível sensação de injustiça. Sentimentos confusos de idolatria transformaram-se raivosamente em amargo rancor. Pela parte que lhe tocava, o inferno que congelasse a ver se Deacon saberia, por ele, quem realmente era Billy Blake.

23.00 h — Cidade do Cabo, África do Sul

Estava uma noite quente, de Verão, no Cabo Ocidental. Uma mulher bem vestida encontrava-se, sozinha, no restaurante de fachada envidraçada do hotel Victoria and Alfred, a fazer render uma chávena de café simples. Tratava-se de uma cliente habitual embora pouco se soubesse a seu respeito para além do nome, Mrs. Metcalfe. Comia e bebia sempre com parcimónia e, para os criados, a sua ida ao hotel era um mistério. Parecia ter um certo prazer na solitária refeição e preferia voltar as costas o mais possível aos outros comensais relanceando o olhar pelo porto onde, à luz do dia, veria as gaivotas a voltejar por entre os navios ancorados. A noite oferecia menos distracções e, como sempre, ela ostentava uma expressão de enfado.

Às onze da noite, o motorista apresentou-se na recepção e ela, depois de pagar a conta, foi-se embora. O criado embolsou a generosa gorjeta do costume e interrogou-se, uma vez mais, sobre o que a traria ali todas as quartas-feiras à noite para lá passar três horas fazendo algo que achava maçador.

Se fosse minimamente simpática, ele até lhe perguntava, mas era o exemplo típico da branca magricela e de poucas falas e a relação deles era meramente profissional.

4

SE DEACON ficou admirado por Barry Grover ter saído do bar sem dizer nada não se preocupou. Ele próprio já abandonara muitas sessões de copos para encarar isso como perfeitamente normal. Fosse como fosse, ficou aliviado por se ver livre da responsabilidade de levar o homem a casa. Não estava tão bêbedo como Barry pensara, mas o certo é que tinha passado das marcas e preferiu deixar o carro à porta do escritório e apanhar um táxi. Alugara um apartamento num sótão e deixou-se cair indolentemente no banco a caminho de Islington. Ele e Barry tinham algo em comum, pensou, calculando que os longos serões do outro significassem que partilhava da sua aversão em ir para casa. O paralelo surgiu-lhe repentinamente. Quais seriam os motivos de Barry? Teria ele, como Deacon, medo do vazio de um apartamento que nada continha de natureza pessoal porque não havia nada do seu passado que ele quisesse recordar?

Afundou-se mais na melancolia etílica, deixando-se dominar pelo autodesprezo induzido pelo álcool. Era o culpado de tudo. Da morte do pai. Dos casamentos falhados. Do ressentimento da família e posterior rejeição. (*Bolas, e os malditos olhos daquela mulher que não lhe saíam do pensamento. As recordações da mãe tinham-no perseguido durante toda a noite.*) Sem filhos. Sem amigos, porque tinham tomado, todos, o partido da sua primeira mulher. Devia estar maluco para trair uma mulher e depois descobrir que a segunda não valia o preço que pagara por ela.

De tempos a tempos o motorista do táxi lançava-lhe um breve olhar compreensivo pelo espelho retrovisor. Sabia o que era a tristeza de um homem que bebia para afogar as mágoas. Londres estava cheio deles nos dias que antecediam o Natal.

Deacon acordou cheio de determinação, o que não era habitual nele. Atribuiu isso ao facto de o seu subconsciente ter estado a passar de novo a cassete da entrevista com Amanda Powell espicaçando-lhe ainda mais a curiosidade. Por que é que falar de Billy Blake, um desconhecido, provocava uma reacção emocional quando uma alusão ao marido, James Streeter, não provocava nenhuma? Nem mesmo raiva.

Ponderou na questão no solitário isolamento da cozinha enquanto mexia o café e olhava com desagrado para as insípidas paredes brancas e insípidos armários brancos que o rodeavam. Como seria de prever, os pensamentos voltaram-se para o íntimo. Alguma das *suas* mulheres mostraria emoção quando o nome *dele* era referido? Ou não passaria de um episódio esquecido nas vidas delas?

Podia morrer como Billy Blake, pensou, encolhido a um canto daquele maldito apartamento e quando fosse encontrado, dias depois, o mais certo era ser por um estranho. Vistas as coisas, quem viria à procura dele? JP? Lisa? Os companheiros de copos?

Santo Deus! A sua vida era realmente tão vazia — e inútil? — como a de Billy Blake...?

Chegou cedo ao escritório, consultou a lista telefónica e um roteiro de Londres, deixou recado na portaria a dizer que vinha mais tarde e foi buscar o carro seguindo para leste ao longo do rio em direcção ao que em tempos fora o buliçoso porto de Londres. Como em tantos outros espalhados pelo mundo, as frotas mercantes e a actividade portuária tinham, há muito, dado lugar a embarcações de recreio, urbanizações luxuosas e marinas.

Desceu pela margem ocidental da Isle of Dogs e localizou o armazém remodelado onde os arquitectos da W. F. Meredith tinham os seus escritórios e continuou em direcção a um edifício sujo, coberto de tapumes, que em nada se parecia com os seus vizinhos excepto no formato rectangular e telhado de empenas. Não que lhe exigisse um grande esforço de imaginação calcular no que aquela triste relíquia da Londres vitoriana se transformaria. Vivera na capital o tempo suficiente para assistir à transformação dos velhos edifícios da zona das docas em coisas lindas e bastava-lhe olhar para os armazéns reconvertidos à sua volta para se recordar do que era possível fazer.

Estacionou o carro, tirou numa lanterna e uma garrafa de uísque Bell's do porta-luvas e encaminhou-se para a entrada do edifício passando por uma frincha da vedação. Apalpou as tábuas pregadas nas portas e janelas antes de dar a volta para a parte de trás. Cinco ou seis metros de baldio separavam a parede traseira do rio e aconchegou-se melhor no casaco ao sentir o vento frio e cortante que soprava dos lados do Tamisa arrepiando-lhe a pele do rosto. Que alguém pudesse expor-se a tais rigores era algo que o ultrapassava, no entanto, um pequeno grupo de homens, aparentemente alheios ao frio e à humidade da manhã, aninhara-se em redor de um braseiro de lenha no vão de uma porta na parede do armazém. Miraram-no com desconfiança quando se aproximou.

— Viva — disse ele agachando-se num espaço vago do círculo com a garrafa entre os pés —, chamo-me Michael Deacon. — Puxou do maço de cigarros e ofereceu-o a todos. — Sou jornalista.

Um dos homens, muito mais novo que os outros, soltou uma curta risada e imitou a culta dicção de Deacon:

— Viva. Chamo-me R. S. Hole[3]. Sou vadio. — Tirou um cigarro. — 'brigado. Vou guardá-lo para os aperitivos antes do jantar, se não se importa.

— De modo algum, Mr. Hole. Mas acho uma pena esperar pelo jantar.

O garoto tinha um rosto magro, chupado, debaixo de uma cabeça grosseiramente rapada.

— Chamo-me Terry. Que procuras, meu sacana?

Era de facto muito novo, pensou Deacon, mas havia uma esperteza de rua no agressivo espetar do queixo e um enorme cinismo nos olhos semicerrados. Ligeiramente chocado, lembrou-se que Terry devia estar a pensar que ele era um homossexual de meia-idade à procura de um jovem prostituto.

— Informações — respondeu tranquilamente. — Sobre um homem chamado Billy Blake que costumava parar por aqui quando não estava preso.

— Quem é que disse que a gente o conhecia?

— A mulher que lhe pagou o funeral. Disse-me que veio cá e que lhe responderam a algumas das perguntas dela.

— *Ai*-manda — disse um dos outros. — Lembro-me dela. Ainda há pouco tempo a vi à esquina e ela deu-me uma de cinco.

Terry fê-lo calar-se com um gesto impaciente da mão:

— O que é que um jornalista pode querer do Billy? Ele já morreu há seis meses.

---

[3] Jogo de palavras — S. Hole pronuncia-se como *asshole* (idiota). (*NT*)

— Ainda não sei bem — respondeu Deacon, com sinceridade. — Talvez queira apenas provar que a vida do Billy teve alguma importância. — Entrelaçou os dedos em volta do gargalo da garrafa. — Aquele que me disser alguma coisa importante fica com o uísque.

Os mais velhos olharam para a garrafa; Terry olhou para o rosto de Deacon:

— Importante em que sentido, exactamente? — perguntou com forte ironia. — Sei que ele se estava nas tintas para tudo. É importante?

— Isso calculei eu logo, Terry, ao ver pela forma como morreu. Importante é alguma coisa que eu ainda não saiba ou que me conduza a alguém que possa ter informações sobre ele. Comecemos pelo seu verdadeiro nome. Quem era ele antes de se transformar em Billy Blake?

Abanaram as cabeças.

— Fazia desenhos no passeio — disse um velhote. — Tinha um poiso lá em baixo ao pé dos barcos.

— Eu sei. Amanda disse-me que ele desenhava sempre a mesma cena da Natividade. Alguém sabe porquê?

Mais abanares de cabeça. Pareciam saídos de um filme da *Guerra das Estrelas*, pensou Deacon distraidamente. Macacoidezinhos encarquilhados, metidos em sobretudos grandes de mais para eles, mas com olhos brilhantes, ladinos, reveladores de uma astúcia que ele jamais possuiria.

— Era apenas um desenho de uma família que toda a gente reconhecia — afirmou Terry. —Não era parvo e precisava de dinheiro. Escrevia «Abençoados sejam os pobres» por baixo e depois deitava-se ao lado. Tinha um ar doente como o caraças a maior parte do tempo e as pessoas tinham pena quando viam o desenho e liam a mensagem. Ganhava umas coroas valentes e só era agressivo quando apanhava uma bezana e se punha a pregar para os fregueses. Mas isso só os afugentava e nesses dias voltava para casa teso e tinha de curar a bebedeira.

Os rostos à sua volta abriram-se em sorrisos de quem se lembra.

— Era um bom artista quando estava sóbrio — comentou o velhote que já antes se pronunciara. — Levado da breca quando estava grosso. — Riu-se para consigo mesmo, o rosto curtido a enrugar-se emoldurado por um carapuço de lã. — Desenhava o céu quando estava sóbrio e o inferno quando estava com a pinga.

— Quer dizer que fazia dois desenhos diferentes?

— Fazia centenas, desde que arranjasse papel. — O velho rosto virou-se na direcção dos blocos de escritórios. — Costumava ir buscar pilhas de cartas velhas aos caixotes do lixo, à noitinha, e passava a noite a fazer os desenhos dele nas costas, depois deitava-os fora de manhã.

— Que lhes acontecia?

— Queimávamo-los no dia seguinte.

— O Billy não se importava?

— Ná — respondeu outro. — Precisava de se aquecer, como nós. A bem dizer, até se ria com isso. — Fez um gesto elucidativo com o dedo apontado à testa. — Era chanfrado de todo. Sempre aos berros a falar do fogo do inferno e da purificação pelas chamas do demónio. Uma vez enfiou a mão no meio de um monte de papel a arder e deixou-a lá ficar uma data de tempo até nós o arrancarmos de lá.

— Por que é que ele fez isso?

Um encolher de ombros de indiferença deu a volta ao grupo como uma silenciosa onda num estádio. Não havia lógica nos actos de um louco, parecia ser a opinião geral.

— Andava sempre a fazer isso — afirmou Terry. — Às vezes eram as duas mãos, a maioria das vezes era só a direita. Aquilo chateava-me à brava. Havia dias em que não conseguia sequer mexer os dedos porque as bolhas estavam mesmo assanhadas, mas mesmo assim lá fazia a porcaria dos desenhos. Entalava o lápis no meio de dois dedos e mexia a mão toda para desenhar. Dizia que precisava sentir a dor da criação.

— Aqui o jovem Terry percebeu que ele era maluco — declarou o ancião de rosto curtido, com o carapuço. — Disse-lhe que ele devia tomar remédios mas o Billy não quis saber. Disse que não sofria de nada mental e que não queria nada com médicos. A morte era a única cura para o que o afligia.

— Alguma vez tentou matar-se?

Terry soltou nova risadinha curta e fez um gesto à sua volta:

— Que chama você a isto? Viver ou morrer?

Deacon concordou com um aceno de cabeça:

— O que eu quis dizer foi se ele fez alguma tentativa concreta para acabar com a vida?

— Não — respondeu o rapaz, categórico. — Dizia que ainda não tinha sofrido o bastante e que precisava de morrer aos poucos. — Puxou o casaco mais para junto do corpo franzino quando nova rajada de vento assobiou dos lados do rio soltando faúlhas do braseiro. — Ouça, amigo, o desgraçado tinha esquizofrenia galopante, aqui como o Walt. — Deu um leve encontrão ao vulto entrouxado que estava, tal como Billy estaria quando Amanda Powell o encontrou, de cabeça tombada para cima dos joelhos. — O Walt tem medicamentos mas metade das vezes esquece-se de os tomar. Por direito, devia estar no hospital mas já não há hospitais. Ficou em casa da mãe por uns tempos quando os médicos disseram que ele estava em condições de andar cá fora mas pregou um susto dos diabos à velhota e ela pô-lo na rua. — Voltou-se para olhar para o armazém. — Há mais vinte como ele lá dentro. Somos nós, os sãos, que tratamos deles e se quer saber não é pêra doce.

Deacon concordou com ele. Em que estava a sociedade a tornar-se quando eram os indigentes que, na comunidade, tomavam conta dos doentes mentais?

— O Billy alguma vez falou em ter estado internado?

Terry abanou a cabeça:

— Não falava muito sobre o passado.

— Está bem. E da cadeia? Sabem em qual é que esteve?

Terry espetou o queixo em direcção ao velhote do rosto curtido:

— O Tom e ele estiveram uma vez um mês em Brixton.

— Onde é que o puseram? — perguntou Deacon a Tom. — Na ala hospitalar ou numa cela?

— Cela, como a mim.

— Ele recebeu algum tratamento?

— Que me lembre, não.

— Então, na cadeia, não lhe diagnosticaram a esquizofrenia?

Tom abanou a cabeça:

— Os sacanas têm lá tempo ou disposição para se preocuparem com um bêbedo que vai passar quatro semanas na prisão? Isso era o tempo que ele precisava para ressacar, portanto quando desatava aos berros sem se calar eles pensavam que estava com os tremores ou outra treta do género.

— Era tão maluco lá dentro como cá fora?

Tom fez um gesto oscilante com a mão:

— Tinha altos e baixos, ficava muitas vezes deprimido, mas tirando isso andava bem. Ia à capela como um bom cristão e portava-se bem. Acho que a bebida é que o punha maluco. Só asneirava quando apanhava um pifo. Sóbrio, era tão bom da cabeça como nós.

Deacon ofereceu outra rodada de cigarros e depois levantou a aba do casaco a proteger do vento o que acendeu para si mesmo:

— Então nenhum de vocês sabe de onde ele veio, quem poderá ter sido ou por que é que escolheu o nome de Billy Blake?

— O que o leva a pensar que não era o verdadeiro nome dele? — perguntou Terry. Desta feita resolveu fumar o cigarro pegando num galho da fogueira para o acender.

Deacon encolheu os ombros:

— É só um palpite. — Puxou uma grande fumaça do cigarro para conseguir manter a ponta acesa. — Como é que ele falava? Tinha algum sotaque?

— Nada que se notasse. Uma vez perguntei-lhe se ele era actor, porque falava com muita categoria quando lhe dava para os delírios, mas ele disse que não.

— Que fazia ele quando lhe dava para os delírios?

— Gritava tudo o que lhe vinha à cabeça. Umas coisas rimavam mas não sei se era ele que estava a inventar ou a recitar coisas de outra pessoa. Lembro-me de algumas... e de uma mais ou menos porque ele estava sempre a dizer a mesma coisa. Era esquisito como o caraças, sobre a mãe a gemer, o pai a chorar e os demónios a saltar das nuvens.

— Consegues recitar isso?

Terry olhou para os outros em busca de inspiração:

— Acho que não — respondeu ao ver gorados os seus intentos. — Começava sempre com «Minha mãe gemeu, meu pai chorou» mas não me lembro do que vinha a seguir.

Deacon protegeu o cigarro nas mãos em concha e sondou as profundezas da memória.

— «Minha mãe gemeu, meu pai chorou,» — murmurou — «Para o mundo perigoso um pulo eu dou;/ Indefeso, desnudo, num forte vagido,/ Como demónio em nuvem escondido.»

— Isso — exclamou o jovem com espanto e admiração. — Como diabo é que descobriu?

— É um poema intitulado «Infant Sorrow» de um homem chamado William Blake. Há uns anos, fiz uma tese sobre ele. Foi um poeta e pintor do século dezoito considerado louco pelos seus contemporâneos por afirmar que tinha visões. — Deacon esboçou um débil sorriso. — William escreveu alguns poemas maravilhosos mas viveu e morreu praticamente na miséria porque ninguém reconheceu o génio dele enquanto foi vivo. Acho que o vosso amigo conhecia muito bem William e a sua obra.

— Pois é — redarguiu Terry, rápido de raciocínio —, William Blake, Billy Blake. Que mais escreveu esse tipo?

— «Tigre! Tigre! a brilhar fulgurante / Nos bosques da noite anelante»… — Deacon fez uma pausa incitando o garoto a completar a quadra.

— «Que mão, olhar, imortal actua» / Ao conceber *tua* feroz simetria?» — recitou o jovem, triunfante. — Sim, o Billy estava sempre a papaguear essa. Eu disse-lhe que não rimava como deve ser e ele respondeu que tínhamos de acentuar o «tua» que era onde estava a rima.

Deacon acenou com a cabeça. Billy Blake teria sido professor?

— Há um verso na quadra a seguir que diz assim: «Que mão ousa o fogo agarrar?» Achas que ele estava a pensar nisso quando tentou queimar a própria mão?

— Sei lá. Depende do que isso significa.

— O tigre representa poder, energia e crueldade. O poema descreve esse animal belo mas indomável como tendo sido forjado nas chamas e depois continua perguntando por que é que o seu criador foi suficientemente destemido para fabricar algo tão perigoso. — Deacon percebeu que perdera a atenção dos outros mas que ainda havia um vivo interesse no rosto de Terry. — Foi a mão do criador que ousou «agarrar o fogo», por isso talvez o Billy achasse que tinha iniciado algo que não conseguia dominar.

— Se calhar. — O olhar do jovem, fixo nas águas do rio, tornara-se ausente. — O criador é Deus?

— *Um* deus. Blake não especifica qual.

— O Billy achava que havia montes de deuses. Deuses da guerra. Deuses do amor. Deuses dos rios. Deuses de tudo-e-mais-alguma-coisa. Passava a vida a praguejar contra eles. «A culpa é vossa, seus chatos» punha-se a berrar, «por isso não me chateiem e deixem-me morrer.» Eu dizia-lhe que se ele deixasse de acreditar que os deuses existiam já não tinha de os odiar. Faz sentido, não faz? — O rosto chupado virou-se para o braseiro.

— O que é que ele pensava que era culpa dos deuses?

— Não é o que ele *pensava* — afirmou Terry com cuidadosa ênfase — é o que ele *sabia*. — Estendeu o braço e agarrou o ar com os dedos.

64

— Estrangulou alguém porque os deuses escreveram isso no destino dele. Foi por isso que meteu a mão no fogo. Chamava-lhe «arma ofensiva» e dizia que «tais sacrifícios eram necessários para que a raiva dos deuses se dirigisse para outra pessoa». Coitado. A maior parte do tempo não sabia a quantas andava.

Por sugestão de Terry, Deacon deixou a garrafa de uísque Bell's entregue aos cuidados do velhote do carapuço antes de entrar, atrás do jovem, no armazém para ver onde Billy dormira.

— É uma perda de tempo — resmungou o rapaz. — Ele já morreu há seis meses. Que espera encontrar?

— Qualquer coisa.

— Ouça, já passaram por aqui uma data de vagabundos desde que ele bateu a bota. Não vai encontrar nada. — Mas, mesmo assim, conduziu Deacon para o interior penumbroso. — É doido ou quê? — comentou, divertido, quando Deacon projectou uma pequena poça de luz para os pés deles com a lanterna. — Isso não o vai ajudar a ver nada, homem! Aguente um bocado, está bem? Os seus olhos já se acostumam à escuridão. Basta a luz que entra pela porta.

Uma paisagem lunar, cinzenta, começou aos poucos a delinear-se diante de Deacon, um deserto de ferros torcidos, tijolos empilhados e velhos destroços de armazém. Era o rescaldo da guerra onde já não existia nada identificável e apenas o cheiro acre de urina indiciava a presença humana.

— Há quanto tempo cá estás? — perguntou a Terry começando a vislumbrar corpos adormecidos no meio do lixo.

— Há dois anos, com intervalos.

— Porquê este sítio? Por que não foste para um centro de acolhimento ou para um albergue?

O jovem encolheu os ombros:

— Já por lá passei. Isto não é assim tão mau. — Seguiu à frente dele, passou por uma pilha de tijolos e apontou para uma casota improvisada feita de PVC e mantas velhas. Puxou para o lado uma das mantas e esticou o braço para acender um candeeiro de petróleo que funcionava a pilhas. — Dê uma olhadela — convidou. — Este é o meu poiso.

Deacon teve uma sensação estranha, quase de inveja. Era uma tenda mal-amanhada, no meio de um caos urinento, mas tinha personalidade, coisa que faltava ao seu apartamento. Havia cartazes de mulheres semi-nuas pregados às paredes de PVC, uma enxerga no chão com uma colcha de retalhos artesanal, bibelôs em cima de um arquivador, uma cadeira de vime com um roupão por cima e um ramalhete de rosas vermelhas de plástico em cima de uma mesinha pintada. Entrou e sentou-se na cadeira, dobrando cuidadosamente o roupão no colo.

— Está bom. Decoraste-o muito bem.

— *Eu* gosto. Arranjei a maioria das coisas no camião do lixo. É incrível o que as pessoas deitam fora. — Terry enfiou-se lá dentro e estendeu-se na cama. Descontraído, parecia mais jovem do que lá fora ao vento, em tensa concentração. — Tenho mais liberdade que num albergue e não há tanta gente como num centro de acolhimento. Uma pessoa passa-se da cabeça num sítio daqueles.

— Não tens família?

— Não. Ando a saltar de lar em lar desde os seis anos. Um gajo uma vez disse-me que a minha mãe tinha sido presa por isso é que fui parar à Assistência mas nunca tentei encontrá-la. É uma falhada, seria uma perda de tempo ir à procura dela. Cá me vou desenrascando.

Deacon esforçou-se por observar bem o rosto jovem para depois se lembrar dele. Mas não havia, no garoto, nada de especial. Era como uma centena de rapazes de cabeça rapada da mesma idade, uniformemente deslavados, uniformemente desinteressantes. Estranhou que Terry não tivesse falado do pai mas calculou que fosse anónimo e, por conseguinte, irrelevante. Pensou em todas as mulheres com quem ele próprio dormira ao longo dos anos. Teria alguma delas engravidado e dado à luz um Terry que depois abandonara?

— Mesmo assim não deve ser lá muito divertido viver nesta espelunca.

— Sim, bom, não sou o primeiro a fazer isto e de certezinha que não vou ser o último. Como já lhe disse, cá me vou desenrascando. O que um homem faz, outro pode fazer.

A expressão pareceu-lhe deslocada num jovem como Terry.

— É alguma frase que o Billy costumava dizer?

O rapaz encolheu os ombros com indiferença:

— Se calhar. Estava sempre a chagar-me o juízo com os sermões dele. — A voz assumiu uma entoação mais refinada. — «Não podes ter direitos sem responsabilidade, Terry. O maior pecado do homem é a soberba porque arrisca-se a destronar Deus. Prepara-te... o Dia do

Juízo Final está mais próximo do que tu imaginas.» — Voltou à sua maneira de falar, mais grosseira. — Só lhe digo que uma pessoa ficava a pensar no que ele dizia. Era mesmo chanfrado mas tinha bom fundo e acho que aprendi umas coisas com ele.

— Como, por exemplo?

Terry fez um largo sorriso:

— Como, por exemplo, os loucos fazem perguntas a que os sábios não conseguem responder.

Deacon sorriu:

— Quantos anos tens?

— Dezoito.

Deacon tinha certas dúvidas quanto a isso. Apesar da facilidade de expressão e rapidez de raciocínio, que lhe permitiam dominar os velhos pedintes com quem vivia, a penugem no queixo era ainda rala e ele estava a crescer a uma velocidade que o magro esqueleto dificilmente acompanhava. As mãos grandes e ossudas pendiam-lhe das mangas como pás de remos e ainda tinha de esperar uns tempos para que a maturidade lhe entroncasse o peito e os ombros. Isso aumentou ainda mais a curiosidade que Deacon sentia em relação ao pregador — *e professor?* — que se tornara seu amigo.

— Há quanto tempo conhecias o Billy? — perguntou-lhe.

— Uns dois anos.

Desde que estava no armazém, portanto.

— O cantinho dele era tão bom como este?

Terry abanou a cabeça:

— Ele queria sofrer. Já lhe disse, era marado de todo. Fui dar com ele a andar por aí nu, o ano passado, nesta altura. Não imagina o frio que estava. Ficou roxo da cabeça aos pés. Perguntei-lhe, que diabo estás tu a fazer, meu maluco, e ele respondeu que estava a mortificar a carne… — fez uma pausa, sem saber bem se utilizara o termo correcto — ou coisa assim no género. Nunca arranjou um poiso, embrulhava-se num cobertor velho e deitava-se ao pé da fogueira. Não tinha nada, está a compreender, não queria nada, não se preocupava com o conforto. Sabia que os deuses acabariam por levá-lo e achava que devia facilitar o mais possível a tarefa aos sacanas.

— Porque era um assassino?

— Talvez.

— Ele disse se a pessoa que assassinou era homem ou mulher?

67

Terry entrelaçou as mãos na nuca:

— Não me lembro.

— Por que é que te contou a ti e não aos outros?

— Como é que sabe que ele não contou aos outros?

— Estive a observar os rostos deles.

— Passam a maior parte do tempo tão bêbedos que não se lembram de nada. — Terry fechou os olhos. — Sou capaz de me lembrar em troca de uma de dez.

O sopro da gargalhada de Deacon fez levantar o canto de um dos cartazes.

— Eu não nasci ontem, meu menino. — Tirou um cartão de visita da carteira e, com um piparote, lançou-o para cima do peito de Terry. — Telefona-me em qualquer altura quando descobrires alguma coisa que eu possa confirmar mas não me venhas com tangas. E se queres o dinheiro, a informação que seja das boas. — Pôs-se de pé e olhou para baixo, para o rosto do jovem: — Que idade tens, a sério, Terry? — Uns dezasseis, pelos meus cálculos.

— Idade suficiente para topar um estupor de um sovina.

De regresso ao escritório, Deacon encontrou um bilhete de Barry Grover em cima da secretária com os retratos originais de Billy Blake dentro de um envelope de plástico transparente. *Não consigo encontrar este tipo nos meus ficheiros,* escrevera ele, *mas entreguei os negativos e as cópias ao Paul Garrety. Ele vai ver o que pode fazer com eles no computador. B. G.*

Paul Garrety, o Director de Arte, abanou a cabeça quando Deacon o procurou para saber como se estava a sair com os retratos de Billy Blake. Tinham persuadido JP a investir fortemente em equipamento informático no sector artístico com a promessa de que a tecnologia podia fazer pelo grafismo e concepção da *Street*, aumentando consequentemente as vendas, o que um batalhão de grafistas não lograra até então. Mas ele estava demasiado preso ao antigo visual da revista para dar rédea solta a Paul na compra do equipamento e Garrety, tal como Deacon, passava a maior parte dos seus dias de trabalho a discutir com o chefe.

— Precisas de um perito, Mike — respondeu-lhe. — Posso dar-te uma centena de diferentes versões dele mas é preciso alguém com conhecimentos de fisionomia para te dizer qual delas é a mais exacta.

— Apontou para o ecrã do computador. — Repara. Consegue-se obter um rosto mais cheio, ou seja, basta engordá-lo. Pode encher-se mais as bochechas dilatando a parte inferior. Pode pôr-se um queixo duplo, olhos papudos, cabelo mais farto. As permutas são infinitas e cada uma delas tem um aspecto diferente.

Deacon analisou as várias alternativas que surgiram no ecrã:

— Estou a perceber.

— É uma ciência. O melhor é procurares um patologista ou um desenhador especializado em rostos. Podíamos escolher qualquer uma destas versões mas o mais certo era não se parecer nada com o teu morto.

— Há alguma hipótese de o JP publicar o original ao lado do meu texto?

Garrety soltou uma risada:

— Nenhuma, e desta vez concordo com ele. Ia pôr os fregueses a vomitar o pequeno-almoço. Sejamos francos, quem é que está para comer os *corn-flakes* a olhar para um velho bêbedo encarquilhado que morreu de fome?

— Ele só tinha quarenta e cinco anos — replicou Deacon, calmamente. — Era três anos mais velho que eu e dez mais novo que tu. Posta nestes termos, a coisa já não tem tanta graça, pois não?

O artigo de fundo de Michael Deacon sobre a pobreza saiu na edição dessa semana da *Street* sem qualquer referência a Amanda Streeter ou a Billy Blake. Com efeito, o texto final era precisamente o que ele congeminara à partida. Uma cuidadosa análise da alteração das medidas sociais que se concentrava em causas e soluções a longo prazo. JP duvidava que viesse a interessar aos leitores («É uma grande seca, Mike. Por amor de Deus, onde é que está o interesse humano?») mas sem um retrato, quer de Billy quer de Mrs. Powell, pouco interesse parecia haver em reproduzir as insípidas considerações que esta última tecera sobre o problema dos sem-abrigo em geral. JP repetiu as ameaças de não renovação do contrato de Deacon se este não concordasse que a chafurdice política era o ponto forte da revista e Deacon respondeu sarcasticamente que, a fiarem-se no número de vendas, o público da *Street* gostava tanto de ver a sua inteligência insultada como o restante eleitorado.

Amanda Powell, que recebera as chaves da garagem e os dois retratos de Billy pelo correio com um anónimo cartão de cumprimentos da *Street*, ficou desapontada, mas não surpreendida, ao ver que ela e Billy haviam sido excluídos do artigo de Deacon. Mas leu-o com interesse, particularmente o parágrafo que descrevia um armazém-abrigo e a sua comunidade de residentes com perturbações mentais entregues aos cuidados de uma meia dúzia de velhotes e um rapaz.

Havia uma expressão de alívio nos seus olhos quando pôs a revista de lado.

5

UMA PEQUENA pesquisa durante uma tarde calma forneceu os nomes e moradas dos pais e irmão de James Streeter mais alguns comunicados imaginativos — *e propositadamente difamatórios?* — emitidos pela Campanha de Amigos de James Streeter com sede na residência do irmão, em Edimburgo. O último datava de Agosto de 1991.

Apesar de doze meses de esforços conjugados, não houve um único jornal que tenha defendido as afirmações da Campanha de Amigos de James Streeter de que James foi assassinado na noite de sexta-feira, 27 de Abril de 1990, com vista a proteger um membro do conselho de administração do Lowenstein's e poupar ao banco o catastrófico colapso que inevitavelmente resultaria da perda de confiança na sua administração.

No interesse da justiça, deverão ser investigados os seguintes factos:
- James Streeter não tinha conhecimentos para cometer a fraude de que é acusado. Alega-se que terá obtido treino informático no estrangeiro, em França e na Bélgica. A CAJS recolheu testemunhos dos seus anteriores empregadores e da primeira mulher confirmando que tal não aconteceu. (Ver documentos anexos.)
- James Streeter não teve qualquer acesso quer à investigação interna do Lowenstein's quer às decisões do conselho de administração, portanto não pode ter sabido qual a data «ideal» para sair do país. A CAJS possui declarações para esse efeito da sua secretária e membros do departamento. (Ver documentos anexos.)
- James Streeter fez alusão a amigos e colegas, nos seis meses anteriores ao desaparecimento, à incompetência de Nigel de Vriess, seu controlador de informática, que pertencia à adminis-

(continua)

tração do Lowenstein's em 1990 e que, entretanto, saiu do banco. A CAJS possui três declarações juramentadas comprovando que James afirmou, em Janeiro de 1990, que Mr. de Vriess era «no mínimo incompetente e no máximo tendencialmente criminoso». (Ver documentos anexos.)

- Tem sido dado muito crédito às perniciosas alegações feitas por Amanda Streeter contra o marido num depoimento escrito feito à Polícia. A saber: (1) Que James tinha um romance com uma mulher que trabalha numa empresa de *software* — nome Marianne Filbert, paradeiro desconhecido. (2) Que ele uma vez comentou «Qualquer idiota consegue trabalhar com o sistema desde que alguém lhe diga em que teclas deve carregar». (3) Que era um obcecado pela riqueza.

- A CAJS refuta as três alegações. (1) e (3) baseiam-se unicamente na palavra de Amanda Streeter. (2) refere-se a uma afirmação feita por um dos colegas dele que, entretanto, admitiu que nem em 1990 sabia ao certo se fora James que fizera tal comentário.

Mais:

- A CAJS obteve provas de que era a própria Amanda quem tinha um romance e que o seu amante era Nigel de Vriess. Temos fotocópias de contas e declarações de testemunhas oculares referentes a dois encontros secretos do casal em 1986 e 1989 no George Hotel, em Bath. O primeiro deu-se poucas semanas após o seu casamento com James, o segundo três anos depois. (Ver documentos anexos.)

Acusamos Amanda Streeter e Nigel de Vriess:

- O assassínio de James Streeter ficou impune. A menos que a imprensa acorde da sua apatia e aja de imediato, o culpado continuará a lucrar com a morte de um homem inocente. A CAJS requer, ou melhor exige um verdadeiro inquérito às actividades de Nigel de Vriess e sua amante, Amanda Streeter. Contacte por fax ou telefone para os números abaixo indicados para esclarecimentos e/ou mais informações. John e Kenneth Streeter estão permanentemente disponíveis para entrevistas.

Duas noites depois, e como não tinha nada melhor para fazer, Deacon ligou para o número de John Streeter, em Edimburgo. Atendeu uma mulher.

— Está? — disse ela num doce sotaque escocês.

Deacon apresentou-se como jornalista sediado em Londres e interessado em falar com um porta-voz da Campanha de Amigos de James Streeter.

— Valha-me Deus!

Ele aguardou um instante.

— Há algum problema?

— Não, é que... bom, para ser franca, já há mais de um ano que... ouça, aguarde um momento, está bem? — Uma mão a tapar o bocal. — JOHN! JO-OHN! — Mão a ser retirada. — É com o meu marido que tem de falar.

— Muito bem.

— Desculpe mas não fixei o seu nome.

— Michael Deacon.

— Ele já vem, é só um minuto. — De novo a mão e desta vez a voz dela soou abafada: —Vê se te despachas! É um jornalista e quer falar sobre o James. Chama-se Michael Deacon. Não, tens sim. Prometeste ao teu pai que não desistias. — Voltou à linha, falando mais alto. — Vou passar ao meu marido.

— Está? — disse uma voz masculina, muito mais forte. — Fala John Streeter. Em que posso ajudá-lo?

Deacon premiu a mola da esferográfica e puxou o bloco de notas para a frente.

— O facto de terem decorrido três anos e meio desde que emitiram o vosso último comunicado à imprensa significa que agora já admitem a culpabilidade do seu irmão? — perguntou, sem rodeios.

— Trabalha nalgum jornal nacional, Mr. Deacon?

— Não.

— Então é trabalhador independente?

— No que se refere a estas perguntas, sim.

— Imagina com quantos independentes eu já falei ao longo dos anos? — Fez uma pausa mas Deacon não se deixou levar. — Mais ou menos uns trinta — prosseguiu ele — e o número de colunas que obtive deles é zero porque nenhum editor aceitou a história. Acho que seria uma perda de tempo para ambos eu responder às suas perguntas.

Deacon entalou o auscultador mais firmemente debaixo do queixo e desenhou uma espiral no bloco.

— Trinta não é nada, Mr. Streeter. Sei de campanhas como a vossa que abordaram centenas de jornalistas até conseguirem algum resultado. Além do mais, quase tudo o que alegam nos vossos comunicados é punível. Para ser franco, é uma sorte ainda não terem sido processados por difamação.

— O que, só por si, prova alguma coisa, não acha? Se o que nós afirmamos é difamatório por que é que ninguém nos impugna?

— Porque os vossos alvos não são assim tão estúpidos. Para que vos hão-de dar a adrenalina da publicidade quando a causa está a morrer por si só? As coisas mudavam de figura se conseguissem convencer um editor-chefe a reconsiderar a sua posição. Quer dizer que não veio nada publicado em defesa do seu irmão?

— Apenas uma menção, a contra gosto, numa colectânea de mistérios por resolver que saiu no ano passado. Passei dois dias a falar com Roger Hyde, o autor, para afinal ele só incluir um fraco resumo rematando com a sua própria conclusão, mal alinhavada, de que o James era culpado. — Parecia furioso e revoltado. — Já estou a ficar farto de falar para ouvidos moucos.

— Estará por acaso menos convencido da inocência do seu irmão que há cinco anos atrás?

Ouviu-se um palavrão abafado:

— É só isso que vocês querem, não é? A confirmação da culpabilidade do James?

— Só que eu estou a dar-lhe uma oportunidade de o defender, que o senhor não parece muito disposto a aceitar.

John Streeter ignorou o comentário:

— O meu irmão foi criado numa família honesta e trabalhadora, tal como eu. Imagina o que foi para os meus pais verem o filho rotulado como ladrão? São pessoas decentes, respeitáveis, e não entendem por que é que jornalistas como você não os querem ouvir. — Soltou outro sopro de raiva. — Vocês não estão interessados em factos, apenas em destruir ainda mais a reputação de um homem.

— E os senhores não estão a fazer o mesmo jogo? — murmurou Deacon num tom de voz inexpressivo. — A menos que eu tenha lido mal os comunicados, a vossa defesa de James assenta inteiramente na difamação de Nigel de Vriess e Amanda Streeter.

— E com razão. Não há nada que confirme a alegação dela de que o James tinha um romance mas arranjámos provas do dela com de Vriess. Ele sacou dez milhões ao banco e ela ajudou-o acobertando-o ao empurrar as culpas para o marido.

74

— Isso é uma acusação muito grave. Pode prová-lo?

— Não, sem acesso às contas bancárias e aos investimentos deles, mas basta ver os sítios onde moram para perceber que houve uma injecção de capital proveniente de algures. A Amanda comprou uma casa de 600 mil libras, junto ao Tamisa, poucos meses após o desaparecimento do James e o de Vriess comprou uma mansão em Hampshire pouco tempo depois.

— Eles ainda andam juntos?

— Nós achamos que não. O de Vriess teve pelo menos cinco amantes nos últimos três anos enquanto a Amanda se tem mantido recolhida, sozinha.

— Porquê, na sua opinião?

O tom de voz de Streeter endureceu:

— Provavelmente pela mesma razão que nunca pediu o divórcio. Quer dar a impressão de que o James está vivo, algures.

Deacon consultou algumas fotocópias dos comunicados à imprensa.

— Muito bem, falemos então do suposto romance de James com... — Procurou o respectivo parágrafo — ...Marianne Filbert. Se não há provas disso por que é que a Polícia acreditou na afirmação de Amanda? Quem é Marianne Filbert? Onde se encontra? Que tem ela a dizer?

— Responderei a essas perguntas pela mesma ordem. A Polícia acreditou na afirmação da Amanda porque isso lhes convinha. Precisavam de encaixar na história uma perita em informática e Marianne Filbert era a pessoa ideal. Pertencia a uma equipa de pesquisa e desenvolvimento que trabalhava na Softworks Limited em meados dos anos 80. A Softworks foi contratada para elaborar um relatório para o Lowenstein's Bank, em 86, embora ninguém saiba se Marianne Filbert teve algum envolvimento nisso. Foi para os Estados Unidos em 89. — Fez uma breve pausa. — Esteve empregada, durante seis meses, numa empresa de *software* na Virgínia antes de se mudar para a Austrália.

— E? — incitou Deacon ao ver que ele se calara.

— Depois disso perdeu-se-lhe o rasto. Se foi para a Austrália, o que agora parece improvável, deve ter usado outro nome.

— Quando é que ela saiu da empresa da Virgínia?

— Em Abril de 1990 — respondeu o outro, relutantemente.

Deacon teve pena dele. John Streeter não era parvo nenhum e a confiança cega incomodava-o claramente:

— Então a Polícia vê uma ligação entre o desaparecimento do seu irmão e o dela? Por outras palavras, ele disse-lhe quando é que ela devia fugir.

— Só que não conseguiram provar que James e Marianne se conheciam, sequer. — O furioso hausto de Streeter foi audível através do fio. — Achamos que foi o de Vriess e a Amanda que lhe deram a luz verde para desaparecer.

— Uma conspiração a três, portanto.

— E por que não? É tão plausível como a explicação da Polícia. Ouça, foi a Amanda que lhes deu o nome de Marianne Filbert e que lhes disse que ela tinha ido para os Estados Unidos. Sem essa prova, não haveria nenhum elo informático e nenhuma hipótese de o James poder ter cometido a fraude. A acusação assenta, toda, no facto de o James ter acesso a conhecimentos especializados mas o depoimento da Amanda, sobre o alegado romance dele com Marianne, nunca foi totalmente confirmado.

— Custa-me a acreditar nisso, Mr. Streeter. Segundo os jornais, Amanda passou dois dias a responder às perguntas da Polícia, o que significa que estava no topo da sua lista de suspeitos. Significa também que deve ter tido algo mais convincente para lhes dar do que apenas um nome. O que era?

— Não provou nada — replicou Streeter, teimosamente.

Deacon acendeu um cigarro enquanto esperava.

— Ainda aí está? — perguntou Streeter com voz autoritária.

— Estou.

— Não pôde provar a existência de uma relação entre eles. Nem sequer pôde provar que eles se conheciam.

— Continue.

— Ela deu à Polícia uma série de fotografias, a maior parte delas do carro do James estacionado defronte de um bloco de apartamentos onde Marianne Filbert morava antes de ir para os Estados Unidos. Havia três instantâneos desfocados de um casal a beijar-se que, segundo ela, eram James e Marianne mas a verdade é que podiam ser outras pessoas quaisquer, e uma de um homem de costas, com um casaco parecido com o do James, a entrar para o prédio. Como lhe disse, isso não prova nada.

— Quem é que tirou as fotografias?

— Um detective particular contratado pela Amanda.

O mesmo que ela consultou por causa de Billy Blake?

— Estavam datadas?

— Sim.

— De quando até quando?

— De Janeiro a Agosto de 89.

— Diz que a maior parte das fotos era do carro de James. Ele estava lá dentro quando foram tiradas?

— Alguém estava mas a qualidade das fotos não era suficientemente boa para dizer se era ele ou não.

— Talvez fosse Nigel de Vriess — murmurou Deacon com uma ironia que o outro não detectou. Começava a achar que a obsessão de John Streeter por provar a inocência do irmão era ainda maior que a de Amanda por descobrir a verdadeira identidade de Billy Blake. Encontrariam as sementes da paranóia solo fértil no rescaldo de uma traição?

— Estamos plenamente convencidos de que o homem era o de Vriess — afirmou Streeter.

— Então estavam mesmo a armar uma cilada ao seu irmão.

— Pois.

— Mas que grande conspiração, meu amigo. — Desta vez Deacon imprimiu todo o sarcasmo à sua voz. — Está a afirmar que essas pessoas planearam, com um ano de antecedência, a forma de matar um homem totalmente inocente, independentemente do que pudesse acontecer nesse espaço de tempo. E essa explicação satisfá-lo? — A cinza do cigarro que tinha na boca caiu polvilhando-lhe a lapela do casaco. — A sua cunhada é algum monstro, Mr. Streeter? Teria de ser, acho eu, para partilhar indefinidamente uma casa com um homem cuja morte ela já planeara. Ora! Estamos a falar de quem? Medusa?

Silêncio.

— E que espécie de idiota iria confiar num *status quo* de duração indefinida? James era um homem independente. Podia ter deixado a mulher, ou o emprego, a qualquer altura e nesse caso o que é que acontecia à tal conspiração? — Fez uma pausa, instigando o outro a pronunciar-se, mas continuou ao ver que isso não acontecia. — A explicação óbvia é a que Polícia aceitou. James tinha um romance com Marianne Filbert e Amanda acabou com isso mandando alguém segui-

-lo e tirar fotografias. Depois exerceu tal pressão que o resultado foi a própria Marianne pôr-se a andar, ou ser obrigada a isso, para os Estados Unidos.

— Como é que ela soube dizer à Polícia onde se encontrava Marianne?

— Porque não é parva. A prova de que Marianne estava fora de jogo fazia parte do seu plano para salvar o casamento. E a única prova que valia a pena ter, seria algo verificável, como um endereço ou um contrato legal assinado com uma empresa.

— Falou com ela?

— Com quem?

— Com a Amanda.

— Não — mentiu Deacon. — É a primeira pessoa com quem estou a falar acerca disto, Mr. Streeter. Casualmente li os vossos comunicados à imprensa e o interesse que eles me despertaram levaram-me a fazer este telefonema. Diga-me — prosseguiu com a fluência fácil do maquinador experiente —, afinal o que é que o levou a procurar uma ligação entre Amanda e de Vriess?

— Ela conheceu o James através do de Vriess numa cerimónia oficial qualquer. O de Vriess estava casado, na altura, mas toda a gente sabia que tencionava deixar a mulher por causa da Amanda. Exibia-a por todo o lado quando a mulher se ausentava. Achámos lógico, mal percebemos que o de Vriess estava por detrás da fraude, que a Amanda também estivesse envolvida por isso decidimos ir à procura de provas de que o romance se mantinha.

— Só que essas provas parecem ser tão frágeis como a vossa lógica. — Puxou para junto de si as fotocópias importantes. — Têm uma factura de hotel assinada por de Vriess e datada de 1986, mais uma descrição de uma mulher que *podia* ser Amanda Streeter. O depoimento da vossa testemunha de 1989 é ainda mais vago. — Pôs de lado a folha de cima e percorreu, com o bico da caneta, a que estava por baixo: — Um criado afirma ter levado champanhe a um casal no quarto 306, que, segundo ele, se tratava das mesmas pessoas mas não existe nenhuma factura assinada a comprová-lo. Nem sequer podem provar que o homem era de Vriess, quanto mais que a mulher era Amanda.

— Ele pagou em dinheiro, da segunda vez.

— Que nome é que vinha na factura?

— Mr. Smith.

Deacon apagou o cigarro:

— E ainda se admira que ninguém esteja disposto a publicar? Nenhuma das vossas alegações é sustentável.

— Os nossos fundos e influência são limitados. Precisamos de um repórter de um jornal nacional que desenterre mais umas coisinhas. Disseram-nos que há mais dados nos ficheiros do hotel, se estivermos dispostos a pagar.

— Será um grande investimento sem qualquer garantia.

— Hei-de pôr sempre a honestidade do meu irmão acima da da mulher dele.

— Então está a enganar-se a si próprio — ripostou Deacon frontalmente. — Não existem dúvidas quanto à *de*sonestidade dele. Enganava a mulher e ela conseguiu prová-lo e o senhor deixou que a raiva por causa disso lhe toldasse o julgamento. O seu ponto de partida devia ter sido admitir que James contribuiu para a sua própria destruição.

— Já sabia que ia ser uma perda de tempo — redarguiu o outro, furioso.

— Continua a disparar contra os alvos errados, Mr. Streeter. É nisso que tem estado a perder o seu tempo.

A linha ficou silenciosa.

As averiguações de Deacon junto da Polícia da Isle of Dogs a respeito de Billy Blake pouco adiantaram apesar da sua insinuação de que Billy poderia ter sido um assassino. O que gerou a surpreendente resposta de que as autoridades haviam precisamente verificado essa hipótese aquando da sua primeira detenção.

— Li o processo dele a pedido do médico-legista — disse o agente uniformizado que supervisionara a remoção do corpo de Billy. — Foi preso pela primeira vez em 1991 por uma série de furtos de comida em supermercados. Já nessa altura andava a passar fome e chegou-se a pensar se devia ser indiciado ou entregue à Assistência. Por fim ficou assente que o processo baixaria ao juízo inferior para análise psiquiátrica por ele ter destruído as impressões digitais ao queimar as mãos. Um espertinho qualquer achou que ele tinha feito isso de propósito para fugir a uma acusação de homicídio e as pessoas começaram a ficar com dúvidas se ele constituiria um perigo para a sociedade.

— E?

O agente encolheu os ombros:

— Foi interrogado em Brixton e consideraram-no normal. A opinião do psiquiatra foi que era mais perigoso para si próprio do que para os outros.

— Que explicação deu ele para as impressões digitais queimadas?

— Se bem me lembro, chamou-lhe interesse mórbido pela mortificação. Classificou-o como um penitente.

— Que significa isso?

Outro encolher de ombros:

— Talvez seja melhor perguntar ao psiquiatra.

Deacon sacou do bloco de notas:

— Sabe o nome dele?

— Posso ir procurar. — Voltou dez minutos depois e entregou a Deacon uma folha de papel com um nome e um endereço. — Deseja mais alguma coisa? — perguntou ansioso por ir tratar de algo mais urgente que a morte de um bêbedo morto.

Relutantemente, Deacon lá se levantou.

— A informação que obtive era bastante concreta. — Tornou a guardar o bloco no bolso. — Contaram-me que Billy Blake disse que tinha estrangulado alguém.

O agente revelou um ligeiro interesse até Deacon admitir que o seu informador não tinha mais pormenores para além do que Billy berrara numa noite de bebedeira em que os efeitos do álcool se faziam sentir no cérebro.

— Esse alguém era homem ou mulher?

— Não sei.

— Pode dar-me algum nome?

— Não.

— Onde se deu esse crime?

— Não sei.

— Quando?

— Não sei.

— Nesse caso, lamento mas não creio que possamos ajudá-lo.

Deacon fizera uma visita ao Westminster Pier, onde ancoravam os barcos dos turistas, mas fora em vão que procurara alguém que pudesse interrogar sobre um pintor de passeio que em tempos ali estendera a mão à caridade. Ficou impressionado com o aspecto hostil que o rio tinha no Inverno, a força com que as suas águas esbofeteavam os hibernados barcos de recreio, o negrume e o mistério das suas profundezas. Recordou-se do que Amanda Powell lhe dissera: «...*preferia parar o mais perto possível do Tamisa.*» Mas porquê? Qual seria o vínculo que unia Billy a este enorme tendão no centro de Londres? Inclinou-se para a frente e fixou o olhar nas águas.

Uma mulher idosa interrompeu a marcha ao longo do pontão:

— A morte prematura nunca é a solução, meu jovem. Traz mais perguntas que respostas. Já pensou que talvez haja algo à sua espera do outro lado e que ainda não esteja preparado para o enfrentar?

Virou-se para trás, sem saber bem se devia ficar ofendido ou sensibilizado:

— Está tudo bem, minha senhora. Não tenciono suicidar-me.

— Hoje talvez não — retorquiu ela — mas já pensou nisso. — Trazia um minúsculo caniche branco pela trela que abanava o coto da cauda para Deacon. — Consigo ver sempre quem são os que já pensaram nisso. Andam à procura de respostas que não existem porque Deus achou que ainda não era altura de lhas revelar.

Ele agachou-se para coçar as orelhas do cãozinho:

— Estava a pensar num amigo meu que se matou há seis meses. Só gostava de saber por que é que ele não se atirou ao rio. Teria sido uma morte menos dolorosa do que a que escolheu.

— Mas estaria a pensar nele se ele não tivesse morrido de forma dolorosa?

Deacon endireitou-se:

— Provavelmente não.

— Então se calhar foi por isso que ele escolheu o método que escolheu.

Ele puxou da carteira e tirou de lá o primeiro retrato de Billy:

— Talvez o tenha visto. Era pintor de passeio, aqui, no Verão. Costumava desenhar imagens da Natividade com a frase «Abençoados sejam os pobres» escrita por baixo. Reconhece-o?

Ela observou o rosto magro por uns segundos:

— Sim, acho que sim — respondeu, pausadamente. — Lembro-me, com certeza, de um pintor de passeio que desenhava imagens da Sagrada Família e acho que era este homem.

— Falou com ele?

— Não. — E devolveu-lhe o retrato. — Não tinha nada para lhe dizer.

— Falou comigo — recordou-lhe Deacon.

— Porque achei que me escutaria.

— E acha que ele não?

— *Sei* que não. O seu amigo queria sofrer.

Na hipótese de Billy ter sido professor, e à falta de um registo nacional que concluiu não existir, Deacon convidou para jantar um contacto que tinha na sede do NUT, contou-lhe o que sabia e pediu-lhe que procurasse na lista do sindicato todos os professores de Inglês cujas inscrições tivessem expirado nos últimos dez anos sem motivo justificado.

— Estás a gozar comigo, espero — redarguiu o conhecido com uma expressão divertida. — Fazes ideia de quantos professores há neste país e do número de substitutos temporários? Na última contagem havia para cima de quatrocentos só na categoria de efectivos a tempo inteiro e isso excluindo as universidades. — Chegou o prato para o lado. — E afinal que significa «motivo justificado»? Depressão? Isso é muito comum. Incapacidade física causada por agressão de larápios de quinze anos? Mais comum do que se julga. Neste momento, diria que há mais professores parados do que no activo. Quem é que se quer enfiar no tormento de uma sala de aulas quando há propostas mais civilizadas? Estás a pedir-me que procure a proverbial agulha no palheiro. Também te esqueceste, muito convenientemente, aliás, da Lei de Protecção de Dados, o que significa que não poderia dar-te a informação mesmo que a descobrisse.

— O homem morreu há seis meses — insistiu Deacon — por isso não estás a trair a confiança de ninguém e a inscrição dele deve ter caducado pelo menos uns quatro anos antes disso. Ias procurar uma quota expirada entre, digamos, 1984 e 1990. — De repente fez um sorriso. — Está bem, era um tiro no escuro mas valia a pena tentar.

— Posso dar-te várias definições mais adequadas do que um tiro no escuro. Fracasso total, falsa partida ou zero absoluto. Não sabes o nome dele, de onde veio, nem sequer se era sócio do NUT. Pode ter pertencido a um dos outros sindicatos de professores. Ou a nenhum.

— Eu sei disso.

— A verdade é que nem sequer sabes se ele era professor. Calculas que tenha sido porque sabia recitar poemas de William Blake. — Fez um débil sorriso. — Olha, Deacon, vai mas é ver se chove. Eu sou um funcionário sindical cheio de trabalho e mal pago, não um raio de um vidente.

Deacon riu-se:

— Está bem. Já percebi. Foi mal pensado.

— Mas afinal o que é que ele tem de tão importante? Não me chegaste a explicar isso.

— Talvez nada.

— Então para quê tanto interesse em descobrir quem ele era?

— Tenho curiosidade em saber o que leva um homem culto a auto-destruir-se.

— Ah, entendo — replicou o outro, compreensivo. — Então é uma coisa pessoal.

THE STREET, FLEET STREET, LONDON EC4

Dr. Henry Irvine,
St. Peter's Hospital,
Londres SW10

10 de Dezembro de 1995

Caro Dr. Irvine,

O seu nome foi-me indicado com relação a um recluso que o senhor interrogou na cadeia de Brixton em 1991. Chamava-se Billy Blake e é possível que tenha lido a notícia da sua morte, por inanição, dentro de uma garagem na zona das docas em Londres em Junho do corrente ano. Interessei-me pela história dele, que me parece trágica, e gostaria de saber se o senhor possui algum dado que me ajude a descobrir a sua identidade e antecedentes.

Creio que usava o nome falso de William Blake por existirem na vida dele ecos da do poeta. Tal como William, Billy era um obcecado por Deus (e/ou deuses) e, conquanto pregasse a importância desses deuses a quem quisesse escutá-lo, a sua mensagem era demasiado arcana para ser entendida; eram ambos pintores e visionários e ambos morreram na pobreza e abandono. Talvez lhe interesse saber que fiz a minha tese de doutoramento sobre William Blake pelo que acho estas semelhanças particularmente interessantes.

Com base nos poucos dados que até agora consegui recolher, é óbvio que se tratava um indivíduo torturado que poderá ter sido, ou não, um esquizofrénico. Acrescente-se que um dos meus informadores (não muito fidedigno) afirma que Billy confessou ter estrangulado um homem ou uma mulher no passado. Há alguma coisa que o senhor possa dizer-me que confirme ou refute tal declaração?

Embora ciente da natureza confidencial da(s) sua(s) conversa(s) com Billy, acho sinceramente que a sua morte exige uma investigação e agradeço-lhe desde já imensamente tudo o que puder revelar-me. Não é minha intenção comprometer a sua reputação profissional e utilizarei apenas o que me enviar para aprofundar a minha pesquisa sobre a história de Billy.

Talvez conheça já a minha obra mas, caso assim não seja, junto envio alguns exemplos. Espero com eles convencê-lo a confiar em mim.

Atenciosamente,

Michael Deacon

Michael Deacon

Dr. Henry Irvine, MB, FRCP,
St. Peter's Hospital,
Londres

17 de Dezembro de 1995

Caro Michael Deacon,

Obrigado pela sua carta de 10 do corrente. O meu relatório sobre Billy Blake é do conhecimento público desde 1991 por isso não vejo qualquer ilegalidade em fornecer-lhe as informações que deseja. Sou também da opinião de que a sua morte exige uma investigação. Fiquei aborrecido quando o acesso a ele me foi negado, depois do meu parecer de que a automutilação de Billy seria, mais provavelmente, resultado de um trauma pessoal do que de um acto criminoso, porque acredito firmemente que com mais sessões me seria possível ajudá-lo. Embora lhe tenha oferecido tratamento gratuito quando ele saiu da prisão, não podia obrigá-lo a aceitar e, inevitavelmente, perdi o contacto com ele. A sua carta é o único seguimento deste caso que até hoje tive.

Do que me foi dado a entender, a Polícia não acreditou que o primeiro crime de Billy Blake tenha sido o furto de pão e fiambre num supermercado. Perceberam que ele usava um nome falso e suspeitaram da mutilação das mãos que impossibilitava a análise das impressões digitais. Contudo, apesar dos longos interrogatórios, não conseguiram «vergá-lo» e contentaram-se com a acusação de furto em loja, que ele já confessara. Pediram-me um relatório psicológico antes da atribuição da pena devido à estranha natureza do indivíduo. Em termos simples, a minha função era verificar se Billy constituía um perigo para a comunidade, com base no argumento de que não teria deformado de tal forma os dedos se não receasse ser condenado por algum crime violento anterior.

Apesar de ter tido apenas três sessões com ele, Billy impressionou-me de forma extraordinária. Estava terrivelmente magro, com uma farta cabeleira branca e, embora sofrendo de graves sintomas de ressaca alcoólica, mostrou-se sempre controlado. Senhor de uma presença forte e de um charme considerável, a melhor descrição que encontro para ele é de um «fanático» ou «santo». Tais epítetos poderão parecer estranhos na Londres dos anos 90, mas o seu empenho na salvação dos outros, enquanto ele próprio sofria tormentos, invalida qualquer outra classificação uma vez eliminados os distúrbios mentais mais óbvios. Era, na verdade, um bom homem.

Anexo os parágrafos finais do relatório psiquiátrico e uma transcrição de parte de uma conversa que tive com ele e que poderá interessar-lhe. Confesso não ter reparado na relação com William Blake mas o discurso de Billy era, seguramente, de natureza visionária. Se puder ajudá-lo em mais alguma coisa por favor não hesite em contactar-me.

Com os melhores cumprimentos,

Henry Irvine

Henry Irvine

P. S. Ref.: Transcrição — são, é claro, as respostas que Billy se dignou dar e que mais nos esclarecem a seu respeito.

Relatório Psiquiátrico
Sujeito: Billy Blake **/5387
Entrevistador: Dr. Henry Irvine

Em conclusão:

Billy possui um conhecimento plenamente desenvolvido dos códigos moral e ético mas refere-se-lhes como «instrumentos rituais para a subjugação do indivíduo à vontade da tribo» de onde concluo que a sua própria moralidade esteja em conflito com as definições social e legal do certo e do errado. Revela um autodomínio extraordinário e não fornece quaisquer informações sobre o seu passado ou historial. Billy Blake é quase certamente um nome falso embora certas perguntas sobre crimes específicos não lhe provoquem qualquer reacção. Possui um Q.I. elevado e é difícil entender as razões da sua recusa em falar do passado. Tem um interesse mórbido pelo inferno e pela mortificação, mas representa mais uma ameaça para si mesmo que para a comunidade. Não consigo descobrir provas de qualquer distúrbio mental perigoso. Parece ter sólidos fundamentos para o tipo de vida que escolheu — eu chamar-lhe-ia vida de penitente — e considero muito mais provável que se trate de algum trauma pessoal, sem qualquer relação criminosa, aquilo que o motiva.

Apresenta-se como um indivíduo passivo embora lhe tenha notado sinais de agitação sempre que é pressionado sobre o paradeiro e actividade a que se dedicava antes de chamar a atenção da Polícia. Admito que possa ter havido algum crime no seu passado — é suficientemente obstinado para se automutilar com vista a um objectivo — mas acho pouco provável. Criou rapidamente uma forte resistência às minhas perguntas sobre a matéria e não creio que mais sessões o convençam a ser mais aberto. Estou, porém, plenamente convencido de que poderia beneficiar com a terapia pois creio que o seu «exílio» da sociedade, envolvendo, como é o caso, um desejo quase fanático de sofrimento pela fome e privações, resultará numa morte desnecessária e prematura.

Henry Irvine

Henry Irvine

86

Transcrição de entrevista gravada com Billy Blake — 12.7.91
(apenas uma parte)

IRVINE: Está a dizer que o seu próprio código moral é de um nível mais elevado que os códigos religiosos?

BLAKE: Estou a dizer que é diferente.

IRVINE: De que maneira?

BLAKE: Não há valores absolutos na minha moralidade.

IRVINE: Pode explicar-se?

BLAKE: Diferentes circunstâncias exigem diferentes códigos morais. Por exemplo, nem sempre é pecado roubar. Se eu fosse uma mãe com filhos esfomeados acharia um pecado maior deixá-los morrer à fome?

IRVINE: É um exemplo demasiado óbvio, Billy. A maioria das pessoas concordaria consigo. E matar?

BLAKE: A mesma coisa. Acho que há alturas, e situações, em que o homicídio, premeditado ou não, se justifica. (Pausa). Mas acho que não é possível viver com as consequências de um crime desses. O tabu sobre o acto de matar um membro da nossa espécie é muito forte e os tabus são difíceis de racionalizar.

IRVINE: Está a falar por experiência própria?

BLAKE: (Não deu resposta)

IRVINE. Parece ter infligido a si mesmo um pesado castigo, sobretudo ao queimar as mãos. Como por certo já sabe, a Polícia suspeita que se tratou de uma tentativa deliberada de eliminar as impressões digitais.

BLAKE: Só porque não conseguem conceber outro motivo qualquer para que um homem deseje expressar-se através da única coisa que verdadeiramente lhe pertence — ou seja, o seu corpo.

IRVINE: A automutilação é, normalmente, um indício de perturbação mental.

BLAKE: Afirmaria a mesma coisa se eu me desfigurasse com tatuagens? A pele é uma tela para a criatividade individual. Vejo, nas minhas mãos, a mesma beleza que uma mulher vê quando pinta o rosto ao espelho. (Pausa). Partimos do princípio de que controlamos as nossas mentes e não é verdade. Elas são muito facilmente manipuladas. Transforme um homem num pobre e fará dele um invejoso. Torne-o rico e fará dele um orgulhoso. Os santos e os pecadores são os únicos livres-pensadores numa sociedade governada.

IRVINE: Qual deles é você?

BLAKE: Nenhum. Sou incapaz de ter pensamentos livres. A minha mente está atada.

IRVINE: Por quê?

BLAKE: Pela mesma coisa que a sua, doutor. Pelo intelecto. É demasiado sensato para agir contra os seus próprios interesses, por isso a sua vida tem falta de espontaneidade. Morrerá preso às correntes que fez para si mesmo.

IRVINE: Foi preso por roubar. Esse acto não foi contra os seus interesses?

BLAKE: Estava com fome.

IRVINE: Acha sensato estar preso?

BLAKE: Está frio, lá fora.

IRVINE: Fale-me dessas correntes que eu fiz para mim mesmo.

BLAKE: Estão na sua mente. Aceita os padrões de comportamento que outros lhe impuseram. Nunca fará o que quer porque a vontade da tribo é mais forte que a sua.

IRVINE: No entanto disse que a sua mente está tão constrita como a minha e não é nenhum conformista, Billy. Se fosse, não estaria na cadeia.

BLAKE: Os presos são os mais diligentes dos conformistas, caso contrário os lugares como este viveriam em constante motim e rebelião.

IRVINE: Não era a isso que eu me referia. Parece ser um homem culto e no entanto vive como um mendigo. Prefere a solidão das ruas à vida mais convencional de um lar e uma família?

BLAKE: (Longa pausa). Antes de responder à pergunta, preciso entender o conceito. Como define lar e família, doutor?

IRVINE: Lar é o conjunto de tijolos e cimento que mantém a sua família — mulher e filhos — em segurança. É um local que quase todos nós amamos por ter lá dentro as pessoas que amamos.

BLAKE: Nesse caso não deixei nenhum local desses quando vim para a rua.

IRVINE: O que *é* que deixou?

BLAKE: Nada. Trago tudo comigo.

IRVINE: Refere-se às recordações?

BLAKE: Estou apenas interessado no presente. A forma como vivemos o nosso presente é que prediz o nosso passado e o nosso futuro.

IRVINE: Por outras palavras, alegria no presente dá origem a recordações alegres e uma visão optimista do futuro?

BLAKE: Sim. Se for isso que nós queremos.

IRVINE: Não é o que *você* quer?

BLAKE: A alegria é outro conceito que não compreendo. Um pobre tira prazer de uma beata caída na sarjeta ao passo que o mesmo objecto só provoca nojo a um rico. Contento-me em viver em paz.

IRVINE: A bebida ajuda-o a alcançar essa paz?

BLAKE: É uma maneira rápida de chegar ao esquecimento e para mim o esquecimento é estar em paz.

IRVINE: Não gosta das suas recordações?

BLAKE: (Não deu resposta).

IRVINE: Pode contar-me alguma má recordação?

BLAKE: Encontrei homens mortos de frio na sarjeta e vi homens morrer de forma violenta porque a raiva leva outros à loucura. A mente humana é tão frágil que qualquer emoção forte pode inverter os seus preceitos.

IRVINE: Estou mais interessado em recordações suas antes de ter vindo para a rua.

BLAKE: (Não deu resposta).

IRVINE: Acha possível alguém recuperar do tipo de loucura que acaba de referir?

BLAKE: Está a falar de reabilitação ou de salvação?

IRVINE: Tanto faz. Acredita na salvação?

BLAKE: Acredito no inferno. Não o inferno de chamas e a tortura da Inquisição mas o inferno gelado do eterno desespero onde não existe amor. É difícil imaginar como é que a salvação consegue entrar num sítio desses, a menos que Deus exista. Apenas a intervenção divina pode salvar uma alma condenada a viver para todo o sempre na solidão do poço sem fundo.

IRVINE: Acredita em Deus?

BLAKE: Acredito que cada um de nós tem um potencial de divindade. Se a salvação for possível, só pode dar-se aqui e agora. O senhor e eu seremos julgados pelos esforços que fizermos para poupar outra alma do eterno desespero.

IRVINE: A salvação dessa outra alma é um passaporte para o céu?

BLAKE: (Não deu resposta).

IRVINE: Podemos ganhar a nossa própria salvação?

BLAKE: Não, se faltarmos com a nossa ajuda aos outros.

IRVINE: Quem nos julgará?

BLAKE: Somos nós que nos julgamos. O nosso futuro, seja ele agora ou no Além, é determinado pelo nosso presente.

IRVINE: Faltou com a sua ajuda a alguém, Billy?

BLAKE: (Não deu resposta).

IRVINE: Posso estar enganado mas parece-me que você já se julgou, e condenou, a si mesmo. Porquê, quando acredita na salvação dos outros?

BLAKE: Continuo à procura da verdade.

IRVINE: É uma filosofia muito triste, Billy. Na sua vida não há lugar para a felicidade?

BLAKE: Sempre que posso, embebedo-me.

IRVINE: Isso fá-lo feliz?

BLAKE: Claro, mas também defino felicidade como ausência intelectual. Se calhar a sua definição é outra.

IRVINE: Quer falar sobre aquilo que lhe aconteceu para que o esquecimento pelo álcool seja a única forma que tem de lidar com as suas recordações?

BLAKE: Eu sofro no presente, doutor, não no passado.

IRVINE: Gosta de sofrer?

BLAKE: Gosto, se inspirar compaixão. A única forma de sair do inferno é pela misericórdia de Deus.

IRVINE: Para quê, então, entrar no inferno? Não pode redimir-se já?

BLAKE: Não é na minha redenção que estou interessado.

(Billy recusou-se a falar mais sobre o assunto e conversámos mais alguns minutos sobre temas gerais até a sessão acabar.)

6

UM DIA, DE MANHÃ, estavam dois cartões de boas-festas em cima da secretária de Deacon. O primeiro era da irmã, Emma. *O Hugh continua a ver os teus artigos assinados na* Street *por isso calculamos que este postal ainda te vá chegar às mãos,* escrevera ela. *Os anos vão passando por isso não será altura de fazermos umas tréguas? Pelo menos telefona-me já que não queres telefonar à Mãe. Não deve ser* assim *tão difícil pedir desculpa e começar de novo.* O outro era da sua primeira mulher, Julia. *Um dia destes encontrei a Emma e ela disse-me que trabalhavas na* Street. *Pelos vistos a tua mãe esteve muito doente neste último ano mas a Emma prometeu que não te dizia nada porque a Penelope não quer que voltes por remorsos ou compaixão. Como eu não fiz tal promessa, achei que devias saber. No entanto, a menos que tenhas mudado radicalmente nos últimos cinco anos, o mais certo é rasgares este cartão e não tomares nenhuma atitude. Foste sempre mais teimoso que a Penelope.*

Tal como Julia previra, ele rasgou o cartão dela mas deixou ficar o de Emma em cima da secretária.

Apesar das muitas horas passadas ao computador de Paul Garrety, tentando comparar os traços fisionómicos de Billy Blake com os de James Streeter, Deacon não chegou a lado nenhum. Paul fez-lhe ver que seria uma perda de tempo a menos que ele desencantasse um retrato melhor de James.

— Não estamos a comparar imagens iguais — explicou-lhe. — As de Billy são frontais e a de James é quase um perfil. Precisas ir falar outra vez com a mulher dele a ver se ela lá tem alguns retratos antigos.

— É uma perda de tempo, acabou-se — retorquiu Deacon, desanimado, reclinando a cadeira para trás e olhando fixamente para os rostos. — São dois homens diferentes.

— É o que eu te tenho andado a dizer nestes últimos três dias. Por que não aceitas a minha opinião?

— Porque não acredito em coincidências. Se Billy era James faz sentido, mas se não foi não faz sentido nenhum. — E enumerou os factos contando-os pelos dedos: — James tinha um motivo para procurar a mulher — um estranho não tinha. Amanda pagou-lhe o funeral por sentimento de culpa mas sentimento de culpa só era lógico se estivesse a enterrar o marido — ilógico se estivesse a enterrar um estranho. Está obcecada em descobrir quem Billy era, mas porquê se era um estranho para ela? — Pôs-se a raspar numa inscrição feita no tampo da secretária. — Acho que está a dizer a verdade ao afirmar que não sabia que ele lá estava. Também acho que está a dizer a verdade ao afirmar que não o reconheceu. Mas estou convencido que chegou rapidamente à conclusão, *depois*, de que o sujeito que morreu na garagem dela era James.

Paul tinha certas dúvidas:

— Por que não o disse à Polícia?

— Com receio que eles pensassem que ela o tinha fechado de propósito na garagem.

— Então por que te pegou o interesse? Por que não deixou que a história morresse simplesmente?

Deacon encolheu os ombros:

— Posso dar-te duas razões. A primeira, por mera curiosidade. Quer saber o que aconteceu a James depois de ele a ter deixado. A segunda, por liberdade. Enquanto ele não for dado oficialmente como morto continua amarrada a ele.

— Já podia divorciar-se alegando abandono do lar.

— Mas para os outros ele continuava a estar vivo o que significa que pessoas como eu continuariam sempre a bater-lhe à porta a fazer perguntas.

Paul abanou a cabeça.

— Isso é um argumento de caca, Mike. Agora, se me dissesses que ela o queria oficialmente morto por razões mercenárias eu se calhar já concordava contigo. Digamos que ele falou com ela antes de morrer e lhe disse como é que havia de deitar a mão à fortuna dele. Como viúva, ela herdava tudo. Pensa nisso, meu amigo.

— A minha teoria só se aplica se ela *não* falou com ele — afirmou Deacon, suavemente. — Se *falou*, o caso muda totalmente de figura. Seja como for, parece-me que ela já deitou a mão à fortuna há muito tempo.

— Não tens aí nenhum caso, companheiro. Esse tipo... — e bateu com o dedo na fotografia de Billy Blake — não é James Streeter.

— Então quem era ele e que diabo estava a fazer dentro da garagem dela?

— Mostra isso ao Barry. É a melhor coisa que tens a fazer.

— Já tentei. Ele não sabe. Quem quer que tenha sido, Billy não consta dos ficheiros do Barry.

Paul Garrety mostrou-se admirado:

— Foi ele que te disse isso? — Deacon confirmou com um aceno de cabeça. — Então por que é que ele me anda a empatar há semanas sem admitir a derrota?

— Talvez o tenhas chateado — comentou Deacon com inconsciente ironia.

Com tempo livre no fim-de-semana antes do Natal, Deacon telefonou a Kenneth Streeter, mencionou a conversa que tivera com John e perguntou se podia ir até Bromley para falar com os pais de James. Kenneth mostrou-se mais simpático e mais afável que o filho mais novo e combinou um encontro para domingo à tarde.

Moravam numa degradada moradia em banda numa rua antiquada e Deacon ficou impressionado com o contraste entre aquela e a de Amanda. *De onde lhe viera o dinheiro?* Tocou a campainha e sorriu amistosamente ao velhote que lhe abriu a porta.

— Michael Deacon — apresentou-se, estendendo a mão.

Kenneth ignorou o cumprimento mas fez um gesto para que entrasse.

— É melhor entrar — disse, friamente —, mas só porque não quero que os vizinhos ouçam o que tenho a dizer-lhe. — Fechou a porta mas manteve Deacon encostado a ela no escuro corredor. — Não gosto nada que me enganem, Mr. Deacon. Deu-me a entender que o John aprovava a minha conversa consigo mas falei hoje de manhã com ele e descobri que é precisamente o contrário. Não permitirei que a imprensa arranje problemas entre mim e o meu filho mais novo, portanto acho que esta sua viagem foi uma perda de tempo. — Estendeu de novo a mão para a maçaneta da porta. — Passe bem.

— O seu filho interpretou-me mal, Mr. Streeter. Concluiu, só por eu ter dito que James teve um papel importante na sua própria destruição, que eu me estava a referir ao roubo dos 10 milhões de libras quando, na verdade, me referia à rejeição por parte da mulher. — Chegou-se para a frente ao sentir a porta nas costas. — Por outras palavras, se queremos que a nossa mulher nos apoie quando estamos na mó de baixo não desmerecemos a confiança dela andando com outras.

— Quem andava com outro era ela. Nunca largou o de Vriess — ripostou o outro, com azedume.

— Tem a certeza disso? As provas são muito fracas. — Apressou-se a continuar quando a pressão nas costas abrandou ligeiramente. — Aventei a hipótese, a John, de andarem a disparar contra os alvos errados, o que não é o mesmo que dizer que James foi culpado do roubo. Na hipótese de ele ter sido assassinado, como o senhor e John acham, como é que chegarão à verdade se insistirem em negar que James teve um romance com Marianne Filbert? Se as provas foram suficientemente fortes para convencer a Polícia também o deviam ser para os convencer a vocês.

Viu, nos olhos do outro, o brilho de uma lágrima:

— Se cedermos nessa questão, nada mais nos resta que o conhecimento que tínhamos de James. E de que serve a palavra de um pai sobre a honestidade do filho? Quem iria acreditar em mim?

— Ninguém que interesse — respondeu Deacon, à bruta. — Terá de prová-la.

— Neste país é a culpa que tem de ser provada, não a inocência — argumentou o velhote, obstinadamente. — Lutei por esse direito há cinquenta anos e é revoltante que James tenha sido condenado sem nenhum processo de instrução como deve ser.

— Concordo consigo, Mr. Streeter, mas até à data a defesa dele foi muito mal orientada. Não se pode fazer uma campanha com base numa mentira. Quanto mais não seja, hostilizaram a única pessoa que está em melhor situação de vos ajudar.

— Refere-se à Amanda?

Deacon acenou que sim.

— Estamos convencidos de que ela tomou parte no homicídio.

— Mas não dispõem de nenhuma prova de que ele tenha sido assassinado.

— Ele nunca nos contactou. É prova suficiente.

Deacon tirou o retrato de Billy Blake do bolso superior:

— Este homem faz-lhe lembrar James, de alguma maneira?

O espanto fez enrugar a testa de Kenneth:

— Como? É muito velho.

— Ia a meio dos quarenta quando este retrato foi tirado, há seis meses. Streeter abriu mais a porta para observar a foto à luz do dia:

— Esse não é o meu filho — afirmou. — Que diabo o levou a pensar que fosse?

— Era um mendigo que usava um nome falso e que morreu na garagem da sua nora. Não falou com ela nem deu sinais de que lá estava mas ela pagou-lhe o funeral e desde então anda a ver se consegue descobrir quem ele era. A única explicação óbvia para o interesse dela é que receie que ele fosse James.

Seguiu-se um longo silêncio enquanto Streeter olhava fixamente para o rosto de Billy Blake.

— Não pode ser — disse, por fim, mas havia menos convicção no seu tom de voz. — Como é que conseguia envelhecer assim tanto em cinco anos? E para que ia ele viver como um mendigo quando foi sempre bem recebido aqui em casa?

— Se viesse para aqui teria sido preso. Não conseguiriam mantê-lo escondido dos vossos vizinhos.

— Está a querer dizer-me que este *é* o James?

— Não, forçosamente — redarguiu Deacon. — Estou a dizer que, para a sua nora pensar que podia ser ele, tinha de estar convencida de que James ainda estava vivo quando este homem apareceu morto na garagem dela, em Junho. E isso significa que ela não tomou parte no suposto homicídio de James ocorrido há cinco anos.

— Então o que é que lhe aconteceu? — perguntou o homem mais velho, já desesperado. — Ele não era nenhum ladrão, Mr. Deacon. Foi educado para ganhar a vida honestamente e nem sequer lhe passaria pela cabeça adoptar outros métodos. Sabe, ele queria a posição social que a riqueza proporciona, da mesma forma que desejava a própria riqueza, por isso o roubo e o risco de ser preso nunca o atrairiam. — Fez novo franzir de sobrolho espantado. — Na altura em que desapareceu, ele e a Amanda tinham investido recentemente todo o capital deles numa velha escola junto ao Tamisa, em Teddington, que tencionavam transformar em apartamentos de luxo e o James andava tão entusiasmado como ela. Esperavam obter grandes lucros se o projecto se concretizasse. Mas para que havia ele de se entusiasmar com meio milhão se já tivesse roubado dez?

Porque isso representava uma forma legal de começar a branquear o resto, pensou Deacon cinicamente.

— Que aconteceu ao projecto?

— Foi concluído em 92 por uma empresa de construção chamada Lowndes mas não conseguimos saber se a Amanda acompanhou o projecto até ao fim ou se a Lowndes lho comprou. Enviámos algumas cartas a perguntar mas nunca nos responderam. Seja como for, gostávamos de saber onde é que ela foi arranjar o dinheiro para comprar, em 91, a casa que tem agora. Se vendeu primeiro a escola, não recuperou mais do que as quatrocentas mil libras que ela e o James gastaram na compra. Mas deve ter sido muito menos que isso após nove meses de juros sobre os empréstimos bancários e de certeza que não dava para comprar uma propriedade tão cara junto ao Tamisa. Se não vendeu a escola e acompanhou o projecto também não ia ter capital nenhum em 91. — Fez um sorriso triste. — Agora já sabe por que suspeitamos dela.

— Talvez eles tivessem outros investimentos de que nunca lhe tenham falado.

Mas Kenneth não acreditava nisso. Quatrocentas mil já eram um capital de reserva maior do que a maioria dos casais novos consegue amealhar, sublinhou, e fora honestamente ganho. James vendera as suas acções e títulos para financiar o projecto. Deacon aceitou o argumento com um sorriso enquanto, mentalmente, seguia o seu próprio raciocínio. Isso explicava por que é que Amanda não quisera o divórcio. Se os investimentos fossem conjuntos, ela tinha acesso a tudo desde que não dissolvesse a sociedade até ele ser dado oficialmente como morto sete anos após o desaparecimento. E se houvesse outros investimentos em nome de James — *desonestamente ganhos?* — ela ainda tinha de esperar mais dois anos para poder herdar, como viúva.

Seria tudo muito mais simples se tivesse morrido na garagem dela há seis meses...

— Tem algum retrato de James que possa emprestar-me, Mr. Streeter? De preferência um de frente. Devolvo-lhe no máximo até terça-feira.

...e tão frustrante se ela não conseguisse prová-lo...

— A polícia deve ter analisado as contas bancárias de James na altura do seu desaparecimento — comentou pegando no retrato que Kenneth lhe deu. — Encontraram alguma coisa que não devesse lá estar?

— Claro que não. Não havia nada para encontrar.

— Referiu-lhes as suas suspeitas quanto à recente fortuna de Amanda?

Um olhar de cansaço perpassou pelo rosto do velhote:

— Tantas vezes que já recebi uma admoestação oficial por andar a fazer perder tempo à Polícia. Provar a inocência de um homem é mais difícil do que se imagina, Mr. Deacon.

Telefonou a um antigo colega, agora reformado, que passara a maior parte da sua vida profissional na secção financeira de diferentes jornais e combinou encontrar-se com ele nessa noite num *pub* em Camden Town.

— Supostamente, estou arredado dos copos — resmungara Alan Parker pelo telefone — por isso não posso convidar-te para vires aqui. Nesta casa não há uma única gota de álcool.

— Não morro se tomar um café — replicou Deacon.

— Mas morro *eu*. Encontramo-nos no Three Pigeons às oito. Pede um Bell's duplo para mim se chegares primeiro.

Deacon já não via Alan há uns anos e ficou chocado com o aspecto do velho amigo. Estava assustadoramente magro e a pele tinha o tom amarelento da icterícia.

— Estarei a proceder bem? — perguntou-lhe Deacon ao pagar os uísques.

— O melhor é não me dizeres que estou com um ar horrível, Mike.

E estava mas Deacon limitou-se a sorrir e a empurrar-lhe para a frente o copo de Bell's.

— Como é que está a Maggie? — perguntou referindo-se à mulher de Alan.

— Dava-me cabo do canastro se soubesse para onde eu vim e o que estou a fazer. — Ergueu o copo e deu um gole, a provar. — A estúpida da velha nunca mais entende que eu sei muito melhor o que me convém do que os malditos curandeiros.

— Então qual é o problema? Por que é que te proibiram de beber?

Alan soltou uma risadinha abafada:

— É a mais recente forma de tirania, Mike. Já ninguém está autorizado a morrer, por isso obrigam-nos a viver os últimos meses em total desdita. Não devo fumar, beber, nem comer nada minimamente apetitoso não vá isso matar-me. Pelos vistos, morrer de tédio é politicamente correcto enquanto sucumbir por algo que nos dá prazer não é.

— Bom, por amor de Deus não estiques o pernil aqui se não a Maggie dá cabo do canastro é a *mim*. Já agora, onde é que ela pensa que tu estás? Na igreja?

— Sabe perfeitamente onde é que eu estou mas é uma tirana de coração mole. Vai dar-me um raspanete dos diabos por causa disto, quando eu chegar a casa, mas lá no fundo fica contente por eu ter tido uma meia hora de felicidade. Então, de que querias falar-me?

— De um sujeito chamado Nigel de Vriess. A única informação que tenho sobre ele é que vive numa mansão em Hampshire, comprada em 91, e que fez parte do conselho de administração do Lowenstein's Merchant Bank, do qual, entretanto, saiu. Conhece-lo? Estou interessado em saber onde arranjou o dinheiro para comprar a mansão.

— É muito fácil. Não a comprou porque já a tinha. Se bem me lembro, a mulher ficou com a residência do casal, em Hampstead, e ele com a Halcombe House embora já não me recorde se foi o primeiro ou o segundo divórcio dele. Deve ter sido o segundo porque se tratou de um acordo sem espinhas. Do primeiro casamento é que houve filhos.

— Disseram-me que ele a tinha comprado.

— E comprou, quando ganhou o primeiro milhão. Mas isso foi há vinte anos. Perdeu uma data de massa, nos anos 80, quando investiu numa companhia aérea de voos transatlânticos que faliu durante a guerra dos cartéis mas conseguiu salvar os bens imobiliários. O único motivo por que entrou para o Lowenstein's foi para ter um período de estabilidade enquanto o mercado recuperava. Em troca de um salário muitíssimo bom, alargou as operações deles no Extremo Oriente fornecendo-lhes bases de operações em toda a orla do Pacífico. Foi-lhes muito útil. Devem a posição que têm ao de Vriess.

— E esse tipo, James Streeter, que lhes sacou os dez milhões?

— O que é que tem? Dez milhões, hoje em dia, não é nada. Foram precisos *oitocentos* milhões para levar o Baring's Bank à falência. — Alan engoliu novo trago de uísque. — O erro do Lowenstein's foi obrigar o tipo a fugir e tornar público o caso. Recuperaram os dez milhões em quarenta e oito horas negociando nas bolsas estrangeiras mas a má publicidade fê-los retroceder seis meses em termos de credibilidade.

Deacon sacou do maço de cigarros e ofereceu-o a Alan com um olhar interrogativo:

— Se não contares à Maggie eu também não conto.

— És bom tipo, Mike. — Reverentemente, colocou um cigarro entre os lábios. — A única razão por que deixei de fumar foi para não ouvir a choradeira da velhota. Já viste uma destas? Eu a morrer de tristeza, para ela não se entristecer com a minha morte. Ela que sempre disse que eu era o homem mais egoísta deste mundo.

Deacon desencantou — sabe Deus onde — uma risada.

— Ela tem razão — comentou. — Nunca me hei-de esquecer daquela vez que me convidaste para jantar fora e depois me obrigaste a pagar dizendo que tinhas deixado a carteira em casa.

— E tinha.

— O tanas. Eu bem vi, pelo enchumaço, que a trazias no bolso do casaco.

— Eras muito novo e muito verde nessa altura, Mike.

— Sim, e tu aproveitaste-te disso, meu sacana.

— Foste um bom amigo.

— Que é isso do *foste* um bom amigo? Ainda sou. Quem é que pagou o uísque? — Viu uma sombra de tristeza no rosto de Alan e de repente mudou de assunto. — Que faz agora o de Vriess?

— Comprou uma empresa de *software* chamada Softworks, mudou-lhe o nome para De Vriess Softworks, ou DVS, despediu metade do pessoal e, em dois anos, deu a volta à firma produzindo uma versão mais barata do Windows para o mercado dos computadores pessoais. É um tipo emproado mas com um talento especial para ganhar dinheiro. Começou a entregar jornais aos treze anos e nunca mais parou.

— Disseste que ele perdeu uma data de massa nos anos 80 — recordou-lhe Deacon.

— Foi uma perda temporária, Mike, daí o emprego no Lowenstein's. Já voltou à situação que tinha antes do colapso. As acções recuperaram e descobriu um belo filão na DVS.

— Havia uma mulher que trabalhava na Softworks chamada Marianne Filbert. O nome diz-te alguma coisa?

Alan abanou a cabeça:

— Qual é a relação com o de Vriess?

Num breve resumo, Deacon falou-lhe da hipótese de conspiração contra James defendida por John Streeter:

— Desconfio que ele, no fundo, quer é acreditar na própria argumentação mas não deixa de ser interessante o facto do de Vriess ter comprado a empresa onde James Streeter foi desencantar a sua perita em informática.

— O que é altamente previsível, conhecendo-se o de Vriess. Calculo que a Softworks tenha sido passada ao microscópio para ver se o dinheiro do banco tinha dado entrada nos livros deles e entretanto o de Vriess aproveitou a oportunidade. É ladino como um furão.

— Falas como se o admirasses.

— E admiro. O tipo tem tomates. Olha, não gosto lá muito dele — poucas pessoas gostam — mas não perde o sono com ninharias dessas. As mulheres adoram-no e isso é que lhe interessa. É um engatatão de primeira. — Soltou nova casquinada. — Como muitas vezes o são os homens ricos. Ao contrário de nós, podem dar-se ao luxo de pagar pelos seus erros.

— Foste sempre um grande cínico — comentou Deacon, afectuosamente.

— Estou a morrer de cancro no fígado, Mike, mas pelo menos o meu cinismo continua saudável.

— Quanto tempo te resta?

— Seis meses.

— Estás com medo?

— Apavorado, meu velho, mas agarro-me às últimas palavras de Heinrich Heine: «Deus perdoar-me-á. É a obrigação dele.»

Barry Grover segurou o retrato de James Streeter à luz do candeeiro e observou-o com atenção:

— É um ângulo melhor — comentou, contrariado. — Temos mais hipótese de fazer comparações com este do que com o outro.

Deacon empoleirou-se despreocupadamente na borda da secretária, inclinando-se para cima de Barry de uma forma que o homenzinho detestava e entalou um cigarro ao canto da boca.

— O entendido és tu — observou. — É o Billy ou não?

— Preferia que não fumasses aqui dentro — vociferou Barry apontando furiosamente para o seu aviso *No interesse da minha saúde, por favor não fume.* — Tenho asma e faz-me mal.

— Por que é que não disseste antes?

— Deduzi que soubesses ler. — Empurrou uma pasta de encontro à anca de Deacon, numa tentativa de o desalojar, mas o outro limitou--se a sorrir-lhe:

— O cheiro do fumo de cigarro sempre é preferível ao dos teus pés. Quando foi a última vez que compraste um par de sapatos?

— Não tens nada com isso.

— A única cor que usas é o preto e podes crer que se eu reparei nisso também todo o prédio reparou. Começo a pensar que só tens um par o que, provavelmente, justifica a tua asma.

— És um tipo muito mal-educado.

O sorriso de Deacon rasgou-se:

— Andaste na borga, a noite passada. Daí esse mau humor.

— Sim — mentiu o homenzinho, com azedume. — Fui tomar um copo com uns amigos.

— Bom, se é ressaca tenho codeína no meu gabinete, mas se não é, vê lá se arrebitas, por amor de Deus, e dá-me uma opinião acerca desse retrato. Acha-lo parecido com o Billy?

— Não.

— São muito semelhantes.

— As bocas são diferentes.

— Dez milhões de libras dão para pagar uma data de operações plásticas.

Barry tirou os óculos e esfregou os olhos:

— Quando se quer identificar alguém, não nos limitamos a comparar um ou dois retratos atribuindo à cirurgia plástica tudo aquilo que não condiz. Na verdade, a coisa é um nadinha mais científica, Mike.

— Explica-te.

— Há muitas pessoas parecidas, sobretudo em fotografias, por isso temos de levar também em conta aquilo que sabemos sobre elas. É praticamente escusado procurar semelhanças em rostos se um deles for de um indivíduo que está nos Estados Unidos e o outro de um que está em França.

— Mas aí é que está a questão. James desapareceu em 1990 e Billy só entrou em cena numa esquadra da Polícia em 91 com os dedos como garras por ter queimado as impressões digitais. É muito possível que sejam o mesmo homem.

— Mas altamente improvável. — Barry tornou a olhar para o retrato. — Que aconteceu ao resto do dinheiro?

— Não estou a perceber.

— Como é que ele se transformava num vagabundo sem cheta meses depois de fazer uma plástica ao rosto? Que aconteceu ao resto do dinheiro?

— Continuo a investigar isso. — Deacon interpretou correctamente a expressão de Barry como mordaz cepticismo embora, como sempre, isso conferisse um ar bastante idiota ao rosto corujento. — Está bem, pronto, concordo que é improvável. — Pôs-se de pé. — Prometi devolver esse retrato hoje. Tens tempo para me fazeres um negativo?

— Neste momento estou ocupado. — Barry pôs-se a mudar papéis de um lado para o outro como se para prová-lo.

Deacon fez um gesto de assentimento:

— Não há problema. Vou ver se encontro a Lisa. Talvez ela mo possa fazer.

Depois de ele sair, Barry tirou o seu próprio retrato frontal de James Streeter da gaveta de cima. Se Deacon tivesse visto aquela versão, pensou, já nada o deteria. A semelhança com Billy era extraordinária.

Por mera curiosidade, Deacon telefonou para a Lowndes Building and Development Corporation e pediu para falar com alguém sobre um bloco de apartamentos que eles tinham construído junto ao Tamisa, em Teddington, em 1992. Deram-lhe o endereço dos apartamentos mas disseram-lhe que não havia ninguém disponível para lhe explicar a mecânica da reconversão.

— Para ser franca — afirmou uma alvoroçada secretária — acho que quem acompanhou isso foi Mr. Merton mas ele foi despedido há dois anos.

— Porquê?

— Não sei ao certo. Constou que andava metido na cocaína.

— Sabe como poderei contactá-lo?

— Emigrou para algures mas acho que não temos o endereço dele.

Deacon apontou o nome de Mr. Merton como alguém a investigar depois do Natal, juntamente com Nigel de Vriess.

Dia 21 de Dezembro. Deacon seguia a passo de caracol num engarrafamento e a sua disposição ia-se tornando mais sombria com o aproximar da obrigatória festa no escritório. Caramba, como detestava o Natal! Era o derradeiro comprovativo do vazio que reinava na sua vida.

Passara a tarde a entrevistar uma prostituta que, sob o disfarce de «investigadora», afirmava ter tido acesso regular às Câmaras do Parlamento para sessões de sexo pago com membros das mesmas. *Ora gaita! E isso era alguma novidade?* Enojava-o a avidez britânica pelos escândalos que punha mais a nu a sexualidade reprimida do inglês médio que a dos homens e mulheres cujos pecadilhos vinham escarrapachados nos jornais. Fosse como fosse, tinha a certeza de que a fulana estava a mentir (se não sobre as sessões de sexo, pelo menos sobre o acesso regular) porque não conhecia suficientemente bem o interior dos edifícios. Também tinha a certeza de que JP, da escola de jornalismo do «nunca deixes que os factos prejudiquem uma boa história», ia pô-lo a andar atrás de sórdidas alegaçõezinhas, durante semanas, na esperança de que houvesse nelas alguma verdade. Santo Deus! Não lhe faltava mais nada?

Atribuiu a depressão ao Distúrbio Emocional Sazonal — DESalento — pois recusava-se a admitir a hipótese de loucura congénita. Tudo o que de mal lhe acontecera na vida fora no maldito mês de Dezembro. Não podia ser coincidência. O pai morrera em Dezembro, as ex-mulheres tinham-no abandonado em Dezembro, fora despedido do *Independent* em Dezembro. E porquê? Porque não conseguia afastar-se dos copos no Natal e dera um murro no director durante uma discussão sobre um texto. (Se não tivesse cuidado ainda dava um murro em JP por causa do mesmíssimo problema.) No Verão já se mostrava suficientemente objectivo para reconhecer que fora apanhado num círculo vicioso — as coisas davam para o torto no Natal porque ele se embebedava e embebedava-se porque as coisas davam para o torto —, mas objectividade era algo que sempre lhe faltava quando ele mais precisava dela.

Abandonou um Whitehall congestionado para passar pelo Palácio. O cortante vento de leste dos últimos dias transformara-se em saraiva mas para lá do metronómico varrimento dos limpa-pára-brisas via-se uma Londres equipada para as festividades. Havia sinais disso por todo o lado, no resplandecentemente iluminado abeto norueguês que, todos os anos, suplantava a dominação de Nelson na Trafalgar Square, nas lâmpadas coloridas que enfeitavam lojas e escritórios, nas multidões que atulhavam os passeios. Observou tudo aquilo com um olhar melancólico e pensou no que o esperava quando o escritório fechasse nas Festas.

Dias à espera que aquela porcaria reabrisse.

Um apartamento vazio.

Um deserto.

JP achou que a história da prostituta tinha «pernas» e disse-lhe para desenterrar a maior quantidade de trampa que conseguisse.

Se havia alguma animação na festa do escritório devia ser noutra sala. Sentindo-se como um intruso num velório interminável, Deacon fez uma proposta semi-sincera a Lisa e levou um estalo para aprender.

— Vê-te ao espelho — disse ela, furiosa. — Tens idade para ser meu pai.

Com um certo prazer mórbido, resolveu ir embebedar-se a sério.

7

ERA QUASE meia-noite. Amanda Powell teria ignorado o toque da campainha se quem quer que estivesse a tocar tivesse a cortesia de tirar o dedo do botão mas passados trinta segundos foi ao vestíbulo e espreitou pelo óculo. Quando viu quem era, lançou um olhar pensativo em direcção às escadas como se a medir os prós e os contras de tornar a subi-las e depois abriu uma frincha da porta:

— Que deseja, Mr. Deacon?

Ele mudou a mão da campainha para a porta e apoiou-se escancarando-a antes de passar por ela aos tropeções e se deixar cair numa delicada cadeira de palhinha do vestíbulo. Acenou com o braço para a rua.

— Ia a passar. — Fez um esforço para parecer sóbrio. — Pareceu-me um gesto educado vir cumprimentar. Lembrei-me que talvez se sentisse só, estando Mr. Streeter ausente.

Ela olhou-o por um instante e depois fechou a porta.

— Isso onde está sentado é uma antiguidade extremamente valiosa — comentou, serenamente. — Acho melhor entrar para a sala de visitas. As cadeiras lá não são assim tão frágeis. Vou chamar um táxi.

Ele fitou-a com um revirar de olhos perfeitamente ridículo:

— É uma linda mulher, Mrs. Streeter. O James alguma vez lho disse?

— Muitas. Assim não tinha de pensar em nada mais original para dizer. — Pôs-lhe uma mão por baixo do queixo, a tentar levantá-lo.

— Foi mesmo mau, o que ele fez — comentou Deacon, alheio ao sarcasmo. — Se calhar pergunta a si mesma o que fez para o merecer. — O seu bafo cheirava a uísque.

— Sim — replicou ela, desviando a cara — pergunto.

Os olhos dele marejaram-se de lágrimas:

— Ele não a amava muito, pois não? — Cobriu a mão dela, pousada no seu braço, e afagou-a desajeitadamente. — Pobre Amanda. Olhe, eu sei o que isso é. Sentimo-nos muito sós quando ninguém nos ama.

Com um gesto brusco, ela dobrou os dedos da outra mão e espetou-lhe as unhas aguçadas no queixo:

— Vai levantar-se antes de me partir a cadeira, Mr. Deacon, ou tenho de usar da força?

— É apenas dinheiro.

— Dinheiro que me custou a ganhar.

— Não é isso que o John e o Kenneth dizem. — Inclinou-se, de esguelha, para ela. — Dizem que é dinheiro roubado e que a Amanda e o Nigel assassinaram o desgraçado do James para lho tirarem.

Ela manteve a pressão sob o queixo, obrigando-o a olhar para cima:

— E que diz o senhor, Mr. Deacon?

— *Eu* digo que a Amanda nunca pensaria que o Billy era o James se o James já estivesse morto.

O rosto dela tornou-se subitamente inexpressivo:

— É um homem esperto.

— Deduzi. Há cinco milhões de mulheres em Londres mas o Billy escolheu-a a si. — Apontou-lhe um dedo ameaçador. — Ora, por que iria ele fazer isso, Amanda, se não a conhecesse? É o que eu gostava de saber.

Sem pré-aviso, ela tornou a espetar-lhe as unhas e ele tentou, sem grande resultado, concentrar-se nos gélidos olhos azuis.

— É tão parecida com a minha mãe. Ela também é linda. — Tentou soerguer-se sentindo o toque doloroso dos dedos dela. — Mas quando está zangada, não. É horrorosa quando está zangada.

— Também eu. — Amanda puxou-o para a porta da sala de estar e depois empurrou-o descerimoniosamente para cima do sofá.

— Como é que veio?

— A pé. — Enroscou-se no sofá e deitou a cabeça no braço.

— Por que não foi para casa?

— Quis vir aqui.

— Pois, mas não pode cá ficar. Vou chamar um táxi. — Estendeu a mão para o telefone.— Onde é que mora?

— Não moro em lado nenhum — respondeu ele de boca encostada ao cabedal bege. — Existo.

— Não pode existir na minha casa.

Mas podia e existiu porque já estava inconsciente e nada neste mundo iria acordá-lo.

Abriu os olhos à luz cinzenta do amanhecer e olhou à sua volta. Tinha tanto frio que pensou que estava a morrer mas a letargia significava que nada fazia para o evitar. Havia prazer na passividade, prazer nenhum na acção. Um relógio em cima de uma prateleira de vidro mostrou-lhe que eram sete e meia. Reconheceu a sala como um local que já conhecia mas não se lembrava a quem pertencia ou por que ali estava. Pareceu-lhe ouvir vozes — *dentro da cabeça?* — mas o frio entorpeceu-lhe a curiosidade e tornou a adormecer.

Sonhou que estava a afogar-se num mar revolto.

— Acorde! ACORDE, PARVALHÃO!

Uma mão esbofeteou-lhe a face e ele abriu os olhos. Estava deitado no chão, aninhado como um feto, e o nariz cheio do nauseabundo cheiro da putrefacção. Sentiu a bílis vir-lhe à boca.

— Devorador do pai — disse, entre dentes — eis que se renova teu inefável tormento.

— Pensei que estivesse morto — disse Amanda.

Por um instante, até se recordar, Deacon não soube quem ela era.

— Estou todo molhado — disse, apalpando o encharcado colarinho da camisa.

— Atirei-lhe água para cima. — Ele viu então o jarro vazio que ela tinha na mão. — Há dez minutos que estou a sacudi-lo e a empurrá-lo e não se mexia. — Estava muito pálida. — Pensei que estivesse morto — tornou a dizer.

— Os mortos não metem medo — replicou ele num estranho tom de voz —, são é uma grande porcaria. — Fez um esforço para se sentar e enterrou o rosto nas mãos. — Que horas são?

— Nove.

Sentiu uma náusea:

— Preciso ir à casa de banho.

— Vire à direita e depois é ao fundo do corredor. — Chegou-se para o lado para o deixar passar. — Se vai vomitar, importa-se de passar depois a escova por dentro da sanita? Não estou para limpar o que as visitas indesejadas sujam.

Enquanto seguia, aos ss, pelo corredor, Deacon procurou uma explicação. *Santo Deus, que raio estava ele a fazer ali?*

Quando voltou, já ela tinha aberto as janelas e pulverizado a sala com um ambientador. Vinha com um aspecto ligeiramente mais apresentável, depois de enxugar o rosto e endireitar o fato, mas as tremuras mantinham-se e a pele estava macilenta da ressaca.

— Só me resta — disse ele, a custo, da porta — pedir-lhe desculpa.

— De quê? — Continuava sentada na mesma cadeira e Deacon ficou deslumbrado com a sua imagem vibrante e colorida. O cabelo e a pele dela pareciam cintilar e o vestido caía-lhe em pregas de um amarelo-vivo até meio da perna, uma mancha cor de limão a sobressair nas folhas outonais da carpete avermelhada.

Era cor a mais. Feria-lhe a vista e pressionou as pálpebras com as pontas dos dedos.

— Envergonhei-a

— Pode ter-se envergonhado a si mas a mim de certeza que não. Tão fria, pensou. *Ou tão cruel?* Ele ansiava por bondade.

— Então está bem — disse, com voz fraca. — Despeço-me.

— Já agora podia tomar um café, antes de ir.

Também ansiava por se pôr a andar. A sala cheirava outra vez a rosas e não se atrevia a macular o ambiente perfumado com o pivete do seu hálito e do seu suor. *Que lhe dissera ele nessa noite?*

— Para ser franco, preferia ir-me já embora.

— Espero bem que sim — replicou ela, enfaticamente —, mas pelo menos tenha a delicadeza de beber o café que eu lhe fiz. Será a coisa mais educada que faz desde que entrou na minha casa.

Ele entrou na sala mas não se sentou.

— Desculpe. — E estendeu a mão para a chávena.

— Faça favor... — disse ela, apontando para o sofá — ponha-se à vontade. Ou talvez prefira fazer nova tentativa de partir a cadeira antiga do vestíbulo?

Teria sido violento? Fez um sorriso hesitante:

— Desculpe.

— Não esteja sempre a dizer isso.

— E que mais posso eu dizer? Não sei o que faço aqui nem por que vim.

— E julga que *eu* sei?

Ele abanou a cabeça devagarinho para não agitar as náuseas que lhe revolviam o estômago.

— Isto deve parecer-lhe muito estranho — murmurou, penosamente.

— Não, que *ideia* — replicou ela com forte ironia. — Por que diz isso? Para mim, hoje em dia é bastante normal encontrar bêbedos de meia-idade feitos numa trouxa em minha casa. Billy escolheu a garagem, o senhor escolheu a sala de visitas. É a mesma coisa, só que teve a decência de não me morrer aqui dentro. — Os seus olhos semicerraram-se mas ele não percebeu se de raiva se de espanto. — Há alguma coisa em mim, ou na minha casa, que estimule este tipo de comportamento, Mr. Deacon? E, por amor de Deus, importa-se de se *sentar*? — Disparou com súbita impaciência. — Não dá jeito falar consigo aí especado.

Ele sentou-se no braço do sofá e tentou cerzir os fios da memória mas era um esforço demasiado grande e os seus lábios abriram-se num sorriso amarelo:

— Acho que vou vomitar outra vez.

Ela tirou uma toalha de trás de si e passou-lha para a mão:

—Acho que o melhor é tentar conter o vómito mas, se não conseguir, já sabe onde é. — Esperou em silêncio por uns instantes enquanto ele dominava as náuseas. — Por que disse que tinha devorado os seus pais e que o seu inefável tormento se renovava? Parece-me estranho esse comentário.

Ele fitou-a inexpressivamente, enxugando o suor da testa:

— Não sei. — Viu a irritação no rosto dela. — Não SEI! — Repetiu com uma pontinha de raiva. — Estava baralhado. Não sabia onde me encontrava, está bem? Isso é *permitido*, nesta casa? Ou toda a gente tem de estar sempre perfeitamente controlada seja em que altura for? — Baixou a cabeça e pressionou os olhos com a toalha. — Desculpe — disse, passado um instante. — Não quis ser malcriado. A verdade é que estou um pouco às aranhas. Não me recordo de nada da noite passada.

— Chegou por volta da meia-noite.

— Sozinho?

— Sim.

— Por que me deixou entrar?

— Porque não tirava o dedo da campainha. *C'um diabo! O que é que lhe teria dado?*

— Que mais é que eu disse?

— Que eu lhe fazia lembrar a sua mãe.

Pousou a toalha no colo e começou a dobrá-la com todo o cuidado:

— Foi essa a razão que dei para cá vir?

— Não.

— Então qual foi?

— Não deu. — Fitou-a com tal alívio no rosto cansado, suado, que ela fez um breve sorriso. — Começou foi a tratar-me por Mrs. Streeter, falou do meu marido, do meu cunhado e do meu sogro e insinuou que esta casa e o seu recheio provinham do produto de um roubo. *Gaita!*

— Assustei-a?

— Não — respondeu ela, calmamente —, há muito que deixei de me assustar com o que quer que seja.

Achou estranho. A ele, assustava-o a própria vida.

— Uma pessoa lá da revista reconheceu-a de quando foi interrogada na altura do desaparecimento de James — disse, à laia de explicação. — Fiquei tão interessado que decidi investigar.

O tique por cima do lábio tornou a aparecer mas ela não disse nada.

— Achei que John Streeter era, pela lógica, uma pessoa com quem devia falar, por isso telefonei-lhe e ouvi a sua versão da história. Ele tem... certas reservas quanto a si.

— Eu não diria que chamar puta, assassina e ladra à cunhada seja «ter certas reservas» mas talvez o senhor esteja com mais medo de ser processado do que ele.

Deacon tornou a levar a toalha à boca. Não estava em condições de ter aquela conversa, pensou. Sentia-se como algo em estado de semi-vida sobre uma mesa de dissecação à espera que o bisturi se lhe espetasse nas entranhas:

— Ganharia uma avultada indemnização se o levasse a tribunal — disse-lhe. — Ele não tem provas nenhumas para tais acusações.

— Claro que não. Nenhuma delas é verdadeira.

Ele esvaziou a chávena e pousou-a em cima da mesa:

— «Devorador do pai, eis que se renova teu incfável tormento» é um verso de William Blake — afirmou ele, de repente, como se estivesse só a pensar nisso. — Faz parte de um dos seus poemas visionários sobre a revolução social e as convulsões políticas. A busca da libertação implica a destruição da autoridade estabelecida — por outras palavras, o pai — e a ânsia de liberdade significa que todas as gerações sofrem o mesmo tormento. — Levantou-se e olhou para a janela com vista para o rio. — William Blake... Billy Blake. O seu hóspede indesejado era admirador de um poeta que já morreu há quase duzentos anos. Por que é que esta casa é tão fria? — perguntou, abruptamente, aconchegando-se melhor no casaco.

— Não é. Está de ressaca, por isso é que tem frio.

Ele fitou-a, ali sentada como um sol radioso no seu caro vestido assinado, no seu caro ambiente perfumado. Mas o brilho era superficial, pensou. Sob a imaculada fachada dela e da sua casa, percebeu-lhe o desespero.

— Cheirou-me a morto, quando acordei — comentou. — É isso que está a ver se disfarça com o *pot-pourri* e o ambientador?

Ela fez um ar de grande surpresa:

— Não sei do que está a falar.

— Talvez tenha sido imaginação minha.

Ela esboçou um leve sorriso:

— Então espero que a sua imaginação volte ao normal quando lhe passarem os efeitos do álcool. Adeus, Mr. Deacon.

Ele encaminhou-se para a porta:

— Adeus, Mrs. Streeter.

Fora da propriedade, encontrou uma pequena zona relvada com um banco sobranceiro ao Tamisa. Apertou melhor o casaco e deixou que o vento lhe sugasse o venenoso álcool. A maré estava baixa e à sua frente, na margem lamacenta, andavam quatro homens a vasculhar por entre os destroços trazidos durante a noite. Homens de idade indefinida, metidos como ele em grossos sobretudos, sem nada que revelasse a sua identidade ou passado, e quaisquer que fossem as deduções que fizesse a respeito deles estariam, por certo, tão erradas como as suas a respeito dele. Deacon tornou a reparar, como sucedera ao conhecer Terry, em como a maioria dos rostos nada tinha de característico pois concluiu que não reconheceria nenhum daqueles homens num cenário diferente. No fim, as diversas combinações de olhos, nariz, orelhas e boca tinham mais em comum do que de diferentes e era apenas a beleza e a expressão que lhes conferiam a individualidade. Alterando isso, pensou, está assegurado a anonimato.

— Então qual é o seu veredicto, Michael? — perguntou, a seu lado, uma voz suave. — Algum de nós merece ser salvo ou estamos todos condenados?

Deacon virou-se para o frágil velhote de cabelo branco que se sentara silenciosamente no banco, ao seu lado, e se pusera a observar, com idêntica concentração, a actividade que se desenrolava na margem. Franziu o sobrolho, tentando trazer do passado a recordação daquele rosto. Era alguém que ele entrevistara, pensou; mas falava com tanta gente que depois raras vezes se lembrava dos nomes.

— Lawrence Greenhill — esclareceu o velhote. — Fez-me uma entrevista, há dez anos, para um artigo sobre a eutanásia chamado «Liberdade para Morrer». Eu era um advogado no activo e tinha escrito uma carta ao *Times* a salientar os riscos práticos e éticos do suicídio legalizado tanto para o indivíduo como para a sua família. Você não concordou comigo e descreveu-me, de forma pouco lisonjeira, como «um juiz idóneo que reclama para si mesmo o pódio do moralismo». Nunca me esqueci dessas palavras.

Deacon ficou mortificado. *Não merecia aquilo, tendo sofrido já, nessa mesma manhã, o tormento dos remorsos.*

— Lembro-me — disse. *Bastante bem, aliás.* O chato do velho fora, na sua opinião, tão complacente sobre a autoridade bíblica que Deacon por pouco não o esganava. Mas Greenhill também não sabia o quanto ele era sensível a toda essa questão. *O suicídio, seja de que maneira for, está errado, Michael... danamo-nos se usurparmos a autoridade de Deus nas nossas vidas.*

— Bom, desculpe — prosseguiu, abruptamente —, mas continuo a não concordar consigo. A minha filosofia não reconhece a danação. — Apagou o cigarro interrogando-se, entretanto, se alguma vez acreditara no que estava a dizer. *A danação fora algo bem real para Billy Blake.* — Assim como não reconhece a *salvação* pois é algo que não entendo. Somos salvos *de* alguma coisa ou *para* alguma coisa? Se é a primeira hipótese, então o nosso direito de viver segundo o nosso próprio código ético está ameaçado pelo totalitarismo moral, e se é a segunda, devemos aceitar cegamente a lógica negativa de que algo melhor nos aguarda quando morrermos. — Olhou ostensivamente para o relógio. — Agora, tenho de ir andando.

O velhote deu uma leve risada:

— Desiste muito facilmente, meu amigo. A sua filosofia é assim tão frágil que não consiga defender-se numa troca de ideias?

— Longe disso — replicou Deacon, — mas tenho mais que fazer do que emitir juízos sobre a vida dos outros.

— Ao contrário de mim?

— Sim.

O acompanhante sorriu:

— Só que eu nunca tento julgar ninguém. — Fez uma breve pausa. — Conhece aquela frase de John Donne? «Qualquer morte de homem me diminui porque eu faço parte da Humanidade.»

Deacon completou a citação:

— «Por isso nunca mandes saber por quem o sino dobra; ele dobra por ti.»

— Então diga-me lá, está errado pedir a um homem para continuar a viver mesmo que seja em sofrimento, quando a vida dele me é mais preciosa do que a sua morte?

Deacon sentiu-se estranhamente deslocado. As palavras martelam--lhe na mente. *Devorador do pai... eis que se renova teu inefável tormento... Será a vida de um homem tão inútil que a única coisa interessante sobre ele é a forma como morre?...* Lançou um olhar inexpressivo a Lawrence:

— Que está a fazer aqui? Lembro-me de ter ido a Knightsbrige para o entrevistar.

— Mudei de casa há sete anos, depois da morte da minha mulher.

— Compreendo. — Esfregou vigorosamente o rosto para aclarar as ideias. — Bom, ouça, peço desculpa mas agora tenho de ir. — E levantou-se. — Gostei de conversar consigo, Lawrence. Goze bem o Natal.

Um brilho trocista reluziu nos olhos do velhote:

— Gozar o quê? Sou judeu. Acha que gosto que me recordem que a maior parte do mundo civilizado condena o meu povo pelo que ele fez há dois mil anos?

— Não está a confundir o Natal com a Páscoa?

Lawrence ergueu os olhos para o céu:

— Refiro-me a dois mil anos de isolamento e ele discute por uma questão de meses.

Deacon deixou-se ficar mais um bocado, seduzido pelo brilho trocista e pela injusta chantagem racial:

— Então goze bem a Hanukka ou também me vai dizer que isso é impossível porque não tem ninguém com quem festejá-la?

— Que mais pode esperar um viúvo sem filhos? — Viu sinais de hesitação no rosto do homem mais novo e bateu com a mão no assento do banco. — Torne a sentar-se e dê-me o prazer da sua companhia por mais uns minutos. Somos velhos amigos, Michael, e para mim é tão raro passar um bocado com um homem inteligente. Ficaria mais sossegado se eu lhe dissesse que fui sempre melhor advogado que judeu e que por isso a sua alma não corre perigo?

Deacon bem quis convencer-se de que só se sentara por uma questão de curiosidade mas a verdade é que não tinha armas contra a fragilidade de Lawrence. A morte estava estampada no rosto do velhote, tão nitidamente como no de Alan Parker, e ficava sempre mais sensível à morte com a proximidade do Natal.

— Na verdade estava a pensar no quanto somos todos parecidos e como seria fácil livrarmo-nos das nossas vidas chatas e começar de novo — afirmou Deacon acenando com a cabeça na direcção dos homens na margem. — Reconhecê-los-ia, por exemplo, se da próxima vez que os visse fosse no Dorchester?

— Os amigos deles conheciam-nos.

— Não conheciam se eles lhes aparecessem num meio diferente. O reconhecimento baseia-se na relação de uma série de factos conhecidos. Mudando esses factos, o reconhecimento torna-se mais difícil.

— É uma nova identidade que quer, Michael?

Afagou a penugem do queixo:

— Não há dúvida que tem os seus atractivos. Nunca pensou em desistir de tudo e começar uma vida nova?

— Claro. Todos nós temos crises a meio da vida. Se não tivéssemos não seríamos normais.

Deacon riu-se:

— Para ser franco, Lawrence, preferia que me tivesse dito que eu era diferente. A última coisa que um homem pleno de vigor e cheio de ambições não concretizadas quer ouvir é que é *normal*. Dei cabo da minha vida e isso anda a pôr-me doido.

— Tenciono mandar o Natal às urtigas — afirmou Deacon acendendo outro cigarro. — Prefiro estar a trabalhar do que a fingir que me divirto.

— E como é que costuma mandá-lo às urtigas?

Deacon encolheu os ombros:

— Ignorando-o, acho eu. Quieto no meu canto até a coisa acabar e voltar tudo à normalidade. Não tenho filhos. Seria diferente se tivesse filhos.

— Sim, sofremos quando não temos ninguém a quem amar.

— Julgava que era ao contrário — replicou, observando um dos homens a puxar um pedaço de madeira do monte de lama. *Nunca uma mulher se agarrara a ele como a lama se agarrava à madeira.* — Sofremos quando ninguém *nos* ama.

— Talvez tenha razão.

— Eu sei que tenho. Tive duas mulheres e esfalfei-me todo a tentar demonstrar o meu amor por elas. Foi uma perda de tempo.

Lawrence sorriu:

— Meu *querido* amigo — replicou, num murmúrio. — Tanto esfalfamento por tão fracos resultados. Que canseira.

Deacon fez um sorriso rasgado:

— Se acha graça sempre serviu para alguma coisa.

— Faz-me lembrar aquela da mulher que deu uma caixa de ferramentas ao marido quando ele lhe disse que queria amolar a faca.

— Há alguma ilação nessa história?

— Umas cinco ou seis, pelo menos, conforme se trate de um verdadeiro mal-entendido ou se a mulher quis dar uma lição ao marido.

— Ou seja, achando que ele a considerava propriedade sua? Bom, eu nunca considerei nenhuma das Mrs. Deacon propriedade minha, isso até se tornar claro que os casamentos estavam a dar o berro. Elas é que se apropriaram — deu uma fumaça pensativa no cigarro — de todo o meu dinheiro que conseguiram. Tive de vender duas casas óptimas para dar a cada uma delas metade do meu capital, perdi com isso a maior parte dos meus bens e agora estou albergado num mísero apartamento alugado em Islington. A sua história moralista tem alguma justificação para isso?

Lawrence soltou uma casquinada:

— Sei lá. Agora estou um nadinha baralhado sobre quem é que andou a lixar quem. Qual era a finalidade desses casamentos, Michael?

— Como qual era a finalidade? Eu amava-as, ou pelo menos achava que sim.

— Eu amo os meus gatos mas não tenciono casar com nenhum deles.

— Qual *é* então a finalidade do casamento?

— Não é essa a pergunta a que precisa de responder antes de tentar outra vez?

— Nem pense nisso — retorquiu Deacon. — Não tenciono ser depenado uma terceira vez.

— Fala com um certo ressentimento, Michael.

— A Clara — a minha segunda mulher — fartou-se de dizer que eu estava a atravessar a menopausa masculina. Dizia que eu só estava interessado em sexo.

— É natural. Querer filhos não é uma prerrogativa das mulheres. Eu ainda quero ter filhos e tenho oitenta e três anos. Por que é que Deus me deu espermatozóides se não foi para fazer filhos? Veja o caso de Abraão. Estava geriátrico quando teve Isaac.

O rosto franzido de Deacon abriu-se num sorriso:

— Agora quem está ressentido é você, Lawrence.

— Não, Michael, estou a queixar-me. Mas os velhos podem queixar-se porque, por mais positiva que seja a sua atitude mental, têm de convencer uma mulher com menos de quarenta a ter relações com eles. E isso não é tão fácil como parece. Sei porque já tentei.

— Não posso fingir que fosse algo mais que desejo. A Clara era — é — muito bonita.

— Quem sou eu para discutir isso? Tive de mandar castrar o meu gato há seis meses porque os vizinhos estavam sempre a queixar-se do apetite insaciável que ele tinha pelas suas lindas gatinhas.

— Eu não era assim tão mau, Lawrence.

— Também o meu gato não era, Michael. Estava apenas a fazer aquilo para que Deus o programou e o facto de preferir as bonitas só revelava o bom gosto que tem.

— Acho que nunca disse à Clara que queria ter filhos. Falei nisso à Julia uma ou duas vezes mas ela dizia sempre que tínhamos muito tempo.

— E tiveram, até a ter trocado pela Clara.

— Julgava que você queria convencer-me a sentir-me menos culpado. Não acha que o fiz num acto desesperado de preservar a linhagem dos Deacon?

— Não há desculpas para a ineficácia, Michael. Se é filhos que quer, então tem de arranjar uma mulher que também os queira. Sem dúvida que a ilação a tirar da história da caixa de ferramentas é que as pessoas têm diferentes prioridades na vida.

— Então o que é que eu faço agora? — perguntou Deacon com um certo sarcasmo. — Vou a bares de solteiros? A agências matrimoniais? Ou talvez devesse experimentar pôr um anúncio no *Private Eye*?

— Acho que foi o Presidente Mao que disse «Qualquer viagem começa com o primeiro passo.» Por que quer tornar esse primeiro passo tão difícil?

— Não estou a perceber.

— Precisa de um bocadinho de prática antes de se atirar outra vez de cabeça. Esqueceu-se de como o amor é simples. Repita, primeiro, essa lição.

— Como é que eu faço isso?

— Como já lhe disse, eu amo os meus gatos mas não tenciono casar com eles.

— Está a dizer-me para arranjar um animal de estimação?

— Não lhe estou a dizer nada, Michael. É suficientemente inteligente para resolver isso sozinho. — Lawrence tirou um cartão-de--visita do bolso de dentro. — Aqui tem o meu número de telefone. Pode ligar-me a qualquer hora. Estou quase sempre em casa.

— Talvez ainda se arrependa. Como é que sabe que eu não aceito a sua oferta e dou consigo em doido com intermináveis telefonemas?

Os velhos olhos cintilaram com o que a Deacon pareceu sincera afeição:

— Espero que sim. Hoje em dia, sentir-me útil é uma coisa tão rara.

— É o maior impostor que eu já vi.

— Por que diz isso?

— «Hoje em dia, sentir-me útil é uma coisa tão rara.» — repetiu ele. — Aposto que diz isso a todos os desamparados e vadios que encontra. Já agora, sentem-se todos emocionalmente chantajados ou estou a ser particularmente privilegiado?

O velhote riu-se com gosto:

— Apenas os que me transmitem esperança. Só se pode dar de comer a quem tem fome, Michael.

Foi um inesperado desencadear de recordações para Deacon. Vieram-lhe à ideia imagens de um Billy Blake esquelético. Levou a mão à carteira e tirou de lá uma fotocópia do retrato cadastral do morto.

— Alguma vez falou com ele? Era um vagabundo que vivia no armazém-abrigo a cerca de quilómetro e meio daqui e que morreu de fome há seis meses dentro desta propriedade atrás de nós. Dizia chamar-se Billy Blake mas não creio que fosse esse o seu verdadeiro nome. Preciso descobrir quem ele era.

Lawrence observou a fotografia por uns segundos e depois abanou tristemente a cabeça:

— Acho que não. De certeza que me lembrava se tivesse falado. Não é um rosto que se esqueça facilmente, pois não?

— Não.

— Lembro-me do caso. Causou bastante sururu por aqui durante uns dias. Por que é tão importante para si?

— A mulher em cuja garagem ele morreu pediu-me para descobrir quem ele era — respondeu Deacon.

— Mrs. Powell.

— Sim.

— Vi-a uma ou duas vezes. Anda num *BMW* preto.

— Isso mesmo.

— Gosta dela, Michael?

Deacon pôs-se a pensar.

— Ainda não sei. É uma mulher complicada. — Encolheu os ombros. — É uma longa história.

— Então guarde-a para o seu telefonema.

— Talvez isso nunca venha a acontecer, Lawrence. As minhas mulheres dir-lhe-iam que não sou pessoa em quem se possa confiar muito.

— Um telefonemazinho, Michael. É pedir de mais?

— Mas não é nenhum telefonemazinho, pois não? — resmungou ele. — Anda atrás das almas das pessoas e não julgue que eu não sei.

Lawrence lançou um breve olhar às costas da fotografia:

— Posso ficar com ela? Conheço uma data de membros da comunidade dos sem-abrigo e talvez um deles o reconheça.

— Claro. — Deacon pôs-se de pé. — Mas não quer dizer que eu lhe telefone, por isso não acalente esperanças. Amanhã vou sentir-me muito envergonhado por causa disto. — Apertou a mão ao velhote.

— *Shalom*, Lawrence, e obrigado. Vá para casa antes que morra gelado.

— Vou sim. *Shalom*, meu amigo.

Viu o homem mais novo seguir pelo relvado e depois sorriu para consigo mesmo enquanto tirava a agenda das moradas para anotar cuidadosamente o nome de Deacon seguido do endereço e número de telefone da *Street* com que Barry Grover, conscienciosamente, carimbara as costas da fotografia. Não que esperasse vir a precisar deles. A fé de Lawrence nos misteriosos desígnios de Deus era absoluta e sabia que o telefonema de Deacon era apenas uma questão de tempo.

O velhote virou-se contra a corrente e escutou a mútua altercação do vento com as ondas.

8

A RIXA QUE eclodiu no interior do armazém foi bem sangrenta, iniciada por um dos esquizofrénicos mais agressivos por achar que o homem ao seu lado queria matá-lo. Sacou de uma ponta-e-mola que tinha no bolso e espetou-a na barriga do vizinho. Os gritos do homem actuaram nos outros reclusos como um alarme estridente trazendo alguns em seu auxílio e levando os restantes a uma fuga precipitada. Terry Dalton e o velho Tom pegaram em alguns bocados de tubos de chumbo e meteram-se lá no meio a apartar a zaragata mas, como um cão de luta, o agressor ignorou a chuva de pancadas que lhe caiu em cima das costas concentrando todas as energias na sua vítima. Só acabou, como acabavam tantas dessas brigas, quando a resistência do indivíduo se esgotou e ele se afastou, cheio de mossas e nódoas negras, para tratar das feridas.

Tom ajoelhou-se ao lado do vulto patético, encolhido, do homem que fora esfaqueado.

— É o desgraçado do Walter — comentou. — Aquele sacana do Denning deu-lhe forte e feio. Se não está já morto não tarda muito.

Terry, que tremia dos pés à cabeça na sequência do afluxo de adrenalina, atirou o tubo para o chão e despiu o casaco que lhe cobria o corpo franzino.

— Põe-no por cima do Walt para o manter quente. Vou chamar uma ambulância — disse. — E preparem-se para quando a bófia aqui chegar. Desta vez vou mesmo mandar prender o Denning. É perigoso como o caraças.

— Deixa-te mas é de conversas, rapaz — redarguiu Tom estendendo o casaco em cima do corpo. — Ninguém te vai agradecer por trazeres aqui a bófia em peso. Vamos é mudar o Walt lá para fora para os chuis pensarem que aconteceu na rua. O desgraçado está a sangrar como um porco estoqueado por isso o passeio vai ficar com tanto sangue que eles acreditam logo que foi um bando de mariolas que lhe fez isto.

— Não! — ripostou Terry. — Se pegarem nele matam-no mais depressa. — E cerrou os punhos. — Nós temos direitos, Tom, como qualquer outra pessoa. O de Walt é darem-lhe uma hipótese e o nosso o de nos vermos livres de um marado.

— No inferno não há direitos, rapaz — retorquiu Tom, desdenhosamente —, mesmo que o Billy te tenha enchido a cabeça com essa treta toda da dignidade humana. Trazes cá os chuis e não é só o Denning que vai de cana. Pensa no que tens dentro dos bolsos antes de os ires chamar. — Levou uma mão nodosa ao rosto do homem ferido. — O Walt não se safa mesmo, por isso não interessa o sítio onde vai morrer. Nós próprios nos livramos do Denning, mandamo-lo outra vez para as ruas onde de certeza que não tarda a morrer de frio. Também já está farto disto portanto não vai dar chatice nenhuma.

Falava com a autoridade de um homem habituado a mandar pois, apesar da impressão de Deacon, de que graças à sua inteligência, era Terry que dominava o grupo, a verdade é que quem governava o armazém era Tom e na filosofia de Tom não havia lugar para sentimentalismos. Já vira morrer muitos desamparados para se preocupar agora com este.

— NÃO! — rugiu o jovem, dirigindo-se para a entrada. — Mexam no Walt e têm de se haver comigo. Porra, não somos nenhuns selvagens, por isso não nos vamos comportar como eles. ESTÃO A OUVIR? — Gritou, furioso, abrindo caminho pelo meio do grupo junto à porta.

O telefone tocou no apartamento de Deacon quando ele vinha a sair do chuveiro.

— Preciso falar com Michael Deacon — disse uma voz ansiosa.

— É o próprio — respondeu ele secando o cabelo com uma toalha.

— Lembra-se daquele armazém onde veio há umas semanas?

— Sim. — Reconheceu a voz do outro. — És tu, Terry?

— Sou. Ouça, ainda anda à procura de informações sobre o Billy Blake?

— Ando.

— Então apareça no armazém dentro da próxima meia hora e traga uma máquina fotográfica consigo. Pode ser?

— Para quê tanta pressa?

— Porque os chuis já vêm a caminho e há coisas lá dentro que pertenciam ao Billy. Calculo que, no máximo, dentro de meia hora eles cheguem em força. Vem?

— Lá estarei.

Terry Dalton, enfiado numa velha samarra e com um chapéu de lã preta enterrado na cabeça rapada, estava encostado à esquina do edifício à espera que Deacon chegasse. Quando este estacionou à frente de um carro da Polícia vazio, Terry desencostou-se e foi ao seu encontro.

— Houve uma cena de facadas — informou de rompante mal o homem mais velho se apeou — e fui eu que chamei a Polícia. Achei que não fazia mal nenhum ter aqui um jornalista a assistir. O Tom acha que eles vão servir-se disto como pretexto para nos despejarem e talvez nos acusarem de outros crimes mas nós temos direitos e eu quero defendê-los. Em troca, dou-lhe tudo o que tiver do Billy. Combinado? — Olhou para a estrada vendo aproximar-se outro carro da Polícia. — Mexa-se. Não temos muito tempo. Trouxe a máquina?

Aturdido por tal loquacidade informativa, Deacon deixou-se arrastar para a parte abrigada do vento.

— Tenho-a no bolso.

Terry fez um gesto, enquanto caminhava:

— Há uma entrada por uma das janelas que a bófia não conhece. Se eu o meter lá dentro, eles pensam que já lá estava.

— E os guardas que já estão lá dentro?

— São só dois e só chegaram depois dos paramédicos. Fazem lá eles ideia de quem é que lá estava dentro ou não. Aquilo é escuro como o caraças e estavam era interessados em manter o Walt vivo. Só começaram a fazer perguntas há uns cinco minutos, depois de a ambulância se ter ido embora. — Puxou para o lado uma chapa de contraplacado. — Ora bem, não se esqueça: quem levou as facadas foi o Walter e quem o atacou foi um maluco chamado Denning. É uma coisa que você saberia se já aqui estivesse há um bocado.

Deacon pousou uma mão no ombro do rapaz, refreando-o, enquanto se preparava para trepar pela janela:

— Calma aí. Eu não sou advogado. Que direitos são esses que queres que eu defenda? E como é que eu vou fazer isso?

Terry não desarmou:

— Tire fotografias, ou qualquer coisa. Bolas, sei lá. Invente uma coisa qualquer. — A sua expressão tornou-se amarga quando Deacon reagiu com um céptico abanar de cabeça. — Ouça, meu sacana, você disse que queria provar que a vida do Billy teve importância. Pois então comece por provar que o Walt, o Tom, eu e qualquer um dos desgraçados que aqui está também conta. Sei que é uma pocilga mas temos direitos de ocupação e é aqui que vivemos. Fui eu que chamei a Polícia, não foi a Polícia que veio cá bisbilhotar, portanto não têm o direito de nos tratar como escumalha. — Os olhos deslavados semicerraram-se com súbita irritação. — O Billy dizia sempre que a liberdade de imprensa era a arma mais poderosa do povo. Está a dizer-me que ele não tinha razão?

— Pronto, todos lá para fora — ordenou um irritado agente empurrando corpos renitentes. — Toca a ir para a luz para vos podermos ver. — Pegou num pelo braço e virou-o de frente para a porta. — Rua! Rua!

O *flash* da máquina de Deacon sobressaltou-o e voltou-se, boquiaberto, para ser apanhado por novo clarão. Um silêncio repentino abateu-se sobre o armazém enquanto a lâmpada disparava várias vezes em rápida sucessão.

— Uma montagem escarrapachada na primeira página — afirmou Deacon apontando a máquina a outro agente cujo pé enxotava um homem adormecido — com uma legenda do tipo «Polícia utiliza métodos de campo de concentração com os sem-abrigo». — Tornou a apontar a objectiva ao primeiro e aproximou a imagem para obter um grande plano. — Que tal uma repetição do «'*Raus! 'Raus! 'Raus*!»? Ia trazer algumas recordações incómodas nas altas esferas.

— Quem diabo é você?

— Quem diabo é você, pergunto eu — redarguiu Deacon baixando a máquina para lhe dar um cartão. — Michael Deacon e sou jornalista. Importa-se de me dizer o seu nome e os dos outros guardas aqui presentes? — perguntou, sacando do bloco de notas.

Um agente à civil interveio:

— Sargento Detective Harrison. Talvez possa ajudá-lo. — Era um sujeito simpático, na casa dos trinta, de sólida constituição e cabelo louro, já a rarear, despenteado pela brisa que entrava pela porta do armazém. Os olhos franziram-se num sorriso afável.

— Pode começar por explicar-me o que está a acontecer aqui?

— Com certeza. Estamos a pedir a estes senhores que se afastem do local de uma tentativa de homicídio. Como a única zona livre é lá fora, pedimos-lhes para vagarem o edifício.

Deacon tornou a levantar a máquina, apontou-a à parede do fundo do armazém, e tirou uma fotografia do seu enorme interior.

— Tem a certeza, sargento? Parece-me haver aqui dentro hectares de espaço livre. Já agora, quando é que a Polícia adoptou essa política?

— Que política?

— De obrigar as pessoas a saírem de suas casas quando lá dentro foi cometido um crime. O procedimento normal não é pedir-lhes para irem para outra parte da casa, normalmente a cozinha, onde podem tomar uma chávena de chá e acalmar os nervos?

— Como o senhor mesmo pode ver, isto não se parece minimamente com uma casa normal. Estamos a investigar um crime muito grave. Não há luz. Metade destes indivíduos estão comatosos pela bebida ou pela droga. A única maneira de descobrirmos o que se passa é mandar toda a gente lá para fora e impor aqui uma certa ordem.

— Palavra? — Deacon continuou a tirar fotografias. — Pensava que normalmente a primeira medida era pedir às testemunhas que se aproximassem para prestarem declarações.

Por breves instantes, o sargento baixou a guarda e a objectiva de Deacon captou-lhe a expressão de desdém:

— Estes tipos nem sequer sabem o que significa colaborar. Contudo — continuou, erguendo a voz —, um homem foi esfaqueado aqui dentro ainda não há meia hora. Se alguém viu o incidente, ou tem alguma informação, quer fazer o favor de se apresentar? — Esperou um ou dois segundos e depois sorriu complacentemente para Deacon. — Satisfeito? Agora talvez possa deixar-nos prosseguir.

— *Eu* vi — afirmou Terry saindo de trás de Deacon. O seu olhar perscrutou a escuridão à procura de Tom. — E não fui o único embora pareça que fui a ver pela coragem que os outros estão a demonstrar.

O seu comentário foi saudado pelo silêncio.

— Bolas, cambada de tristes — prosseguiu ele, mordazmente. — Não admira que a bófia vos trate tão mal. Não sabem fazer mais nada, pois não? Só ficar estendidos na sarjeta e deixar que quem quiser vos passe por cima. — Cuspiu para o chão. — É isso que eu penso de tipos que preferem deixar um maluco à solta nas ruas do que tomar uma atitude e ser homens uma vez que seja na porra das vossas vidas.

— Está bem, está bem — disse uma voz contrariada do meio da multidão. — Pronto, acaba lá com isso, rapaz. — Tom abriu caminho até à frente e lançou um olhar furioso a Terry: — Até pareces o Arcebispo da Cantuária com um sermão desses. — Fez um aceno de cabeça ao sargento: — Eu também vi. Como vai isso, Mr. 'Arrison?

A expressão do sargento-detective alterou-se. Fez um largo sorriso:

— Santo Deus! Tom Beale! Pensei que já tinhas morrido. E a tua patroa também.

O rosto de Tom franziu-se em rugas de desprezo:

— Para ela é como se tivesse. Disse-me para lhe desamparar a loja da última vez que me prenderam e nunca mais a vi nem soube nada dela.

— Uma ova! Não me largou durante uns meses depois de tu seres solto, a insistir comigo para que te procurasse. Por que não foste para casa como devias ter ido?

— Não valia a pena — respondeu Tom, taciturno. — Ela deixou bem claro que não me queria. Seja como for, o raio da mulher está morta para mim. Lembrei-me de ir visitá-la aqui há uns dois anos e estava uma data de gente estranha lá em casa. Fiquei tão chateado que nem imagina.

— Por amor de Deus, isso não significa que ela tenha morrido. A Câmara mudou-a para um apartamento seis meses depois de tu te teres pirado.

Tom pareceu ficar satisfeito:

— A sério? Acha que ela quer ver-me?

— Aposto que sim — riu-se o agente. — Que tal a gente levar-te lá a casa no Natal? Sabe-se lá porquê mas deves ser o presente por que a tua patroa está à espera. — Virou o mostrador do relógio para a luz. — Melhor ainda, se conseguirmos resolver este assunto rapidamente ainda te pomos lá em casa a tempo do jantar. Que me dizes?

— Combinado, Mr. 'Arrison.

— Muito bem, comecemos pelo nome e descrição de todos os envolvidos.

— Foi só ele. — Tom acenou na direcção do homem adormecido e do polícia que o vigiava. — É aquele o sacana que procuram. Chama-

-se Denning. Neste momento está mansinho porque fica estoirado com as fúrias que lhe dão, mas o melhor é terem cuidado quando o agarrarem. Como diz o Terry, é maluco e ainda tem a naifa. — Soltou nova casquinada e tirou um charuto de um dos bolsos. — Não queremos acidentes, agora que nos damos todos tão bem. Digo-lhe uma coisa, Mr. 'Arrison, nunca na minha vida fiquei tão satisfeito ao ver a bófia. Tome, fume lá um charuto que eu lhe ofereço.

Como profissional que era, Deacon registou a oferta em película e ganhou umas libras com o instantâneo vendendo-o a uma agência fotográfica. Saiu, depois do Natal, num dos tablóides com a legenda **«O Charuto da Paz»** e uma versão sentimental do reencontro de Tom com a mulher, mais o papel do Sargento Harrison no pequeno drama. Era uma paródia da verdade, adocicada por um repórter da casa para estimular um clima boa-vontade no Ano Novo, pois os factos eram que Tom preferia a companhia de homens, a mulher dele preferia o gato, e o Sargento Harrison ficou furioso quando descobriu que o charuto fazia parte de um carregamento roubado de um camião assaltado.

O episódio deixou um gosto amargo na boca de Deacon. Revoltava-o que a imparcialidade da Polícia fosse representada pelo afecto que um sargento sentia por um indigente. Realidade não era isso. Realidade era a pocilga do armazém de Terry onde governavam os desabrigados e a maneira como um homem morria era a coisa mais importante sobre ele.

Terry alcançou-o quando estava a destrancar a porta do carro.

— Estão a dizer que tenho de ir à esquadra prestar declarações.

— Há algum problema?

— Há. Não quero ir.

Deacon olhou de relance para trás de Terry, observando o agente que o seguira:

— Não podes fugir a isso, sabias? Se queres ver os teus direitos respeitados, em troca tens de colaborar.

— Vou, se vier comigo.

— Não valia de nada. Os advogados são as únicas pessoas autorizadas a entrar nas salas de interrogatório. — Observou o rosto ansioso do rapaz. — Por que mudaste de ideias? Ainda há vinte minutos estavas todo inflamado para prestar declarações.

— Pois, mas não era na esquadra, sozinho.

— O Tom vai lá estar.

Uma profunda desilusão franziu os lábios do rapaz.

— Ele quer lá saber de mim ou do Walt. Só está interessado em lamber o cu ao sargento e ir para casa para a patroa dele. Faz-me a folha, num piscar de olhos, se isso lhe convier.

— O que é que ele sabe que nós, os outros todos, não sabemos?

— Que eu só tenho catorze anos e que não me chamo Terry Dalton. Fugi do lar aos doze e não volto mais para lá.

C'um diabo!

— Porquê? Que tinha assim de tão mau?

— Ora, porque o sacana do director era um grandecíssimo paneleiro — respondeu Terry cerrando os punhos. — Jurei que o matava se tivesse oportunidade e se eles me mandam outra vez para lá é isso mesmo que eu faço. Pode acreditar. — Falava com toda a agressividade. — O Billy acreditava. Por isso é que tomava conta de mim. Dizia que não queria ter outra morte na consciência.

Deacon tornou a trancar a porta do carro:

— Por que é que tenho a sensação de que o meu destino está inextricavelmente ligado ao de Billy Blake?

— Não percebi.

— Já ouviste falar de morte por inanição? — Fez uma leve carícia na nuca do rapaz. — Não há comida nenhuma no meu apartamento — resmoneou — e tencionava fazer as compras todas esta tarde. Amanhã vai ser um pandemónio. — Empurrou Terry na direcção do polícia. — Não entres em pânico — disse-lhe mais suavemente ao senti-lo tenso —, que eu não te abandono. Ao contrário do Tom, não me apetece nada tornar a ver nenhuma das minhas mulheres.

— É você, Lawrence? Fala o Michael — Michael Deacon... Sim, por acaso tenho um problema. Preciso de um advogado respeitável que diga umas mentirinhas brancas por mim... Só à Polícia. — Afastou o telemóvel do ouvido. — Ouça, foi você que me disse para arranjar um animal de estimação portanto acho que deve dar-me algum apoio neste caso... Não, não é um cão perigoso e não mordeu ninguém. É um vira-latas inofensivo... Não posso provar que sou dono dele e parece que vão apreendê-lo durante o Natal... Sim, concordo. É uma pena... Pois

127

é. Só preciso de um fiador... Pode ser? Grande amigo. É na esquadra da Isle of Dogs. Eu reembolso-lhe o dinheiro do táxi quando lá chegar.

Terry estava aninhado no banco do passageiro do carro de Deacon numa ruela do East End.

— Devia ter-lhe contado a verdade. Vai ficar danado quando aqui chegar e descobrir que sou um gajo. Nem pense que ele vai mentir por alguém que não conhece. — E levou a mão ao puxador da porta. — Acho melhor pôr-me já na alheta enquanto as coisas estão calmas.

— Nem penses nisso — redarguiu Deacon calmamente. — Prometi ao sargento Harrison que estarias na esquadra às cinco horas e vais estar. — Ofereceu um cigarro ao rapaz e tirou um para ele. — Ouve, ninguém te obriga a fazer este depoimento. Ofereceste-te para isso portanto não vais passar por nenhum interrogatório a sério a menos que o Tom resolva lixar-te. Mesmo assim, serás tratado com luvas de pelica porque as crianças não podem ser interrogadas sem a presença de um adulto. Garanto-te que nem vai ser esse o caso mas, se for, o Lawrence põe-te cá fora.

— Sim, mas...

— Confia em mim. Se o Lawrence disser que te chamas Terry Dalton e que tens dezoito anos a Polícia acreditará nele. É muito convincente. Parece uma mistura do Papa com o Albert Einstein.

— É uma porra de um advogado. Se lhe dissermos a verdade ele vai ter de contá-la à bófia. É o que os advogados fazem.

— Não, não fazem — ripostou Deacon com mais convicção do que a que sentia. — Eles representam os interesses dos seus clientes. Mas, seja como for, a menos que seja obrigado, não direi nada ao Lawrence.

Terry vinha com um sorriso rasgado quando saiu da sala de interrogatório:

— Vêm? — perguntou a Deacon e Lawrence ao passar por eles na sala de espera, já de saída.

Foram ter com ele à rua.

— Então? — quis saber Deacon.

— Não há azar. Nunca lhes passou pela cabeça que eu não fosse quem eu disse que era. — E desatou a rir.

— Qual é a piada?

— Avisaram-me para ter cuidado consigo e com o Lawrence pois acham que são duas bichonas interessadas em mim. Senão para que haviam de estar aqui à espera quando eu estava apenas a prestar declarações?

— Valha-me Deus — resmungou Deacon. — E tu, que disseste?

— Disse para não se preocuparem porque não me meto em cenas dessas.

— Ah, bestial! Então as nossas reputações ficam manchadas enquanto tu sais de lá limpinho.

— É mais ou menos isso — replicou Terry recuando para trás de Lawrence, à defesa.

Lawrence riu-se com gosto:

— Para ser franco, sinto-me lisonjeado por alguém achar que ainda tenho energia para fazer uma coisa tão activa. — Agarrou em Terry pelo braço e seguiu com ele pelo passeio em direcção a um bar de esquina. — Que termo é que tu usaste? Bichona? Claro que já sou muito velho e estou totalmente desactualizado com o calão moderno mas acho preferível homossexual. — Parou diante do bar à espera que Terry lhe abrisse a porta. — Obrigado — agradeceu agarrando-se à mão do rapaz para se equilibrar ao subir com cuidado o degrau da entrada.

Terry lançou um olhar angustiado por cima do ombro a Deacon dizendo-lhe claramente *Aqui o velhadas pegou-me na mão e acho que o sacana é larilas*, mas Deacon limitou-se a mostrar-lhe os dentes num sorriso malicioso.

— É o que te convém — disse-lhe baixinho, entrando atrás deles.

Barry Grover ergueu os olhos com um ar bastante culposo quando o segurança abriu a porta do Arquivo e entrou.

— Pronto, meu filho, vamos lá tirar-te daqui — disse Glen Hopkins, com firmeza. — O escritório está fechado e devias estar de folga.

Era um contramestre reformado, sem papas na língua, que, depois de muito pensar e tendo escutado os maldosos mexericos que o mulherio espalhava sobre Barry, decidira dar uma mão ao fulaninho. Sabia perfeitamente qual era o problema dele e não era nada que uns conselhos práticos e uma conversa franca não resolvesse. Encontrara tipos como Barry na Marinha embora fossem, por regra, mais novos.

Barry tapou o que estava a fazer.

— Estou a trabalhar numa coisa importante — replicou, pedantemente.

— Não estás, não. Ambos sabemos o que estavas a fazer e não é trabalho.

Barry tirou os óculos e olhou, fixa e miopemente, para o fundo da sala.

— Não sei do que está a falar.

— Ora, sabes sim, e isso não é saudável, filho. — Glen aproximou-se no seu andar pesado. — Escuta, um homem da tua idade devia estar a divertir-se e não aqui encafuado às escuras a olhar para fotografias. Olha, tenho aqui alguns cartões com uns endereços e números de telefone e o melhor conselho que te dou é que escolhas a que gostares mais e lhe dês uma apitadela. Vai-te custar umas massas e precisas de um preservativo mas ela põe-te a funcionar, se é que me faço entender. Não é vergonha nenhuma ter uma pequena ajudinha, no princípio. — Colocou alguns cartões de prostitutas em cima da secretária e deu-lhe uma palmadinha paternal no ombro. — Vais ver que a coisa a sério é de longe muito mais divertida que um montão de fotografias.

Barry ficou vermelho que nem um tomate:

— Não está a perceber, Mr. Hopkins. Estou a trabalhar num projecto para o Mike Deacon. — Destapou os retratos de Billy Blake e James Streeter. — É uma grande reportagem.

— O que explica, então, por que é que o Mike está na outra secretária a ajudar-te — replicou Glen, ironicamente — em vez de andar na borga como de costume. Ora, meu filho, não há reportagem assim tão importante que não possa esperar até depois do Natal. Podes dizer que não é da minha conta mas sei ver muito bem quais são os problemas de um homem e tu não vais resolver os teus ficando aqui dentro.

Barry evitou o olhar do outro.

— Não é o que está a pensar — resmungou.

— Sentes-te só, filho, e não sabes como resolver isso. A tua mãe é do tipo bisbilhoteiro — não te esqueças que sou eu que atendo o telefone quando ela liga à noite — e desculpa-me lá a franqueza mas já devias ter saído há muito tempo de baixo das saias dela. Só precisas de um bocadinho de confiança para começares e não há lei que diga que não possas pagar por isso. — O seu rosto tristonho abriu-se num sorriso: — Vá, alça daí e oferece a ti mesmo o presente de Natal que nunca esquecerás.

Profundamente humilhado, Barry não teve outro remédio senão pegar nos cartões e sair mas a vergonha por que passara trouxe-lhe lágrimas aos olhos e ficou especado no passeio, a pestanejar desoladamente, enquanto a porta do edifício se fechava atrás de si. Tinha tanto medo que Glen lhe perguntasse como é que a coisa tinha corrido que por fim lá se encaminhou para uma cabina telefónica e ligou para o primeiro número do monte de cartões que o homem lhe escolhera. Se Barry soubesse que Glen, na ingénua convicção de que o sexo curava todos os males, costumava dar cartões de prostitutas a qualquer colega masculino que lhe parecesse estar a passar por um mau bocado, teria pensado duas vezes sobre o que estava a fazer. Como não sabia, calculou que a sua virgindade se tornasse motivo de falatório caso não correspondesse às expectativas de Glen a seu respeito e foi mais por receio de se transformar no alvo das piadas dos colegas do que por antecipação de prazer que concordou em pagar 100 libras por Fatima, a Delícia Turca.

9

— AGORA — DISSE LAWRENCE quando já estavam sentados a uma
mesa com bebidas à frente — talvez o Terry queira dizer-me por que
é que eu estou aqui.

Terry esquivou-se à pergunta enterrando o nariz na caneca de cerveja.

— É muito simples... — começou Deacon.

— Nesse caso, prefiro que seja o Terry a explicar-me — redarguiu
o velhote com surpreendente firmeza. — Sou um amante da simplicidade, Michael, mas até ver você só me baralhou. Tenho muitas
dúvidas que o Terry seja quem ele diz que é, o que significa que nós
dois podemos estar na desagradável situação de cúmplices *post factum*
de um crime que ele tenha cometido.

Um expressão resignada instalou-se no rosto de Terry.

— Já sabia que não era boa ideia — comentou, tristemente, com
Deacon. — Para começar, não percebo patavina do que ele diz. É como
estar a ouvir o Billy. Estava sempre a usar palavras que nós nunca tínhamos ouvido. Uma vez disse-lhe para ele falar Inglês de gente e ele
riu-se tanto que até parecia que eu tinha contado a melhor anedota do
mundo. — Os seus olhos descorados fixaram-se em Lawrence. — As
pessoas dão muito valor aos nomes — comentou, furiosamente —,
mas que raio é assim tão importante num nome? Já agora, que importância é que tem a idade de uma pessoa? O que interessa é o que a
gente faz, não a idade que temos. Está bem, talvez eu não me chame
Terry e talvez não tenha dezoito anos, mas gosto das duas coisas porque me dão respeito. Um dia hei-de *ser* alguém e pessoas como vocês
hão-de querer conhecer-me seja lá como for que eu me chame. O que
interessa sou eu — bateu com a mão no peito, abaixo do coração —
não o meu nome.

Deacon passou um cigarro a Terry.

— Não há nenhum crime envolvido, Lawrence — afirmou, serenamente.

— Como é que sabe?

— O que é que eu lhe disse? — perguntou Terry, agressivamente. — Porra de advogados. Agora está a chamar-me mentiroso.

Deacon fez um gesto apaziguador com a mão:

— O Terry fugiu do lar há dois anos, com doze, e não quer que o mandem outra vez para lá porque o director é um pedófilo. Para evitar que isso acontecesse, acrescentou quatro anos à idade e tem vivido com um nome falso num abrigo. É tão simples como isso.

Lawrence deu um estalido de impaciência com a língua, nada intimidado com a fervilhante raiva de Terry, sentado a seu lado.

— Considera simples o facto de uma criança viver em circunstâncias terríveis, sem educação nem o afectuoso controlo parental, durante dois dos anos mais importantes da sua vida? Talvez deva recordar-lhe, Michael, que ainda não há cinco horas estava você a dizer-me que queria ser pai. — Ergueu uma mão franzina, transparente, para Terry. — Este jovem não é nenhum vira-latas inofensivo que possa ser deixado entregue a si mesmo agora que você impediu a Polícia de exercer a responsabilidade que tem para com ele. Precisa dos cuidados e protecção que uma sociedade civilizada...

— Havia o Billy — interrompeu Terry, acaloradamente. — Ele cuidava de mim.

Lawrence olhou-o por um instante e depois tirou da carteira o retrato que Deacon lhe dera.

— O Billy é este?

Terry olhou de esguelha para o rosto desfigurado e desviou o olhar:

— É.

— Deve ter sido um grande desgosto para ti perdê-lo.

— Nem por isso. — E baixou a cabeça. — Ele não era nenhum génio. Andava quase sempre passado da carola por isso *eu* é que cuidava *dele*.

— Mas amava-lo, não?

As mãos do rapaz tornaram a cerrar-se em punhos:

— Se está a dizer que eu e o Billy éramos maricas, vou-lhe já às trombas.

— Meu querido menino — murmurou o velhote, suavemente —, nunca tal coisa me passou pela cabeça. Nem quero pensar em que espécie de mundo tu vives onde os homens têm medo de expressar o seu afecto uns pelos outros por causa do que alguém possa pensar. Há milhares de maneiras de amar uma pessoa e só uma delas é sexual. Acho que amavas o Billy como um pai e, pelo que me contas, que ele te amava como um filho. Isso é assim tão vergonhoso que tenhas de negá--lo?

Terry não disse nada e o silêncio arrastou-se. Deacon acabou por quebrá-lo pois já estava a tornar-se incómodo.

— Ouçam, quanto a vocês não sei — comentou —, mas eu tive uma noite horrível a noite passada e não me importava de ficar por aqui. A minha opinião é que o Terry é um puto desenrascado que já passou por muita coisa — tem de certeza mais traquejo do que eu tinha na idade dele. Há uma cama vaga no meu apartamento, pelos vistos vou passar um triste Natal sozinho e gostava de ter companhia. Que me dizes, Terry? A minha casa ou o armazém nos próximos dias? Tu e eu podemos distrair-nos enquanto o Lawrence se preocupa com o futuro.

— Julgava que tinha dito que não havia lá comida — respondeu ele, indelicadamente.

— E não há. Levamos qualquer coisa de um *take-away* para hoje à noite e amanhã vamos comprar o peru.

— Só que não está mesmo com vontade de me levar. Só se lembrou disso porque o Lawrence acha que você daria um péssimo pai.

— Exactamente. Mas *lembrei-me*, portanto qual é a resposta? — Olhou para a cabeça baixa. — Ouve lá, meu estuporzeco, eu hoje, até ver, ainda não me portei nada mal contigo. Está bem, não percebo patavina do que é ser pai mas um pequeno agradecimento pelo trabalho que tive não calhava nada mal.

Terry fez de súbito um largo sorriso e levantou a cabeça.

— Obrigadinho, pai. Portou-se bem. E se fôssemos a um *take-away* de comida indiana?

Nos olhos claros do rapaz passou um brilho de triunfo demasiado fugaz para que Deacon reparasse. Mas Lawrence viu-o. Sendo mais velho e mais vivido, já estava à espera disso mesmo.

Lawrence declinou a oferta de Deacon para o levar a casa mas ficou com o endereço de Islington para o caso de ser contactado pela Polícia. Aconselhou Terry a aproveitar aqueles dias de generosidade para pensar se um regresso ao armazém seria mesmo o que mais lhe convinha, avisou-o de que a sua verdadeira idade e identidade viriam certamente a ser descobertas se e quando fosse chamado a depor em tribunal contra Denning e sugeriu-lhe que regularizasse voluntariamente a sua situação antes de ser obrigado a fazê-lo. Pediu depois ao jovem que lhe fosse chamar um táxi pelo telefone do bar e, durante a sua ausência, alertou Deacon para a sua ingenuidade.

— Mantenha um certo cepticismo, Michael. Lembre-se do tipo de vida que o Terry tem levado e do pouco que realmente sabe a respeito dele.

Deacon fez um leve sorriso:

— Estava com medo que me fosse dizer para eu o encher de manifestações de amor. Com o cepticismo posso eu bem. É o meu forte.

— Ora, não acho que seja tão duro como se julga, meu caro. Acreditou em tudo o que ele lhe disse sem pestanejar.

— Acha que ele está a mentir?

Lawrence encolheu os ombros:

— Tivemos uma conversa cheia de alusões à homossexualidade e isso preocupa-me. Ficará muito vulnerável a uma acusação de tentativa de violação se o levar para o seu apartamento. E não lhe restará outra hipótese senão pagar o que ele lhe exigir.

Deacon franziu o sobrolho:

— Que ideia, Lawrence, ele é completamente paranóico quanto a isso. Nunca me deixaria sequer aproximar o suficiente para lhe tocar, como é que podia acusar-me de violação?

— *Tentativa* de violação, meu velho, e tem de reconhecer o quanto foi eficaz a paranóia dele. Conseguiu convencê-lo que era seguro levá--lo para sua casa o que, deixe-me que lhe diga, não é coisa que eu faria de ânimo leve.

— Então por que me pressionou para que eu o fizesse?

Lawrence soltou um suspiro.

— Não pressionei, Michael. Esperava era convencer-vos, aos dois, de que o Terry devia voltar para o lar. — Enquanto falava ia observando o rapaz. O empregado do bar queria dar-lhe uma lista telefónica que ele parecia relutante em aceitar. — Diga-me, qual será a sua reacção quando ele desatar aos berros e a rasgar a roupa, ameaçando--o de ir ter com um dos seus vizinhos contando uma data de mentiras sobre reclusão e abuso sexual?

— Por que havia ele de fazer isso?

— Porque calculo que já o tenha feito e saiba que resulta. Não deve entrar nisso de olhos fechados, meu querido amigo.

— Óptimo — replicou Deacon enterrando, desalentadamente, o rosto nas mãos. — Então que raio hei-de eu fazer agora? Dizer ao estuporzeco para se pôr a andar?

Lawrence abafou uma risada:

— Valha-me Deus! Mas que tipo este, para desanimar. A atitude menos generosa, mas provavelmente mais sensata, seria devolvê-lo à Polícia e deixar que os assistentes sociais tratassem dele, mas era muito injusto depois de o ter convidado para passar o Natal no seu apartamento. Afinal de contas homem prevenido vale por dois. Acho que deve honrar o seu convite ao pobre garoto mas manter-se sempre à coca.

— Gostava que se decidisse — rosnou Deacon. — Ainda há meio minuto o *pobre garoto* estava a planear vigarizar-me sacando-me uns milhares.

— E as duas coisas têm de ser incompatíveis? Ele é um adolescente não amado, sem instrução e semiformado que, pelo tipo de vida que levou, deve ter aprendido alguns truques engenhosos para arranjar roupa, comida, bebida e droga. A verdade é que você talvez seja exactamente a pessoa que ele precisa para o meter outra vez na linha.

— Ele vai-se armar em superior comigo — redarguiu Deacon, soturnamente.

— Claro que não — murmurou Lawrence olhando para o balcão onde Terry finalmente pedira ao empregado para lhe procurar uma empresa de táxis na lista. — Pelo menos você tem a vantagem de saber ler.

Barry só sentiu humilhação às mãos de Fatima, que falava um Inglês muito fraco. A iluminação no seu quarto-sala era ténue e ele olhou receio e repulsa para a cama desconjuntada que parecia exibir ainda a marca do corpo do cliente anterior. Reinava uma forte atmosfera turca no gélido compartimento que mais se devia à própria Fatima do que à quantidade de pauzinhos de incenso a arder em cima do toucador.

Era uma mulher rechonchuda, já de meia-idade, com uma rotina bem definida que não permitia perdas de tempo. Percebeu rapidamente que tinha ali um virgem e olhou várias vezes para o relógio enquanto Barry lhe fazia uma titubeante apresentação a ver se conseguia livrar--se de tão assustadora situação sem a ofender.

— Cém — interrompeu ela, de mão estendida. — E tira calças. Que interessa tu te chamares Barree? *Eu* chamo-te querido. Que gostas? Cãozinho? Óleo? — Franziu os lábios carnudos num arremedo de beijo. — És bom menino limpo. Por cénto cinquénta Fatima faz chupa-chupa. Gostas chupa-chupa? É bom, hã, querido?

Com medo que ela não o deixasse ir embora sem pagar qualquer coisa, Barry puxou atabalhoadamente da carteira do bolso do casaco e deixou que ela lhe tirasse cinco notas de vinte. Foi um erro. Mal o dinheiro mudou de mãos, e como Barry não tivesse começado de imediato a despir-se, ela dispôs-se a fazê-lo. Era uma mulher forte e esperava, obviamente, cumprir a sua parte do contrato.

— Vá lá, querido. Não precisas ter vergonha. Fatima sabe truques todos. Pronto, vês, não tem problema. És grrande. — Com mãos hábeis tirou um preservativo de uma gaveta próxima, colocou-o com mestria e continuou a praticar as suas delícias turcas a grande velocidade.

Barry não estava à altura dos dotes dela e a questão resolveu-se em segundos.

— Pronto, querido — disse ela — acabou, gostou. És mesmo *grrande*. Volta sempre, desde que tenhas cém. Fatima sempre pronta. Próxima vez menos conversa, mais gozo, está bem? Pagas por bom sexo e Fatima dá bom sexo. Se calhar gostas cãozinho e fazer festas em lindo rabo redondo de Fatima. Agora torna vestir calças e adeus.

Já abrira a porta antes de Barry estar completamente vestido e este, não sabia o que fazer com ele, meteu o preservativo no bolso. Ela ainda lhe disse quando ele já se afastava: — Volta em breve, Barree — e o seu coração inchou de ódio por ela e por todo o sexo dela.

— O que é que o velhote lhe esteve a dizer enquanto eu fui telefonar? — quis saber Terry, com ar desconfiado, quando voltavam para o carro.

— Nada de especial. Está preocupado com o teu futuro e com a melhor maneira de resolver isso.

— Pois, está bem, se ele me lixa e vai à Polícia o melhor é pôr-se a pau.

— Garantiu-te que não fazia isso. Não acreditas nele?

Terry deu um pontapé na berma do passeio.

— Acho que sim. Mas é um bocado esquisito com aquela mania de pôr a mão e chamar querido a toda a gente. Acha que é invertido?

— Não. E se fosse, fazia alguma diferença?

— Pois claro que fazia! Não ando com maricas.

Deacon meteu a chave à porta do carro mas parou antes de abri-la para olhar por cima do tejadilho para o seu futuro passageiro.

— Então por que estás sempre a falar neles? — perguntou. — És como um alcoólico que não consegue afastar-se do tema da bebida porque está a morrer pelo próximo copo.

— Não sou nenhum maricas! — ripostou Terry, indignadamente.

— Então prova-o deixando de falar no assunto.

— Está bem. Podemos passar pelo armazém?

Deacon olhou-o com ar pensativo:

— Porquê?

— Tenho lá coisas que preciso. Mais umas roupas e tal.

— Por que é que não podes vir como estás?

— Porque não sou nenhum vadio, ora porra!

Depois de dez minutos a tamborilar com os dedos no volante e sem sinal do regresso de Terry, saindo do escuro edifício, Deacon pôs-se a pensar se devia ir à sua procura. Já ouvia a voz de Lawrence a sussurrar-lhe: *Acha que isso é ser bom pai, Michael? Deixa um rapaz de catorze anos entrar num antro de gatunos e chama a isso um acto responsável?*

Adiou uma decisão difícil tomando outra. Pegou no telemóvel e marcou o número da irmã:

— Emma? — perguntou quando do outro lado atendeu uma voz de mulher.

— Não, é a Antonia.

— Pareces a tua mãe.

— Quem fala, por favor?

— O teu tio Michael.

— Ena! — disse a voz do outro lado com certo espanto. — Escuta, não desligues, está bem? Vou chamar a minha mãe. — O auscultador bateu com força em cima de uma mesa e ele ouviu-a gritar pela mãe. — Depressa, depressa! É o Michael.

A voz arquejante da irmã surgiu na linha:

— Está, está? Michael?

— Acalma-te e recupera o fôlego — disse ele, com certo gozo. — Ainda aqui estou.

— Vim a correr. Onde estás?

— Dentro de um carro à porta de um armazém no East End.

— Que estás aí a fazer?

— Nada de importante. — Já estava a imaginar a conversa a ser desviada por minudências pois, tal como ele, Emma tinha o hábito de protelar tudo o que fosse difícil. — Ouve, recebi o teu cartão. Também recebi um da Julia. Já sei que a Mãe não tem andado bem.

Uma breve pausa de silêncio.

— A Julia não te devia ter contado — replicou ela com bastante azedume. — Esperava que telefonasses por quereres acabar com esta estúpida quezília e não por te sentires culpado em relação à Mãe.

— Não me sinto culpado.

— Por pena, então.

E seria pena o que ele sentia? O sentimento mais forte ainda era a raiva. *Não tragas essa puta para minha casa*, dissera-lhe a mãe quando ele lhe contou que casara com Clara. *Como te atreves a sujar o apelido do teu pai dando-o a uma galdéria ordinária? Não te bastou matá-lo, Michael?* Isso fora há cinco anos e desde então nunca mais falara com ela.

— Ainda estou zangado, Emma, por isso talvez esteja a ligar-te por dever filial. Não vou pedir-lhe desculpa — nem, já agora, a ti — mas lamento que ela esteja doente. Que queres que eu faça? Estou disposto a ir visitá-la desde que ela prometa que tem tento na língua mas ponho-me a andar mal comece com fitas. É a única condição que vos ponho, por isso vou ou não vou?

— Não mudaste nem um bocadinho, pois não? — A voz dela estava furiosa. — A tua mãe está praticamente cega e talvez tenham de lhe amputar a perna por causa da diabetes e tu vens-me com condições. Que belo dever filial, Michael. Esteve hospitalizada quase todo o mês de Setembro e agora eu e o Hugh estamos a gastar um dinheirão com uma enfermeira particular na quinta porque ela não quer vir viver connosco. *Isto* é que é dever filial, fazer com que a nossa mãe tenha todos os cuidados necessários mesmo que isso nos traga grandes encargos.

Deacon olhou para o armazém com uma expressão carrancuda nos olhos escuros:

— Que aconteceu aos investimentos dela? Tinha um belíssimo rendimento, há cinco anos, por que não há-de ser ela a pagar à enfermeira?

Emma não deu resposta.

— Ainda aí estás?

— Estou.

— Por que não paga ela?

— Ofereceu-se para custear os estudos às miúdas e serviu-se do capital para pagar as propinas antecipadamente — respondeu Emma, com relutância. — Ficou com o suficiente para viver mas não para despesas extras. Não lhe *pedimos* — prosseguiu, na defensiva. — A ideia foi dela mas nenhum de nós sabia que ela ia ficar assim tão doente. E também não interessava deixar alguma coisa para ti. Todos nós sabíamos que não voltarias a falar connosco.

— É verdade — concordou ele, friamente. — Só estou a falar contigo agora porque a Julia tinha a certeza absoluta que eu não telefonava.

Emma deu um suspiro:

— É o único motivo por que telefonaste?

— Sim.

— Não acredito. Por que não pedes desculpa e o que lá vai lá vai?

— Porque não tenho de pedir desculpa de nada. Não tive culpa que o pai morresse, por mais que tu e a mãe pensem que sim.

— Não é por causa disso que ela está zangada. Está zangada por causa da maneira como tu trataste a Julia.

— Isso não é da conta dela.

— A Julia era nora. Ela gostava muito dela. E eu também.

— Não estavam casadas com ela.

— Essa foi de mau gosto, Michael.

— Sim, pois é, disso não posso eu acusar-vos, pois não? Agora que tu e o Hugh estão cheios de massa — ripostou Deacon, sarcasticamente. — Nunca tirei um cêntimo à mãe e não tenciono começar a fazê-lo agora portanto se ela me quiser ver terá de ser nas minhas condições porque eu não lhe devo um chavo e estou-me nas tintas para quantas pernas venha a perder.

— Não posso crer que tenhas dito uma coisa dessas — retorquiu a irmã. — Não estás minimamente preocupado com a doença dela?

Se estava, não ia admiti-lo.

— Nas minhas condições, Emma, ou nada feito. Tens uma caneta? Pronto, este é o meu número de telefone de casa. — E deu-lho. — Calculo que passem o Natal na quinta por isso proponho que fales disso à Mãe e liga-me a dar a resposta. E não te esqueças que prometi um enxerto ao Hugh da próxima vez que o visse, portanto leva isso em conta antes de tomares uma decisão.

— Não podes bater no Hugh — afirmou ela, indignada. — Ele tem cinquenta e três anos.

Deacon sorriu para o bocal:

— Óptimo, nesse caso basta um murro para o arrumar.

Novo silêncio.

— Por acaso ele anda há muito tempo com vontade de te pedir desculpa — disse ela, num fio de voz. — Não foi com intenção que te disse aquilo. Saiu-lhe na exaltação do momento. Depois arrependeu-se.

— Coitado do Hugh. Nesse caso vai doer a dobrar quando eu lhe partir o nariz.

Terry saiu do armazém com duas malas imundas que colocou no banco de trás. Explicou que como a porra do armazém estava cheio de ladrões, ia salvaguardar os seus haveres trazendo-os consigo. Deacon achou que mais parecia uma mudança total para o que prometia ser uma vida de luxo.

— Esses «porras» todos não chateiam passado uns tempos? — murmurou ao arrancar com o carro.

Jantaram o pronto-a-comer empoleirados no capô do carro de Deacon. Arriscavam-se a morrer gelados com o ar da noite mas ele preferia isso a ficar com os estofos salpicados de molho encarnado do frango *tandoori*. Terry quis saber por que é que não tinham comido dentro do restaurante.

— Acho que não nos serviriam — replicou Deacon, carrancudo — depois de tu lhes teres chamado monhés.

Terry fez um largo sorriso:

— Então o que é que lhes chamava?

— Pessoas.

Mantiveram-se calados por um instante olhando para a rua à sua frente. Por sorte estava praticamente deserta e por isso pouca curiosidade atraíam. Deacon só gostava de saber quem ficaria mais embaraçado, se ele se Terry, caso por ali passasse algum conhecido e os visse.

— Então, que vamos fazer a seguir? — perguntou Terry metendo à boca uma última cebola *bhaji*. — Dar uma saltada ao bar? Ou ir a um clube? Apanhar uma pedrada?

Deacon, que estava ansioso por se estirar diante da lareira e passar pelas brasas durante o filme que a televisão estivesse a dar, gemeu baixinho para si mesmo. *Bar, clube ou pedrada?* Sentiu-se velho e decrépito perante a hiperactividade gestual — sacolejos, coçadelas, mudanças de posição — que se desenrolava a seu lado há mais de uma hora. O que, por seu turno, fazia com que a sua mente começasse já a debater-se com a ameaça de pulgas, piolhos e percevejos e a pensar na forma de convencer Terry a tomar um banho e enfiar todas as roupas na máquina de lavar sem que interpretasse mal os seus intentos.

Uma coisa era certa. Não fazia tenções de dar abébias ao estilo de vida selvagem de Terry.

A discussão entre Emma e Hugh Tremayne atingira níveis estentóricos e, como sempre, Hugh recorrera à garrafa de uísque.

— Imaginas o que é ser o único homem numa casa cheia de mulheres dominadoras? — perguntou ele. — Julgas que não me senti tentado a fazer o que o Michael fez e pôr-me a andar? Embirrar, embirrar, embirrar. É a única coisa para que tu e a tua mãe têm jeito, não é?

— Não fui eu que chamei monte de merda ao Michael — ripostou Emma, furiosa. — Quem teve essa belíssima ideia foste tu embora eu ainda não saiba o que te levou a pensar que podias correr com ele para fora da sua própria casa. Só pertences a esta família porque casaste comigo.

— Tens razão — redarguiu ele, abruptamente, tornando a encher o copo. — E que raio estou eu ainda aqui a fazer? Às vezes penso que o único membro da tua família de quem eu realmente gostava era o teu irmão. Sem dúvida que é o menos crítico.

— Não sejas infantil — respingou ela.

Ele fitou-a soturnamente por cima da borda do copo.

— Nunca gostei da Julia — era uma cabra frígida — e nunca censurei o Michael por ele andar com a Clara. Mas deixei-me arrastar por ti e pela tua mãe, defendendo-vos quando devia era ter dito ao Michael que sim, que deitasse a casa a baixo contigo e a Penelope lá dentro. Quanto a mim, ele tinha todo o direito de o fazer. Já estavam a berrar com ele como duas peixeiras há mais de uma hora quando ele perdeu a tramontana e vocês ainda tiveram o descaramento de dizer que a *mulher* dele era uma ordinarona. — Abanou a cabeça e dirigiu-se para a porta. — Já não me interessa. Se queres a ajuda do Michael o melhor é convenceres a tua mãe a tratá-lo com um mínimo de respeito.

Emma estava à beira das lágrimas.

— Se eu tentar, ela nem sequer fala com ele. A culpa é da Julia. Se não lhe tivesse dito que a Mãe estava doente ele se calhar acabava por telefonar na mesma.

— Estás a ficar sem pessoas a quem deitar as culpas.

— Sim, mas que vamos nós fazer? — gemeu ela. — Ela vai ter de vender a quinta.

— A família é tua, gaita — rosnou ele —, por isso vocês que se entendam. Sabes perfeitamente que eu nunca quis o dinheiro da tua mãe. Estava-se mesmo a ver que ela ia usar isso como uma arma para nos atacar. — Bateu com a porta ao sair. — E não vou passar o Natal à quinta — gritou, já do vestíbulo. — Há dezasseis anos que faço isso e foram dezasseis anos de absoluto martírio.

— O esquema é o seguinte — disse Deacon parando à porta do apartamento depois de acartar com uma mala por três lances de escada acima —, tiras tudo o que for lavável destas malas aqui fora, no patamar, depois metemos tudo em sacos do lixo para eu despejar na máquina de lavar enquanto tomas banho. Deixas o que trazes vestido à porta da casa de banho e, quando estiveres trancado lá dentro, eu vou buscar a roupa e substituo-a por uma minha. Combinado?

À meia-luz do patamar, Terry parecia ter muito mais que catorze anos.

— Parecc que está com medo de mim — comentou, com certa curiosidade. — O que é que aquele chato do Lawrence afinal lhe disse?

— Que provavelmente a tua higiene deixava muito a desejar.

— Ah, pois. — Terry parecia divertido. — Tem a certeza que ele não lhe falou do truque da violação?

— Também — respondeu Deacon.

— Olhe que funciona sempre. Uma vez encontrei um tipo que facturou quinhentas com isso. Um jarreta qualquer levou-o para casa por compaixão e mal deu por ela estava o puto aos gritos a acusá-lo de violação. — Sorriu de forma amigável. — Aposto que o Lawrence lhe passou uma caixa de charutos por me ter convidado para sua casa — é uma raposa velha, aquele — mas engana-se se pensa que eu o vigarizava. O Billy ensinou-me um ditado: nunca mordas a mão que te dá de comer. Por isso não tem nada com que se preocupar, está bem? Comigo está seguro.

Deacon abriu a porta da frente e estendeu o braço para o interruptor.

— Ainda bem, Terry. Assim ficamos os dois safos.

— Ah, sim? Tinha planeado alguma coisa, à cautela, não é?

— Chama-se vingança.

O sorriso de Terry abriu-se ainda mais:

— Não pode vingar-se num menor. A Polícia crucificava-o.

Deacon retribuiu o sorriso mas de uma forma ameaçadora:

— O que é que te leva a pensar que ainda hás-de ser um miúdo quando isso acontecer ou que seria eu a fazê-lo? Aqui tens outro ditado que o Billy te devia ter ensinado: a vingança é um prato que se serve frio. — O seu tom de voz tornou-se subitamente rouco. — Terás um ou dois segundos para te lembrares disso quando um maluco como o Denning te fizer o que fez hoje à tarde ao Walter. E se por sorte *sobreviveres*, hás-de arrepender-te.

— Sim, mas isso não vai acontecer, pois não? — redarguiu Terry um tudo-nada alarmado com o tom de voz de Deacon. — Como já lhe disse, está seguro comigo.

Terry mostrou-se profundamente crítico quanto ao apartamento de Deacon. Não gostou da forma como a porta da frente abria directamente para a sala «Bolas, quer dizer que tem de estar sempre tudo arrumadinho»; nem do estreito corredor que ia dar à casa de banho e aos dois quartos «Ficava maior sem a porcaria das paredes»; só a cozinha se safou por estar ligada à sala «Deve dar muito jeito para jantar a ver televisão.» Uma vez eliminados, pela barrela, todos os seus odores subjacentes, pôs-se a deambular pela casa metido nuns *jeans* enormes e numa camisola, abanando a cabeça perante a nudez de tudo

144

aquilo. Tresandava a *after-shave Jazz* («Gamado numa farmácia» disse, orgulhosamente) que, Deacon teve de admitir, imprimia ao ambiente um certo exotismo que nunca tivera.

O veredicto final foi arrasador:

— Você não é um gajo enxabido, Mike, por que é que vive numa casa tão enxabida?

— O que é que ela tem de enxabida? — Deacon usava uma colher de pau de cabo comprido para ir empurrando, com todo o cuidado, a manta de retalhos de Terry para dentro da máquina de lavar. Mantinha--se atento a tudo que parecesse saltitante embora, sendo o seu único plano tentar esmagar os agressivos parasitas com a cabeça da colher, tivesse muita sorte por não aparecer nenhum.

Terry descreveu um largo círculo com o braço.

— A única divisão que está mais ou menos apresentável é o seu quarto e só porque tem lá uma aparelhagem e uma data de livros. Com a sua idade, devia ter mais tralha. Aposto que tenho mais porras — desculpe — e ainda nem sequer vivi metade do que você viveu.

Deacon puxou do maço de cigarros e ofereceu um ao rapaz.

— Então não te cases. É isto que dois divórcios nos podem fazer.

— O Billy dizia sempre que as mulheres eram perigosas.

— Ele era casado?

— Se calhar. Mas nunca falava disso. — Começou a abrir as portas dos armários da cozinha. — Há alguma coisa que se beba, nesta casa?

— Há cerveja no frigorífico e umas garrafas de vinho num grade junto à parede do fundo.

— Posso beber uma cerveja?

Deacon tirou duas latas do frigorífico e atirou-lhe uma.

— Há copos no armário à tua direita.

Terry preferiu beber pela lata. Disse que era mais americano.

— Sabes muita coisa sobre a América? — perguntou-lhe Deacon.

— Só o que o Billy me contou.

Deacon puxou de uma cadeira da cozinha e sentou-se como se numa sela.

— Que te disse ele?

— Não gostava lá muito daquilo. Achava que tinha sido corrompida pelo dinheiro. Gostava mais da Europa. Estava sempre a falar dos comunas. Dizia que eles seguiam o exemplo de Jesus.

145

O telefone tocou mas como nenhum deles atendeu o gravador entrou em acção: «*Michael, é o Hugh*» disse a voz ébria do cunhado através do amplificador. «*Estarei no Red Lion, na Deanery Street, amanhã à hora do almoço. Não te vou pedir já desculpa porque é mais que justo que primeiro me partas o nariz. Peço depois. Espero que concordes.*»

Terry franziu o sobrolho:

— Que história era aquela?

— Vingança — replicou Deacon. — Eu disse-te, é um prato que se serve frio.

10

A UNS CINCO QUILÓMETROS DE DISTÂNCIA, na Fleet Street, Barry Grover aguardava, amuado, nas sombras que o turno de Glen Hopkins acabasse. Só quando o substituto, Reg Linden, já se encontrava *in situ* há quinze minutos é que ele atravessou a rua no seu andar de passinhos curtos e entrou. Reg, que como vigilante nocturno pouco contacto tinha com os empregados da *Street*, já deixara há muito de se questionar sobre as visitas nocturnas de Barry ao escritório e até ansiava por elas pela companhia que lhe proporcionavam. Nutria o mesmo interesse pelas pesquisas de Barry que o próprio Barry e a sua opinião — não afectada pelos mexericos femininos — era que o problema do sujeitinho era uma tendência para as insónias. Daquela maneira estranhamente singela própria de dois homens que não procuram saber demasiado sobre a vida um do outro, ele e Barry eram amigos.

Sorriu-lhe com afabilidade.

— Ainda a tentar identificar o seu vagabundo morto? — perguntou.

Barry acenou afirmativamente. Se Reg fosse uma nadinha mais perspicaz, teria reparado na agitação do homenzinho, talvez até tivesse estranhado que Barry viesse com a braguilha aberta, mas o destino fizera dele um homem pouco observador.

— Isto é capaz de ajudar — disse, tirando um livro de bolso de baixo da secretária. — Veja no capítulo cinco — desaparecidos. Não traz fotografias, infelizmente, mas algumas informações úteis sobre James Streeter. A minha mulher desencantou-o numa livraria e achou que você talvez gostasse. Ela sempre se interessou pelos seus projectos. — Aceitou condescendentemente os agradecimentos de Barry e prometeu levar-lhe uma chávena de chá quando fizesse uma para ele.

147

Deacon esvaziou outra sacada de roupa para dentro da máquina.

— Disseste que havia coisas no armazém que pertenciam ao Billy — recordou a Terry. — Foi uma artimanha para me atraíres lá ou é verdade?

— É verdade mas vai ter de pagar para as ver.

— Onde é que estão?

Terry apontou com o queixo para a sala onde estavam as malas, a um canto:

— Ali dentro.

— O que é que me impede de ir eu mesmo lá procurar?

— Um destes — replicou o garoto formando um punho com a mão direita. — Ferro-lhe um murro e se você ripostar fico com uma prova de maus tratos. — Sorriu maliciosamente. — Sexuais ou dos outros, conforme a minha disposição.

— Quanto é que queres?

— O meu amigo sacou quinhentas ao jarreta dele.

— Vai ver se chove, Terry. O Billy que se lixe a ver se eu me ralo. Já estou farto dele.

— O tanas. Ele intriga-o, como me intriga a mim. Quatrocentas.

— Vinte.

— Cem.

— Cinquenta e oxalá valha a pena... — Deacon cerrou também a mão num punho — ou quem leva um murro és *tu*. E se queres que te diga, que se lixem as consequências.

— Combinado. Passe para cá as cinquenta — disse Terry descerrando os dedos. — Em dinheiro ou nada feito.

Deacon apontou com a cabeça para os armários da cozinha.

— Terceiro a contar da esquerda, lata de bolachas na segunda prateleira, tira cinco de dez e deixa lá ficar o resto. — Viu-o procurar a lata, tirar lá de dentro o maço de notas e sacar 50 libras.

— Caramba, você é mesmo esquisito, Mike — comentou, voltando a sentar-se. — Devem lá estar mais umas duzentas. O que é que me impede de as gamar, agora que me mostrou onde elas estão?

— Nada — redarguiu Deacon —, só que são minhas e tu não as ganhaste. Por enquanto.

— O que é que tenho de fazer para as ganhar?

— Aprender a ler. — Viu a cínica expressão nos olhos de Terry. — Eu ensino-te.

— Claro que ensina, durante dois diazitos. E ao fim desse tempo, quando eu ainda não souber ler, fica danado e eu terei perdido o meu tempo por nada.

— Por que é que o Billy não te ensinou?

— Tentou uma ou duas vezes — respondeu o garoto, desinteressadamente — mas já não via o suficiente para me ensinar o que quer que fosse a não ser o que tinha na cabeça. Era outro dos seus castigos. Uma vez espetou um alfinete num olho e por isso não conseguia ler durante muito tempo que ficava logo com dores de cabeça. — Tirou outro cigarro. — Já lhe disse, era marado de todo. Só ficava contente quando fazia mal a ele mesmo.

Eram os mais magros dos haveres: um postal amarfanhado, alguns lápis de cor, um dólar de prata e duas cartas de papel finíssimo em risco de se desfazerem de tantas vezes terem sido lidas.

— Só lá havia isto? — perguntou Deacon.

— Já lhe tinha dito. Ele não queria nada e não tinha nada. Um bocado parecido consigo, se formos a ver.

Deacon espalhou as coisas em cima da mesa.

— Por que é que não as tinha com ele quando morreu?

Terry encolheu os ombros:

— Porque me disse para eu as queimar uns dias antes de desaparecer dessa última vez. Guardei-as para o caso de ele mudar de ideias.

— Ele disse por que é que queria que as queimasses?

— Por nada de especial. Foi enquanto estava com um dos ataques dele. Fartou-se de berrar que tudo era pó e depois disse-me para deitar isto tudo para a fogueira.

— Pó és, ao pó regressarás — murmurou Deacon pegando no postal e virando-o. Estava em branco de um lado e no outro tinha uma reprodução do desenho de Leonardo da Vinci *A Virgem e o Menino com Santa Ana*. Estava gasto nos cantos e tinha marcas de vincos na superfície brilhante da imagem mas era preciso mais do que isso para retirar força ao traço de da Vinci.

— Por que é que ele tinha isto?

— Costumava copiá-lo no passeio. É a família que ele desenhava. — Terry tocou na figura do infante João Baptista à direita do quadro. — Deixava este bebé de fora — fez deslizar o dedo até ao rosto de Santa Ana —, transformava esta mulher num homem e desenhava a outra mulher e o bebé que ela tem ao colo tal como estão aí. Depois pintava. E era mesmo bom. Conseguia-se ver o que estava no quadro do Billy enquanto este é um bocado confuso, não acha?

Deacon soltou uma breve risada:

— É uma das maiores obras-primas do mundo, Terry.

— Não é tão boa como a do Billy. Olhe, veja as pernas. Estão todas misturadas, por isso o Billy separou-as. Punha o gajo com pernas castanhas e a mulher com pernas azuis.

Abafando uma gargalhada, Deacon pousou a testa em cima da mesa. Disfarçadamente, tirou um lenço do bolso e assoou-se com força e ruído antes de se endireitar outra vez.

— Lembra-me para eu um dia te mostrar o original — disse, ainda com a voz pouco firme. — Está na National Gallery, em Trafalgar Square, e não estou assim tão convencido como tu de que as pernas precisem de ser... hmmm... separadas. — Deu um gole na lata de cerveja. — Diz-me lá como é que o Billy conseguia fazer essas pinturas se não via bem.

— Para desenhar, via — quer dizer, passava a noite a desenhar em bocadinhos de papel — e, além disso, os quadros do passeio eram mesmo grandes. Só a ler é que ficava com dores de cabeça.

— E a frase que me disseste que ele escrevia por baixo do desenho?

— Fazia-a grande, como o quadro, senão as pessoas não reparavam nela.

— Como é que sabes o que lá estava escrito se não sabes ler?

— O Billy ensinou-ma para eu poder escrevê-la. — Puxou para junto de si o bloco de notas e a caneta de Deacon e, cuidadosamente, foi formando as palavras na folha.

Abençoados sejam os pobres.

— Se consegues fazer isso — comentou Deacon tranquilamente — consegues aprender a ler em dois dias. — Pegou numa das cartas e alisou-a com todo o cuidado em cima da mesa, à sua frente.

Cadogan Square
4 de Abril

Querido,
Obrigada pela tua linda carta mas preferia que gozasses o
presente e esquecesses o futuro. Claro que me sinto lisonjeada
por quereres que todos saibam que me amas mas não será esse
segredo o que de mais perfeito nós temos? Dizes que o espelho
não te convencerá de que envelheceste, enquanto forem meus os
anos da juventude, mas, meu querido, Shakespeare nunca
revelou o nome do seu amor pois sabia o quanto o mundo pode
ser cruel. Queres ver-me emparedada como uma fulana
calculista disposta a seduzir qualquer homem que lhe dê
segurança? Pois será o que vai acontecer se insistires em
mostrar-te comigo em público. Adoro-te com todo o meu
coração mas o meu coração ficará despedaçado se algum dia
deixares de amar-me por causa do que as pessoas dizem. Por
favor, por favor, deixemos as coisas como estão. A tua amada V.

Deacon desdobrou a segunda carta e colocou-a ao lado da primeira.
Fora escrita pelo mesmo punho.

Paris,
Sexta-feira

Querido,
Não me creias louca mas estou com muito medo de morrer. Por
vezes tenho pesadelos em que pairo no negro vazio fora do
alcance do amor de alguém. Achas que será isso o inferno? Saber
para sempre que o amor existe mas estar para sempre condenada
a existir sem ele? Se assim for, será o meu castigo pela felicidade
que tive contigo. Não posso deixar de pensar que está errado
uma pessoa amar tanto outra que não suporte estar longe dela.
Por favor, por favor, não fiques longe mais tempo do que o
necessário. A vida não é vida sem ti. V.

151

— O Billy leu-te isto, Terry?

O rapaz abanou a cabeça.

— São cartas de amor. Cartas de amor muito belas, por sinal. Queres ouvir? — Interpretou o encolher de ombros de Terry como aquiescência e leu-as em voz alta. Ficou à espera de alguma reacção, ao terminar, mas não houve nenhuma. — Alguma vez o ouviste falar de alguém cujo nome começasse por um «V»? — perguntou-lhe então.

— Pelos vistos era muito mais nova que ele.

O rapaz não respondeu de imediato.

— Seja quem for, aposto que já morreu — redarguiu. — O Billy disse-me uma vez que o inferno era ficar-se sozinho para sempre e não se poder fazer nada e depois começou a chorar. Disse que ficava sempre com vontade de chorar quando pensava em alguém assim tão sozinho mas eu acho que ele estava era a chorar por essa mulher. É triste, não é?

— Sim — respondeu Deacon vagarosamente —, mas só gostava de saber por que é que ele achava que ela estava no inferno. — Tornou a ler as cartas mas não descobriu nada que justificasse a certeza de Billy quanto ao destino de V.

— Ele achava que *ia* para o inferno. O engraçado é que parecia ansioso por isso. Dizia que merecia todos os castigos que os deuses pudessem aplicar-lhe.

— Porque era um assassino?

— Acho que sim. Estava sempre a dizer que a vida era uma dádiva sagrada. E o Tom ficava pior que estragado com isso. Dizia — e passou a uma bela imitação da fala *cockney* de Tom — «Se é assim tão sagrada, que diacho estamos nós a fazer vivendo nesta porcaria desta pocilga?» E o Billy respondia — Terry adoptou então uma fala mais requintada: — «Estão aqui por opção vossa porque a vossa dádiva incluía o livre-arbítrio. Agora decidam se querem que a ira dos deuses se abata sobre as vossas cabeças. Se a resposta for não, escolham uma via mais sensata.»

Deacon soltou uma risadinha:

— Era isso mesmo que ele dizia?

— Claro. Às vezes eu dizia isso por ele quando ele estava grosso de mais para responder. — Tornou a imitar a voz de Billy. — «Estão aqui por opção vossa porque a vossa dádiva incluía o livre-arbítrio.» Patati-patatá. Era mesmo um grande chato, não via quando estava a aborrecer as pessoas. Ou, se via, não se ralava. Depois passava-se da cabeça e desatava aos berros o que ainda era pior porque a gente não percebia o que ele estava a barafustar.

Deacon tirou outra duas latas de cerveja do frigorífico e atirou as vazias para a lata do lixo.

— Lembras-te de o ouvir falar de arrependimento? — perguntou, encostando-se à bancada da cozinha.

— Tipo a gente arrepender-se?

— Sim.

— Costumava gritar isso muitas vezes. «Arrependam-se! Arrependam-se! Arrependam-se! É mais tarde do que vocês pensam!» Fez isso daquela vez em que se despiu todo no meio da porra do Inverno. «Arrependam-se! Arrependam-se! Arrependam-se!» não parava de gritar.

— Sabes o que é o arrependimento?

— Sei. É pedir desculpa.

Deacon acenou afirmativamente.

— Então por que é o Billy não seguiu o seu próprio conselho e pediu desculpa por esse tal crime? Assim iria para o céu em vez de ir para o inferno. — *Só que dissera ao psiquiatra que não era na sua redenção que ele estava interessado...*

Terry reflectiu por um instante.

— Percebo o que está a dizer — afirmou, por fim — mas, olhe, nunca tinha pensado nisso. O problema do Billy é que passava a maior parte do tempo aos berros e a gente cansava-se de o ouvir. E só falou do crime uma vez, quando estava mesmo lixado com qualquer coisa. — Semicerrou os olhos em profunda concentração. — Fosse o que fosse, enfiou as mãos no fogo logo a seguir e só as tirou quando nós o puxámos de lá, portanto acho que ninguém se lembrou de lhe perguntar por que é que ele não se arrependia. — Encolheu os ombros. — Cá para mim é muito simples. Acho que foi por culpa dele que a mulher foi para o inferno, por isso ele achava que devia ir também. Desgraçado.

Deacon lembrou-se das suspeitas que tivera da primeira vez que ouvira aquela história, quando percebeu logo que Terry lhe estava a relatar um incidente de que nenhum dos outros homens do armazém tinha conhecimento. Lembravam-se da mão no fogo mas não das revelações sobre o crime.

— Ou talvez não tivesse nada de que se arrepender — alvitrou. — Outra maneira de se ir para o inferno é destruindo a dádiva de vida dos deuses matando-se *a si mesmo*. Durante séculos, os suicidas foram enterrados em locais ermos para mostrar que se tinham esquivado à misericórdia de Deus. Não era esse o caminho que o Billy estava a seguir?

— Já me fez essa pergunta e eu já lhe disse, o Billy nunca tentou matar-se.

— Deixou-se morrer à fome.

— Ná. Esqueceu-se foi de comer. O que é diferente. Estava quase sempre tão grosso que nem sabia o que fazia.

Deacon fez uma retrospectiva.

— Disseste que ele tinha estrangulado uma pessoa porque os deuses tinham escrito isso no destino dele. Foram mesmo essas as palavras que ele usou?

— Não me lembro.

— Faz um esforço.

— Foi isso ou coisa parecida.

Deacon mostrou-se céptico:

— Também disseste que ele queimou a mão como sacrifício para que a ira dos deuses se dirigisse para outra pessoa. Mas para que havia ele de fazer isso se queria ir para o inferno?

— Caraças! — clamou Terry, contrariado. — Como é que eu hei-de saber? O tipo era maluco.

— Só que a tua definição de maluco não é igual à minha — ripostou Deacon, impaciente. — Nunca te passou pela cabeça que o Billy tivesse todos esses ataques e fúrias por estar rodeado de imbecis que não percebiam uma única palavra do que ele dizia? Não me admira que se metesse nos copos.

— Nós não tivemos culpa — disse o rapaz, desalentado. — Fizemos o que podíamos pelo desgraçado e não era fácil manter a calma quando ele se atirava a nós.

— Está bem, então pensa nesta pergunta. Disseste que ele estava lixado com qualquer coisa antes de te ter dito que era um assassino. Com que seria?

Terry não respondeu.

— Era alguma coisa pessoal entre vocês? — perguntou Deacon num súbito palpite. — Por isso é que os outros não sabiam de nada? — Aguardou um momento. — Que aconteceu? Discutiram? Talvez ele tenha tentado estrangular-te e depois enfiou a mão no fogo por remorso?

— Não, foi ao contrário — respondeu o rapaz, tristemente. — Eu é que tentei estrangulá-lo *a ele*. Ele só queimou o raio da mão para que eu me lembrasse de que, por pouco, me tornava um assassino.

A terrível ironia da situação de Barry fez-se sentir forçosamente na semiobscuridade do Arquivo quando percebeu que já não se contentava em olhar para fotografias de belos homens fantasiando inofensivamente sobre o que eles lhe poderiam fazer.

As mãos tremeram-lhe ligeiramente ao separar as fotos de Amanda Powell.

Sabia tudo a seu respeito, incluindo onde morava e que vivia sozinha.

Tanto quanto Terry se lembrava, acontecera duas semanas depois do seu décimo quarto aniversário, durante o último fim-de-semana de Fevereiro. O tempo andava feio há uns dias e os ânimos, no armazém, exaltados. Era sempre pior quando estava frio, explicou, porque se não fossem diariamente a uma das sopas dos pobres a sobrevivência tornava-se impossível. Na maioria das vezes, os mais velhos e mais loucos recusavam-se a sair dos casulos que eles próprios haviam construído e por isso ele e Tom encarregavam-se de os pôr a mexer. Mas, como frisou, isso era meio caminho andado para fazer inimigos e Billy era mais facilmente irritável do que os outros.

— Um dos motivos por que o Tom não queria que eu chamasse a Polícia hoje à tarde era por causa do que está escondido naquele armazém. — Tirou do bolso um pequeno rolo de papel de alumínio que colocou em cima da mesa. — Dou umas passas — disse, apontando com o queixo para o rolo — e às vezes umas pastilhas, quando vou a uma *rave*. Mas é coisa de putos comparado com o que alguns deles consomem. Na maior parte dos dias a chafarica está cheia de malta lá deitada, pedrados em tudo e mais alguma coisa desde drunfos a heroína e metade desses sacanas nem sequer lá mora mas piram-se da rua para se injectarem porque acham que ali é mais seguro. E depois há o material gamado — bebidas, charros e coisas assim — que as pessoas escondem no meio do lixo. Uma pessoa tem de ter um cuidado do caraças para não mexer na tralha de alguém senão leva uma naifada nas costelas como o Walt levou. Às vezes a coisa fica mesmo má. Só nesta última semana houve duas cenas de porrada e a das facadas. Passado uns tempos uma pessoa fica farta.

— Foi por isso que tu hoje chamaste a Polícia?

— Sim, e por causa do Billy. Ultimamente tenho pensado muito nele. — E voltou à história: — Bom, em Fevereiro a situação era a mesma — pior, se calhar, porque estava mais frio que agora por isso havia mais gente do que é costume. Se dormissem nas ruas morriam gelados e por isso o Tom e os outros deixavam-nos ficar lá dentro.

— Por que é que eles não vão para os albergues do Estado? De certeza que uma cama é melhor que um chão de armazém, não?

— Por que será? — redarguiu Terry, sarcasticamente. — Estamos a falar de janados e malucos que nem sequer confiam na própria sombra, porra. — Pegou no rolo de papel de alumínio. — O Tom estava a safar-se bem com a coisa. Deixava lá ficar qualquer sacana desde que ele lhe desse alguma coisa em troca. Uma vez até ficou com o casaco de um tipo porque era a única coisa que ele tinha e o desgraçado morreu de frio durante a noite. Então o Tom carregou com ele para a rua — como ia fazer com o Walter — para o caso de aparecerem os chuis. E foi isso que fez saltar a tampa ao Billy. Passou-se dos carretos e disse que aquilo tinha de acabar.

— O que é que ele fez? — incentivou Deacon ao ver que o rapaz não continuava.

— A pior coisa que podia ter feito. Desatou a partir as garrafas da malta e a mexer no lixo à procura de material escondido e a gritar que tínhamos de nos livrar do mal antes que ele nos tragasse. Eu aí atirei-me ao estúpido e amarrei-o dentro da minha tenda antes que um dos malucos o matasse e foi nessa altura que ele começou a implicar comigo. — Terry pegou noutro cigarro e acendeu-o com uma mão ligeiramente trémula. — Até você lhe chamava maluco se o tivesse visto naquele dia. Estava completamente passado — a tremer, a gritar... — O rapaz fez uma careta. — É que quando ele começava não conseguia parar. Continuava a falar, a falar, até ficar tão cansado que desistia. Mas daquela vez não desistiu. Continuou a cuspir para cima de mim, a dizer que eu era do piorio que havia e como eu não lhe dei troco ele desatou a berrar que eu era um prostituto e que quem quisesse enrabar-me era só entrar na tenda e pronto. — Puxou uma grande passa do cigarro. — Apeteceu-me matá-lo. Por isso pus as mãos à volta do pescoço dele e apertei.

— O que é que te impediu?

— Nada. Continuei a apertar até achar que ele estava morto. — Mergulhou num longo silêncio que Deacon deixou passar. — Depois fiquei com medo e não sabia o que fazer por isso desamarrei-o e dei--lhe um empurrãozinho a ver se ele estava mesmo morto e o sacana abriu os olhos e sorriu para mim. Foi então que me falou desse tal gajo que ele tinha matado e de como a raiva leva as pessoas a fazerem coisas que podiam dar cabo das suas vidas. Depois disse que queria mostrar aos deuses que a culpa era dele, e não minha, e foi lá para fora e enfiou a mão na fogueira.

Deacon lamentou que não estivesse ali nenhuma mulher a ouvir a história de Terry, uma mulher que pudesse apertá-lo nos braços e fazer-lhe festas, dizer-lhe que não havia razão para se preocupar, pois a atitude mais óbvia a tomar estava-lhe negada. Teve de limitar-se a desviar o olhar do do jovem, brilhante de lágrimas, e falar prosaicamente da forma de enxugar as roupas de Terry durante a noite sem a ajuda de um secador.

Reg trouxe o chá de Barry e pousou a caneca na secretária ao lado do livro que a mulher comprara. Estava virado para baixo e ele apontou para uma citação que vinha na contracapa. *Imensamente legível.* Charles Lamb, THE STREET.

— A minha senhora fica sempre mais satisfeita com uma recomendação — disse — mas, como eu lhe fiz ver, é um comentário surpreendentemente curto da parte de Mr. Lamb. Quando ele gosta de um livro, costuma inflamar-se todo. Será que «imensamente legível» são as duas únicas palavras elogiosas da recensão? Ou um exemplo, talvez, da *des*contabilidade criativa de um editor-chefe?

Um dos motivos por que Reg gostava tanto da companhia de Barry é que este permitia-lhe exercitar o seu humor rebuscado e Barry, cumpridoramente, soltou uma risadinha ao pegar no livro passando à página da ficha técnica.

— Foi editado pela Macmillan em 1994, por isso a recensão deve ter saído no ano passado. Vou procurá-la, para si — ofereceu-se. — Considere isso como um pequeno agradecimento pelo livro e pelo chá.

— É capaz de ser interessante — replicou Reg, profeticamente.

... Outra miscelânea é o livro de Roger Hyde *Mistérios Irresolúveis do Século XX* (editado pela Macmillan ao preço de £15.99). Imensamente legível, não deixa porém de desapontar pois, como o título indica, levanta demasiadas questões sem resposta e ignora o facto de outros escritores terem já esclarecido alguns desses mistérios «irresolúveis». Há os famigerados homicídios Digby, de 1933, quando Gilbert e Fanny Digby, mais os três filhos menores, foram encontrados mortos nas suas camas de envenenamento por arsénico numa manhã de Abril sem nada que sugerisse a identidade do assassino ou o móbil do crime. Hyde descreve os antecedentes do caso com meticuloso pormenor — o passado de Gilbert e Fanny, os nomes de todas as pessoas que terão ido a sua casa nos dias que antecederam as mortes, o próprio local do crime — mas não faz qualquer alusão ao livro de M. G. Dunner, *Doce Fanny Digby* (Gollancz, 1963) contendo provas de que Fanny Digby, com uma história clínica de depressão, fora vista a embeber papel mata-moscas numa taça de esmalte na véspera do dia em que ela e a família foram encontradas mortas. Há o caso do diplomata Peter Fenton, que saiu de casa em Julho de 1988 depois de sua esposa, Verity, se ter suicidado. Uma vez mais, Hyde descreve pormenorizadamente os antecedentes de tal ocorrência, referindo a rede de Driberg e o acesso de Fenton a segredos da NATO mas não faz menção ao artigo de Anne Cattrell, no *Sunday Times*, «*A verdade sobre Verity Fenton*» (17 de Junho de 1990) que denunciava a hedionda brutalidade sofrida por Verity às mãos de Geoffrey Standish, seu primeiro marido, antes da conveniente morte deste num acidente de atropelamento e fuga ocorrido em 1971. Se, como afirma Anne Cattrell, não se tratou de acidente, e se Verity realmente conheceu Fenton seis anos antes do que ambos afirmavam, a explicação para o suicídio dela e desaparecimento dele encontra-se no caixão de Geoffrey Standish e não na cela prisional de Nathan Driberg...

Por curiosidade, Barry procurou o *Sunday Times* de 17 de Junho de 1990 no arquivo de microfilmes. Susteve a respiração quando o artigo de Anne Cattrell lhe apareceu com um retrato frontal de Peter Fenton, OBE.

Tinha a certeza absoluta que estava a olhar para Billy Blake.

A verdade sobre Verity Fenton

Anne Cattrell

Poucas têm sido as cortinas de fumo mais eficazes do que a lançada por Peter Fenton ao desaparecer de sua casa a 3 de Julho de 1988 deixando o cadáver da esposa em cima do leito conjugal. Tudo começou com uma aparatosa caça ao homem, estilo Lucan, até se descobrir que Verity Fenton se suicidara. Seguiu-se uma rápida investigação ao passado de Peter em busca de amantes e/ou traição à Pátria até que se descobriu que ele tivera acesso a segredos da NATO. O interesse centrou-se na sua repentina deslocação a Washington estabelecendo-se facilmente uma ligação com os membros anónimos da rede de Driberg.

E que relevância teve, em tudo isso, o suicídio de Verity Fenton? Praticamente nenhuma, é a resposta, porque o centro das atenções era o inexplicável desaparecimento de Peter e não os motivos pelos quais uma mulher «neurótica» se teria suicidado. A conclusão do patologista foi «suicídio devido a desequilíbrio mental», em grande parte baseada nas declarações da filha de que ela se mostrara «invulgarmente deprimida» durante a ausência de Peter em Washington. Contudo, não se procurou qualquer explicação para o seu estado depressivo tendo-se deduzido, ao que parece, que o desaparecimento de Peter significava que a alusão, no seu bilhete de despedida, às traições dele era verdadeira e que seriam suficientemente chocantes para levarem uma mulher ao suicídio.

Dois anos após esses estranhos acontecimentos de Julho de 1988, vale a pena recapitular o que se sabe a respeito de Peter e Verity Fenton. Talvez a primeira coisa que salte à vista de quem investigue este caso seja a total ausência de provas de que Peter Fenton tenha sido um traidor. Teve, seguramente, acesso a informações confidenciais da NATO no período 1985-1987 mas fontes dentro da organização admitem que três inquéritos diferentes não conseguiram atribuir, a ele ou à sua equipa, qualquer fuga de informações.

Em contrapartida, existe um acervo de provas quanto à sua «repentina» viagem a Washington em finais de Junho, tida como uma «sondagem» para ver se Driberg tencionava denunciar os seus parceiros. Os pormenores da viagem foram divulgados, na altura, pelo seu superior directo nos Negócios Estrangeiros mas ignorados como sendo insuficientes para se provar a traição de Fenton. A verdade é que ele foi incumbido, a 6 de Junho, de assistir a reuniões de alto nível em Washington de 29 de Junho a 2 de Julho. Custa pois a crer que um pré-aviso de três semanas viesse a ser encarado como «repentino», ou porque terá ele, se é que *fazia* parte da rede, esperado que decorressem oito semanas após a detenção de Driberg para ir «sondar».

A tragédia Fenton assume um aspecto muito diferente se ignoradas as

(continua)

insinuações da traição de Peter. A pergunta que devcrá, portanto, ser feita é: a que traições se referia Verity no seu bilhete de despedida? Ela escreveu: *«Perdoa-me, não aguento mais, querido. Por favor não te culpes. As tuas traições não são nada comparadas com as minhas.»*

Mas por que foram as traições da própria Verity tão sistematicamente subestimadas? A resposta, pura e simples, é que ela, como esposa de um diplomata, foi sempre menos importante que o marido. O quê, ou quem, poderia uma mulher «neurótica» ter traído que fosse mais grave que uma traição nos Negócios Estrangeiros? Impunha-se, porém, mesmo em 1988, que as suas traições fossem averiguadas dado ela afirmar serem piores que as do marido, e *ele* considerado um espião.

Nascida em Londres, a 28 de Setembro de 1937, como Verity Parnell, foi criada só pela mãe após a morte do pai, o coronel Parnell, falecido em 1940 durante a evacuação de Dunquerque. Crê-se que ela e a mãe tenham passado os anos da guerra em Suffolk mas regressaram a Londres em 1945. Verity frequentou uma escola preparatória antes de mudar para o colégio feminino de Mary Bartholomew, em Barnes, em Maio de 1950. Embora considerada suficientemente dotada para entrar para a universidade, optou por casar com Geoffrey Standish, um atraente corretor da bolsa de trinta e dois anos, mais catorze que ela, em Agosto de 1955. O casamento fez com que mãe e filha se afastassem e não se sabe ao certo se terá voltado a falar com a mãe antes da morte da

mesma em finais dos anos 50. Verity teve uma filha, Marilyn, em 1960, e um filho, Anthony, em 1966.

O casamento foi um desastre. Geoffrey era descrito, mesmo pelos amigos mais chegados, como uma pessoa «imprevisível». Jogador, mulherengo e alcoólico, não tardaria a saber-se, entre os que o conheciam bem, que descarregava as suas frustrações na jovem esposa. Seguiu-se um historial de «acidentes», dias de indisposição, relutância em fazer algo que pudesse irritar Geoffrey e um proteccionismo obsessivo em relação aos filhos. Não é pois de admirar que, segundo um dos vizinhos, Verity se referisse à morte do marido, em Março de 1971, como um «abençoado alívio».

Como tantas outras coisas nesta história, os pormenores acerca da morte de Geoffrey são obscuros. Os únicos factos confirmáveis são: ele combinara passar o fim-de-semana com uns amigos em Huntingdon; telefonou-lhes às 17.00 horas de sexta-feira a dizer que só podia ir ter com eles no dia seguinte; às 6.30 horas de sábado um carro-patrulha da Polícia encontrou o seu carro abandonado, com o depósito de gasolina vazio, junto à A11 próximo de Newmarket; às 10.30 horas o seu corpo, coberto de escoriações, foi descoberto dentro de uma vala cerca de quatro quilómetros mais à frente; os ferimentos indiciavam ter sido atropelado.

Em face disso, o caso foi classificado como um de atropelamento e fuga quando Geoffrey seguia a pé, às escuras, à procura de gasolina mas, devido à mudança de planos à última

(continua)

(continuação)

hora, a Polícia tentou descobrir o motivo da sua presença nas imediações de Newmarket. Resultaram infrutíferas as suas buscas nesse sentido mas, no decurso da investigação, foram desenterrados os desagradáveis pormenores do seu carácter e estilo de vida. Embora sem nunca conseguir prová-lo, deduz--se claramente pelos seus relatórios, que a Polícia de Cambridgeshire ficou convencida de que ele fora assassinado.

Quanto a Verity, tinha um álibi irrefutável. Deu entrada no St. Thomas Hospital na quarta-feira anterior à morte de Geoffrey com uma clavícula partida, costelas fracturadas e um pulmão perfurado, e só teve alta no domingo. Os filhos ficaram entregues a uma vizinha, por isso existem certas dúvidas quanto ao paradeiro de Geoffrey na sexta-feira. Certo é que não foi trabalhar nesse dia o que levou a Polícia a considerar a hipótese de que alguém, por solidariedade para com Verity, o tenha tirado de casa na noite de quinta-feira e, friamente, planeado o seu assassínio para sexta.

Infelizmente, do ponto de vista da Polícia, não foi encontrado tal elemento solidário e o caso foi encerrado por falta de provas. O patologista classificou-o como «homicídio involuntário cometido por pessoa ou pessoas desconhecidas» e a morte prematura de Geoffrey Standish mantêm-se até hoje impune.

Agora, porém, com o que se sabe dos acontecimentos de 3 de Julho de 1988, é lógico que nos alheemos do suicídio de uma mulher desesperada e do desaparecimento do seu segundo marido e nos voltemos para a morte de Geoffrey, ocorrida em 1971, interrogando-nos se a pessoa solidária com Verity não seria um jovem e cativante universitário de Cambridge chamado Peter Fenton. Newmarket fica a menos de 32 quilómetros de Cambridge e é sabido que Peter visitava com frequência os pais de um amigo seu dos tempos do Winchester College que moravam dez números adiante da casa de Geoffrey e Verity Standish em Cadogan Square. Não existem provas que refutem as afirmações de Peter e Verity de que se conheceram numa festa em casa de um amigo de Peter em 1978 mas é estranho que os seus caminhos não se tenham cruzado antes. O certo é que o amigo, Harry Grisham, se lembra que os Standish eram presenças habituais nas festas em casa dos pais dele.

Mas, pressupondo o envolvimento de Peter, que terá acontecido dezassete anos depois do assassínio de Geoffrey para levar Verity a suicidar-se e Peter a desaparecer? Terá um deles, inadvertidamente, traído o outro? Desconheceria Verity o que Peter havia feito tendo descoberto, casualmente, que casara com o assassino do seu primeiro marido? Talvez nunca o saibamos mas é uma estranha coincidência que dois dias antes da partida de Peter para Washington, o seguinte apelo tenha aparecido na secção de anúncios pessoais do *Times*:

«**Geoffrey Standish**. Quem tiver alguma informação a respeito do assassínio de Geoffrey Standish, na A11 próximo de Newmarket, 10.3.71, favor escrever para a Caixa Postal 431.»

161

11

TERRY FICOU IRRITADO ao ver que as suas roupas ainda estavam molhadas quando por fim saiu tropegamente do quarto metido numa velha *t-shirt* e nuns calções de Deacon a coçar a cabeça rapada e a bocejar.

— Não posso sair com estas suas roupas horrorosas, Mike. Tenho uma reputação a defender, está a compreender? Sabe que mais? Vai ter de ir às compras sozinho enquanto eu espero que isto tudo seque.

— Está bem — respondeu Deacon, olhando para o relógio. — É melhor ir andando ou ainda perco a oportunidade de partir o nariz ao Hugh.

— Vai mesmo fazer isso?

— Claro. Também estava a pensar comprar-te umas coisitas novas como presente de Natal mas como não podes vir prová-las... — encolheu os ombros — compro-te mas é uns livros.

Em menos de três minutos Terry reapareceu completamente vestido.

— Onde é que pôs o meu casaco?

— Enfiei-o no contentor do lixo, lá em baixo, enquanto tomavas banho.

— Por que carga de água?

— Estava cheio de sangue do Walter. — Tirou um Barbour do cabide de parede. — Empresto-te este até comprarmos um novo.

— Não posso vestir isso — ripostou Terry, desdenhoso, recusando-se a pegar-lhe. — Bolas, Mike, vou parecer um daqueles mariconços ricos que andam para aí de *Range Rover*. E se encontramos alguém que eu conheça?

— Para ser franco — resmungou Deacon — preocupa-me mais encontrar alguém que *eu* conheça. Ainda não consegui explicar a mim mesmo o que é que um rufia desbocado, de cabeça rapada, está (um), a fazer no meu apartamento e (dois) a usar as minhas roupas.

Desajeitadamente, Terry lá vestiu o casaco de caça.

— Com os charros todos que me fumou a noite passada, devia estar mais bem-disposto.

Barry deixou-se ficar na cama a ouvir os passos da mãe, subindo pesadamente as escadas. Susteve a respiração enquanto ela fazia o mesmo do outro lado da porta.

— Sei que estás acordado — disse ela com a voz estrangulada que parecia começar algures na barriga gorda e sair, espremida, pelos lábios bolachudos. Um rodar da maçaneta. — Por que é que te fechaste à chave? — A voz ficou reduzida a um sussurro ameaçador. — Se estás outra vez a fazer aquilo, Barry, eu descubro.

Ele não respondeu, limitou-se a olhar fixamente para a porta enquanto os dedos agarravam e apertavam o imaginário pescoço. Imaginou como seria fácil matá-la e esconder o corpo algures, onde ninguém o visse — na saleta da frente, talvez, onde podia ficar meses a fio sem que ninguém lhe viesse tocar. Que direito de viver teria alguém tão incapaz de amar e ser amado? E quem é que daria pela falta dela?

O filho é que não...

Barry tacteou à procura dos óculos e tornou a ver o mundo focado. Reparou, assustado, que tinha as mãos outra vez a tremer.

— Por que é que nunca foste preso? — perguntou Deacon enquanto Terry escolhia um par de *Levi's* comentando que seriam «facílimas de gamar». (Deacon reparou que ele tinha o hábito de localizar as câmaras de segurança e de se pôr sempre fora do alcance delas.)

— O que é que o faz pensar que não fui?

— Tinham-te recambiado para o lar.

O jovem abanou a cabeça:

— Só se eu lhes dissesse a verdade sobre mim mesmo, o que nunca fiz. Claro que já fui preso mas estava sempre com o velho Billy quando isso aconteceu e ele é que arcava com as culpas. Achava que eu ia ter problemas com maricas se fosse para uma prisão de adultos, ou que me mandavam outra vez para o paneleiro se eu lhes desse o meu nome verdadeiro, por isso era ele que ia de cana, e não eu. — Não parava de olhar de um lado para o outro, dentro da loja. — E que tal um blusão? Estão lá ao fundo. — E encaminhou-se para lá sem pensar duas vezes.

Deacon foi atrás dele. Os adolescentes seriam todos tão implacavel- mente egoístas? Veio-lhe à mente uma imagem desagradável daquele miúdo terrível colado como uma lapa aos protectores para os deixar de- penados e percebeu que o conselho de Lawrence, para se manter à coca, de pouco ou nada valia. Qualquer homem minimamente decente, com um sentido de dever moral, se deixaria levar pela lábia de Terry, pensou.

— Gosto deste — disse Terry tirando uma samarra do cabide e en- fiando os braços nas mangas. — Que acha?

— Deve ser uns dez números acima do teu.

— Ainda estou a crescer.

— Nem penses que vou andar por aí com um balão de barragem ambulante.

— Não percebe nada de moda, pois não? Hoje em dia toda a gente usa coisas grandes. — Experimentou o número abaixo. — Roupa justa era o que os cotas como você gramavam nos anos 70, mais as bocas- -de-sino, colares, cabelo comprido e coisas assim. O Billy dizia que era bom ser novo nessa época mas cá para mim deviam era parecer uma cambada de maricas.

Deacon fez um sorriso desdenhoso:

— Bom, nesse caso não te preocupes que tu pareces um activista da extrema-direita.

Terry pareceu satisfeito consigo mesmo:

— Isso não me chateia nada.

Barry ficou à porta a olhar para a parte de trás da cabeça da mãe, refastelada numa poltrona diante da televisão com os pés em cima de um banquinho. Uma cabeleira rala e áspera despontava-lhe do rosado couro cabeludo e da boca soltava-se uma série de roncos cavernosos. A sala desarrumada tresandava aos peidos dela e Barry foi invadido por uma sensação de injustiça. Cruel destino que lhe levara o pai dei- xando-o à mercê de uma

...os seus dedos crisparam-se involuntariamente.

...PORCA!

164

Terry descobriu uma loja que vendia enfeites de Natal e *posters*. Escolheu uma reprodução da *Mulher em Camisa*, de Picasso, e insistiu para que Deacon a comprasse.

— Porquê essa? — perguntou-lhe Deacon.

— É linda.

Tratava-se, sem dúvida, de um belo quadro mas se a mulher, em si, era linda ou não já era uma questão de gosto. Assinalava a transição entre os períodos azul e rosa de Picasso por isso o tema tinha a fria e pálida melancolia do período anterior avivada pelos tons rosa e ocre do último.

— Pessoalmente, prefiro-as um nadinha mais cheias — comentou Deacon — mas não me importo de a ter na minha parede.

— O Billy desenhava-a mais vezes que a qualquer outra — disse Terry, inesperadamente.

— No passeio?

— Não, nos bocados de papel que depois queimava. Começou por copiá-la de um postal mas tornou-se tão bom que no fim já conseguia fazê-la de cor. — Percorreu com o dedo os traços firmes do perfil e tronco da mulher. — Está a ver, ela é mesmo fácil de desenhar. Como dizia o Billy, neste quadro não há confusões.

— Ao contrário do do Leonardo?

— Pois.

Era verdade, pensou Deacon. A mulher de Picasso era belíssima na sua simplicidade — e muito mais delicada que a mais polposa Madonna de da Vinci.

— Talvez ainda venhas a ser um artista, Terry. Pareces ter olho para a boa pintura.

— Já fui uma ou duas vezes até ao Green Park ver aquelas coisas que estão nos gradeamentos mas aquilo é uma trampa. O Billy estava sempre a dizer que havia de me levar a uma galeria a sério mas nunca se proporcionou. Se calhar também não nos deixavam entrar, com o Billy quase sempre a dar barraca, de bêbedo. — Continuou a passar os *posters* de um lado para o outro. — Que tal este? Acha que o pintor via o inferno da mesma maneira que a mulher do Billy? Estar sozinho e com medo num sítio que já não nos diz nada?

Tirara para fora *O Grito* de Edvard Munch com a sua impressionante e distorcida visão de um homem a gritar de terror diante das forças elementares da natureza.

— Tens mesmo olho — comentou Deacon, com admiração. — O Billy também desenhava esse?

— Não, deste não devia gostar. Tem muito encarnado. Ele detestava o encarnado porque lhe fazia lembrar sangue.

— Bom, não quero esse na minha parede senão penso no inferno de cada vez que olhar para ele. — *E em sangue*, pensou. Preferia que ele e Billy tivessem menos coisas em comum.

Decidiram-se pelas reproduções do Picasso (pela sua simplicidade), do *Almoço no Estúdio* de Manet (pela sua harmoniosa simetria — «Esse está mesmo realista» disse Terry), do *Jardim das Delícias* de Hieronymus Bosch (pelo seu colorido e interesse — «Tem montes de arte» disse Terry) e, por fim, do *Aguerrido Téméraire* de Turner (pela sua perfeição em todos os aspectos — «Fogo!» disse Terry. «Que bela pintura!»)

— Que aconteceu ao postal do Picasso que o Billy tinha? — perguntou Deacon enquanto pagava.

— O Tom queimou-o.

— Porquê?

— Porque se passou da cabeça. Ele e o Billy estavam com um grande pifo e tinham tido uma discussão por causa de mulheres. O Tom disse que o Billy era tão feio que nunca devia ter tido nenhuma e o Billy respondeu que não podia ser mais feio que a patroa do Tom senão o Tom não a tinha deixado. Toda a gente se riu e o Tom ficou danado.

— O que é que isso tinha a ver com o postal?

— Nada de mais só que o Billy gostava mesmo muito dele. Às vezes beijava-o, quando estava grosso. O Tom ficou tão furioso por lhe terem insultado a patroa que foi buscar uma coisa que sabia que ia irritar o Billy. E irritou mesmo. O Billy quase esganou o Tom por lho ter queimado, depois desatou a chorar e disse que a verdade também já estava morta, por isso nada mais tinha importância. E a coisa ficou-se por aí.

Há cinco anos que Deacon não ia ao Red Lion. Fora o seu poiso habitual quando ele e Julia moravam em Fulham e Hugh costumava encontrar-se lá com ele umas vezes por mês a caminho de Putney. O exterior modificara-se muito pouco ao longo dos anos e Deacon até contava encontrar lá dentro o mesmo proprietário e os fregueses do costume quando abrisse as portas. Mas era uma sala cheia de estranhos sendo o único rosto familiar o de Hugh. Estava sentado a uma mesa no canto oposto e acenou com uma mão hesitante quando viu Deacon.

— Olá, Michael — disse, pondo-se de pé quando eles se aproximaram. — Não tinha a certeza se vinhas.

— Não perdia isto por nada deste mundo. Talvez seja a única hipótese que me resta de ajustar contas contigo. — Fez sinal a Terry para que se chegasse. — Apresento-te Terry Dalton. Está a passar o Natal em minha casa. Terry, apresento-te Hugh Tremayne, o meu cunhado.

Terry brindou-o com o seu sorriso franco e estendeu uma mão ossuda:

— Olá. Como vai isso?

Hugh pareceu admirado mas apertou-lhe a mão:

— Muito bem, obrigado. Somos... hmm... parentes?

Terry estudou-lhe o rosto redondo e o corpo pesadão.

— Não me parece, a menos que tenha andado a fazer das suas lá para Birmingham há uns quinze anos. Ná — acrescentou —, o meu pai devia ser um bocadinho mais alto e mais magro. Não desfazendo, claro.

Deacon soltou uma risada:

— Acho que o Hugh estava a perguntar se eras parente da minha segunda mulher, Terry.

— Ah, está bem. Então por que é que não disse logo?

Deacon virou-se para a parede e bateu lá com a cabeça durante uns segundos. Por fim, respirou fundo, enxugou os olhos com o lenço e tornou a voltar-se para a frente.

— É um assunto delicado — explicou. — A minha família não gostava lá muito da Clara.

— Que é que ela tinha de mal?

— Nada — respondeu Hugh, categórico, com medo que Deacon o envergonhasse, e a Terry, com alusões a galdérias e ordinárias. — Que vão beber? Cerveja? — E escapou-se para o balcão enquanto eles despiam os casacos e se sentavam.

— Não pode bater *nele* — disse Terry. — Está bem, é um tontinho mas tem para aí menos uns quinze centímetros de altura e mais dez anos que você. Afinal, o que é que ele fez?

Deacon pousou os pés numa cadeira e entrelaçou os dedos na nuca.

— Insultou-me em casa da minha mãe e depois pôs-me de lá para fora. — Esboçou um leve sorriso. — Jurei que lhe partia a cara da próxima vez que o visse e a próxima vez é agora.

— Bom, se fosse a si não o fazia. Não fica mais forte por isso, sabe? Eu senti-me pior que estragado depois do que fiz ao Billy. — Agradeceu-lhe com um aceno de cabeça quando Hugh voltou com as bebidas.

Instalou-se um silêncio constrangedor enquanto Hugh procurava alguma coisa para dizer e Deacon olhava para o tecto com um sorrisinho, gozando plenamente o embaraço do cunhado.

Terry ofereceu um cigarro a Hugh, que recusou.

— Se calhar se lhe pedisse desculpa ele esquecia-se da sova — opinou, acendendo o seu próprio cigarro. — O Billy costumava dizer que é sempre mais difícil bater em alguém com quem se esteve na cavaqueira. É por isso que os tipos da porrada dizem sempre às pessoas para calarem o bico. Têm um cagaço desgraçado de perder a coragem.

— Quem é o Billy?

— Um velhote que eu conheci. Ele achava que conversar era melhor que bater e depois passava-se da cabeça e desatava a atacar as pessoas. Ouça, ele era marado, por isso não se lhe podia levar a mal. Mas o conselho dele era bom.

— Não te metas nisto, Terry — disse Deacon, calmamente. — Quero umas respostas antes de chegarmos aos pedidos de desculpa. — Tirou os pés de cima da cadeira e inclinou-se para a mesa. — Que se passa, Hugh? Por que é que eu, de repente, sou assim tão popular?

Hugh deu um gole na cerveja enquanto pensava na resposta.

— A tua mãe não está bem — respondeu, cuidadosamente.

— Já soube, pela Emma.

— E está ansiosa por fazer as pazes contigo.

— Palavra? — Pegou no maço de cigarros. — Isso explica as mensagens telefónicas que recebo todos os dias no escritório.

Hugh pareceu admirado:

— Ela ligou-te?

— Não, claro que não ligou. Há cinco anos que não sei nada dela, desde que me acusou de eu ter morto o meu pai. O que é estranho, não achas, se ela quer fazer as pazes? — Inclinou-se para chegar o cigarro ao fósforo.

168

— Conheces a tua mãe tão bem como eu — suspirou Hugh. — Em dezasseis anos nunca a ouvi admitir que estava enganada acerca do que quer que fosse e não acho que vá começar a fazer isso agora. Deve é estar à espera que sejas tu a dar o primeiro passo.

Os olhos de Deacon semicerraram-se, desconfiados.

— Não é a minha mãe que quer isso, pois não? É a Emma. Está com remorsos de lhe ter sacado a massa toda? É esse o problema?

Hugh pôs-se a rodar o copo de cerveja, com ar triste.

— Para ser franco, já começo a estar farto das vossas quezílias familiares, Michael. Estar casado com uma Deacon é como viver em plena zona de guerra.

Deacon soltou uma risadinha rouca:

— Então dá graças por não seres do tempo em que o meu pai era vivo. Era pior. — Bateu com o cigarro na borda do cinzeiro. — O melhor é desembuchares. Não me aproximo da minha mãe enquanto não souber por que é que a Emma quer que eu o faça.

Uma vez mais, Hugh pareceu reflectir na resposta.

— Ora, que se lixe! — respondeu, abruptamente. — O teu pai fez um novo testamento. A Emma encontrou-o, ou melhor dizendo, os bocados dele, quando andava a arrumar uma papelada da tua mãe enquanto ela esteve internada. Pediu-nos para lhe pagarmos as contas e manter a casa arrumada enquanto ela estava fora. Deve ter-se esquecido que o testamento ainda lá estava, agora por que é que não o queimou ou deitou fora... — Soltou uma gargalhada cavernosa. — Juntámos os bocadinhos. As duas primeiras doações dele foram feitas por obrigação. Deixou a casa de campo, na Cornualha, à Penelope mais investimentos suficientes para lhe garantirem um rendimento anual de dez mil, e deixou à Emma um pagamento único de vinte mil. A terceira doação foi feita por amor. Deixou-te a casa da quinta e o resto da propriedade porque, e cito-o, «O Michael é o único da família que se preocupa comigo.» Fê-lo duas semanas antes de se matar e calculamos que tenha sido a tua mãe que o rasgou visto ser a única que beneficiava com o testamento anterior.

Deacon fumou, pensativamente, durante uns momentos.

— Nomeou o David e a Harriet Price como testamenteiros?

— Sim.

— Bem, isso pelo menos vinga o pobre do David. — Lembrou-se da violenta discussão que a mãe tivera com os seus então vizinhos

169

quando David Price ousou insinuar que Francis Deacon lhe falara de um novo testamento em que o testamenteiro seria ele. «*Mostre-mo*» dissera ela. «*Diga-me o que é que lá está.*» E David tivera de admitir que nunca o tinha visto, que em princípio concordara apenas em servir de testamenteiro caso Francis revogasse o anterior. — Quem é que o redigiu?

— Pensamos que tenha sido mesmo o teu pai. Está com a letra dele.

— É válido?

— Um advogado nosso amigo diz que está correctamente redigido e correctamente testemunhado. As testemunhas foram dois dos bibliotecários da biblioteca-geral de Bedford. A única dúvida do nosso amigo é se o teu pai estaria são de espírito quando o fez, tendo em conta que se suicidou duas semanas depois. — Encolheu os ombros. — Mas, segundo a Emma, esteve sempre são como um pêro nos meses que antecederam o suicídio e só ficou realmente deprimido na véspera do dia em que se matou.

Deacon lançou um olhar de soslaio a Terry que estava pasmado de curiosidade.

— É uma longa história — disse-lhe. — Nem queiras ouvi-la.

— Pode encurtá-la, não pode? Quer dizer, sabe tudo a meu respeito portanto é mais que justo que eu saiba um bocadinho sobre si.

Deacon esteve quase para lhe dizer que nem sequer sabia o seu nome verdadeiro mas resolveu não fazê-lo:

— O meu pai era um maníaco-depressivo. Devia tomar uns medicamentos para controlar a doença mas não era muito certo e quem sofria com isso éramos nós. — Viu que Terry não estava a perceber. — A depressão maníaca caracteriza-se por alterações de humor. Pode estar-se eufórico numa fase maníaca — um bocadinho como estar pedrado — e com ideias suicidas numa fase depressiva. — Puxou uma fumaça e esmagou a beata com o tacão do sapato. — No dia de Natal de 1976, estando ele deprimido, o meu pai enfiou a caçadeira na boca, às quatro da manhã, e estoirou os miolos. — Fez um leve sorriso. — Muito rápido, muito barulho e muita porcaria, por isso é que tento esquecer-me que o Natal existe.

Terry ficou impressionado:

— Fogo! — comentou.

— E também é por isso que é tão difícil conviver com a Emma e com o Michael — redarguiu Hugh, friamente. — Têm ambos um autêntico pavor de terem herdado a psicose maníaco-depressiva e por isso combatem qualquer sentimento de felicidade e encaram uma leve *in*felicidade como prenúncio de depressão patológica.

— Então está nos genes, não é? O Billy percebia muito de genes. Dizia sempre que não se consegue fugir àquilo com que os nossos pais nos programaram.

— Não, não está nos genes — respondeu Hugh, irritadamente. — Há provas que apontam para uma predisposição hereditária mas teria de haver um número incalculável de outros factores conjugados para desencadear na Emma e no Michael a mesma psicose que o Francis tinha.

Deacon riu-se.

— O que quer dizer que eu ainda não sou maluco — disse, a Terry. — O Hugh é funcionário público por isso gosta de ser exacto nas suas definições.

Terry franziu o sobrolho:

— Pois, mas por que é que a sua mãe o acusou de ter morto o seu pai se foi ele que deu um tiro na cabeça?

Deacon bebeu a cerveja em silêncio.

— Porque é uma cabra — respondeu Hugh, sem rodeios.

Deacon mexeu-se nervosamente no banco:

— Disse porque é verdade. Ele disse-me, às onze da noite, na véspera de Natal, que queria morrer e eu apoiei-o. Cinco horas depois estava morto. A minha mãe acha que eu devia tê-lo demovido dessa ideia.

— E por que é que não fez isso?

— Porque ele me pediu para eu não o fazer.

— Sim, mas... — O olhar intrigado do jovem sondou o rosto de Deacon. — Não se importava que ele morresse? Eu ficava pior que estragado de cada vez que o Billy fazia mal a ele mesmo. Quer dizer, uma pessoa sente-se a modos que responsável.

Deacon enfrentou o olhar dele por um instante e depois baixou os olhos para o copo.

— É uma boa expressão — pior que estragado. Exactamente como eu me senti quando ouvi o tiro. E, sim, claro que me importava mas já antes o impedira e daquela vez ele disse que ia mesmo matar-se e preferia fazê-lo com a minha aprovação do que sem ela. Por isso dei-lha. — Abanou a cabeça. — Esperava que ele não levasse a coisa avante mas queria que ele soubesse que eu não o censurava se o fizesse.

— Sim, mas... — tornou Terry a dizer. Estava mais perturbado com a história do que seria de calcular e Deacon interrogou-se se não haveria nela certos ecos da sua amizade com Billy. Teria ele mentido ao dizer que Billy nunca tentara suicidar-se? Ou, como Deacon, ter-se-ia desinteressado vindo, pela apatia, a dar cobertura a um suicídio?

— Mas o quê? — perguntou.

— Por que não disse nada à sua mãe, não lhe deu uma hipótese de ela o impedir?

Deacon olhou para o relógio.

— E se deixássemos essa pergunta para mais tarde? — propôs. — Ainda temos muita comida para comprar e não resolvi o que é que vou fazer ao nariz do Hugh. — Acendeu outro cigarro e observou por um ou dois segundos o rosto do cunhado através do fumo. — Por que é que a Emma não deitou fora os pedacinhos desse testamento quando os encontrou? — Fez um sorriso bastante cínico ao ver a expressão de Hugh. — Deixa-me adivinhar. Só se deu conta de que ele lhe tinha deixado as vinte mil quando colou os bocadinhos e nessa altura tu e as miúdas também já o tinham visto.

— Teve curiosidade. Fosse como fosse, já o tinha trazido para casa. Mas, sim, esperava — esperávamos os dois — que ele lhe tivesse deixado o suficiente para liquidarmos a dívida que temos com a tua mãe. Em resumo, a Penelope usou dinheiro que te pertence por direito, portanto estamos em dívida é para contigo. E juro-te, Michael, nem sequer é dinheiro que nós lhe tenhamos pedido. A tua mãe estava sempre a dizer que queria fazer qualquer coisa pelas únicas netas que havia de ter e então, um dia, eu contei-lhe que estávamos preocupados com o fraco aproveitamento escolar da Antonia e foi assim. A Penelope criou um fundo para os estudos e, meses depois, a Antonia e a Jessica entraram para um colégio particular.

Deacon teve dificuldade em engolir aquela. Conhecendo Hugh e Emma, devia ter havido uma data de insinuaçõezinhas até Penelope entrar com a massa.

— Estão a ir bem?

— Sim. A Ant está a fazer o 12.º ano e a Jesse o 10.º — Esfregou a careca com uma mão trémula. — Aquele fundo foi criado para pagar o equivalente a doze anos de escolaridade — cinco para a Ant, porque era dois anos mais velha quando começou, e sete para a Jesse — e, entre as duas, já perfizeram quase dez. Estamos a falar de muito dinheiro, Michael. Se calhar não fazes ideia de como é cara a educação num colégio particular.

— Deixa-me adivinhar. Até agora, já foram mais de cento e cinquenta mil. — Divertido, ergueu uma sobrancelha. — É óbvio que não leste o meu artigo sobre o ensino privado. Fiz uma pesquisa completa, incluindo os custos. Tem sido dinheiro bem gasto?

Hugh encolheu tristemente os ombros, forçado a avaliar os méritos das filhas:

— Elas são muito inteligentes — respondeu, mas Deacon teve a impressão de que ele preferia ter dito que eram simpáticas. — Precisamos resolver isto, Michael. A sério, é um pesadelo. A situação, a meu ver, é a seguinte: a tua mãe rasgou propositadamente o testamento do teu pai e roubou a herança aos filhos pelo que será processada se a coisa se tornar pública. Alterou materialmente o espólio do teu pai vendendo a casa da Cornualha e criando um fundo para as miúdas. Ainda por cima, se tivesses herdado o que o Francis te deixou, presumivelmente a Julia teria levado metade desse valor no acordo de divórcio e a Clara metade do que restava, no dela, deixando-te com uma quarta parte do que herdaste. Que eu saiba, talvez elas ainda tenham direito a isso. — Ergueu as mãos num gesto de desespero. — E agora? Que vamos fazer?

— Não falaste do vosso ressentimento por estarem a pagar um balúrdio pela enfermeira particular da minha mãe — murmurou Deacon. — Isso não faz parte desta complicada equação?

— Faz — admitiu Hugh, com sinceridade. — Aceitámos a verba do fundo de boa-fé, como se fosse um presente, mas pelos vistos a contrapartida é termos de pagar indefinidamente a uma enfermeira interna, o que não nos é possível. A tua mãe diz que está a morrer, o que significa que a despesa não vai durar muito mais tempo, mas os médicos dizem que ela ainda aguenta outros dez anos. — Massajou a cana do nariz com o indicador e o polegar. — Já tentei explicar-lhe que, se pudéssemos custear aquele tipo de assistência, não precisávamos de ter usado o dinheiro dela para pagar os estudos das miúdas mas ela não quer saber. Recusa-se a vender a casa, recusa-se a vir viver connosco. O que lhe interessa é que a conta semanal seja enviada para nossa casa. — O seu tom de voz endureceu. — E isso está a dar comigo em doido. Se visse que conseguia safar-me, já lhe tinha encostado uma almofada à cara há uns meses e era um favor que estava a fazer a todos nós.

Deacon observou-o com curiosidade:

— Que esperas que eu consiga, falando com ela? Se não te dá ouvidos a ti, de certeza que a mim também não.

Hugh deu um suspiro:

— A solução óbvia para o problema é ela vender a quinta, investir o capital e mudar-se para um Lar, algures. Mas a Emma acha que ela aceitará mais facilmente essa sugestão se partir de ti.

— Principalmente se eu lhe atirar com o testamento do Pai à cara?

Hugh acenou que sim.

— Talvez resulte. — Deacon pegou no casaco e levantou-se. — Partindo do princípio de que eu estava minimamente interessado em ajudar-te, e à Emma, a descalçar a bota. Mas custa-me muito a perceber por que é que vocês se julgam com direito a tão grande fatia da herança do meu pai. Dou-te uma sugestão alternativa. Vendam a vossa casa e paguem à minha mãe o que lhe devem. — O sorriso que fez nada tinha de amistoso. — Pelo menos assim já podes olhá-la nos olhos da próxima vez que lhe chamares cabra.

12

DEACON ESCOLHEU um peru congelado e pô-lo dentro do carrinho do supermercado. Desde que saíram do *pub* que se mostrava de péssimo humor e Terry tivera o cuidado de não o irritar ainda mais depois de comentar, ainda no carro, que não admirava que o pai se tivesse suicidado já que todas as mulheres da família eram umas bestas.

— O que é que tu percebes disso? — perguntara-lhe Deacon, gelidamente. — O Billy fez-te assim a vida tão negra que ninguém quisesse saber de ti? E teria adiantado alguma coisa, de resto? Não podes descer muito mais baixo que a sarjeta, essa é que é essa.

Tinham ficado calados durante uma meia hora até que Deacon, apoiando-se na barra do carrinho, se voltou para o jovem:

— Desculpa, Terry. Excedi-me. Por mais furioso que estivesse não era motivo para ser indelicado.

— Mas era verdade. Não posso descer mais baixo que a sarjeta e dizer a verdade não é indelicadeza nenhuma.

Deacon sorriu:

— Há muitas coisas abaixo da sarjeta. Há o esgoto e há o inferno, e tu estás muito longe tanto de um como de outro. — Endireitou-se. — Também não estás na sarjeta, pelo menos enquanto estiveres sob o meu tecto, portanto escolhe lá o que gostas mais que vamos comer como reis.

Passados cinco minutos voltou a tocar num assunto que não lhe saía da ideia:

— O Billy alguma vez te disse quanto anos tinha?

— Népia. Só sei que tinha idade para ser meu avô.

Deacon abanou a cabeça:

— Segundo o patologista, andava pelos quarenta e cinco. Não muito mais velho que eu.

Terry ficou genuinamente espantado, de boca aberta com um pacote de *corn-flakes* na mão.

— Deve estar a brincar. Fogo! Parecia mesmo velho. Eu pensava que ele era da idade do Tom, ou lá perto, e o Tom tem sessenta e oito.

— Mas disse que era bom ser novo nos anos 70. — Empurrou o pacote de *corn-flakes* que o rapaz tinha na mão para dentro do carrinho. — E isso foi só há vinte anos.

— Pois, mas nessa altura ainda eu não era nascido, pois não?

— Que tem isso a ver com o resto?

— Quer dizer que foi há muito tempo.

— Por que é que o Billy disse que a verdade estava morta? — perguntou Deacon já no regresso a casa, depois de encherem a bagageira com comida. — Que tem isso a ver com o postal? — Lembrou-se de uma frase da conversa de Billy com o Dr. Irvine. «*Continuo à procura da verdade.*»

— Como diabo hei-de eu saber?

Deacon fez mais um esforço para não perder a paciência:

— Viveste com ele dois anos seguidos mas, ao que me parece, nunca questionaste uma única coisa que ele tenha dito. Então essa tua curiosidade? Gaita, *a mim* fazes-me uma data de perguntas.

— Sim, mas você responde-me a elas — replicou Terry afagando, com satisfação, a parte da frente da samarra. — O Billy ficava danado quando eu lhe perguntava muitas vezes «porquê», por isso deixei de perguntar. Não estava para me chatear.

— Ele empregou o verbo no presente, não foi?

— O quê?

— «A verdade *está* morta, portanto nada mais tem importância.»

— Sim, já lhe disse.

— Verity também significa verdade — divagou Deacon agarrando-se a isso como cão a um osso. — Verity é um nome de mulher. — Lançou-lhe um olhar de soslaio. — Achas que o V era de Verity? Por outras palavras, quando ele disse «A verdade está morta» queria dizer «A Verity está morta»? — *Continuo à procura da Verity*? — E não me venhas outra vez com essa do «Como diabo hei-de eu saber?» porque sou capaz de parar o carro e enfiar-te o peru pela goela abaixo.

— Não sou nenhum adivinho, porra — retorquiu Terry, em tom queixoso. — Se o Billy disse «A verdade está morta» cá para mim quis dizer «A verdade está morta».

— Sim, mas *porquê*? — resmungou Deacon. — A que verdade se referia ele? Verdade absoluta, verdade relativa, verdade simples, verdade bíblica? Ou estava a falar de uma verdade específica — o homicídio, por exemplo — em que a verdade nunca foi descoberta?

— Como dia... — Terry conteve-se a tempo. — Ele não explicou.

— Então vou partir do princípio de que o V é de Verity — afirmou Deacon, com determinação. — Parou nos semáforos. — Vou ainda mais longe. Aposto que ela era parecida com a mulher do quadro do Picasso. Achas que é possível? Disseste que ele adorava o postal e que o beijava quando estava grosso. Não quererá isso dizer que lhe fazia lembrar alguém?

— Não sei porquê — redarguiu Terry objectivamente. — Ouça, um dos tipos tem lá uma fotografia da Madonna. Está sempre agarrado a ela mas nem em sonhos ele teve uma gaja daquelas. Acho que só assim é que consegue ficar com tusa.

Deacon soltou o pedal do travão.

— Há uma diferença entre a foto de uma mulher viva que gosta de incentivar as fantasias masculinas e um retrato pintado há quase cem anos.

— Se calhar não havia, na altura — redarguiu Terry depois de reflectir seriamente no assunto. — Aposto que o Picasso ficava com tusa quando estava a pintar a gaja dele e aposto que esperava que os outros tipos também ficassem quando olhassem para ela. Temos de admitir que tem umas belas mamas.

13.00 h — Cidade do Cabo, África do Sul

— Quem *é* aquela mulher? — perguntou uma matrona entradota à filha apontando com o queixo para o vulto solitário sentado a uma mesa junto à janela. — Já cá a vi antes. Está sempre sozinha e sempre com um ar de quem preferia estar noutro sítio qualquer.

A filha seguiu o olhar dela.

— O Gerry foi-lhe apresentado uma vez. Acho que se chama Felicity Metcalfe. O marido é dono de uma mina de diamantes ou coisa assim. Seja o que for, é podre de rica. — E olhou com certo desagrado para o pequeno solitário do anel de noivado.

— Nunca a vi com nenhum homem.

A mulher mais nova encolheu os ombros.

— Talvez esteja divorciada. Com uma cara daquelas é o mais certo. — Sorriu maldosamente. — Dava para lapidar diamantes.

A mãe submeteu o vulto solitário a rigoroso exame.

— É muito magra — concordou — e muito triste também, acho eu. — Voltou a concentrar-se no que tinha no prato. — É bem verdade o que se diz, querida — o dinheiro não compra a felicidade.

— E a pobreza também não — retorquiu a filha, amargamente.

Enquanto, nessa tarde, Terry enfeitava o apartamento, Deacon sentou-se à mesa da cozinha e tentou tirar algumas conclusões a partir das poucas informações que possuía. De vez em quando lançava-lhe umas perguntas. Por que é que o Billy escolheu o armazém para poiso? *Pela mesma razão que os outros, acho eu.* Tinha algum interesse especial por rios? *Nunca me disse.* Mencionou o nome de alguma cidade onde possa ter vivido? *Não.* Mencionou alguma universidade, profissão ou nome de alguma empresa onde possa ter trabalhado? *Não conheço universidades nenhumas por isso não posso saber, pois não?*

— MAS DEVIAS SABER, GAITA! — berrou Deacon, perdendo as estribeiras. — Não conheço ninguém que saiba tão pouco do que interessa como tu.

Terry espreitou pela porta da cozinha com um sorriso de orelha a orelha:

— Você morria numa semana se tivesse de viver como eu vivo.

— Quem é que disse?

— Digo eu. Um tipo que acha mais importante saber os nomes das universidades do que arranjar um pedaço de comida não tem hipótese nenhuma se estiver nas lonas. O que interessa é continuar vivo e universidades não é porra que se coma. Quer ver o que eu fiz aqui? Está montes de bonito.

Ele tinha razão. Dois anos depois, o apartamento de Deacon tinha um certo toque caseiro.

Deacon simplificou as notas reduzindo-as a nomes, idades, locais e ideias relacionadas, agrupando-as depois segundo a lógica numa folha de papel A4 com o nome de Billy no centro. Encostou a folha à garrafa de vinho.

— O artista és tu. Vê se consegues descobrir associações. Eu ajudo-te quando não souberes o que é. — Cruzou os braços e observou o jovem que olhava atentamente para a folha lendo as palavras em voz alta de cada vez que Terry apontava com um dedo interrogador.

O Tamisa (qualquer rio?)

Terry Dalton (14)
Tom Beale (68)   Cadogan Square   Paris
O armazém   INFERNO   (V) — Verity? — (45+)

SUICÍDIO   Billy Blake (45)   IDENTIDADE

                        HOMICÍDIO

                                                 James Streeter (44)
                                                 Amanda Powell (36)

                                                 DINHEIRO

W. F. Meredith (arquitectos)   Nigel de Vriess (?)
Apartamentos de Teddington   Lowenstein's Bank
Thamesbank Estate   Marianne Filbert (?)

— Que história é esta dos rios? — perguntou Terry

— A Amanda disse que o Billy gostava de parar o mais possível junto ao Tamisa.

— Quem é que lhe disse isso?

Deacon foi ver a uma transcrição que fizera da sua conversa gravada:

— A Polícia, provavelmente.

— É a primeira vez que ouço falar disso. Ele detestava era o rio. Queixava-se da humidade que lhe entrava nos ossos e dizia que a água lhe fazia lembrar sangue.

— Por que raio havia de lhe fazer lembrar sangue?

— Sei lá. Era qualquer coisa a ver com o rio ser o cordão entre a mãe e o bebé mas não me lembro do nome.

— O cordão umbilical.

— Isso mesmo. Dizia que Londres está cheia de merda e que manda essa merda pelo rio abaixo para infectar os lugares inocentes lá para a frente.

— Disseste que ele tinha a mania dos genes. Seria alguma analogia?

— Se falar inglês — retorquiu Terry, sarcasticamente — talvez eu possa responder-lhe.

Deacon sorriu:

— Achas que ele estava a falar da própria mãe? A dizer que a mãe lhe transmitira maus genes pelo cordão umbilical?

— Referia-se sempre só a Londres.

— Ou talvez quisesse dizer que todos os pais transmitem maus genes?

— Referia-se sempre só a Londres — repetiu Terry, teimosamente.

— Eu ouvi, da primeira vez. Era uma pergunta de retórica.

— Fogo! É tão parecido com ele. Todo armado ao pingarelho, sem se ralar que ninguém percebesse patavina do que ele dizia. — Apontou para o 45+ a seguir ao nome de Verity. — Pensei que julgava que a V era mais nova que o Billy — observou. — Por que é que a pôs com a mesma idade?

— Acrescentei um sinal mais — respondeu Deacon — o que significa que agora estou convencido de que ela era mais velha que ele. — Pegou nas cartas de V. — Estive a pensar nisso a noite passada. Há duas maneiras de interpretar «o espelho não te convencerá de que envelheceste, enquanto forem meus os anos da juventude». Ou copiou a citação da carta do seu correspondente ou adaptou-a, de propósito, na dela. Quando a li pela primeira vez, deduzi que fosse uma adaptação porque não a pôs entre aspas e, no soneto de Shakespeare, a frase é: «O espelho não me convencerá de que envelheci» etc. etc. Agora estou mais inclinado a pensar que era uma citação directa e que o seu correspondente se referira à idade *dela* e ao espelho *dela*. — Abanou a cabeça perante a óbvia incompreensão de Terry. — Esquece isso, puto. Basta pensares que a carta faz mais sentido se V fosse mais velha que o seu correspondente. A juventude é eternamente optimista e a velhice é cautelosa e V parece estar com muito mais receio de revelar o romance deles do que a pessoa, quem quer que fosse, a quem ela estava a escrever.

— Que era o Billy?

— Provavelmente.

— Mas não de certeza.

— Exacto. Ele pode ter encontrado as cartas em qualquer lado.

Terry assobiou apreciativamente:

— Isto é muito interessante. Começo a ficar com pena de não ter feito mais perguntas ao chato do velho.

— Já somos dois — murmurou Deacon, sarcasticamente.

Terry pediu uma explicação para a metade inferior da folha. Quem eram de Vriess, Filbert e Streeter? Por que incluíra W. F. Meredith, os apartamentos de Teddington e a Thamesbank Estate? Deacon fez-lhe um breve resumo da ligação de Streeter com Amanda Powell.

— A Thamesbank Estate é a casa da Amanda onde o Billy morreu — disse, a concluir. — Teddington é onde ela e James tencionavam construir um bloco de apartamentos e W. F. Meredith é a firma onde ela trabalha. Os escritórios deles são num armazém reconvertido a cerca de duzentos metros do vosso.

— Então quer dizer que o Billy era esse tal Streeter?

— Não, a menos que tenha feito alguma operação plástica bastante radical.

— Mas acha que há alguma ligação?

— Tem de haver. As hipóteses de uma mulher não estar associada a dois homens que desistiram, ambos, da vida são praticamente nulas. Há milhares de garagens entre o armazém e a propriedade da Amanda portanto o Billy *deve* ter tido um motivo para escolher a dela. — Passou a mão pelo queixo, com ar pensativo. — Ocorrem-me três explicações possíveis. Primeira, algumas das cartas que foi buscar aos caixotes do lixo eram dela e ele, ao lê-las, descobriu a morada e quem ela era. Segunda, viu-a sair do edifício da Meredith, reconheceu-a como alguém que conhecera no passado e seguiu-a até casa. Terceira, foi *outra* pessoa qualquer que a reconheceu e seguiu e depois passou essa informação ao Billy.

Terry franziu o sobrolho:

— A segunda não pode ser. É que se ele reconheceu a Amanda ela também o reconhecia a ele. E não aparecia lá a fazer perguntas sobre ele se já soubesse quem ele era, pois não?

— Depende do quanto ele estivesse diferente. Lembra-te, tu mesmo pensavas que ele tinha mais vinte anos. Pode ter sido uma coisa desse género. De um momento para o outro a Amanda encontra na garagem dela um vagabundo morto que a Polícia conhece como Billy Blake, de sessenta e cinco anos. Fica com pena mas sem um interesse por aí além até saber que o nome dele era falso, que tinha quarenta e cinco anos, que parava pelas bandas do escritório e que havia grandes hipóteses de ter escolhido a garagem dela propositadamente, e vai daí paga-lhe a cremação e faz tudo para descobrir alguma coisa acerca dele. O que é que isso te faz pensar?

— Que achou que o Billy era o marido.

Deacon acenou afirmativamente:

— Mas deve ter percebido que se enganara mal pegou nos retratos da Polícia. Então por que continua obcecada com o Billy?

— Talvez devesse perguntar-lhe a ela.

— Já perguntei. — E lançou ao rapaz um olhar desalentado. — Não é pergunta a que queira responder.

Terry encolheu os ombros:

— Talvez não saiba responder. Talvez esteja tão baralhada como nós. Ela disse-nos que só soube que ele lá estava quando ele já estava morto, portanto ele não pode ter falado com ela. E, mais, você não me explicou por que é que ele foi para lá. Se ele a *reconheceu*, por que havia isso de fazer com que quisesse ir morrer dentro da garagem dela? E se *não* a reconheceu... bom, para que ia ele morrer dentro da garagem de uma estranha? Está a compreender?

— Sim, mas estás a partir do princípio de que ela vos contou a verdade. Supõe que ela mentiu ao dizer que não tinha falado com ele? — Deacon esticou os braços para cima, aliviando a tensão dos ombros. Por um breve instante observou o jovem pelo canto do olho. — Ele já devia estar mesmo muito mal para morrer assim tão rapidamente. Por que o deixaste sair sozinho naquele estado?

— Não pode culpar-me a mim. O Billy nunca me dava ouvidos. De resto, ele estava bom na última vez que o vi.

— Não podia estar uma vez que morreu de fome poucos dias depois.

— Aí que é que se engana. Nenhum de nós o via há umas três ou quatro semanas quando ele bateu a bota. — A recordação pareceu preocupá-lo como se achasse que fora a sua apatia que matara Billy. *Tal como a apatia de Deacon matara o pai dele.* — Deu à sola para aí em Maio e só tornámos a saber dele quando o Tom leu num jornal que ele tinha aparecido morto na garagem dessa fulana.

Por um instante, Deacon digeriu em silêncio a surpreendente informação. Por qualquer razão, sempre supusera que Billy tivesse ido directamente do armazém para a garagem.

— Sabes para onde ele foi?

— Na altura achámos que devia estar engavetado numa das esquadras de Londres mas depois, pensando melhor... — hesitou — bom, o Tom disse que nenhuma esquadra o deixaria morrer à fome por isso acho que esteve enfiado num buraco qualquer onde deixou de comer e pronto.

— Já tinha feito isso?

— Claro. Montes de vezes quando estava deprimido ou farto de aturar tipos como o Denning. Mas nunca era mais que uns dias e voltava sempre. Então eu levava-o a uma sopa dos pobres e tornava a alimentá-lo. Olhe que eu tomava muito bem conta dele e fiquei lixado com a forma como ele morreu. Não tinha necessidade disso.

— Sabes onde é que ele terá ido?

Terry abanou a cabeça:

— O Tom achava que ele tinha saído da cidade, já que ninguém tornou a pôr-lhe a vista em cima.

— Porquê?

Outro abanar de cabeça.

— O que é que ele esteve a fazer antes de se ir embora?

— A chatear o pessoal, como sempre.

— Mais alguma coisa?

— O quê?

— Não sei — respondeu Deacon —, mas alguma coisa o deve ter levado a alçar de lá e desaparecer durante quatro semanas. — Uniu as mãos em concha e fez-lhe sinal, com os dedos, para que se aproximasse. — Conta-me lá. Ele andou a pedir esmola nesse dia? Falou com alguém? Viu alguém que tenha reconhecido? Fez alguma coisa estranha? Disse alguma coisa antes de se ir embora? A que horas saiu? De manhã? À noite? *Pensa*, Terry.

— A única coisa diferente que me lembro — respondeu Terry depois de brindar Deacon com uns segundos de histriónica concentração — é que ele ficou muito agitado por causa de um jornal que encontrou num caixote do lixo. Costumava folheá-los, a olhar para os cabeçalhos, mas dessa vez leu uma das páginas e isso fez-lhe dores de cabeça. Ficou o resto do dia com um mau-humor do caraças e depois apagou-se com uma garrafa de *Smirnoff*. Na manhã seguinte já se tinha ido embora e nunca mais o vimos.

183

13

TANTO QUANTO TERRY se lembrava, Billy fora-se embora num dia da semana iniciada a 15 de Maio. Tendo-lhe arrancado tão preciosa informação, Deacon atirou com ele para dentro do carro e seguiu para os escritórios da *Street*. Terry foi todo o caminho a refilar, queixando-se que, àquela hora da noite, o que se impunha era uma ida a um *pub* ou a um clube e não uma vista de olhos aos jornais... O problema de Deacon era ser tão velho que já nem sabia divertir-se... O facto de detestar o Natal não implicava que os outros tivessem, também, de ficar tristes...

— CHEGA! — berrou-lhe o seu já desesperado anfitrião ao aproximarem-se de Holborn. — Não vai demorar nada, portanto vê lá se te calas! Depois podemos ir a um *pub*.

— Está bem, mas só se me falar da sua mãe.

— Por acaso a palavra «silêncio» fará parte do teu vocabulário, Terry?

— Claro que faz mas prometeu-me responder à pergunta que eu lhe fiz, de não lhe ter dado uma hipótese de impedir que o seu pai se matasse.

— É muito simples — redarguiu Deacon. — Há dois anos que ela não falava com ele e eu não estava a vê-la a começar outra vez a falar, nessa noite.

— Eles não viviam na mesma casa?

— Viviam. Um em cada ponta. Ela tratava dele, lavava-lhe a roupa, preparava-lhe as refeições, fazia-lhe a cama. Só não falava com ele.

— Ganda noja — comentou Terry, indignado.

— Ela podia ter-se divorciado, deixando-o envelhecer sozinho — frisou Deacon, suavemente — ou até mandar interná-lo se se tivesse mexido. Esse tipo de coisas era mais fácil há vinte anos. — Lançou um olhar de esguelha ao perfil do jovem. — Ele era impossível de aturar, Terry — encantador para as pessoas num dia, agressivo no outro. Se não lhe faziam as vontades tornava-se violento, sobretudo se tivesse

184

bebido. Não se aguentava em nenhum emprego, detestava responsabilidades, mas estava sempre a queixar-se dos erros dos outros. Coitada da minha mãe, aguentou aquilo durante vinte e três anos até que se refugiou no silêncio. — Seguiu pela Farrindgon. — Devia ter feito isso mais cedo. O ambiente melhorou quando as discussões acabaram.

— Como é que ele tinha todo esse dinheiro para deixar se não trabalhava?

— Herdou-o do pai que por casualidade era dono de umas terras que o governo precisava para a M1. O meu avô fez uma pequena fortuna com isso e deixou-a ao único filho, juntamente com uma bonita quinta que tem, ao fundo do jardim, uma auto-estrada de seis faixas.

— Fogo! E foi isso que a sua mãe lhe sacou?

Deacon meteu pela Fleet.

— Se o fez, bem o mereceu. Mandou-nos, a mim e à Emma, para um colégio interno aos oito anos para não termos de passar muito tempo em casa com o meu pai. — Enfiou pela ruela ao lado dos escritórios e arrumou o carro no parque de estacionamento deserto, nas traseiras. — A única razão por que, para o fim, eu e ele ainda nos falávamos é que eu tinha menos contacto com ele do que a minha mãe ou a Emma. Fugia de lá como da peste e só ia a casa no Natal. Fora isso, ficava com amigos do colégio ou da universidade. — Desligou o motor. — A Emma dava muito mais assistência, por isso é que o meu pai só lhe deixou vinte mil. Passou a odiá-la por ela tomar o partido da minha mãe. — Virou-se para o jovem com um débil sorriso iluminado pelo reflexo dos faróis. — Como vês, a coisa não é nada como tu pensavas, Terry. O meu pai fez aquele segundo testamento só por maldade e o mais certo é ter sido ele mesmo a rasgá-lo. O Hugh sabe-o tão bem como eu mas está metido numa alhada e anda à procura de uma saída.

— As famílias são todas como a sua?

— Não.

— Bom, não estou a perceber. Fala como se gostasse muito da sua mãe, então por que é que não fala com ela?

Deacon desligou os faróis mergulhando-os na escuridão:

— Queres a resposta de vinte páginas ou de três palavras?

— Três palavras.

— Estou a castigá-la.

185

— O que é que deu a toda a gente, esta noite? — perguntou Glen Hopkins enquanto Deacon assinava o registo. — Já há duas horas que tenho cá o Barry Grover — acrescentou, observando Terry com curiosidade. — Começo a pensar que sou a única pessoa para quem a casa tem algum atractivo.

Terry fez um sorriso cativante e apoiou os cotovelos na secretária.

— Aqui o papá — e apontou para Deacon com o polegar — queria que eu visse o sítio onde ele trabalha. Sabe, não se conforma que a minha mãe ande no ataque desde que ele lhe deu com os pés e quer mostrar-me que há melhores maneiras de ganhar a vida.

Deacon pegou-lhe pelo braço e fê-lo dar meia volta em direcção às escadas:

— Não acredite em nada do que ele disse, Glen. Se este mânfio tivesse um único dos meus genes eu atirava-me da ponte mais próxima.

— A mãe avisou-me que era violento — choramingou Terry. — Disse que batia sempre primeiro e depois é que fazia as perguntas.

— Cala-te, parvalhão!

Terry deu uma gargalhada e Glen Hopkins viu-os desaparecer pelas escadas acima com uma expressão de intensa curiosidade no rosto habitualmente taciturno. Que se lembrasse, era a primeira vez que Deacon parecia realmente animado e Glen começou logo a imaginar semelhanças, que não existiam, na estrutura óssea de ambos.

Barry Grover ficou igualmente intrigado com a presença de Terry mas passara toda a sua vida a disfarçar o que sentia e limitou-se a olhar para os dois, por trás dos óculos de míope, quando irromperam intempestivamente pelo Arquivo adentro. Era uma visão estranha, isolado a uma secretária no meio da sala às escuras com um foco de luz a reflectir-se nas lentes. De facto, a sua semelhança com um grande insecto de olhos reluzentes era mais notória que o habitual e, com um gesto brusco, Deacon acendeu as luzes do tecto para afugentar tão desagradável imagem.

— Olá, Barry — disse com a falsamente calorosa entoação que empregava sempre que se dirigia ao indivíduo —, apresento-te um amigo meu, Terry Dalton. Terry, apresento-te os olhos da *Street*, Barry Grover. Se estiveres minimamente interessado em fotografia ou arte fotográfica é com este tipo que deves falar. Ele sabe tudo acerca disso.

Terry cumprimentou-o com um aceno de cabeça à sua maneira descontraída.

— O Mike está a exagerar — redarguiu Barry, com modéstia, receando passar por idiota. Já sofrera a humilhação dos olhares conhecedores e mal disfarçada curiosidade de Glen quando ali entrara. Virou pois as costas aos recém-chegados e empurrou as fotografias de Amanda Powell para debaixo de uma pilha de recortes de jornais.

Terry, perfeitamente insensível a subcorrentes de emoção, a menos que tivessem por base uma esquizofrenia paranóide ou uma toxicodependência, encaminhou-se vagarosamente para junto de Barry enquanto Deacon trabalhava no monitor dos microfilmes à procura de jornais desde Maio de 1995. Não era ambiente que Terry conhecesse, por isso não lhe ocorreu perguntar por que é que aquele sujeitinho gordo, de olhos proeminentes, cheio de maneirismos, estaria ali encafuado sozinho na semiescuridão de uma sala enorme. Se ele e Deacon lá estavam então devia ser perfeitamente natural que Barry Grover também estivesse.

Empoleirou-se na borda lateral da secretária:

— O Mike disse-me que você era o melhor no ramo, quando vínhamos a subir as escadas — confidenciou-lhe. — Disse que tem estado a tentar descobrir quem era o Billy Blake.

Barry retraiu-se ligeiramente. Achava intimidadora a descontraída invasão do jovem ao seu espaço de trabalho e desconfiava que houvesse, nisso, o dedo de Deacon:

— É verdade — respondeu, tenso.

— O Billy era meu amigo, por isso se eu puder ajudar nalguma coisa é só dizer.

— Sim, bom, normalmente acho que trabalho melhor sozinho. — Pôs-se a varrer com os braços, como se a libertar a secretária de qualquer obstrução e com isso destapou uma cópia pouco contrastada do retrato cadastral de Billy no qual os olhos, as narinas e a linha entre os lábios eram os únicos traços claramente definidos.

Terry pegou nele e observou-o com atenção.

— Porreiro — comentou, com sincera admiração na voz —, quanto mais simples melhor para se conseguir ver o que se procura. — Pegou noutra cópia, igualmente pouco contrastada, e colocou-as lado a lado. Eram muito parecidas, apenas com ínfimas diferenças no distanciamento dos traços. — É incrível. — Terry tocou na segunda fotografia. — Então quem é este velhadas?

Barry tirou os óculos e limpou-os ao lenço. Era um indício de tormento mental. Não suportava ver o produto de tanto trabalho remexido por aquele rufia de cabeça rapada.

— É um camionista chamado Graham Drew — respondeu, com maus modos, colocando as fotos fora do alcance de Terry.

— Como é que sabia que ele era parecido com o Billy?

— Tenho a fotografia dele arquivada.

— Fogo! Você *é* mesmo bom. Quer dizer que se lembra de todas as fotografias que tem?

— Seria irresponsável se confiasse apenas na memória — redarguiu Barry, friamente. — É claro que tenho um sistema.

— Como é que funciona?

Nunca passou pela cabeça de Barry que o interesse do jovem fosse genuíno. Calculou, por ter vindo com Deacon, que fosse mais instruído e interpretou o seu persistente interrogatório como uma forma de provocação.

— É complicado. Não ias perceber.

— Está bem mas eu aprendo depressa. O Mike acha que devo ter um QI acima da média. — Terry pescou uma cadeira vaga com a ponta do pé e deixou-a cair ao lado do seu novo guru. — Não prometo nada mas acho que teria mais utilidade a ajudá-lo a si do que a ele. — E apontou com o queixo para Deacon. — As palavras não são o meu forte — está a compreender? — mas sou bom com imagens. Então, qual é o seu sistema?

As mãos de Barry tremeram ligeiramente ao tornar a pôr os óculos.

— Partindo do princípio de que Billy Blake era um nome falso, estou a analisar fotografias de homens que tenham evitado ser presos nos últimos dez anos. O que se procura — concluiu, pedantemente — é pessoas que julgaram ser necessário mudar de identidade.

— Altamente, meu! Bem disse o Mike que você era um génio.

Barry puxou de uma pasta que tinha atrás da secretária.

— Infelizmente há muitos e nalguns casos o único registo que tenho é um retrato-robô.

— Por que é que a bófia anda atrás desse tal Drew?

— Meteu-se num camião de transporte de gado com a mulher, dois filhos, trinta ovelhas e 2 milhões de libras em barras de ouro, atravessou o canal num *ferry* e desapareceu algures em França.

— Porra!

Barry não conseguiu evitar uma breve risadinha.

— Também fiquei parvo. As ovelhas foram encontradas a vaguear junto às terras de um agricultor francês mas os Drew, o ouro e o camião nunca mais foram vistos. — Nervosamente, abriu a pasta para lhe mostrar fotos e recortes de jornais. — Podíamos dar-lhes uma vista de olhos, juntos — sugeriu — e separá-los, para um lado os que merecem uma segunda análise e para o outro os que não. Estão aqui os cem homens, mais coisa menos coisa, procurados pela Polícia em 1988.

DIÁRIO DO MAIL   Quinta-feira, 11 de Maio de 1995

Nigel é fraca consolação

Ao que tudo indica, depois de se divorciar do industrial de restauração Tim Grayson, de 58 anos, Fiona Grayson terá voltado para o primeiro marido, o empresário Nigel de Vriess, de 48. Segundo uma amiga sua, Lady Kay Kinslade, Fiona é visita regular de Halcombe House, a residência de Nigel perto de Andover. «Eles têm muito em comum, incluindo dois filhos crescidos» afirmou Lady Kay. Evitou comentar o litigioso divórcio de há dez anos quando Nigel deixou Fiona por um breve romance com Amanda Streeter, cujo marido, James, viria mais tarde a desaparecer com 10 milhões de libras do banco comercial onde na altura trabalhava também Nigel de Vriess. «O tempo cura tudo» comentou Lady Kay. E negou que Fiona tivesse problemas financeiros.

Nigel, que em tempos se autoproclamou como «o homem com mais possibilidades de sucesso» teve uma carreira diversificada. Fez o seu primeiro milhão aos 30 anos mas após desastrosas perdas num investimento fracassado numa companhia aérea transatlântica passou a fazer parte da administração do Lowenstein's Merchant Bank, em 1985. Saiu em 1991 «por mútuo acordo» depois de se iniciar no ramo do *software* através da compra da Softworks, uma empresa pequena e desfalcada mas com grandes potencialidades. Mudou-lhe o nome para DVS, recrutou um novo quadro de pessoal com ideias inovadoras e, recuperando-a em quatro anos, transformou-a numa das maiores empresas no lucrativo mercado informático nacional.

Menos bem sucedido no amor, Nigel foi casado duas vezes e o seu nome tem sido associado a algumas das mais belas mulheres da Grã-Bretanha. Mas Fiona é, seguramente, a que com mais afecto o recorda. Uma das suas ex-amantes, a actriz Kirstin Olsen, descreveu-o memoravelmente como «enfezado, forreta e porta-se melhor por cima.» O novo amor de Kirstin Olsen é o «Arnold Schwarzenegger» Bo Madesen, votado «o matulão mais *sexy* do mundo» pelas leitoras da revista *Hello*!

189

— Claro — concordou o jovem, animadamente. — E que tal ir tomar um copo comigo e com o Mike, depois? Alinha ou não?

Deacon fez girar a cadeira uma hora depois:

— Eh! Vocês aí! Levantem o cu da cadeira! Venham cá ler isto. — E acenou-lhes com os polegares erguidos em sinal de vitória. — Se não foi isto que fez com que o Billy desse à sola eu como o meu chapéu. É a única coisa, nas notícias durante a primeira metade de Maio, relacionada com o que nós já sabemos.

Deacon leu-o em voz alta, em atenção a Terry, e soltou uma risadinha quando o jovem desatou a rir:

— Se calhar é o que ele merece, mas tenho pena do desgraçado. Pelos vistos não recompensou devidamente o esforço que Ms. Olsen aplicou nos orgasmos dela.

— Não há fúria no inferno como a de uma mulher desprezada — citou Barry, ponderosamente.

— Eu conheço essa — disse Terry. — O Billy ensinou-ma. — Passando à imitação da voz de Billy, recitou teatralmente: — «"Não há no *Céu* raiva como o amor em ódio transformado, nem no *Inferno* fúria como uma mulher desprezada." No entanto, Terry, não é uma *fúria* como a raiva mas sim uma *Fúria* com efe maiúsculo, como os monstros alados enviados pelos deuses para criarem o *inferno* na terra para os pecadores.» — Sorriu aos dois homens e retomou a sua maneira de falar. — O Billy achava que elas vinham atrás dele sempre que apanhava uma bezana. Era um dos seus castigos, ficar nas garras das Fúrias sempre que se passava da cabeça.

— Tinha o hábito de se mortificar — explicou Deacon a Barry. — Metia as mãos numa fogueira, para as purificar, sempre que elas o irritavam.

— Fúrias que me parecem mais *delirium tremens* — opinou Barry.

— Pois, era ele que se esgadanhava todo mas dizia sempre que estava a afugentar as Fúrias quando fazia isso. — Terry apontou com o dedo para o ecrã do monitor. — Então acha que o Billy foi à procura desse tal fulano, o Nigel? Para quê?

Deacon encolheu os ombros:

— Vamos ter de perguntar ao Nigel.

— Talvez seja uma visão demasiado simplista — aventou Barry, pausadamente —, mas dar-se-á o caso de o Billy só querer a morada da Amanda Streeter? Se não sabia que ela se chamava Amanda Powell, como é que havia de encontrá-la?

— Só pode ser isso — afirmou Terry, impressionado. — E quer dizer que o Billy deve ter conhecido o James, partindo do princípio que a Amanda não conhecia o Billy. Estão a compreender? Agora só têm de descobrir os nomes dos tipos que o James conhecia e topam logo com o Billy.

Deacon abanou a cabeça com fingido desespero:

— Descobriríamos quem ele era em cinco minutos se soubéssemos como ter acesso às informações que tu já tens dentro da cabeça. — Divertido, ergueu um sobrolho. — Era, claramente, um indivíduo culto, um pregador, admirador de William Blake, citava Congreve, percebia de pintura, conhecia os Clássicos, tinha opiniões sobre a política europeia, acreditava num código moral. Acima de tudo, parece ter sido um teólogo com um interesse especial pelos deuses do Olimpo e pela sua cruel e arbitrária intromissão nas vidas das pessoas. Então? Que tipo de homem possui tais características?

Barry tirou os óculos e pôs-se outra vez a limpá-los. O ódio por si mesmo transformara-se numa dor física, na boca do estômago, e tinha medo do que seria capaz de fazer desta vez se Deacon o abandonasse. Conhecia o outro suficientemente bem para saber que se divulgasse, já, a identidade de Billy, o pouco interesse que Deacon tinha por ele desapareceria. Punha-se logo a andar, com Terry, na peugada de Fenton, deixando Barry entregue à terrível confusão que reinava na sua alma há vinte e quatro horas. Pensou no que o aguardava em casa e, por desespero, agarrou-se à esperança que aquela informação secreta lhe trazia. Deacon não precisava saber quem Billy era — *pelo menos por enquanto* — mas precisava saber que Barry acabaria por lhe revelar isso.

— O meu pai gostava muito de citar incorrectamente o Dr. Johnson — murmurou, nervoso, como se com receio de fazer papel de parvo. — «Se o patriotismo é o último refúgio dos canalhas» costumava ele dizer «então o ateísmo é o último refúgio dos fracos.» Posso estar enganado, claro, mas... — hesitou, lançou um breve olhar a Terry e calou-se.

— Continua — encorajou-o Deacon.

— Não é justo falar mal dos mortos, Mike, sobretudo à frente dos amigos deles.

— O Billy era um assassino — redarguiu Deacon, calmamente — e foi o Terry quem me contou isso. Duvido que pudesse revelar maior fraqueza do que essa, não?

Barry tornou a pôr os óculos e fitou-os, a ambos, com uma expressão de imenso deleite:

— Já estava à espera de uma coisa desse género. Era fraco de carácter defeituoso, percebe? Fugiu. Era um bêbedo. Matou-se. Não são atributos de um homem forte. Os homens fortes enfrentam os problemas e resolvem-nos.

— Podia estar doente. O Terry acha que ele era maluco.

— Disse-me que ele viveu como Billy Blake durante quatro anos, no mínimo.

— E depois?

— Como é que um doente mental mantinha durante quatro anos uma identidade falsa? Esquecia-se da base racional de cada vez que chegasse ao fundo do poço.

Estava bem visto, admitiu Deacon. *E no entanto...*

— A mesma lógica não se aplica a um bêbedo?

Barry virou-se para Terry:

— O que é que ele dizia quando estava embriagado?

— Nada de mais. Normalmente apagava-se. Cá para mim, era para isso mesmo que ele bebia.

Defino a felicidade como uma ausência intelectual...

— Disseste-me que se punha a disparatar quando estava bêbedo — recordou-lhe Deacon, rispidamente. — Agora estás a dizer que se apagava. Em que ficamos?

A expressão, no rosto do jovem, era de desalento:

— Estou a dar o meu melhor, 'tá bem? Disparatava quando estava com um grão na asa e apagava-se quando estava bêbedo de todo. Mas com um grão na asa não significa que não soubesse o que estava a dizer. Era quando se punha com a poesia e com aquela treta do deu sexo à máquina...

— Do quê? — quis saber Deacon.

— Deu — sexo — máquina — repetiu Terry com pausada ênfase.

— O que é que isso queria dizer?

— Como diabo hei-de eu saber?

Deacon franziu a testa enquanto, mentalmente, tentava dar sentido aos sons.

192

— *Deus ex machina*? — perguntou.

— É isso.

— Que mais dizia ele?

— Uma data de disparates, como de costume.

— Consegues lembrar-te exactamente das palavras e da forma como ele as dizia?

Terry já estava a ficar aborrecido:

— Ele dizia centenas de coisas. Não podemos ir tomar um copo? Lembro-me melhor depois de beber uma caneca. O Barry também quer uma, não quer, amigo?

— Bom... — respondeu o homenzinho, pigarreando. — Primeiro tenho de ir arrumar umas coisas.

Deacon olhou para o relógio.

— E eu preciso de fazer uma fotocópia deste artigo sobre o de Vriess. E se nos brindasses, durante dez minutos, com uma imitação do Billy a disparatar enquanto eu e o Barry despachamos isto? Depois vamos pròs copos e não se fala mais nisso durante o resto da noite.

— Jura?

— Juro.

A actuação de Terry foi um *tour de force* que Deacon registou em cassete. O jovem tinha um talento extraordinário para empregar um tom de voz diferente do seu mas era difícil saber se se assemelhava ao de Billy. Garantiu a Deacon que se tratava de uma imitação perfeita até este passar os primeiros trinta segundos e Terry se escangalhar a rir por parecer um «cromo da alta». O conteúdo do discurso era em grande parte irrelevante na medida em que transcrevia a crença de Billy nos deuses e na recompensa divina juntamente com uns excertos de poesia que Terry já lhe recitara. Além do mais, para desapontamento seu, Terry não fez qualquer alusão ao *deus ex machina* porque, como explicou depois, nunca percebera realmente de que estava Billy a falar por isso era mais difícil lembrar-se das palavras que ele usara.

Deacon, que se divertira imenso com a cena toda, deu-lhe uma palmadinha amiga no braço e disse-lhe para não se preocupar com isso. Mas Barry, para quem quase tudo aquilo era novidade, escutara com sisuda atenção e rebobinou a fita para isolar uma pequena passagem que vinha a seguir a uma listagem de deuses.

193

«...E o mais terrível de todos é Pã, o deus do desejo. Fecha os ouvidos antes que as suas mágicas artimanhas te enlouqueçam e o anjo venha com a chave do poço sem fundo e te afunde para sempre. Esperarás em vão por aquele que desce envolto em nuvens para te içar. Só Pã é real...»

— «Aquele que desce envolto em nuvens para te içar» não seria o *deus ex machina* do Billy? — aventou. — Pense nas pantomimas e na fada boa que surge de uma nuvem de fumo para, com um acenar da varinha, trazer um final feliz.

— E se for? — instigou-o Deacon.

— Bom... — Barry ordenou as ideias — Pã era um deus romano mas, se bem me lembro, «O anjo com a chave do poço sem fundo» provém do Livro da Revelação que é de inspiração judaico-cristã. Donde, ao que tudo indica, Billy acreditava que eram os deuses *pagãos* que atraíam os homens ao pecado mas era o Deus *judaico-cristão* que aplicava o castigo. O que deve tê-lo deixado muito confuso acerca da verdadeira salvação. Deveria aplacar os deuses pagãos, como parece ter feito com essa história de queimar a mão, ou o Deus cristão através da oração?

— E onde é que se encaixa «aquele que desce envolto em nuvens»?

— Creio que é a sua visão simbólica da salvação. Fala em esperar «em vão» portanto é óbvio que não acredita nela — pelo menos em relação a si mesmo — mas, se acontecer, será na forma de um *deus ex machina*, uma súbita e espantosa aparição que entra no poço sem fundo para o içar.

— Coitado — comentou Deacon, com sinceridade. — Que espécie de crime seria esse que o fazia julgar-se irremediavelmente perdido? — De repente sentiu um arrepio e reparou que Terry esfregava as mãos para se aquecer. — Vamos, está muito frio aqui dentro. Embora lá tomar o copo.

Barry observava Terry que jogava nas *slot-machines* com dinheiro fornecido por Deacon.

— É um garoto simpático — comentou.

Deacon acendeu um cigarro e seguiu o olhar dele:

— Vive nas ruas desde os doze anos. Parece que tem de agradecer ao Billy por ser tão direitinho como é.

— Que vai fazer com ele depois de passar o Natal?

— Não sei. Precisa de estudar mas não estou a vê-lo a querer voltar para um Lar. É mesmo um busílis, uma daquelas situações que só se enfrentam quando se nos deparam. — Voltou-se para Barry. — Ele ajudou-te alguma coisa com as fotografias?

— Um nadinha rápido a descartar-se dos improváveis mas parece não levar em conta que o Billy era muito mais novo do que parecia. Tive de repescar um ou dois. — Tirou do bolso um envelope que continha diversas fotos e espalhou-as em cima da mesa. — Que acha destas?

Deacon destacou uma fotocópia de boa qualidade do retrato de um jovem louro a olhar directamente para a objectiva.

— Reconheço este. Quem é?

Barry soltou um risinho nervoso, todo contente:

— James Streeter, tirado há uns vinte e tal anos quando se formou na Universidade de Durham. Foi criado em Manchester, por isso, só por curiosidade, recorri aos jornais locais e um deles forneceu-ma. Espantoso, não é?

— É a cara chapada do Billy.

— Só porque estava mais magro e, pelos vistos, tinha pintado o cabelo de louro.

Deacon sacou da sua foto de Billy e colocou-a ao lado da do jovem James Streeter.

— Comparaste estas duas no computador?

— Sim, mas não são o mesmo homem, Mike. Há mais semelhanças porque estamos perante uma relação idêntica entre o ângulo da máquina e o alvo mas as diferenças continuam a ser óbvias. Sobretudo nas orelhas. — Pegou no maço de cigarros e colocou-o sobre a metade inferior do rosto de Billy com a borda superior a rasar a base de um lóbulo da orelha. — O que interessa *é* o ângulo, claro, mas os lóbulos do Billy são maiores que os do James e, na parte de baixo, estão mais ou menos alinhados com a boca. — Mudou o maço para cima da outra fotografia e colocou-o na mesma posição. — O James quase não tem lóbulos e a base está alinhada com as narinas. Se sobrepusermos olhos, nariz e boca no computador, as orelhas ficam imediatamente de fora, e se inclinarmos os ângulos para alinhar os lóbulos é o resto que não bate certo.

— És mesmo bom nisso, não és?

Um rubor de satisfação tingiu as gordas bochechas de Barry:

— É uma coisa que gosto de fazer. — Passou às outras cópias, separando uma de perfil de Peter Fenton. — Reconhece mais alguém?

Deacon abanou a cabeça. Deu uma última olhadela a James Streeter e depois afastou as fotos para o lado.

— É uma tentativa inútil — disse, desanimado. — De resto, já começo a pensar que o Billy é uma questão à parte.

— Em que aspecto?

— Depende do que a Amanda Powell tinha em vista quando me falou dele. Devia calcular que eu viria a saber do James, portanto que história deverei eu investigar? A do Billy ou a do James? — Pensativo, deu uma fumaça no cigarro. — E onde é que se encaixa o Nigel de Vriess? Para que iria ele dar o endereço da Amanda a um desconhecido?

— Talvez não goste dela — comentou Barry denunciando, tacitamente, os seus próprios preconceitos.

— Em tempos gostou. Deixou a mulher por causa dela. Seja como for, por muito que se antipatize com alguém, não se dá o endereço dessa pessoa a qualquer chanfrado que nos apareça à frente. — Olhou para Barry com curiosidade. — Tu dás?

— Não — respondeu o outro olhando constrangidamente para o retrato de Peter Fenton. — É possível que eles já se conhecessem.

Deacon seguiu o olhar dele.

— O Nigel e o Billy?

— Sim.

Deacon mostrou-se céptico:

— E não teria dito à Amanda quem ele era? Para quê falar comigo se o Nigel lhe podia ter dito quem ele era?

— Talvez já não se dêem um com o outro.

Deacon abanou a cabeça.

— Não acredito. Não é mulher que um homem consiga esquecer com facilidade. E o de Vriess gosta de mulheres.

— Gosta dela, Mike?

— És a segunda pessoa que me pergunta isso — respondeu, enfrentando por um momento o olhar do outro — e não sei responder. Ela é fora do vulgar mas não sei se isso a torna simpática ou esquisita à brava. — Sorriu abertamente. — Uma coisa te digo, é um pedaço de mulher.

Barry fez um sorriso forçado.

14

TERRY ACENDERA a luz do tecto do quarto de Deacon e abanava agressivamente o ombro do homem adormecido. Deacon abriu um olho e olhou com extrema irritação para o seu protegido.

— Pára... com... isso — disse, lenta e pausadamente. — Não me sinto bem. — Virou-se para o outro lado e preparou-se para pegar outra vez no sono.

— Sim, pois, mas tem de se levantar.

— Porquê?

— O Lawrence está ao telefone.

Deacon lá conseguiu sentar-se, a muito custo, e gemeu ao sentir a ressaca por detrás das órbitas.

— O que é que ele quer?

— Não me pergunte a mim.

— Por que não deixaste o gravador ligado? — resmungou Deacon olhando para o relógio e vendo que eram seis e um quarto da manhã. — É para isso que ele serve.

— Deixei, das quatro primeiras vezes, mas ele continuou a ligar. Como é que não ouviu? É surdo ou quê?

Soltando uma data de imprecações, Deacon cambaleou até à sala e pegou no auscultador.

— Que é assim tão importante para me acordar de madrugada na véspera de Natal, Lawrence?

O velhote parecia preocupado:

— Tenho estado a ouvir rádio, Michael. Ultimamente durmo muito pouco. Acho que você, ou eu, ou os dois, vamos ter em breve uma visita da Polícia. Sei que o Terry está aí porque atendeu o telefone mas você pode comprovar os movimentos dele na noite passada?

Deacon esfregou os olhos com força:

— De que se trata?

— Outro incidente no que presumo seja o armazém do Terry. Olhe, procure um noticiário no rádio e ouça. Posso estar completamente enganado mas quer parecer-me que a Polícia anda à procura do seu rapaz. Telefone-me assim que puder. É capaz de precisar de mim. — E desligou.

Era a notícia forte, com pormenores a chegarem durante o próprio boletim noticioso. Após uma tentativa de homicídio e a detenção de um suspeito na tarde de sexta-feira, novos conflitos haviam irrompido entre a comunidade dos sem-abrigo num armazém das Docklands às primeiras horas da véspera de Natal quando vários homens foram regados com gasolina e incendiadas as suas roupas. A Polícia procurava um jovem com um metro e oitenta de altura, de cabeça rapada e envergando um casaco escuro, que fora visto a fugir do armazém após o incidente. Embora não tenha sido revelado o seu nome, a Polícia andava à procura de um conhecido suspeito que se crê revoltado contra a comunidade do armazém na sequência da tentativa de homicídio de sexta-feira.

Apesar da fachada de duro, Terry tinha apenas catorze anos e, num pânico choroso, não tirava os olhos do receptor.

— Alguém me tramou — explodiu. — Que hei-de fazer, porra? A bófia vai crucificar-me.

— Não sejas parvo — redarguiu Deacon, rispidamente. —Estiveste aqui toda a noite.

— Como é que sabe, meu sacana? — ripostou Terry furiosamente, o medo a despoletar mais agressividade. — Podia ter ido e voltado que você não dava por nada. Caramba, nem sequer ouviu o telefone a tocar.

Deacon apontou para o sofá.

— Senta-te enquanto eu telefono ao Lawrence.

— Nem pó. Vou é basar daqui — respondeu ele de punhos cerrados. — Não vou deixar que esses cabrões me apanhem.

— SENTA-TE — berrou Deacon — ANTES QUE EU ME ZANGUE A SÉRIO! — Com medo que Terry se escapasse se saísse da sala para ir procurar o número de Lawrence, ligou o amplificador, marcou o 1471 para ouvir o número da última chamada recebida e depois premiu o 3 para fazer a ligação:

— Viva, Lawrence, é o Michael e o Terry está a ouvir pelo amplificador. Ambos podemos ouvi-lo e falar consigo. Achamos que tem razão. Achamos que os tipos do armazém tramaram o Terry e achamos que a Polícia há-de cá vir bater à porta, por isso o que é que fazemos?

— Pode comprovar os movimentos dele?

— Sim e não. Chegámos a casa por volta das duas da manhã, por cortesia de um táxi. Deixei o meu carro na Fleet Street porque exagerei nos copos. Estivemos com um fulano chamado Barry Grover até cerca da uma e um quarto. Bêbedos que nem cachos. A última coisa que me lembro é de dizer ao Terry para acabar com os risinhos parvos e ir para a cama. Adormeci imediatamente e quando dei por mim tinha o Terry a chatear-me porque você estava ao telefone. Não posso jurar que ele tenha cá estado entre as duas e a hora a que me acordou... — olhou de esguelha para o relógio de pulso — ... o que quer dizer que quatro horas e um quarto estão em branco. Hipoteticamente, existe uma possibilidade de ele ter saído mas, em termos práticos, seria impossível. Mal se aguentava nas pernas quando o empurrei para dentro do quarto e tenho a certeza absoluta que não tornou a sair de lá.

— Consegues ouvir-me, Terry?

— Sim.

— Saíste do apartamento do Michael depois de terem voltado às duas da manhã?

— Não, não saí porra nenhuma — respondeu o rapaz, mal-humorado. — E estou com uma porra de uma dor de cabeça por isso não respondo a mais porra nenhuma de pergunta sobre uma porra que eu não fiz.

O riso seco de Lawrence ecoou pela sala:

— Nesse caso tenho a certeza que estamos a preocupar-nos desnecessariamente — talvez haja dois jovens de cabeça rapada conhecidos da Polícia depois de sexta-feira — mas aconselho-o a depurar o apartamento. Os nossos amigos da força policial tendem a reagir desfavoravelmente a algo que exija uma identificação química. Avise-me se tiverem problemas, está bem?

— Por que é que ele, de vez em quando, não fala Inglês? — perguntou Terry, indelicadamente, quando Deacon desligou. — O que é que ele estava a dizer? Que eu sou culpado de alguma coisa?

— Sim. De posse de uma droga da classe C. Quanta canábis ainda aí tens?

— Quase nada.

— Nenhuma... — afirmou Deacon dando um murro na mesa — a partir de agora. Já pela pia abaixo. — E lançou-lhe um olhar capaz de pregar borboletas a uma prancheta. — Vá, Terry.

— Está bem, está bem, mas custou-me uma fortuna, sabia?

— Nem metade do que me vai custar a mim se eles a encontram.

A natural exuberância de Terry veio de novo à tona:

— Está com mais medo que eu — comentou com um olhar de entendido. — Nunca quis viver um bocadinho? Ver a coragem que teria quando os chuis o encostassem à parede?

Deacon deu uma risadinha, já a dirigir-se para o quarto:

— Sabes o que te digo, Terry? Estou mais interessado em ver a coragem que tu tens. És tu que eles andam a usar como alvo, por isso, se fosse a ti, não lhes dava muito para onde apontarem.

Já estavam completamente vestidos e a tomar o pequeno-almoço quando a Polícia chegou, meia hora depois, na pessoa de dois sargentos-detectives, um dos quais Harrison. Quando Deacon foi abrir a porta e admitiu saber onde Terry Dalton se encontrava — por sinal sentado à sua mesa da cozinha — Harrison mostrou-se admirado por estarem a pé tão cedo num domingo de manhã.

— É véspera de Natal — replicou Deacon, convidando-os a entrar. — Vamos visitar a minha mãe, a Bedfordshire, por isso queríamos sair cedo. — Voltou para o seu lugar e recomeçou a comer os cereais. — Que deseja, sargento? Pensava que o Terry lhe tinha prestado declarações na sexta-feira.

Harrison lançou um olhar de esguelha ao rapaz que, animadamente, se atirava à terceira taça de *corn-flakes*.

— E prestou. Viemos cá por outro assunto. Pode dizer-nos onde estava às três da manhã de hoje, Mr. Dalton?

— Aqui — respondeu Terry.

— Pode prová-lo?

— Claro. Estava com o Mike. Mas afinal por que é que querem saber?

— Houve outro incidente no armazém. Cinco homens comatosos foram regados com gasolina e depois lançaram-lhes fogo. Estão todos no hospital e dois deles em estado crítico. Queríamos perguntar-lhe se sabia alguma coisa acerca disso.

— Não sei porra nenhuma — respondeu Terry, indignadamente. — Desde sexta-feira à noite que não ponho lá os pés. Pergunte ao Mike.

Harrison voltou-se para Deacon:

— É verdade?

— É. Convidei-o para passar o Natal comigo, depois de ele ter ido lá prestar declarações. Na volta para casa, passámos pelo armazém para ir buscar umas coisas e desde então tem estado sempre comigo. — Franziu o sobrolho. — Quando diz que pensaram que talvez o Terry soubesse de alguma coisa estão a insinuar que ele esteve envolvido?

— Nesta altura não estamos a insinuar nada, apenas a fazer perguntas.

— Compreendo.

Seguiu-se um breve silêncio enquanto Deacon e Terry continuavam a tomar o pequeno-almoço.

— Quando disse que esteve toda a noite com este senhor — perguntou Harrison a Terry — referia-se exactamente a quê?

— A que é que o senhor acha?

— Permita-me que reformule a pergunta. Se o senhor e Mr. Deacon dormiram na mesma cama a noite passada, duvido que pudesse ter saído da cama sem ele dar por isso. Foi isso que quis dizer ao afirmar que esteve com ele? — O sargento falou com toda a naturalidade mas havia uma expressão de gozo no rosto do colega.

Uma mansidão, que Deacon interpretou como raiva, invadiu o rapaz mas quando Terry levantou a cabeça havia um brilho malicioso nos seus olhos:

— Acho que quem deve responder a isso é o Mike — disse, com toda a desenvoltura. — Não é do meu pelouro. Aqui quem manda é ele.

Deacon localizou o dedo do pé descalço do jovem por baixo da mesa e assentou o tacão do sapato, com protectores metálicos, em cima da carne exposta.

— Desculpa — murmurou quando Terry deu um berro — aleijei-te? O pé escorregou-me, querido. — Franziu os lábios numa espécie de beicinho e preparou-se para soprar um beijo na direcção de Terry.

— Vá prò caraças, Mike! — E transferiu o olhar furioso de Deacon para os dois polícias. — Claro que não dormimos na mesma cama. Não sou nenhum larilas nem ele nenhum panasca, percebeu? Ele dormiu na cama dele e eu na minha, mas isso não quer dizer que eu me tenha pirado a meio da noite para ir deitar fogo aos tipos do armazém. Só voltámos para casa por volta das duas e apaguei-me mal caí na cama.

— Dispomos apenas da sua palavra.

— Perguntem ao Mike. Foi ele que me empurrou para dentro do quarto. Perguntem ao Barry, já agora. Despedimo-nos dele já passava da uma e ele vai dizer-vos que eu estava grosso de mais para ir à procura do armazém a meio da noite. E já agora também, perguntem ao taxista que nos deu boleia. Só nos trouxe porque lhe ficava no caminho de casa e o Mike lhe pagou antecipadamente não fosse dar-se o caso de lhe vomitarmos para cima da porcaria dos bancos. Coisa que não fizemos. — Respirou fundo. — Que merda! Mas afinal para que havia eu de querer lançar fogo a alguém? Aqueles velhotes estão-me a guardar o colchão.

— Quem é esse Barry?

— Barry Grover — respondeu Deacon. — Trabalha na revista *Street* e mora algures em Camden. Estivemos com ele desde as oito e meia até à uma e um quarto.

— Foi um táxi preto ou um *minicab*?

— Preto. O motorista tinha para aí uns cinquenta e cinco anos, cabelo grisalho, magricela e trazia uma camisola verde. Apanhou-nos na esquina da Fleet com a Farringdon.

— Tiveram sorte — comentou Harrison, secamente. — Costuma ser muito difícil arranjar um táxi desses na altura do Natal.

Deacon limitou-se a concordar com um aceno de cabeça. Não viu necessidade de referir que saltara para cima do capô do táxi nos semáforos e que se recusara a sair de lá até o motorista concordar com um pagamento de cinquenta libras. Era uma roubalheira mas preferível a caírem de maduros na sarjeta.

— Importa-se que demos uma vista de olhos pelo apartamento? — perguntou Harrison, a seguir.

Deacon fitou-o com curiosidade.

— Para quê?

— Para termos a certeza de que alguém dormiu nas vossas camas na noite passada.

— Devia obrigá-los a ir buscar um mandado de busca — comentou Terry.

— Ora essa, porquê? — perguntou Deacon.

— A bófia não está autorizada a bisbilhotar nas coisas íntimas das pessoas só porque lhes dá na veneta.

— Bom, não tenho nenhuma objecção a que eles vejam o meu quarto mas se tens algum problema... — Rematou com um encolher de ombros.

— Claro que não tenho problema nenhum — ripostou Terry, furioso.

— Então para que estás a refilar? — redarguiu Deacon, levantando-se. — Por aqui, meus senhores.

Os dois sargentos aceitaram um café e, descontraidamente, acompanharam mesmo Deacon e Terry num cigarro.

— O Terry corresponde à descrição de um jovem visto a fugir do local após o incidente — disse-lhes Harrison.

— Tal como um milhão de outros — redarguiu Deacon.

— Como é que o senhor sabe?

— Ouvimos a descrição no rádio.

— Já calculava. Posso saber quem os alertou?

— O meu advogado, Lawrence Greenhill — respondeu Deacon. — Ouviu o noticiário e avisou-nos para que esperássemos uma visita vossa.

— Estava então a mentir quando disse que ia visitar a sua mãe?

— Não. Partiremos assim que os senhores se forem embora mas admito que fomos acordados muito mais cedo do que eu tencionava. Se esperar um pouco, o meu despertador vai tocar dentro de aproximadamente — consultou o relógio de pulso — trinta minutos.

— Quando espera estar de volta?

— Esta noite.

— E não se importa que confirmemos a sua história com Barry Grover e o taxista?

— À vontade — replicou Deacon. — Podem fazer mais. Confirmem que estivemos no Lame Beggar até às dez e meia e depois no Carlo's, na Farringdon Street, até à uma da manhã quando finalmente correram connosco.

— A morada da sua mãe, se faz favor.

— Não quero ver a sua mãe — afirmou Terry, carrancudo, aninhado ao canto do banco do passageiro ao entrarem na M1 depois de terem ido buscar, uma vez mais de táxi, o carro de Deacon ao parque de estacionamento da *Street* — e ela não há-de querer ver-me a mim.

— Se calhar nem a mim ela vai querer ver — murmurou Deacon calculando ter gasto já uma fortuna em despesas inesperadas desde que Terry se mudara lá para casa. Começava a chegar à conclusão de que os adolescentes saíam mais caros que as mulheres. Só o apetite de Terry — o que ele comera ao pequeno-almoço dava para afundar um navio de guerra — deixaria muita gente na penúria.

— Então por que é que vamos?

— Porque me pareceu boa ideia quando pensei nisso.

— Pois, mas foi só uma desculpa para a bófia.

— Faz bem à alma fazer uma coisa que não se quer.

— O Billy costumava dizer isso.

— O Billy era um homem sábio.

— Não era, não. Era mas é um grande estúpido. Tenho estado a pensar nisso e sabe o que eu acho? Acho que ele não morreu nada à fome, deixou foi que alguém lhe fizesse isso. E se não é uma estupidez não sei o que será.

Deacon olhou-o de soslaio:

— Como é que alguém conseguia fazer-lhe isso?

— Mantendo-o permanentemente bêbedo para que ele não pensasse em comer. É que a comida só era importante para ele quando estava sóbrio — como quando estava na prisa — caso contrário esquecia-se que é a comida que nos mantém vivos.

— Estás a dizer que alguém o manteve abastecido de copos durante quatro semanas para que ele bebesse até morrer?

— Pois, quer dizer, é a única coisa que faz sentido, não é? Como é que ele havia de permanecer grosso o tempo suficiente para morrer à fome? Não pode ter comprado a porcaria da bebida porque não tinha dinheiro e se estivesse sóbrio tinha voltado para o armazém. Como eu já lhe disse, ele de tempos a tempos desandava de lá mas voltava sempre quando se lhe acabava a bebida e começava a ficar outra vez com fome.

O sargento-detective Harrison tocara várias vezes a campainha da casa dos Grover, num renque de moradias em banda, em Camden, até se abrir uma frincha da porta e por ela espreitar o rosto transpirado de Barry.

— Mr. Grover? — perguntou.

Ele acenou que sim.

— Sargento-detective Harrison, da esquadra da Isle of Dogs. Posso entrar?

— Para quê?

— Gostaria de lhe fazer algumas perguntas a respeito de Michael Deacon e Terry Dalton.

— O que é que eles fizeram?

— Preferia falar disso dentro de casa.

— Não estou vestido.

— É só um minuto.

Uma breve pausa antes do tilintar da corrente de segurança e Barry abrir completamente a porta.

— A minha mãe está a dormir — sussurrou ele. — É melhor entra-rem para aqui. — Abriu a porta da saleta da frente e tornou a fechá-la devagarinho depois de eles entrarem.

Harrison sentiu o cheiro frio e mofento e olhou à sua volta. Estava metido numa cápsula temporal de uma era esquecida. Os tristes cortinados de veludo que ladeavam as janelas tinham barras mais claras no sítio onde o sol os desbotara e o velho papel de parede uma mancha da humidade que vinha lá de fora. Fotografias de um homem com o uniforme da Primeira Guerra Mundial amontoavam-se sobre a cornija da lareira e o retrato de uma jovem em trajes eduardianos sorria docemente da parede, mais acima. O mobiliário tinha o cunho sombrio e pesado da época vitoriana e a atmosfera acusava o peso dos anos como se a porta da sala tivesse um dia sido fechada, no passado distante, e nunca mais reaberta.

Pousou a mão nas costas de uma poltrona bolorenta, sentindo a palma suja pela sebentice e humidade, e pensou sobressaltado que espécie de pessoas moraria em tão opressivo ambiente.

— Não toquem em nada — sussurrou Barry. — Ela fica danada se achar que tocaram em alguma coisa. É a sala dos avós dela. — Apontou para as fotografias e para o quadro. — São eles. Foram eles que a criaram quando a própria mãe fugiu e a abandonou.

Tresandava a vomitado e bebida retardada e oferecia uma imagem patética num roupão turco já muito gasto que mal lhe cobria a gorda barriga e o pijama às riscas. O sargento ficou dividido entre a solidariedade para com um moinante — o próprio Harrison passara por

205

muitas farras e sabia o que era uma ressaca — e uma estranha e inquietante antipatia. Atribuiu isso à excentricidade do aposento e ao desagradável cheiro do homem mas a repulsa manteve-se dentro de si muito depois de a conversa ter acabado.

— Michael Deacon diz que o senhor pode confirmar que ele esteve consigo e com um jovem chamado Terry Dalton desde as oito e meia de ontem à noite até aproximadamente à uma e um quarto da manhã de hoje. Pode confirmar?

Barry fez um cuidadoso aceno afirmativo:

— Sim.

— Pode dizer-nos o que estavam eles a fazer quando os viu pela última vez?

— O Mike obrigou um táxi a parar trepando para cima do capô, depois ele e o Terry entraram. Houve uma pequena discussão porque o motorista não queria transportar bêbedos e o Mike disse que era obrigatório desde que o cliente pudesse pagar. Acho que lhe pagou antecipadamente e lá foram. — Apertou a barriga com uma mão trémula. — Que aconteceu? Tiveram algum acidente, ou coisa assim?

— Não, nada disso. Houve alguns tumultos a noite passada no abrigo onde Terry Dalton tem estado a viver e queríamos certificar-nos de que ele não teve nada a ver com isso. Como descreve o estado dele quando o viu partir no táxi?

Barry não olhou para ele:

— O Mike teve praticamente de o arrastar para dentro do táxi e acho que ia caído no chão quando partiram.

— E o senhor, como é que veio para casa?

A pergunta assustou visivelmente Barry.

— Eu? — hesitou. — Também apanhei um táxi.

— Da Farringdon Street?

— Não, da Fleet. — Tirou os óculos e começou a limpá-los à barra do roupão.

— Um táxi preto ou um *minicab*?

— Chamei um *minicab* do escritório da *Street*. O Reg Linden deixou-me usar o telefone da portaria.

— E também teve de pagar antecipadamente?

— Sim.

— Bom, obrigado pela sua ajuda. Eu sei o caminho.

— Não, eu acompanho-o à porta — afirmou Barry com uma risadinha estranha. — Não vá o sargento virar para o lado errado. Não nos convinha nada que acordasse a minha mãe.

Deacon passou pelos portões da quinta e estacionou ao lado do muro de tijolo que bordejava o acesso à casa. O zumbido do tráfego na auto-estrada era abafado pelas barreiras de som e a casa dormitava ao sol de Inverno que irrompera das nuvens enquanto eles se dirigiam para norte. Lançou um olhar à fachada a ver se teriam dado pela chegada deles mas não havia sinal de movimento em nenhuma das janelas que davam para aquele lado. Estava um carro, que ele não conhecia, parado à porta da cozinha (que correctamente deduziu tratar-se do da enfermeira interna) mas, tirando isso, a casa estava exactamente na mesma como quando de lá saíra intempestivamente há cinco anos jurando nunca mais voltar.

— Vá lá — disse Terry ao ver que Deacon não se mexia. — Vamos entrar ou não?

— Se calhar não.

— Fogo, não pode estar assim tão nervoso. Tem-me a mim, não tem? Eu não deixo que o velho dragão lhe morda.

Deacon sorriu:

— Está bem. Vamos. — Abriu a porta do lado dele. — Só não afines se ela for indelicada contigo, Terry. Pelo menos logo, na altura. Não mandes nenhuma boca até voltarmos para o carro. Combinado?

— E se ela for indelicada consigo?

— Faz-se a mesma coisa. A última vez que cá vim fiquei tão enraivecido que quase deitei a casa abaixo e nunca mais quero passar por isso. — Olhou fixamente para a porta da cozinha, a recordar o episódio. — A raiva mata, Terry. Destrói tudo aquilo em que toca, incluindo aquele que por ela se deixa consumir.

— Parece que apanhámos os nossos incendiários — afirmou o colega de Harrison quando este regressou à esquadra, uma hora depois. — Três animais chamados Grebe, Daniels e Sharpe. Foram caçados há meia hora e ainda tresandam a gasolina. Daniels cometeu o erro de se gabar à namorada que ele e os compinchas tinham prestado um serviço à comunidade local livrando-a de indesejáveis e ela telefonou-nos.

Segundo ela, Daniels soube do incidente de sexta-feira no armazém e resolveu ir lá a noite passada deitar-lhe fogo. Diz ele que os sem-abrigo são todos uns bandalhos e que não está para aturar esse tipo de gentalha a infestar as ruas do East End. Um amor, hã?

— E perdi eu seis horas à caça do Terry Dalton — redarguiu Harrison, amargamente — acabando a falar com o gajo mais esquisito que se possa imaginar, em Camden. — Estremeceu de forma bem teatral. — Sabes quem ele me fez lembrar? O Richard Attenborough a fazer de Christie no filme *10 Rillington Place*. Já agora, a casa fez-me lembrar um cenário de cinema.

— Que Christie?

— Um taradozeco que matava mulheres para poder ter relações com os cadáveres. Não sabes nada?

— Ah, *esse* Christie — redarguiu o colega, muito sério.

A enfermeira interna era uma bonita irlandesa com sedoso cabelo grisalho e uma figura roliça. Abriu a porta da cozinha quando Deacon bateu e convidou-os a entrar com um caloroso sorriso de boas-vindas.

— Reconheci-o das fotografias — disse, a Deacon, limpando as mãos enfarinhadas ao avental. — É o Michael. — E apertou-lhe a mão. — Chamo-me Siobhan O'Brady.

— Como está, Siobhan? — Virou-se para Terry que se mantinha atrás dele. — Este é o meu amigo Terry Dalton.

— Prazer em conhecer-te, Terry. — Passou um braço pelos ombros do rapaz e puxou-o para dentro antes de fechar a porta. — Aceitam uma chávena de chá, depois da viagem?

Deacon agradeceu-lhe mas Terry parecia achar exagerado o instinto maternal dela e tratou de se soltar do abraço mal a boa educação lho permitiu.

— Preciso de dar uma mija — disse, com firmeza.

— Pela porta à tua direita e depois a primeira à esquerda — disse-lhe Deacon, disfarçando um sorriso — e cuidado com a cabeça quando entrares. Nesta casa não há nenhuma porta com mais de um metro e oitenta de altura.

Siobhan já andava de roda da chaleira:

— A sua mãe está a contar consigo, Michael? É que se está não me disse absolutamente nada. Ultimamente anda um bocadinho esquecida por isso é capaz de lhe ter passado mas não há problema nenhum. Arranja-se mais qualquer coisinha para vos dar de comer, a si e ao garoto. — Soltou uma alegre casquinada. — Como é que nos arranjávamos antes dos congeladores? É o que eu estou sempre a perguntar a mim mesma. Lembro-me de ver a minha mãe a fazer ovos de conserva para nos sustentar nos tempos difíceis e o aspecto horrível que aquelas coisas tinham. Éramos catorze e mesmo assim era um castigo para obrigar qualquer um de nós a comê-los.

Calou-se para deitar umas colheres de chá para dentro do bule e Deacon aproveitou a oportunidade para responder à primeira pergunta dela. Era uma mulher tagarela, pensou interrogando-se como é que a mãe, sendo o oposto, conseguia aturá-la.

— Não — respondeu —, não está a contar comigo. E por favor não se preocupe com o almoço. Ela é capaz de se recusar a falar comigo e nesse caso eu e o Terry vamo-nos logo embora.

— Então vamos fazer figas para que isso não aconteça. Era uma pena virem de tão longe por tão pouco.

Ele sorriu:

— Por que será que estou com a impressão de que *estava* à minha espera?

— A sua irmã falou nessa possibilidade. Disse que se chegasse a vir seria de surpresa. Acho que ela teve medo que eu chamasse a Polícia primeiro e fizesse as perguntas depois. — Deitou água a ferver para cima das folhas de chá e tirou canecas de dentro de um louceiro. — Deve querer saber como a sua mãe está. Bom, não está tão bem como dantes — quem estaria, na idade dela? — mas apesar do que ela diz, não está nada que se pareça às portas da morte. Tem falta de vista, o que a impede de ler, e custa-lhe andar porque uma das pernas está a ficar inactiva. Precisa de vigilância constante porque a crescente imobilidade levou-a a fazer certos cortes na alimentação o que, claro, significa que a qualquer momento pode falecer por hipoglicemia.

Encheu uma chávena e passou-lha juntamente com um jarro de leite e o açucareiro.

— O melhor sítio para ela estar é um desses lares-casa de saúde onde pode manter a sua independência *e* receber cuidados permanentes mas a sua mãe está muito renitente quanto a isso. Todos nós já tentámos explicar-lhe que poderá viver mais dez anos mas ela tem aquela ideia fixa de que só dura uns meses e está decidida a morrer aqui. — Fitou-

-o com um olhar entendido. — Já percebi, pela sua cara, que está a perguntar a si mesmo que terei eu a ver com tudo isso — por que estará a enfermeira a tomar o partido da Emma e do Hugh?, é o que está a pensar, quando eles só querem é ver-se livres das suas dívidas — mas, meu querido, a verdade é que não suporto ver uma doente minha assim tão triste. Passa os dias sentada na sala dela, sem ninguém que a visite e sem ninguém que se preocupe, e a única companhia dela é uma irlandesa de meia-idade, tagarela, com quem não tem nada em comum. Despedaça-me o coração ver o esforço que ela faz para ser delicada para mim não vá eu arrumar a trouxa e pôr-me a andar. Seria a última coisa a fazer, não concorda, Michael?

— Concordo, sim.

— Então por que não a convence a ser sensata?

Ele fez um sorriso contrito e abanou a cabeça:

— Não. Se ela está boa da cabeça, então pode tomar as suas próprias decisões. Longe de mim interferir. Não lhe vou dizer o que é sensato e o que não é. Nem sequer consigo fazer juízos racionais a meu respeito, quanto mais por outra pessoa. Desculpe.

Siobhan pareceu menos incomodada com a resposta dele do que seria de esperar.

— Vamos ver se a sua mãe quer falar consigo, Michael? Ou quer ou não quer e não vale a pena protelar mais.

Cinicamente (e correctamente) deduziu que a complacência de Siobhan se baseasse no facto de ela já saber que Penelope Deacon faria precisamente o contrário de algo que o filho lhe sugerisse.

15

A IDOSA VIZINHA DE AMANDA POWELL ergueu os olhos do que estava a fazer para o almoço e ficou alarmada ao ver um homem a mexer na fechadura da garagem de Mrs. Powell. Sabia que a casa estava deserta pois Amanda dissera-lhe, de manhã cedo, que ia passar o feriado do Natal com a mãe, em Kent. Pouco depois, saíra de carro. A mulher correu para a sala a avisar o marido mas quando voltaram à janela da cozinha já o homem desaparecera.

O marido saiu à rua — um nadinha relutante, convém que se diga — a ver onde se metera o presumível intruso. Experimentou a porta da garagem mas estava bem fechada. O mesmo se passava com a porta da frente. Olhou para ambos os lados da rua sossegada e depois, com um encolher de ombros, voltou para junto da mulher.

— Tens a certeza que não foi imaginação tua, querida?

— Claro que não — ripostou ela, zangada. — Não estou senil. Ele deve ter cortado caminho pelos quintais e neste momento já está é a tentar entrar noutra casa qualquer. Deve haver umas quantas vazias este fim-de-semana. Devias ligar para a Polícia.

— Vão querer uma descrição.

Ela fez uma pausa no descasque das batatas e olhou fixamente pela janela, a visualizar a cena.

— Tinha para aí um metro e oitenta e trazia um casaco escuro.

Resmungando que lhe parecia injusto incomodar a Polícia na véspera de Natal, e que além disso todas as casas tinham alarme, o marido mesmo assim fez o telefonema. Mas ao pousar o auscultador, depois de lhe garantirem que iam enviar um carro-patrulha para dar uma vista de olhos à casa, lembrou-se que já tinha visto, uma vez, um indivíduo que correspondia àquela descrição.

Quando estivera à porta da garagem de Mrs. Powell a ver a Polícia depositar numa maca um vagabundo morto...

Resolveu não contar à mulher.

— Não sei para que nos estamos a preocupar — comentou ela quando ele voltou para a cozinha. — Como se ela alguma vez fizesse alguma coisa por nós.

— Não — concordou ele, espreitando pela janela —, mas ela também não gosta lá muito de pessoas, pois não?

Havia um toque de surrealismo na cena que se deparou aos olhos de Deacon ao aproximar-se, com Siobhan, da porta aberta da sala de estar. Longe de se encontrar prostrada numa poltrona, como Siobhan a descrevera, a mãe estava de pé, apoiada no braço de Terry, e a admirar um dos quadros da parede.

— Claro que agora já não consigo vê-lo — estava ela a dizer — mas se bem me lembro é um George Chambers Junior. Consegues ler a assinatura em baixo, no canto esquerdo?

Terry fez de conta que lia o nome do artista.

— Tem uma memória espantosa, Mrs. D. É mesmo George Chambers Junior. Então ele pintava sempre o mar?

— Ah, tenho a certeza que deve ter feito outras coisas mas ele e o pai foram famosos pintores de marinhas do século passado. Comprei este há muitos anos por 20 libras numa galeria decadente algures no sul de Londres e uma semana depois a Sotheby's avaliou-mo em centenas de libras. Sabe-se lá quanto ele vale agora. — Fez-lhe sinal para que avançasse. — Vês um retrato que está dentro do nicho? Um grande, expressivo, com muitas cores fortes. Lê a assinatura que lá está — disse ela, orgulhosa. — É um artista maravilhoso e foi emocionante ser pintada por ele.

Terry olhou, aflito, para a tela.

— John Bratby — disse Deacon, da soleira da porta.

Terry brindou-o com um sorriso de alívio.

— Isso. Boa, Mike. É um John Bratby sim senhor. Diga-me, Mrs. D., linda como a senhora é, acha mesmo que ele lhe fez justiça? É expressivo, como disse, mas não é bonito. Está a compreender?

— Estou, sim, mas o meu carácter nada tem de bonito, Terry, e creio que John captou isso perfeitamente. Podemos dar meia volta?

— Claro. — Ajudou-a a virar-se de frente para o filho.

— Entra, Michael — disse Penelope. — A que devo tão inesperado prazer?

212

Ele sorriu, constrangido:

— Por que faz sempre primeiro as perguntas mais difíceis, Mãe?

— O Terry pareceu achá-la bastante fácil. Quando lhe perguntei quem ele era e o que estava aqui a fazer respondeu-me que tu e ele tinham tido uma visita da... hm... bófia, hoje de manhã, e que lhes parecera boa ideia sair de Londres por umas horas. Mentiu-me?

— Não.

— Óptimo. Prefiro que tenhas vindo para fugir à Polícia do que por teres falado com a Emma. Não tolero mais discussões, Michael. — Deu uma cotovelada nas costelas a Terry. — Leva-me outra vez para a poltrona, se fazes favor, meu rapaz, e depois vai à cozinha arranjar umas bebidas para nós. Há *gin*, xerez e vinho mas se preferires cerveja penso que ainda há algumas na adega. A Siobhan ajuda-te a procurar. — Tornou a sentar-se. — Senta-te onde eu te possa ver, Michael. Fizeste a barba antes de sair de casa?

Ele sentou-se numa cadeira, de frente para a janela.

— Não. Não tive tempo antes de a Polícia chegar e depois esqueci-me. — Esfregou o queixo, pensativamente. — Afinal a sua vista não está assim tão má.

Ela ignorou o comentário:

— Quem é o Terry e por que está contigo?

— É um garoto que eu entrevistei para um artigo sobre os sem-abrigo e quando soube que ele não tinha onde passar o Natal convidei-o para ficar comigo uns dias.

— Quantos anos tem?

— Isso não tem nada a ver com o motivo por que a Polícia lá foi hoje de manhã, Mãe.

— Não disse que tinha. Quanto anos, Michael?

— Catorze.

— Santo Deus! Por que é que os pais não tomam conta dele?

Deacon soltou uma risadinha surda:

— Primeiro tinha de os encontrar. — Chocara-o ver o quanto a mãe estava mudada. Era uma sombra mais velha, mais pequena e mais magra de si mesma, e o olhar azul penetrante suavizara-se num tom acinzentado. Preparara-se para enfrentar um dragão ferido ainda capaz de cuspir fogo mas não para alguém cuja chama se extinguira. — Não fique com pena dele, Mãe. Mesmo que soubesse onde os pais estavam, não voltava para eles. É muito independente.

213

— Como tu, portanto.

— Não propriamente. Eu, na idade dele, não era tão auto-suficiente. Tem um poder de comunicação que eu ainda hoje não possuo. Eu nem por sombras era capaz de entrar nesta sala, aos catorze anos, e meter conversa com uma pessoa totalmente estranha. Já agora, que lhe disse ele?

Um débil sorriso aflorou-lhe aos lábios:

— Chamei quando o ouvi no corredor, em bicos de pés. Disse: «Quem quer que aí esteja, quer fazer o favor de entrar?» E quando ele entrou, disse: «A senhora tem orelhas na nuca, ou quê?» Depois fartou-se de me dizer que não era nenhum gatuno mas que, se fosse, havia aqui alguns quadros «montes de bonitos» que talvez lhe interessassem. Calculo que esta casa pareça um palácio enquanto o teu apartamento é enxabido como uma retrete pública. Que vais fazer com ele depois do Natal?

— Não sei. Ainda não pensei nisso.

— Mas devias pensar, Michael. Tens o péssimo hábito de assumir responsabilidades de ânimo leve e depois descartas-te delas quando te aborreces. A culpa é minha. Devia ter-te obrigado a enfrentar as contrariedades em vez de te incentivar a evitá-las.

Ele olhou para ela:

— Foi isso que fez?

— Sabes que sim.

— Não, não sei. O que eu sei é que a vi martirizar-se sem razão nenhuma e jurei a mim mesmo que nada neste mundo me faria seguir o mesmo caminho. Eu e a Julia detestávamo-nos, apesar do que ela possa ter dito depois. Acredite, ficou tão contente com o divórcio como eu. Certo, eu é que fui infiel, mas experimente dormir com uma mulher que não quer sexo, não quer filhos e se farta de dizer que só casou porque era preferível ser Mrs. Deacon do que Miss Fitt. — Levantou-se e dirigiu-se impacientemente para a janela. — Nunca estranhou que ela não tenha voltado a casar e que continue a chamar-se Julia Deacon? — Lançou um breve olhar de soslaio para trás. — Porque só estava interessada em ver-se livre dos pais e eu fui o trouxa que a ajudou a fazer isso.

— E qual foi o motivo da Clara para se casar? Quanto tempo é que esse durou, Michael? Três anos?

— Pelo menos ela deu-me um pouco de calor depois de oito anos de frieza com a Julia.

Penelope Deacon abanou a cabeça.

— Então por que não te deu nenhum filho? — perguntou. — Se calhar, afinal és tu que não os queres, Michael.

214

— Engana-se. Ela não queria perder a porcaria da linha. — Encostou a testa à vidraça. — Não imagina como eu invejo a Emma. Dava o meu braço direito para ter as filhas dela.

— Não davas, não — retorquiu Penelope com uma risada seca. — São absolutamente detestáveis. Só consigo aturá-las uns minutos, depois começam a irritar-me com os seus sorrisinhos afectados. Sempre esperei que tu me desses um neto. Os rapazes não são tão peneirentos como as raparigas.

O sargento-detective Harrison levantou o braço cumprimentando os dois agentes fardados que saíam do carro quando ele já deixava a esquadra.

— Estou de abalada — disse-lhes. — Cinco dias de merecida licença e tenciono aproveitar todos os minutinhos.

— Grande sortudo — respondeu o condutor, com inveja, abrindo a porta de trás do carro e puxando o ocupante por um braço. — Vamos, meu lindo. Toca a andar.

Barry Grover saiu do carro pestanejando por causa do sol.

Harrison parou.

— Eu conheço esse tipo — disse, pausadamente. — Qual é a história?

— Comportamento suspeito no jardim de uma fulana. Mais precisamente, masturbação para cima de uma fotografia da moradora. Por que nome é que o conhece?

— Barry Grover.

— E se nos dispensasse uns dez minutos, meu sargento? Ele afirma ser um tal Kevin Powell, de Claremont Cottage, Easby, Kent. Diz que é parente de Mrs. Amanda Powell, a proprietária da casa. Pareceu-nos pouco provável, vendo o que ele estava a fazer com a fotografia dela mas, segundo os vizinhos, ela tem família em Kent. Partiu esta manhã para lá, de carro, para ir ficar com a mãe.

Harrison olhou para Barry com repugnância.

— Ele chama-se Barry Grover — repetiu — e vive com a mãe em Camden. C'um diabo! Só peço a Deus que a masturbação seja o menor dos seus crimes ou ainda vamos desenterrar corpos de baixo das tábuas do soalho.

— Eu e o meu filho nunca nos entendemos — contou Penelope Deacon a Terry —, de tal forma que não me recordo de uma única decisão que ele tenha tomado na vida com que eu estivesse de acordo.

— Ficou encantada quando lhe disse que ia casar com a Julia — murmurou Deacon do seu poiso junto à janela.

— Eu não diria encantada, Michael. Fiquei satisfeita por tu finalmente teres resolvido assentar mas lembro-me de ter dito que a Julia não seria a minha primeira escolha. Sempre preferi a Valerie Crewe.

— Pois claro — redarguiu ele —, ela concordava com tudo o que a Mãe dizia.

— O que mostra o quanto era inteligente.

— Medrosa, melhor dizendo. Começava logo a tremer quando entrava aqui em casa. — E lançou uma piscadela de olho a Terry. — A Mãe via qualquer rapariga que eu trouxesse cá a casa como uma noiva em potencial e fazia-lhes um interrogatório completo a ver se elas serviam. Quem eram os pais? Em que escola tinham andado? Havia antecedentes de loucura na família?

— Se houvesse, não valia a pena casares com elas — afirmou Penelope, rispidamente. — Com ambos os grupos genéticos assim defeituosos, os vossos filhos não teriam hipótese nenhuma.

— Nunca o saberemos, pois não? — redarguiu Deacon, com igual rispidez. — Sempre que a Mãe falava na alegada loucura do nosso lado, as raparigas punham-se a andar. Talvez isso explique por que é que a Julia e a Clara se recusaram a ter filhos.

Terry fez um largo sorriso:

— Não pode ser, Mike. Está bem, só vivo consigo há dois dias mas não é preciso mais tempo para se perceber que não é maluco.

— Quem é que te pediu para interferires?

Terry estava sentado no chão, acariciando um gato velho e morrinhento que já por ali andava há tanto tempo que ninguém sabia a idade dele. Ronronava sonoramente, deleitado com as festas de Terry o que, segundo Penelope, era estranho pois a senilidade tornara-o irritável com estranhos.

— Pois, mas precisam de acertar as agulhas — replicou o rapaz. — Já se ouviram? Discussões e mais discussões. Nunca se fartam? Ainda se justificava se isso desse em alguma coisa mas não dá, pois não? Cá para mim, acho que Mrs. D. se calhar disse uma data de coisas que não devia ter dito de você ter morto o seu pai mas tem de reconhecer que ela não exagerou no que disse acerca das suas mulheres. Quer dizer, não deviam ser lá grande charuto — nem uma nem outra — senão ainda estava casado com elas. Está a compreender?

Os conteúdos dos bolsos de Barry e do envelope que trazia com ele foram espalhados à sua frente em cima da mesa de uma sala de interrogatório e os sargentos Harrison e Forbes ficaram a olhar para eles, perplexos. Lá estavam os cartões das prostitutas e um preservativo ressequido que lhes disse, sem necessidade de análise laboratorial, para o que tinha servido. Havia uma dezena de retratos de diversos indivíduos, alguns perfeitos outros com pouco contraste, um livro de bolso intitulado *Mistérios Irresolúveis do Século XX* e um recorte de jornal, dobrado. A manchada fotografia de Amanda Powell, agora discretamente envolta em celofane para preservar as provas do vergonhoso acto de Barry, uma carteira de cabedal contendo dinheiro e cartões de crédito e um instantâneo de cantos dobrados de Barry com um bebé ao colo.

A cassete já estava a andar há quinze minutos e Barry ainda não dissera nada. Lágrimas de humilhação corriam-lhe dos olhos e as flácidas bochechas tremelicavam pateticamente.

— Vá lá, Barry, por amor de Deus fale connosco — disse-lhe Harrison. — Que estava a fazer em casa de Mrs. Powell? Porquê ela? — Bateu com o dedo nas fotografias. — Quem são estes homens todos? Também se masturba para cima deles? Quem é esta criança que tem ao colo? Tem alguma tara por crianças? Vamos encontrar as paredes cheias de fotografias de crianças quando formos revistar a casa da sua mãe? É isso que o preocupa assim tanto?

Com um suspiro, Barry escorregou da cadeira num desmaio fulminante.

O médico da Polícia saiu, com Harrison, para o corredor.

— Morrer de certeza que não morre — afirmou —, mas está assustadíssimo. Por isso é que desmaiou. Diz que tem trinta e quatro anos mas aconselho-o a deduzir uns vinte para ficar com uma ideia aproximada da sua idade emocional. Acho melhor pedir a um familiar ou a um amigo para ficar ao pé dele enquanto o interrogam senão o mais certo é ele desmaiar outra vez. Aja como se estivesse a lidar com um menor e talvez consiga descobrir alguma coisa.

— A mãe dele não atende o telefone e, a avaliar pelo santuário em que transformou a sala dos avós, também deve estar maluquinha de todo.

— O que explicaria o seu atraso de crescimento.

— E se fosse um advogado?

O médico encolheu os ombros.

— Se a minha opinião profissional tem algum valor, um advogado só ia aterrorizá-lo ainda mais. Procure um amigo — ele deve ter alguns — caso contrário ainda acaba por lhe arrancar uma falsa confissão. Ele é desse tipo, Greg, acredite em mim, por isso não conte comigo para ir a tribunal afirmar outra coisa.

O telefone tocou na cozinha. Segundos depois, Siobhan apareceu a espreitar à porta da sala.

— É para si, Michael. Um tal sargento Harrison gostaria de falar consigo.

Deacon e Terry trocaram olhares.

— Disse porquê?

— Não, mas fez questão de frisar que não tinha nada a ver com o Terry.

Com um encolher de ombros na direcção do jovem, Deacon foi atrás da mulher.

— Parece que o Michael está a criar uma forte relação com a Polícia — comentou Penelope, secamente. — É uma coisa recente?

— Se quer saber se é por minha causa, acho que é, mais ou menos. A bófia nem sequer sabia como ele se chamava se não fosse eu. Mas não precisa ter medo que *ele* se meta em sarilhos, Mrs. D. É bom tipo. Nem sequer conduz depois de beber. — Observou-a pelo canto do olho. — Tem sido muito simpático para mim, comprou-me roupas e tal, ensinou-me coisas que eu não sabia. Uma centena de gajos no lugar dele nem sequer olhavam para mim.

Ela não disse nada e Terry prosseguiu, obstinadamente.

— Por isso acho que não lhe fazia mal nenhum mostrar-lhe que está satisfeita por vê-lo. Lembro-me de um velhote que eu conheci — tinha veia de pregador — me contar a história de um sujeito rico que ficou com metade da massa do pai, estoirou-a toda com mulheres e no jogo e acabou a viver nas ruas. Era mesmo pobre e mesmo infeliz até se lembrar de como o pai sempre fora bom para ele antes de sair de casa. Então pensou, para que hei-de eu andar a mendigar esmolas a estranhos quando o meu pai mas dá sem fazer perguntas? Por isso voltou para casa e o pai ficou tão contente ao vê-lo que desatou a chorar porque pensava que o safado já tinha morrido há muitos anos.

Penelope fez um leve sorriso:

— Acabas de contar a parábola do filho pródigo.

— Então está a perceber, não está, Mrs. D.? Por mais disparates que o fulano tivesse feito na vida, o pai ficou radiante ao vê-lo.

— Mas por quanto tempo? — perguntou ela. — O filho não tinha mudado, portanto achas que o pai ficaria satisfeito na mesma por tê-lo ao pé de si quando ele começasse outra vez a desatinar?

Terry reflectiu no que ouvira:

— Não sei por que não havia de ficar. Está bem, talvez tivessem lá as suas brigas de vez em quando e se calhar nem conseguiam viver na mesma casa mas o pai nunca mais se sentiria tão triste como quando pensava que o filho tinha morrido.

Ela tornou a sorrir:

— Bom, não me vou pôr a chorar de alegria, Terry. Primeiro, sou demasiado geniosa para fazer algo assim tão piegas e, segundo, o pobre do Michael ia ficar estarrecido. Não sabe lidar com mulheres choronas, por isso é que ambas as mulheres dele lhe sacaram tanto dinheiro não obstante o facto de nenhuma delas ter filhos. O certo é que a Julia sabia muito bem abrir as comportas quando isso lhe convinha e não duvido que a Clara tivesse a mesma habilidade. Seja como for, acho que vais perceber que ele já sabe que eu estou satisfeita por vê-lo, caso contrário não estava a falar tão à vontade como está.

— Se acha que sim... — redarguiu Terry, com certas dúvidas. —Parecem duas pessoas impecáveis e, para ser sincero, se eu andasse à procura de uma mãe... que *não* ando — sublinhou, cuidadosamente — mais depressa a escolhia a si do que àquela enfermeira lá dentro que não tira as patas de cima de mim. E mais, fala que se desunha. Que tagarela. Acho que ouvi a história toda da vida dela enquanto procurava o *gin*. — Pousou a mão, suavemente, na cabeça do gato arrancando-lhe nova ronronadela sonante. — Afinal o que são ovos de conserva? Pareceu-me uma coisa horrorosa.

Penelope estava a rir-se quando Deacon voltou para a sala e ficou admirado ao ver como ela parecia jovem. Lembrou-se de um amigo jamaicano que uma vez lhe dissera que o riso era a música da alma. Seria também a fonte da juventude? Penelope viveria mais tempo se aprendesse de novo a rir?

— Temos de voltar para Londres — disse a Terry. — Não sei muitos pormenores mas o Harrison diz que o Barry foi detido por comportamento suspeito no jardim da Amanda Powell. O Barry recusa-se a falar e eles querem saber se eu posso elucidá-los acerca de umas fotografias que ele tem em seu poder. — Franziu o sobrolho. — Ele disse-te alguma coisa acerca de ir visitá-la?

Terry abanou a cabeça:

— Não, mas se não quer falar, o problema é dele. Não percebo por que é que temos de nos meter ao barulho lá porque a bófia quer.

— Só que está a acontecer algo muito estranho e eu quero saber o que é. Segundo o Harrison, tiveram de chamar um médico porque o Barry caiu redondo no chão mal começaram a interrogá-lo. — Virou-se para a mãe: — Desculpe lá, Mãe, mas preciso ir. É uma reportagem em que ando a trabalhar há várias semanas. Foi assim que conheci o Terry.

— Bom, está bem — respondeu ela com um suspiro de resignação. — Se calhar até é melhor. A Emma vai chegar com a família lá para a tarde e não tenho dúvidas nenhumas que ia haver uma discussão terrível se tu ainda cá estivesses quando eles chegassem. Sabes como vocês são.

Magnanimamente, Deacon conteve-se. A maior parte das vezes fora a intromissão de Penelope que lançara os filhos um contra o outro.

— Estou regenerado — replicou ele. — Deixei de discutir com os meus entes mais chegados e mais queridos há cinco anos. — Inclinou--se para lhe dar uma beijoca na face. — Trate de si.

Ela agarrou-lhe a mão e prendeu-lha.

— Se eu vender esta casa e for para um lar — disse — tu ficas sem nada quando eu morrer, principalmente se viver tanto tempo como os médicos dizem.

Ele fez um sorriso:

— Quer dizer que as ameaças de deserdação se eu casasse com a Clara eram só balelas?

— Ela era uma interesseira — replicou Penelope, com azedume. — Fi-lo na esperança de que a afugentassem.

— Teriam afugentado se eu alguma vez lhe tivesse contado. — Deu-lhe uma apertadelazinha na mão. — É só isso que a impede de se mudar?

Ela não lhe deu uma resposta directa:

— Preocupa-me que a Emma vá ficar com tanto e tu com tão pouco. O teu pai sempre quis que ficasses com a casa e eu frisei bem isso à Emma quando criei o fundo. Agora está a pressionar-me para que eu venda a porcaria da casa, reserve para ti uma quantia igual à que ela já recebeu e que use o resto para pagar um lar.

— Então faça-o — disse Deacon. — Parece-me justo.

— O teu pai queria que ficasses com a casa — repetiu Penelope, teimosamente, libertando, irritada, a mão da dele. — Há dois séculos que ela pertence aos Deacons.

Ele baixou os olhos para o fofo cabelo branco e, de repente, sentiu vontade de lá enterrar o nariz como fazia em criança. Suspeitava ter acabado de ouvir o mais parecido com um pedido de desculpas que ela lhe conseguiria fazer por ter rasgado o testamento do pai.

— Então não a venda — redarguiu ele.

— Isso é uma grande ajuda.

— Desculpe — replicou ele com um indiferente encolher de ombros —, mas não é responsabilidade minha se a Mãe levar a sua filha à falência e passar o resto dos seus dias com uma série de enfermeiras para que eu possa desfazer-me da casa mal a Mãe morra. Sejamos francos, nunca tive essa sua paixão pela vida no campo, portanto usaria o dinheiro para comprar uma casa decente algures em Londres. — Lançou nova piscadela de olho marota a Terry. — Se houve coisa, nos meus divórcios, que me chateou a sério foi ir parar a um mísero apartamento alugado depois de perder duas belíssimas casas.

— O que é um motivo bastante forte para *não* te deixar ficar com esta — redarguiu Penelope, engolindo, como seria de esperar, o isco. — Assim como vem, logo vai. É essa a tua filosofia, Michael.

— Então leve isso em conta quando decidir o que fazer. Se quer mais dois séculos de Deacons a viverem aqui, Mãe, o melhor é deixar a casa ao ramo Wimbledon da família. Se bem me lembro, eles tiveram um filho há uns dez anos. — Olhou para o relógio. — Agora temos mesmo de ir. Prometi ao sargento que estávamos lá em menos de duas horas.

221

Ela sorriu um nadinha amargamente:

— Como eu disse, assim como vem logo vai. — Estendeu a mão a Terry que já se pusera de pé. — Adeus, meu rapaz. Gostei de conhecer-te.

— Igualmente. Espero que as coisas se resolvam bem, Mrs. D.

— Obrigada. — Ergueu os olhos para ele e Terry ficou impressionado pela forma como de repente se haviam tornado azuis à luz do sol que entrava pela janela. — Que pena teres perdido o contacto com a tua mãe, Terry. Ela orgulhar-se-ia do homem que o filho há-de vir a ser.

— Acha que ela tem razão? — perguntou Terry após uns minutos de silenciosa reflexão dentro do carro. — Acha que a minha mãe se orgulharia de mim?

— Acho.

— Mas isso não muda nada, pois não? O mais certo é ela já ter morrido de uma *overdose* ou metida numa prisa qualquer.

Deacon manteve-se calado.

— Além disso, já se deve ter esquecido completamente de mim. Não se teria livrado de mim se eu fosse importante para ela. — E olhou desalentadamente pela janela. — Não acha?

Sim, pensou Deacon, mas respondeu subindo o estreito acesso à auto-estrada:

— Não necessariamente. Se foste entregue à Assistência por ela ter sido presa não significa que não fosses importante para ela. Significa apenas que não tinha condições para tomar conta de ti.

— Então por que não veio à minha procura quando saiu? Estive lá quase seis anos e ela não pode ter estado tanto tempo presa, a menos que tenha assassinado alguém.

— Talvez achasse que estavas melhor sem ela.

— Se calhar podia ter ido à procura dela.

— É o que gostavas de fazer?

— Às vezes penso nisso, depois fico com medo que nos odiássemos um ao outro. Só gostava de conseguir lembrar-me dela. Não quero nenhuma tipa velha e copofónica com a merda da porta sempre aberta para qualquer homem que queira curtir com ela.

— Que *queres* então?

Terry fez um sorriso rasgado:

— Uma gaja rica com um *Porsche* de competição e sem ninguém a quem deixá-lo.

Deacon soltou uma gargalhada.

— Vai para a bicha — comentou passando para a faixa mais rápida e acelerando a fundo —, mas eu não quero a minha para mãe.

Amanda Powell abriu a porta da Claremont Cottage e franziu interrogativamente o sobrolho para o polícia de Kent que se encontrava na soleira. O sobrolho franziu-se ainda mais ao escutar o que ele disse.

— Não conheço nenhum Barry Grover e não imagino sequer por que terá ele um retrato meu. Conseguiu arrombar a minha garagem?

— Não. Segundo as informações que nos deram, foi preso no seu jardim mas não havia indícios de arrombamento em nenhum dos edifícios.

— E a Polícia de Londres está a contar que eu regresse para responder a perguntas sobre isso?

— Só se o desejar. Pediram-nos apenas que lhe transmitíssemos a informação.

Ela pareceu preocupada:

— Eu só disse aos meus vizinhos que vinha passar uns dias com a minha mãe, a Kent. Então quem é que vos deu esta morada?

O polícia olhou para uma folha de papel:

— Pelos vistos, quando foi detido, Grover disse que se chamava Kevin Powell, da Claremont Cottage, Easeby. Pediram-nos para confirmarmos a morada e descobrimos que quem aqui vive é uma tal Mrs. Glenda Powell. Ao que tudo indica, trata-se da sua mãe. — Foi a vez de ele franzir o sobrolho. — Ele parece ter bastantes informações a seu respeito. Tem a certeza que não sabe quem ele é?

— Absoluta. — Reflectiu por um instante. — Por que havia de conhecê-lo? O que é que ele faz?

Ele tornou a olhar para o papel:

— Trabalha numa revista chamada *Street*. — Ouviu-a inspirar profundamente e ergueu os olhos. — Isso diz-lhe alguma coisa?

— Não. Já ouvi falar dela, é só.

Ele escreveu numa folha do bloco de notas e arrancou-a:

— O agente que está a investigar o caso, em Londres, é o sargento-detective Harrison e pode contactá-lo pelo número que está em cima. Eu sou o guarda Colin Dutton e o meu número é o de baixo. Não deve haver motivos para se preocupar, Mrs. Powell. Grover está detido, por isso de certeza que por uns tempos não a importunará mas se ficar preocupada ligue para o sargento Harrison ou para mim. Um feliz Natal para si.

Ela viu-o dirigir-se a pé para o portão, passando pelo seu *BMW*, e fez-lhe um sorriso radioso quando ele se voltou para lhe lançar um último olhar.

— Feliz Natal, senhor guarda — desejou-lhe.

— Que se passa? — perguntou a mãe, da sala de estar, com um toque de ansiedade na voz.

— Nada — respondeu Amanda, calmamente, tirando a pregadeira da lapela e espetando o alfinete debaixo da unha do polegar. — Está tudo bem.

Deacon abanou a cabeça quando Harrison acabou de falar.

— Na verdade não conheço bem o Barry — disse. — Creio que ninguém o conhece. Ele nunca fala da sua vida privada. — Olhou enojado para a lambuzada fotografia de Amanda Powell que jazia, como uma ilha, no meio da mesa. — Tanto quanto eu saiba, a única ligação dele com Mrs. Powell foi quando revelou uns rolos depois de uma entrevista que eu lhe fiz. Uma fotógrafa nossa tirou alguns instantâneos... — apontou com o queixo para a mesa — e esse foi o que saiu melhor.

— Por que é que a entrevistou?

— Estava a escrever um artigo sobre os sem-abrigo e ela foi notícia, em Junho, quando um sujeito chamado Billy Blake morreu à fome dentro da garagem dela. Achámos que talvez tivesse uma opinião geral sobre o assunto, mas não tinha.

O olhar de Harrison iluminou-se:

— Eu sabia que o nome dela não me era estranho mas não conseguia situá-lo. Lembro-me desse incidente. Então por que é que o Barry ainda está interessado nela?

Deacon acendeu um cigarro:

— Não sei, a menos que seja algo que tenha a ver com o facto de me ter estado a ajudar na identificação de Billy Blake. — Tirou do bolso de dentro uma das suas próprias fotografias do morto e passou-lhas por cima da mesa. — É ele, quando foi preso há quatro anos. Achamos que Billy Blake era um nome falso e que poderá ter cometido um crime, no passado. Costumava parar no armazém, com Terry Dalton e Tom Beale.

Harrison pegou num envelope que estava no chão e esvaziou o conteúdo em cima da mesa.

— Então estes rostos são os vossos possíveis suspeitos? — Isolou a cópia pouco contrastada do retrato cadastral de Billy. — E este é o morto?

Deacon confirmou com um aceno de cabeça.

Harrison desdobrou uma fotocópia e estendeu-a sobre a mesa:

— Este é bastante parecido.

Embora estivesse a vê-lo de pernas para o ar, Deacon conhecia o rosto de Billy como a palma da sua mão e o choque do reconhecimento foi enorme.

Me-erda!

Era uma cópia ampliada do retrato de Peter Fenton que ilustrara o artigo de Anne Cattrell.

O estuporzeco tinha andado a fazer caixinha com ele!

— É parecido — concordou — mas precisamos de um computador para ter a certeza. — *MATAVA o sacana do Barry se a Polícia apanhasse a história antes dele!* — Lembra-se de James Streeter? — Harrison acenou que sim. — Estamos mais interessados nele. — Dissimuladamente, virou a foto de fim de curso de James de frente para Harrison e empurrou-a para o lado da de Billy. — Se calhar é por isso que o Barry está tão interessado em Amanda Powell. Ela chamava-se Amanda Streeter antes de James ter roubado 10 milhões de libras e a deixar, sozinha, enfrentar as consequências.

O sorriso do sargento fazia lembrar o de um gato:

— É o mesmo fulano.

— Parece, não parece?

— Então onde quer chegar? Que James voltou com o rabo entre as pernas e ela matou-o à fome dentro da garagem?

— É possível.

Harrison ponderou por um instante:

— Mesmo assim não explica por que é que Barry foi masturbar-se para cima da fotografia no jardim dela. — Distraidamente, começou a

225

passar os cartões das prostitutas, um a um. — Gajos com este tipo de coisas nos bolsos preocupam-me. E para que anda com uma fotografia dele com um bebé? Quem era a criança e que lhe aconteceu?

Deacon passou a unha do polegar da orelha até ao queixo:

— Diz que ele ainda não abriu a boca desde que aqui chegou?

— Nem um pio.

— Então deixe-me falar com ele. Ele confia em mim. Convencê-lo--ei a dar-lhes aquilo que querem.

— Mesmo que com isso ele venha a ser indiciado?

— Mesmo que com isso ele venha a ser indiciado — concordou Deacon, bastante agressivamente. — Gosto tanto de tarados como o senhor e não quero ter um a trabalhar comigo, garanto-lhe.

16

OS ÓCULOS DE BARRY tinham-lhe sido tirados, dando-lhe um aspecto despido. Estava sentado na cama da cela de cabeça tombada para a frente e ombros derrotadamente descaídos. Disseram mais tarde a Deacon que receavam que ele partisse as lentes e tentasse cortar os pulsos — classificado que fora como potencial suicida — o que justificava também a falta do cinto e dos atacadores. Olhou pestanejante para a porta da cela quando esta se abriu, assemelhando-se mais com um palhaço triste que com uma barata, e o seu corpito rechonchudo estremeceu de medo.

— Visita para si — disse o sargento de guarda fazendo entrar Deacon e deixando a porta aberta. — Dez minutos.

Deacon ficou a ver o polícia afastar-se, depois sentou-se também ele na cama ao lado de Barry. Esperara sentir a habitual antipatia mas em vez disso deu por si com pena do indivíduo. Não era difícil imaginar o tipo de pesadelo por que Barry estava a passar. O interior de uma cela de esquadra já por si pouco tinha de dignificante, e muito menos quando a primeira experiência era resultado de um acto obsceno cometido em público.

— É o Mike Deacon — disse, sem saber até que ponto Barry conseguia ver sem óculos. — O sargento Harrison telefonou-me, disse-me que estavas a precisar de um amigo. — Tirou os cigarros do bolso. — Vais-me deixar fumar? — Viu os olhos do outro marejarem-se de lágrimas e deu-lhe uma leve palmadinha no ombro. — Isso quer dizer que sim?

Barry acenou com a cabeça.

— Lindo menino. — Inclinou a cabeça para o isqueiro. — Não temos muito tempo por isso vais ter de falar comigo se queres que eu te ajude. Comecemos pela parte fácil. Tinhas uma fotografia de um homem com um bebé ao colo. O sargento pensa que o homem

227

és tu mas eu acho que é capaz de ser o teu pai contigo ao colo quando eras pequeno. Quem é que tem razão?

— Tu — sussurrou Barry.

— Podias ser um duplo dele.

— Sim.

— Está bem, próxima pergunta. Por que andas com cartões de prostitutas no bolso? É assim que passas o tempo quando não estás a trabalhar?

Barry abanou a cabeça.

— Então por que estavam eles no teu bolso? — Esperou por uma resposta mas, à falta dela, prosseguiu: — Fala comigo — disse-lhe, simpaticamente. — Não és o primeiro homem a ser apanhado a masturbar-se e de certeza que não serás o último mas a Polícia está a interpretar isso da pior maneira porque acham que passas a vida metido com putas.

— Foi o Glen Hopkins que mos deu na sexta-feira — sussurrou Barry.

— Porquê?

— Disse que não era vergonha nenhuma pagar por isso. — A angústia jorrou em vagas do corpo estremecente. — Mas eu *fiquei* envergonhado. Não gostei. — Começou a choramingar.

— Não me admiro nada — replicou Deacon, tranquilamente. — Calculo que ela estivesse com um olho no relógio e o outro na tua carteira. Todos nós passámos por isso, Barry. — Fez um leve sorriso. — Até os Nigel de Vriesses deste mundo têm de pagar. A única diferença é que chamam amantes às putas deles e a sua vergonha cai no domínio público. — Debruçou-se para a frente, com as mãos no meio dos joelhos, adoptando a linguagem corporal de Barry. — Escuta, sentir-te-ás melhor se eu te disser que o Glen distribui por lá esses cartões como se fossem rebuçados? Deu-me alguns aqui há uns meses quando se lhe meteu na cabeça que o meu mau-humor se devia à falta de sexo. Disse-lhe para os enfiar no cu, que era o sítio indicado para eles. — Olhou de soslaio para o outro. — Ele apanhou-te numa má altura e caíste na esparrela. O conselho que te dou é que encares isso como uma simples experiência e que mandes o Glen à fava da próxima vez que ele vier com uma dessas.

— Ele disse que era... malsão — custou-lhe, visivelmente, dizer a palavra — estar a olhar para fotografias. Disse que a coisa a sério era mais divertida. Mas... — embargou-se-lhe a voz.

— Não foi? — completou Deacon, oferecendo-lhe um lenço para enxugar as lágrimas.

— Não.

Deacon pôs-se a pensar no seu primeiro contacto sexual, aos dezasseis anos, no qual se entregara atabalhoadamente ao acto da cópula sem se preocupar grandemente com o prazer da rapariga pois a sua própria excitação era tão forte que só pensava em não ejacular antes de estar lá dentro. Ainda hoje não conseguia recordar a perda da sua virgindade, e da de Mary Higgins, sem um certo embaraço. Ela afirmara que fora a pior experiência da sua vida e nunca mais falou com ele.

— Não és diferente dos outros — afirmou, solidário. — A maior parte dos homens acha bastante insatisfatória a primeira vez. Então o que é que aconteceu hoje de manhã? Por que foste a casa da Amanda?

A história era confusa mas Deacon lá tirou as suas conclusões. Após a humilhação sofrida às mãos da prostituta, a raiva de Barry, que devia ter sido dirigida a Fatima — ou mesmo a Glen — fixara-se em Amanda. (Havia nisso uma estranha lógica. Estivera a analisar fotografias dela quando Glen o acusara de práticas pouco saudáveis e, no seu subconsciente, ela assumira as proporções de uma Jezebel.)

Se ele soubesse menos a seu respeito, a coisa não teria tido importância, mas o interesse por Billy Blake e James Streeter levara-o a criar um *dossier* de recortes de jornais sobre ela. Os motivos por que quisera ir lá a casa, confrontá-la, eram pouco claros, mas pareciam basear-se na sua total confusão, não sabendo se detestara ou apreciara o acto sexual. Nem sequer lá teria ido se Deacon e Terry não o tivessem enchido de coragem alcoólica na noite de sábado. Grosso que nem um cacho, despachara-os num táxi e depois chamou um para si dizendo ao motorista para o levar à Thamesbank Estate.

Agora já não tinha bem a certeza de quais eram as suas intenções — não estava por certo à espera de encontrar as luzes acesas — mas às duas da manhã encontrava-se no jardim dela e, espreitando por entre as cortinas abertas, vira-a fazer amor com um homem na carpete da sala de estar. (Deacon perguntou-lhe se reconheceu o homem mas Barry disse que não. Curiosamente, descreveu-o com todos os pormenores mas pouco se referiu a Amanda.)

— Foi excitante — limitou-se a dizer.

Sim, pensou Deacon, deve ter sido.

229

— Mas ilegal — afirmou. — Não tenho a certeza se podem acusar-te de *voyeurismo*, mas de invasão de propriedade e conduta indecorosa lá isso podem. Mas afinal para que voltaste lá hoje de manhã? Em plena luz do dia eras logo descoberto.

A explicação simples era que Barry pousara o envelope com as fotografias no chão na noite anterior (para ficar com as mãos livres, calculou Deacon) e esquecera-se dele. A explicação mais complexa parecia ligar-se com a atitude extraordinariamente ambivalente face ao convívio com a mãe («Não quero voltar para casa» estava sempre a dizer), com o já quase esquecido amor do pai e um semi-consciente desejo de reviver a excitação sentida umas horas antes. Mas a casa estava nitidamente deserta e a única excitação que lhe restava era profanar a fotografia de Amanda.

— Estou tão envergonhado — disse. — Não sei por que fiz aquilo. Aconteceu...

— Bem, se queres a minha opinião, foi bom a Polícia ter-te apanhado — afirmou Deacon, frontalmente, esmagando a ponta incandescente do cigarro. — Talvez isso te convença a tomares conhecimento dos factos da vida. Não tens necessidade nenhuma de te transformares num sujeitinho nojento que só consegue ficar com tusa ao pé de uma janela. Claro que não sou psiquiatra mas diria que há umas questões que precisas definir o mais rapidamente possível. Primeiro, sair de baixo das saias da tua mãe, e, segundo, assumir a tua sexualidade. Não faz sentido revoltares-te contra as mulheres se a tua preferência vai para os homens, Barry.

Desalentadamente, Barry abanou a cabeça:

— O que é que a minha mãe vai dizer?

— Uma data de coisas, imagino, se fores tão estúpido que lhe contes. — Deacon deu-lhe uma palmada nas costas. — És um homem feito, Barry. Está na altura de agires como tal. — E sorriu. — Afinal de contas, que tencionavas fazer? Esperar que ela morresse para poderes ser a pessoa que queres ser?

— Sim.

— É um mau plano. Essa pessoa teria morrido muito antes dela. — Pôs-se de pé. — Autorizas-me a contar ao sargento o que me disseste? Consoante o que ele disser, poderás precisar de um advogado presente quando ele te interrogar. E é melhor preparares-te para a hipótese de Glen Hopkins ser chamado para confirmar que te deu aqueles cartões na sexta-feira. Estás preparado para tudo isso?

— Eles soltam-me se eu disser a verdade?

— Não sei.

— Para onde hei-de ir, se eles me soltarem? Não tenho casa. — Os olhos encheram-se novamente de lágrimas. — Prefiro ficar aqui a ir para casa.

Por amor de Deus! Não digas nada, Deacon.

— Podes ficar no meu sofá enquanto as coisas se resolvem.

Enfiimm... Era Natal...

E...

...Barry sabia quem era Billy Blake...

Harrison mostrou-se céptico:

— Está a ser ingénuo. Eu conheço o género. É o perfil clássico do criminoso sexual. Um solitário reprimido com um apetite nada saudável pelo *voyeurismo*. Vive com a mãe mas não gosta dela. Não consegue criar relações adultas. A primeira infracção é o exibicionismo. A seguir prendêmo-lo por violação e/ou abuso de menores.

— Com base nisso, prender-me-ão a mim também — redarguiu Deacon com um sorriso amistoso. — Sou um solitário. Antipatizava tanto com a minha mãe que estive cinco anos sem falar com ela. Não consigo criar relações adultas duradoiras — como se prova pelos meus dois divórcios — e a pior infracção que cometi, a avaliar pela sova que levei, foi quando comprei uma revista pornográfica, aos doze anos, e tentei levá-la à sorrelfa lá para casa no intuito de admirar as minhas erecções à frente do espelho.

O sargento deu uma risadinha.

— Mas este é um caso grave. Você tinha doze anos, o Barry tem trinta e quatro. Você ia treinar para dentro do seu quarto, ele foi treinar para o jardim de outra pessoa. Aos doze, os danos que pode causar a outra pessoa são felizmente limitados pelo seu tamanho. Aos trinta e quatro, o mais certo é tornar-se mesmo muito perigoso, sobretudo se for contrariado.

— Mas não podem indiciá-lo pelo que ele *poderá* fazer. Quanto muito, prendem-no por invasão de propriedade e indecoro e isso não o manterá lá dentro por muito tempo. Ouça — insistiu, persuasivamente, inclinando-se para a frente —, não pode rotular um homem de tarado por causa de um único episódio aberrante. Não teria acon-

231

tecido se o Glen Hopkins guardasse para si mesmo as suas ideias estúpidas, ou se o Barry tivesse tido o bom senso de não experimentar algo de que não ia gostar. O pobre diabo está completamente baralhado. Adorava o pai, que morreu quando ele tinha dez anos, vive aterrorizado pela mãe e acaba de pagar cem libras para perder a virgindade com uma fulana que o tratou como se ele fosse um pedaço de carne. A somar a tudo isso, eu e o Terry embebedámo-lo — pela primeira vez na vida, ao que me foi dado perceber — e deu por ele a assistir, sem querer, a uma cena de sexo ao vivo. — Soltou uma risada rouca. — Depois aparece-lhe você lá hoje de manhã a bater à porta e ele apanha um susto do caraças porque pensa que a Amanda o deve ter visto. Por amor de Deus, ele só lá voltou para ir buscar as fotografias e bateu uma, discretamente, na ausência dela, porque ainda estava excitado. Será este, *de facto*, o perfil de um criminoso sexual típico?

Harrison bateu com o lápis nos dentes:

— Estava a tentar arrombar a garagem de Mrs. Powell. Onde é que isso se encaixa?

Deacon franziu o sobrolho.

— Não me tinha contado isso.

— Foi assim que o apanhámos. Os vizinhos dela comunicaram-nos a presença de um possível ladrão e enviámos um carro-patrulha. — Empurrou uma folha de papel por cima da mesa. — Está tudo aí, preto no branco.

Deacon leu o relatório da ocorrência.

— Este indivíduo é descrito como tendo um metro e oitenta de altura, magro e com um casaco escuro. O Barry tem menos uns quinze centímetros, é gordo e o único casaco com que eu sempre o vi é um anoraque azul. Que neste momento se encontra na cela dele.

O sargento encolheu os ombros.

— Eu não me fiaria nessa descrição. Os vizinhos já andam na casa dos oitenta.

Deacon observou-o com ar divertido:

— Ai, se a minha mãe o ouvisse dizer isso! Não está mesmo a ver que eram dois homens diferentes? Caçaram o mais fácil — o papalvo. Se quer chegar a alguma conclusão, aconselho-o a ir à procura do alto.

— Se ele existir — redarguiu Harrison, mordazmente.

232

Terry estava mais que aborrecido quando Barry e Deacon emergiram das recônditas profundezas da esquadra da polícia.

— Demorou duas horas — disse, zangado, apontando para o relógio de parede da sala de espera. — Afinal o que é que o Barry fez? Deve ter sido coisa séria para levar assim tanto tempo a resolver.

Deacon abanou a cabeça.

— Estava a observar a casa da Amanda e foi preso por engano, confundido com um sujeito que tentou arrombar a garagem dela meia hora antes. Foi preciso este tempo todo para se chegar à conclusão de que ele não corresponde à descrição de um fulano alto, magricela e com um casaco escuro.

— Palavra?! Meta é já o Lawrence ao barulho. Ele arruma logo com estes sacanas. Isso é perseguição, claro que é, engaiolar um tipo sem razão nenhuma. Você está bem, Barry? Não tem lá muito boa cara.

Deacon fê-lo sair pela porta da frente para a noite gelada antes que o sargento de plantão pudesse dar-lhe um raspanete.

— O Barry vem para casa connosco — murmurou, ao ouvido de Terry. — A família dele foi aos arames por nós lá termos mandado o Harrison esta manhã, por isso disse-lhe que podia dormir no sofá, por um ou dois dias. Tens alguma coisa contra isso?

— Por que havia de ter? — perguntou o rapaz, desconfiado.

— Aquilo vai ficar apinhado, com os três.

— Não brinque comigo — redarguiu ele, com ar trocista. — *Apinhado* estava o armazém. — Olhou, expectante, para Barry que saíra atrás deles. — Espero que saiba cozinhar, companheiro, porque o Mike é uma perfeita nulidade. Nem sequer consegue cozer um ovo sem o queimar.

Barry pareceu nervoso:

— Infelizmente, pouco me ensinaram.

— Bom, a mim e ao Mike é que não ensinaram mesmo nada portanto o lugar é seu. — Espichou o queixo impacientemente na direcção do carro. — Então toca a andar, está bem? Estou esganado de fome. Já pensou que não comemos nada desde as sete da manhã?

Enquanto Terry acompanhava Barry até à cozinha e o manteve lá preso até ele cozinhar algo comestível, Deacon levou a lista telefónica para o quarto e fez uma chamada para Lawrence.

— Desculpe estar sempre a maçá-lo — disse — mas preciso de alguns conselhos e não sei a quem mais recorrer.

— Sinto-me honrado — replicou Lawrence.

— Ainda não sabe de que problema se trata. — O mais sucintamente possível, relatou-lhe os pormenores da detenção de Barry. — Convenci-os de que ele merecia uma segunda oportunidade por isso passaram-lhe um valente raspanete e soltaram-no. Desde que não venha mais nada a lume, está safo.

— Então qual é o problema?

— Disse-lhe que podia ficar aqui, comigo e com o Terry.

— Ó diabo! Um homossexual latente que comete actos obscenos a viver lado a lado com um adolescente traumatizado que provavelmente não terá quaisquer pruridos em o provocar para chantajá-lo. Não há dúvida que tem mesmo atracção pelos sarilhos, Michael.

Deacon deu um suspiro:

— Sabia que podia contar com a sua objectividade. Então, o que é que eu faço? O Barry foi devidamente avisado para não contar ao Terry por que é que o prenderam mas o Terry não é parvo nenhum e amanhã já terá descoberto tudo sozinho.

A alegre risada de Lawrence surgiu, ondulante, através do fio:

— Começar a rezar?

— Ah! Ah! E que tal se viesse ao nosso almoço de Natal, amanhã, para me ajudar a manter a ordem? Sendo um velho judeu solitário, sem família e que raramente se sente útil, não deve ter nada que fazer. Tem?

— Mesmo que tivesse, meu querido amigo, não resistiria a tão encantador convite.

O sargento-detective Harrison estava a vestir o casaco quando um colega espreitou à porta a informá-lo de que uma tal Mrs. Powell queria falar com ele.

— Diz-lhe que já saí — resmungou ele. — Raios partam, já perdi seis horas da minha folga por causa dos seus malditos invasores de propriedade.

— Tarde de mais — respondeu o colega com um inclinar de cabeça. — O Stewart disse-lhe que estavas cá e ela está à espera no corredor.

— Raios o partam! — E saiu atrás do outro homem.

— Sargento-detective Harrison — apresentou-se ele à mulher. — Em que posso ajudá-la, Mrs. Powell? — Era bem gira, pensou, muito mais atraente em carne e osso do que na fotografia e não se admirou que a sua imagem a fazer amor na carpete tivesse posto as hormonas de Barry em rebuliço.

Ela brindou-o com um sorriso hesitante.

— Estou com medo de ir para casa — limitou-se a dizer. — Vivo sozinha — fez um gesto triste em direcção da janela — e é de noite. Esse homem que apanharam no meu jardim? Está preso, não está?

Harrison abanou a cabeça.

— Libertámo-lo por insuficiência de matéria de facto. Mas pensávamos que a senhora só voltava depois do Natal e pedimos à Polícia de Kent para a informar da nossa decisão bem como dos motivos que nos levaram a tomá-la. Houve, por certo, uma falha de comunicação. — Irritado, passou a mão pelo rosto. — Não creio que tenha algo a recear, Mrs. Powell. Na nossa opinião, o indivíduo agiu impensadamente depois de se embebedar e não voltará a importuná-la. Encontra-se em casa de um amigo, Michael Deacon, que julgo que a senhora conhece, e não estamos a contar com mais problemas.

Os olhos dela abriram-se muito, sobressaltados:

— Mas o Michael Deacon forçou a entrada em minha casa há quatro dias quando *estava* bêbedo. — De súbito estremeceu. — Não percebo. Por que é que ninguém me contou nada disso? Nunca ouvi falar desse tal Barry Grover mas se é amigo de Mr. Deacon... — Agarrou-se à manga de Harrison. — *Sei* que tenho andado a ser observada — afirmou, inquieta. — Vi-o pelo menos duas vezes. É um sujeito baixo, de óculos e com um anoraque azul. Estava ao pé da minha casa há uns dez dias quando entrei com o carro e afastou-se quando me viu. É esse o homem que prenderam?

Harrison franziu o sobrolho, acabrunhado:

— De facto parece ser, mas ele afirma nunca ter ido a sua casa antes da noite de sábado.

— Está a mentir — afirmou ela, categórica. — Tornei a vê-lo mais ou menos há uma semana. Estava muito escuro mas tenho a certeza que era a mesma pessoa. Estava debaixo de uma árvore à entrada da propriedade e os óculos reflectiram a luz dos faróis quando entrei com o carro.

— Por que não chamou a Polícia?

Ela massajou a testa com dedos trémulos, como se tivesse uma dor de cabeça.

— Não podemos participar de todos os homens que olham para nós — replicou. — O caso só se torna assustador quando eles começam a comportar-se de forma estranha. Segundo o agente que veio informar-me da detenção, ele estava a exibir-se para cima de uma fotografia minha. — A voz tornou-se uma nadinha mais estridente. — Se isso é verdade, por que é que não o acusam formalmente? Agora que se safou também não vai parar. Ao libertarem-no, deram-lhe o direito de me aterrorizar.

Harrison voltou para o seu gabinete e abriu a porta para ela entrar.

— Vou precisar de um depoimento seu, com pormenores de quando e onde o viu anteriormente. E é melhor incluir esse incidente com o Michael Deacon. — Disfarçadamente, olhou para o relógio e abafou um suspiro. A mulher não lhe perdoaria.

Terry tirou o rolinho de papel de alumínio do bolso.

— Quem quer dar uma passa? — perguntou.

— Eu mandei-te deitar isso fora — disse Deacon.

— E deitei. Enfiei-o no cu até passar a tempestade. — Lançou um olhar de soslaio a Barry. — O Barry quer, não quer amigo? De facto merece depois daquela refeição — comentou com Deacon. — Uma maravilha, só lhe digo. Ultrapassa, de longe, tudo o que você conseguiu cozinhar. — Deitou mãos à obra retirando o tabaco de dentro de um *Benson and Hedges* de Deacon. — Então que andava você a rondar pela casa da Ai-manda, Barry? Não engulo essa treta que você e o Mike me contaram. Nem mesmo os chuis levam seis horas a descobrir a diferença entre um gajo baixo e gordo e um alto e magricela. — Calou-se, por instantes, para fixar o pálido — e intimidador — olhar no homem que tinha à sua frente. — Estava acagaçado de todo quando saiu lá de dentro.

O pequeno sopro de confiança trazido pelo sucesso dos seus cozinhados desapareceu por completo. O medo de ser corrido do apartamento se aquele adolescente descobrisse o que ele tinha feito era maior do que o medo da Polícia.

— Eu... hmm...

— Tinha todos os motivos e mais algum para estar — afirmou Deacon, friamente, apontando a Barry um dedo acusador. — Descobriu quem o Billy é — até anda com um retrato dele no bolso — e sabia que eu o esfolava vivo se a Polícia obtivesse essa informação antes de mim. — O seu tom de voz endureceu. — Caramba, Barry, és mesmo estúpido. Ainda me custa a crer que fosses estragar todo o trabalho que tivemos nesta trampa desta história só para ires ver como é que a estúpida da gaja era em carne e osso.

— Calma aí — comentou Terry retirando mortalhas de uma embalagem *Rizl*. — Como é que ele ia adivinhar que a bófia ia aparecer? Então, Barry, quem era ele? Alguém que eu conheça?

Barry retribuiu por instantes o olhar de Deacon e havia, nos seus olhos encovados, uma expressão de gratidão.

— Não me parece — acabou por responder. — Desapareceu quando tu terias uns sete anos. — Tirou os óculos e começou a limpá-los. — Viste a fotografia? — perguntou a Deacon. — E tens a certeza que é o Billy?

— Tenho.

— Mas eu mostrei-te outra versão dele, ontem, Mike, e tu nem sequer olhaste duas vezes para ela.

Deacon tirou uma faca de trinchar da gaveta da mesa e começou a balançá-la na palma da mão:

— Não estava a brincar quando disse que te esfolava vivo — murmurou. — Vais dizer-me quem ele é antes de eu e o Terry começarmos a limpar o teu sangue do chão?

A mulher-polícia passou um braço pelos ombros de uma Amanda chorosa e olhou acusadoramente para o sargento:

— Admita, meu sargento, que engoliu a história daquele bandalho, com todos os pontos e vírgulas. Ele disse que esteve a vê-la a fazer amor na carpete e o senhor acreditou, mas já era de esperar que ele dissesse algo desse género. Para o tarado típico, uma mulher semidespida ou nua, dentro da sua própria casa, é justificação para tudo. «A culpa não foi minha, chefe, foi da fulana. Não fechou as cortinas. Sabia que eu estava lá fora e quis excitar-me.» Com franqueza! — Parecia muito irritada. — Estou farta de homens que se desculpam denegrindo as mulheres. Seja como for, não faz a menor diferença que Amanda tenha estado a fazer amor naquela noite. Continua a não ser motivo para que sujeitinhos desajustados se masturbem, depois, para cima das fotografias delas.

Com ar cansado, Harrison levantou os braços:

— Concordo. Certo? Concordo. — Fechou os olhos. — Estava apenas a tentar definir alguns factos e peço desculpa se a Amanda se ofendeu com algo que eu disse. — Quando um homem ficava entalado entre uma rocha e um sítio duro, a única saída era explorar uma fraqueza.

Deacon leu o que Barry tinha sobre Peter Fenton, rematando com o artigo de Anne Cattrell, e depois pousou o queixo nas mãos olhando fixa e frustradamente para a capa de *Mistérios Irresolúveis do Século XX*.

— Está tudo aqui — uma centena de razões para um homem desaparecer da circulação e viver o resto da vida atormentado — mas não há um raio de um motivo só que seja para escolher a garagem da Amanda Powell para ir morrer. — Tinha os próprios apontamentos que estavam em cima da mesa, ao seu lado, e pegou no recorte sobre Nigel de Vriess. — Por que é que isto o teria enervado? Onde é que está a ligação entre o caso Streeter e o caso Fenton?

— Talvez não haja ligação nenhuma — opinou Barry. — Tu é que calculas que tenha sido isso que o Billy leu antes de sair do armazém porque queres estabelecer um padrão, mas continuo a perguntar a mim mesmo por que é que Mrs. Powell te contou a história do Billy se tinha algo a recear do que tu pudesses vir a descobrir. — Colocou o retrato cadastral de Billy ao lado da foto do jovem James Streeter. — Superficialmente, existe aqui um padrão mas só com um computador se vê que não existe. — Sorriu, acanhadamente. — Talvez seja um caso de realidade mais estranha que a ficção, Mike.

Terry, sonhadoramente entretido a fumar o charro que os outros dois haviam recusado em favor de outra garrafa de vinho, falou através da névoa azul que o envolvia:

— É o maior disparate que eu já ouvi. Está a dizer asneiras, amigo.

— Qual é a tua teoria?

— Bom, vejamos a coisa desta maneira. Que acontece normalmente à esposa cujo marido a deixa na merda e desaparece com a massa toda? Não aparece a cheirar a rosas, essa é que é essa.

— Esta sim — replicou Deacon, pensativo. — Por acaso, tresando à porcaria das rosas.

— Ora aí está — redarguiu Terry com ar matreiro, sem saber bem de que Deacon estava a falar.

— E então?

— Quer dizer que ela se safou, não é? Quer dizer que não é nenhuma otária. — Procurou expressar-se melhor. — Quer dizer que não grama lá muito os homens. Ai, a merda! — exclamou olhando para os rostos espantados dos outros dois. — Não percebem nada?

— Percebíamos se tu falasses com palavras de mais de duas sílabas — replicou Deacon, secamente. — O homem não levou séculos a criar uma linguagem sofisticada para a ver reduzida a roncos, pausas glóticas e um nunca mais acabar de negativas duplas que não expressam absolutamente nada. Pensa no que queres dizer e tenta de novo.

— Bolas, às vezes arma-se mesmo em intelectual — comentou Terry, desdenhosamente, mas fez um esforço para organizar as ideias. — Está bem, vamos lá ver. Mesmo quando estava bêbedo, o Billy tinha motivos para fazer o que fazia. Podiam não ser *bons* motivos mas eram motivos. Estão a compreender?

Os dois homens acenaram que sim.

— Certo, ponto seguinte. A Amanda safou-se muito bem sozinha, independentemente de o marido ser um criminoso e a ter tramado. Isso faz dela uma gaja espertalhona. Estão a compreender?

Mais dois acenos de cabeça.

— Então juntem as duas coisas e com o que é que ficam? Ficam com o Billy a ir a casa da Amanda por um motivo qualquer e a Amanda a usar, depois, a esperteza dela.

Deacon rilhou os dentes:

— É só isso?

Terry puxou uma longa passa do charro:

— Eu cá aposto na Amanda. Se ela é mais esperta que vocês e o Billy juntos, vai ganhar, não vai?

— Ganhar o quê?

— Como raio hei-de eu saber? Você é que anda a jogar com ela, não sou eu. Eu só estou a assistir.

17

QUANDO A CAMPAINHA da porta tocou inesperadamente, os três homens mostraram diversos graus de alarmismo. Nenhum deles duvidava que fosse a Polícia. Terry correu para a retrete e, tardiamente, despejou a sua culpa para a fossa; Deacon abriu a janela da cozinha de par em par e procurou, nervosamente, a lata do ambientador; mas Barry, revelando mais sangue-frio que qualquer um deles, abriu o bico de gás debaixo da frigideira suja, esmagou uns dentes de alho para dentro da gordura crepitante e começou a picar cebolas.

— Já estava à espera deles — disse, resignado. — Não me perdoarei se também te prenderem, Mike. Não tens culpa de nada disto.

Harrison começou a ficar irritado quando lhe pareceu que Deacon tencionava mantê-lo por tempo indefinido à entrada do prédio.

— Se continua com isso — avisou-o — eu volto daqui a meia hora com um mandado de prisão para o grupo todo. Vá lá, deixe-me entrar. Preciso falar outra vez com o Barry e você só está a deixar-me desconfiado com essa técnica do empata. Que diabo se passa lá em cima? O Barry está a chatear esse seu namoradinho?

Deacon deixou-o passar:

— Talvez esteja na altura de se reformar — comentou, friamente. — Nem eu me rebaixava ao ponto de fazer um comentário desses e sou jornalista.

Harrison fitou-o com um misto de cansaço e troça:

— O senhor é um amador, Mr. Deacon. Até um simples maçarico lhe passava a perna.

O cheiro no apartamento era enjoativo, uma mistura de gordura queimada, alho, cebolas e, a culminar, o perfume exótico do *after--shave Jazz* com que Terry borrifara generosamente o sofá de Deacon. A porta da cozinha estava fechada e Terry e Barry sentados, nenhum deles lá muito descontraído, a ver televisão ao canto.

O sargento parou um momento na soleira da porta, depois puxou dos cigarros e ofereceu um a Deacon.

— Um ambiente interessante — comentou, afável.

Deacon concordou e, com um certo alívio, aceitou o cigarro.

— O sargento-detective Harrison tem mais umas perguntas para fazer ao Barry — anunciou para a sala em geral. — Por isso talvez seja melhor eu e o Terry sairmos por uns dez minutos.

Harrison fechou a porta de entrada:

— Preferia que ficasse Mr. Deacon. Também tenho umas perguntas para si.

— Mas para o Terry não. — Deacon tirou cinco libras do bolso e fez um gesto de cabeça ao jovem. — Há um *pub* aqui na esquina. Vamos lá ter contigo quando estivermos despachados.

Terry abanou a cabeça.

— Nem pensar. O que é que eu faço se vocês não aparecerem?

— E por que é que não havíamos de aparecer?

Terry lançou um olhar desconfiado ao sargento:

— Ele não veio cá para conversas. Aposto que vai prender o Barry outra vez por causa dessa tal Powell. Acertei, Mr. Harrison?

O sargento encolheu os ombros, com displicência:

— Quero respostas para mais algumas perguntas, mais nada. Pela parte que me toca, tu não estás metido nisto, portanto tanto podes sair como ficar. Para mim é a mesma coisa.

— Mas para mim não — retorquiu Deacon, categórico, tirando a chave de reserva de uma prateleira junto à porta. — Vá lá, rapaz, alça daí. Se não formos ter contigo dentro de meia hora, podes voltar para casa.

— Não — ripostou o jovem, teimosamente. — Fico. O Billy era meu amigo, tal como vocês são, e não se abandona os amigos quando eles precisam de nós.

— Vamos lá a despachar isto — disse Harrison, já impaciente, sentando-se numa cadeira e inclinando-se para a frente com o olhar fixo em Barry. — Mrs. Powell conta uma versão diferente da sua, meu amigo. Segundo ela, você anda a persegui-la há umas duas semanas e a deixá-la absolutamente apavorada. Ela viu-o pelo menos duas vezes, descreveu-o até ao mais ínfimo pormenor e nega absolutamente que alguém tenha estado com ela a noite passada ou que estivesse a fazer amor na carpete da sala às duas da manhã. Quer que você seja preso porque, enquanto não for, está demasiado assustada para ficar em casa. — Transferiu o olhar para Deacon: — Descreveu também com todos os pormenores como é que o seu amigo forçou a entrada lá em casa na noite de quinta-feira e se recusou a sair. Diz que ele estava bêbedo, que foi violento e abusador e que se recusou a explicar, fosse em que altura fosse, a razão por que lá estava. Então? Que diabo se passa entre vocês dois e aquela fulana?

Seguiu-se uma breve pausa de silêncio.

— É muito bonita — disse Deacon, vagarosamente — e eu *estava* muito bêbedo, mas ela está a basear-se no facto de eu lhe ter dito, na manhã seguinte, que não me lembrava de nada. — Em largas passadas, aproximou-se do televisor e desligou-o antes de se encostar à parede, ao lado dele. — Na altura era verdade mas depois de um bom pequeno-almoço e várias chávenas de café já não. Pode afirmar que eu forcei a entrada porque me encostei à porta quando ela a abriu e ser--lhe-ia difícil correr comigo nessa altura. Mas não fui violento e não fui abusador e nada a impedia de chamar a Polícia se estivesse com medo de mim. Tivemos uma breve conversa antes de eu desmaiar em cima do sofá e na manhã seguinte ela obrigou-me a beber um café antes de eu me vir embora. Pedi-lhe desculpa tantas vezes que isso começou a irritá-la e quando lhe perguntei se a tinha assustado ela disse que já deixara de se assustar com o que quer que fosse. — Fez um leve sorriso. — Pode acusar-me de inoportuno e desajeitado — semicerrou os olhos — mas não pode acusar-me de mais nada. Dificilmente me torno agressivo sob os efeitos do álcool, sargento. Faço é figura de parvo, isso sim.

— É verdade — afirmou Terry. — Ontem à noite, quando se embebedou, contou-nos, a mim a ao Barry, que queria ter filhos. Foi para aqui uma choradeira que nem imagina.

Deacon lançou-lhe um olhar de censura:

— Eu não estava a chorar.

— Pouco faltou — retorquiu Terry com um sorriso travesso.

Harrison ignorou aquela troca de palavras e voltou-se para Barry:

— Jurou que, até à noite passada, nunca se aproximara da casa de Mrs. Powell.

Barry corou, com ar de culpado:

— E não me aproximei.

— Não acredito em si.

O homenzinho já tremia, de nervos:

— Não me aproximei — repetiu.

— Ela descreveu-o com todos os pormenores, disse-me onde é que você se encontrava quando ela o viu. Como é isso possível se não o tivesse visto?

— Não sei — respondeu Barry, desalentadamente.

— Ela disse quando é que o viu?

— Não tem a certeza das datas, mas a primeira vez foi há cerca de dez dias e a segunda dois ou três depois. — Tirou do bolso um bloco de notas e folheou-o. — Descreve-o como um homem baixo, de óculos, vestindo um *anorak* azul, calças cinzentas e sapatos de cor clara, provavelmente de camurça. Disse que estava junto à casa quando ela se aproximou de carro mas que se afastou quando ela virou para entrar no acesso. Ainda nega que fosse você, Barry?

— Sim. — Lançou um olhar de desespero a Deacon. — Não posso ter sido eu, Mike. Eu nunca lá tinha ido.

Deacon franziu o sobrolho:

— Mas parece — sublinhou, interrogando-se se estaria ele enganado e Harrison com razão. — É uma descrição exactíssima.

— Bolas, ainda bem que não saí para tomar um copo — comentou Terry, com ar trocista. — Sem mim, estavam os dois perdidos. — Voltou-se, agressivamente, para Barry. — Que foi que eu lhe disse, na cozinha? Os tristes usam anoraques, mas os tristes *a sério* calçam sapatos de camurça. E que é que você me respondeu? É uma pena não me teres conhecido na quinta-feira, porque foi quando comprou os sapatos. Eu bem vos disse que aquela gaja era esperta. Convenceu um dos guardas a dar-lhe uma descrição sua e desbobinou-a aqui ao Mr. Harrison. Se pagou esses sapatos com cartão de crédito, companheiro, está safo, não está? Não há hipótese nenhuma de os trazer calçados há dez dias.

O rosto triste de Barry iluminou-se:

— Paguei — disse. — Até tenho o recibo. Está no meu quarto, em casa.

— E quantos outros pares de sapatos de camurça é que tem? — perguntou Harrison nada impressionado com o raciocínio de Terry.

— Nenhum — respondeu Barry com crescente excitação. — Comprei estes como presente de Natal para mim mesmo porque os meus sapatos são todos pretos. O Mike sabe isso. Ele é que me disse que os sapatos pretos cansavam.

— Sim — declarou Deacon, prestimoso. — Disse, sim. — Dobrou-se para deitar a cinza no cinzeiro que estava em cima da mesa de centro e aproveitou a pausa para um rápido raciocínio. — Dá-me uma descrição do homem que estava com ela a noite passada, Barry, aquele que ela nega que tenha lá estado.

— Já lhe disse — respondeu Barry, constrangido.

— Diz outra vez.

— Cabelo claro, bem parecido... — Remeteu-se a um silêncio embaraçado, não querendo reviver a sua tão vergonhosa excitação de *voyeur*. O frémito da experiência há muito que o abandonara.

— A descrição que o Barry me deu hoje à tarde — disse Deacon a Harrison — foi de um sujeito alto, magro, louro, bronzeado e com uma tatuagem ou sinal de nascença na omoplata direita. Não o reconheceu e eu pela descrição também não, mas digamos que consigo provar-lhe que esse homem existe e que Amanda Powell o conhece muito bem?

Harrison não se mostrou desfavorável à proposta. Ainda estava ressentido com o raspanete que levara quando se atreveu a questionar o desmentido dela. *Mas...*

— Que interesse tem isso?

— Talvez o convença a ir perguntar-lhe por que é que ela está a mentir sobre a presença dele.

— Repito, que importância tem isso? Não há nenhuma lei que a proíba de ter um homem lá em casa e o Barry pode tê-lo visto numa das outras vezes em que ela diz que ele lá esteve. Por si só, a existência do homem não prova nada.

— Mas suponha, por um minuto que seja, que o Barry está a dizer a verdade. Acredite que ele nunca tenha estado antes em casa de Mrs. Powell e que viu lá um homem a noite passada. Não tem curiosidade em saber por que é que ela está a mentir? Eu tenho.

Harrison susteve o olhar dele por um instante:

— Mrs. Powell é muito... — procurou o termo certo — ... convincente. — Fez o ar de quem ia dizer mais qualquer coisa mas que depois se arrependeu.

— Demasiado convincente? — corrigiu Deacon.

— Eu não disse isso.

Deacon apagou o cigarro, depois aproximou-se do telefone e abriu a agenda que estava ao lado. Marcou um número.

— Olá, Maggie, fala o Mike Deacon. Sim, eu sei que é tarde mas preciso mesmo de falar urgentemente com o Alan. — Aguardou e sorriu para o bocal do auscultador. — Sim, meu velho safado, sou eu outra vez. Como te sentes? — Deu uma gargalhada. — Ela deixou-te beber um uísque? Então as coisas estão a melhorar. É só um favorzinho, pelo telefone. Vou mudar para o altifalante porque tenho aqui mais três pessoas e estão todas interessadas naquilo que eu espero me possas dizer. Quero que me descrevas o Nigel de Vriess. — Carregou na tecla do altifalante e pousou o auscultador.

— Referes-te ao aspecto físico dele? — perguntou, troante, o vozeirão de Alan Parker.

— Sim. E podes confirmar que até hoje nunca me deste uma descrição dele.

— Só se me disseres o que se passa. Posso andar afanado mas ainda sou jornalista. O que é que o seboso andou a tramar?

— Ainda não sei ao certo. Serás o primeiro a saber, depois de mim.

— Pois, quando as galinhas tiverem dentes — redarguiu Alan com uma casquinada. — Está bem, nunca te dei nenhuma descrição dele. Tanto quanto me lembro, é mais ou menos da minha altura — ou seja, um metro e oitenta — e tem cabelo louro que pinta para esconder as brancas. Anda sempre impecavelmente vestido com fatos escuros, provavelmente do Harrods. Usa um cravo branco na lapela. Bem parecido, envolvente. Lembra-te do Roger Moore como James Bond que não erras muito. Mais alguma coisa que queiras saber?

— Deram-nos uma descrição de um homem que eu acho que é ele — o sorriso de Deacon reflectiu-se na sua voz —, mas na altura estava em pelota por isso a sua maneira de vestir de pouco nos serve. Segundo a descrição, tinha um bronzeado total e uma tatuagem ou sinal de nascença na omoplata direita. Podes confirmar algum destes factos?

— Ah, Ah! Do bronzeado não sei mas sem dúvida que tem um sinal de nascença na omoplata direita. Reza a lenda, inventada por ele, claro, que tem a forma do número do diabo — 666 — razão por que aos trinta anos já era milionário, o diabo a zelar pelos seus, enfim essa treta toda. Mas uma das suas amásias disse que era mais parecida com a piloca de um cão. Eu nunca a vi, portanto não sei como é. — A sua voz adoptou uma entoação lisonjeira. — Então, Mike? De que se *trata*? Arranco-te o coiro se a DVS estiver à beira da falência e tu a fazeres caixinha. Tenho acções naquela porcaria.

— Que eu saiba, isto não tem nada a ver com o negócio dele, Alan. — Com renovadas promessas de manter o amigo informado, Deacon desligou e virou-se, com ar interrogativo, para Harrison. — Os sogros de Amanda andam há cinco anos a afirmar que ela e Nigel de Vriess se uniram para defraudar o Lowenstein's Bank em 10 milhões de libras e depois fizeram do marido dela o bode expiatório assassinando-o. Ninguém, incluindo a Polícia, levou tais afirmações a sério por não haver provas de uma ligação entre Nigel e Amanda depois de ela ter casado com James.

Por momentos, Harrison digeriu a informação em silêncio.

— E continua a não haver — frisou. — Tudo o que o seu amigo disse é, provavelmente, do domínio público. O que o impedia a si, ou ao Barry, de fazer uma pesquisa para depois, servindo-se dessa informação, comprometer Mrs. Powell?

— Absolutamente nada — replicou Deacon, tranquilamente, acendendo outro cigarro. — Na verdade é exactamente o que eu tencionava fazer depois do Natal. A minha intenção era, na primeira oportunidade que tivesse, marcar uma entrevista com o de Vriess. Acredite se quiser que a única pesquisa que fiz sobre ele foi convidar o Alan Parker para tomar um copo no domingo passado e perguntar-lhe como é que o de Vriess financiara a compra da mansão de Hampshire, que é o principal ponto de suspeita — e curiosidade — da família Streeter.

— E eu nem sequer tinha ouvido falar dele até ontem à noite — acrescentou Barry, a medo.

Deacon foi buscar os seus apontamentos à cozinha e fechou logo a porta bloqueando o forte pivete que de lá se evolava como óleo de colector. Passou o artigo do *Diário do Mail* a Harrison e explicou-lhe resumidamente por que andara à procura daquilo ou de algo no género.

— Procuramos qualquer coisa que ligue Billy Blake e Amanda Powell — rematou.

— E encontraram uma ligação?

A expressão de Deacon foi neutra:

— Continuamos a tentar. Como lhe disse hoje à tarde, a explicação mais provável é que Billy fosse o marido dela. Mas não podemos prová-lo.

Seguiu-se uma longa pausa enquanto Harrison considerava as implicações do que Deacon lhe contara.

— Se Billy era James, então os sogros dela estão enganados — salientou. — Ela e de Vriess não podiam tê-lo assassinado há cinco anos se ele ainda estava vivo em Junho.

Deacon fez uma sorriso rasgado:

— Até nós, os amadores, já deduzimos isso, pelo que começo a pensar que é esse o cerne da questão. Afinal de contas, é tão estupidamente óbvio.

Tornou a encostar-se à parede e explicou-lhe pormenorizadamente por que achava que Amanda se aproveitara da fortuita morte de um desconhecido na sua garagem, desconhecido esse que se parecia extraordinariamente com o marido, para se ilibar de pendentes suspeitas de homicídio e, ao mesmo tempo, legalizar a sua situação como viúva.

— O único papel que eu tive, a meu ver, foi o de observador objectivo que gerou um interesse oficial — rematou. — Mas ela agora deve estar muito preocupada se julga que o Barry os viu, a ela e ao Nigel. Não pode arriscar-se a levantar suspeitas sobre a sua relação com ele.

Harrison achou tais argumentos perfeitamente convincentes e perguntou se lhe emprestavam o retrato cadastral de Billy e o do jovem James Streeter.

— Como acha que ela vai reagir quando eu lhos mostrar? — perguntou, guardando-os no bolso do casaco.

Mas Deacon abanou a cabeça:

— Não faço ideia — respondeu, com sinceridade, lembrando-se de como ela lhe enterrara as unhas no queixo quando ele próprio aventara tal hipótese.

— Por que não disse a Mr. Harrison que o Billy era esse tal Fenton? — quis saber Terry depois de o sargento-detective ter saído.

— Sabes o que é um furo?

— Claro.

— Por isso é que não lhe disse.

— Pois, contou-lhe foi um montão de galgas. A Amanda não é parva, pois não? Nunca pode ter achado que era assim tão fácil dar o James como morto. A bófia precisa de muito mais provas do que dois retratos.

Deacon sorriu:

— Ela chamou-me esperto quando *eu* lhe expus a teoria.

— Gosta dela?

— Que raio te leva a julgar que sim?

— Senão para que havia de querer desmaiar no sofá dela?

Deacon coçou o queixo.

— Ela tem os mesmos olhos azuis que a minha mãe — respondeu, pensativamente. — Tive saudades de casa.

Harrison passou pela esquadra antes de ir a casa de Amanda. Fez algumas perguntas aos colegas e depois ligou para o agente Dutton, em Kent. Mrs. Powell fora informada da libertação de Barry Grover? Sim. E que mais informações, sobre ele, lhe dera Dutton? Uma descrição completa, foi a resposta, e pormenores de quando ele estivera ao pé da casa dela. Havia algum problema? Não havia nenhum pedido de sigilo na comunicação enviada por fax e Mrs. Powell frisara, com toda a razão, que precisava saber como ele era para o caso de tornar a ser importunada.

Harrison já ia a fumegar de raiva quando chegou à Thamesbank Estate.

A mulher-polícia que acompanhou Amanda até Harrison voltar da segunda conversa com Barry veio abrir-lhe a porta.

— Onde é que ela está? — perguntou o sargento, com maus modos, passando por ela.

— Na sala.

— Certo. Quero aqui uma testemunha. Anote tudo o que ela disser e se você pestanejar uma vez que seja com o que *eu* disser vai arrepender-se amargamente. Percebeu? — Com o ombro empurrou a porta da sala e sentou-se de imediato no sofá, de frente para Amanda:

— Tem andado a mentir-me, Mrs. Powell.

Ela chegou-se para trás.

— *Esteve* um homem cá em casa a noite passada.

Ela inclinou-se para mexer no *pot-pourri* de pétalas de rosa, espalhando o cheiro por entre os dedos esguios.

— Está muito enganado, sargento. Estive sozinha.

Harrison ignorou a resposta.

248

— Praticamente já identificámos o seu... — escolheu com todo o cuidado a palavra seguinte — *companheiro* como sendo Nigel de Vriess. Ele também vai negar que aqui esteve?

Algo se alterou no fundo dos seus olhos e Harrison sentiu, em reacção a isso, um renovar das suas expectativas. De súbito fez-lhe lembrar um gato siamês de mau feitio que a avó dele tivera, em tempos. Desde que o deixassem em paz era uma doçura; quando lhe mexiam, arranhava e bufava. Quando um dia lhe encheu a cara de arranhões, a avó mandou abatê-lo. «A beleza depressa se acaba» comentara ela, sem remorsos.

— Suponho que sim — replicou Amanda.

— Quando o viu pela última vez?

— Não faço ideia. Já foi há tanto tempo que não lhe sei dizer.

— Antes ou depois de o seu marido desaparecer?

— Antes. — Encolheu os ombros. — Muito antes.

— Portanto se eu perguntar à companheira dele onde é que Nigel esteve a noite passada o mais certo é ela dizer que esteve em casa, com ela.

A ponta da língua rosada deslizou pelos lábios, humedecendo-os:

— Não sei.

— Eu *vou* perguntar-lhe, Mrs. Powell, e tenho a certeza que ela há--de querer saber o motivo da minha pergunta.

Ela tornou a encolher os ombros:

— Não estou interessada em nenhum deles.

— Então por que estava, há bocado, tão decidida a desacreditar Barry Grover?

Ela não deu resposta.

Harrison enfiou a mão no bolso.

— Fale-me de Billy Blake — pediu-lhe. — Reconheceu-o quando o encontrou na sua garagem?

Ela reagiu à mudança de táctica apenas com um levíssimo franzir do sobrolho.

— Billy Blake? — repetiu. — Claro que não o reconheci. Por que havia de reconhecer? Era um estranho.

Ele mostrou-lhe os retratos emprestados e alinhou-os cuidadosamente em cima da mesa de centro.

— É o mesmo homem? — inquiriu.

O choque dela foi tão intenso que ele não duvidou que fosse genuíno. Por mais culpas que tivesse no cartório, pensou ele, decerto nunca lhe passara pela cabeça que Billy Blake pudesse ser confundido com o seu marido desaparecido.

Só que Deacon omitira-lhe o facto de ela já ter ouvido aquela mesma teoria na noite de quinta-feira.

Deacon pousou o auscultador com um brilho de gozo nos olhos escuros.

— O Harrison está fulo por ter andado a caçar gambozinos — comentou. — Pelos vistos, Mrs. Powell ficou abananada quando ele lhe mostrou as fotos.

— Não me admira nada — replicou Terry. — Como o Barry disse, se esquecermos a diferença de idades, é preciso um computador para os distinguir. Se calhar neste momento ela está a tremer que nem varas verdes porque de repente se lembrou que afinal de contas podia ser o James.

— Não — redarguiu Deacon, pausadamente —, nem pestanejou quando eu lhe disse isso. Sempre soube que não era ele, para que há-de estar agora a dar falsas esperanças ao Harrison? — Olhou para o relógio. — Vou sair — disse, de repente. — Podem ficar a ver o último filme da televisão até eu voltar.

— Onde é que vai? — quis saber Terry.

— Não interessa.

— Dar uma espreitadelazinha como a do nosso Barry, não é? Entra no jardim à socapa e baba-se todo enquanto ela dá uma queca com o Nigel.

Deacon fulminou-o com o olhar.

— Tens uma mentezinha tortuosa, Terry. A menos que o sargento Harrison seja cego que nem um morcego, o Nigel de Vriess já se pôs na alheta há muito tempo. — Apontou-lhe um dedo ameaçador: — Não me demoro mais que duas horas por isso porta-te bem. Arranco-te o coiro se tentares fazer alguma coisa enquanto eu estiver fora deste apartamento.

Terry lançou um olhar pensativo na direcção de Barry:

— Em *mim* pode confiar, Mike.

O trânsito era fraco àquela hora da noite e precisou apenas de meia hora para passar pela City e seguir depois para leste ao longo do rio até à Isle of Dogs. Manteve-se atento ao espelho retrovisor lamentando a decisão de abrir uma segunda garrafa de vinho. As luzes estavam acesas em casa de Amanda e ainda considerou a hipótese de encenar a fantasia de Terry esgueirando-se para as traseiras e espreitar pelas janelas da sala. A ideia agradava-lhe mais do que ele gostaria de admitir mas rejeitou-a com medo das consequências. Em vez disso, realizou uma das profecias de Billy: «*Nunca fará o que quer porque a vontade da tribo é mais forte que a sua.*»

Tocou a campainha e escutou o som dos passos dela no vestíbulo. Seguiu-se um breve silêncio enquanto ela espreitava pelo óculo.

— Não vou abrir esta porta, Mr. Deacon, — disse ela, do outro lado —, por isso aconselho-o a ir-se embora antes que eu chame a Polícia.

— Duvido que eles venham — replicou ele inclinando-se para sorrir amistosamente para a lente. — Já estão fartos de nós. De momento não conseguem descobrir qual dos dois está a dizer mais mentiras, embora a Amanda pareça levar a dianteira. O sargento Harrison está profundamente irritado com a sua recusa em admitir que o Nigel de Vriess esteve cá em casa a noite passada.

— Não esteve.

— O Barry viu-o.

— O seu amigo está doente.

Ele encostou um ombro à porta e puxou de um cigarro.

— Um pouco baralhado, talvez, como eu. Não imaginava que a tivesse assustado assim tanto na noite de quinta-feira, Amanda, tendo você sido tão encantadora para mim na manhã seguinte. — Calou-se à espera de uma resposta. — O sargento Harrison acha estranho não ter chamado a Polícia quando eu desmaiei no seu sofá. É o que a maioria das mulheres teria feito diante de um intruso violento e abusador.

— Que deseja, Mr. Deacon?

— Conversar um bocadinho. De preferência aí dentro, onde está mais quente. Descobri quem o Billy era.

Houve um longo silêncio até a corrente tilintar e ela abrir a porta. A luz no vestíbulo era muito forte e ficou impressionado com o aspecto dela. Parecia adoentada. O rosto estava abatido e sem cor e não se parecia nada com a mulher radiosa, no seu vestido amarelo, que três dias antes o deslumbrara.

Franziu o sobrolho:

— Sente-se bem?

— Sim. — Fitava-o de uma forma estranha, como se à espera de ver uma reacção nos olhos dele, e descontraiu-se visivelmente quando tal não aconteceu. — É melhor entrar.

Ele deu uma olhadela pelo vestíbulo e reparou numa mala ao fundo das escadas:

— Vai a algum lado?

— Não. Acabo de voltar de casa da minha mãe.

— Que se passa?

— Nada.

Seguiu-a até à sala de estar e notou de imediato que o perfume a rosas desaparecera. Em vez disso, a janela estava aberta e o cheiro nauseabundo das margens do rio descobertas parecia entrar trazido pela brisa da noite.

— A maré deve estar baixa — comentou. — Devia ter ficado com um dos apartamentos de Teddington, Amanda. Não há marés depois das comportas.

A pouca cor que lhe restava no rosto desvaneceu-se por completo:

— De que está a falar?

— Do cheiro. Não é lá muito agradável. Devia fechar a janela. — Sentou-se no sofá e acendeu o cigarro observando-a enquanto ela pulverizava a sala com um ambientador e depois mexia no *pot-pourri* com os dedos para espalhar o perfume.

— Assim está melhor? — perguntou-lhe.

— Não sente a diferença?

— Nem por isso. Já estou habituada. — Sentou-se na cadeira à frente dele. — Vai dizer-me quem era o Billy?

O tique entrara furiosamente em acção ao canto da boca dela e Deacon interrogou-se por que estaria tão agitada e tão pálida. Por muitas informações que ele tivesse dado a Harrison, seria preciso muito mais do que o fortuito testemunho ocular de Barry do encontro dela com Nigel de Vriess para validar a teoria dos Streeter de uma conspiração homicida. Parecera-lhe uma mulher de fria compostura e agora a falta dessa característica intrigava-o. O paradoxo é que a achava muitíssimo menos atraente assim, desesperada — a ponto de se interrogar como é que chegara a sentir desejo por ela — mas muitíssimo mais simpática. A vulnerabilidade era uma qualidade que ele identificava e entendia.

— Chamava-se Peter Fenton. Deve lembrar-se da história. Um diplomata — crê-se que tenha sido espião — que desapareceu de casa em 1988 e nunca mais foi visto. Pelo menos como Peter Fenton.

Ela não disse nada.

— Não parece muito impressionada.

Ela comprimiu os lábios com as mãos por um momento e Deacon percebeu que o seu silêncio se devia mais ao facto de não conseguir falar do que a não querer.

— Por que é que ele cá veio? — acabou ela por perguntar.

— Não sei. Esperava que fosse a *Amanda* a dizer-*me*. Conhecia-o, ou o James?

Ela abanou a cabeça.

— Tem a certeza? Conhece todas as pessoas que o James conhecia?

— Sim.

Deacon tirou do bolso o artigo do *Diário do Mail* e passou-lho para a mão.

— O Billy leu isso três semanas antes de aparecer morto na sua garagem. Digamos que foi a Halcombe House com a intenção de obter, de Nigel, o endereço de Amanda Streeter porque não sabia que usava o nome de Amanda Powell nem que vivia e trabalhava a cerca de quilómetro e meio do poiso dele. — Pensou por um momento e, à falta de cinzeiro, sacudiu a cinza para a palma da mão. — O facto de ter cá vindo significa que o Nigel lhe deve ter dito como havia de encontrá-la, o que faz do seu amante um grandíssimo sacana, Amanda. Primeiro, por dar o seu endereço a qualquer vadio velho e bêbedo que lho pede e segundo por não lhe ter dito que contasse com uma visita. Não disse, pois não?

Ela lambeu os lábios:

— Como é que sabe que o Billy leu isto?

Deacon mentiu.

— Um dos homens lá do armazém disse-me. Então, como é? Por que estava Peter Fenton tão decidido a procurar Amanda Streeter? E para que havia Nigel de ajudá-lo? *Eles* conheciam-se?

Ela massajou as têmporas com mãos trémulas:

— Não sei.

— Está bem, vejamos outra hipótese: que poderia Peter saber a seu respeito para vir procurá-la quando leu o seu nome no jornal? Talvez soubesse alguma coisa a seu respeito, *e* do Nigel, e ele tenha sacudido a água do capote convencendo-o de que era consigo que tinha de falar?

Ela enterrou-se na cadeira e fechou os olhos.

— O Billy nunca falou comigo. Quando o encontrei já estava morto. Não sei quem ele era nem por que veio a minha casa. Acima de tudo, não sei por que... — Calou-se.

— Continue.

— Estou maldisposta.

Deacon olhou na direcção da janela.

— Fale-me do Nigel — insistiu. — Por que terá ele dado o seu endereço a Peter Fenton sem lhe dizer que o tinha feito?

— Não sei. — E abanou tremulamente a cabeça. — Por que acha que ele o conhecia como Peter Fenton? Foi Billy Blake que morreu na minha garagem.

— Certo. Então para que deu o seu endereço a Billy?

— Não sei — repetiu ela. — Que tipo de homem era ele? — Arregalou os olhos e Deacon receou que se preparasse para vomitar.

— Se se refere ao Billy, era bom homem. — Tirou um lenço de pano do bolso. — Acho que o melhor é tentar conter o vómito — comentou ele com um débil sorriso — mas, se precisar, sabe onde é a casa de banho. — Esperou que os arrancos cessassem. — Um psiquiatra que teve três sessões com ele descreve-o como semi-santo, semifanático. Li uma transcrição de parte da conversa deles. O Billy acreditava na salvação das almas e na mortificação da carne mas achava que, pessoalmente, estava condenado. — Observou-a por um instante. — Com base naquilo que sei dele, por intermédio de Terry Dalton — um jovem de quem ele se tornou amigo e de quem tomava conta — diria que o Billy era um homem honrado e íntegro apesar de bêbedo e ladrão.

— Que motivos teria então para aqui vir?

Deacon levantou-se e foi até à janela para deitar a beata para o jardim. A brisa que soprava lá de fora era suave e limpa, com um leve cheiro a maresia. Voltou para o ambiente pesado da sala nua, minimalista, e começou a perceber por que é que o carro dela estava sempre arrumado na entrada, por que é que ela encharcava o aposento com ambientador de rosas e, finalmente, por que é que seis meses após a morte de Billy se mostrara tão desesperada em saber quem havia sido o seu hóspede indesejado. Já antes tivera um palpite mas não acreditara. Levou as costas da mão ao nariz e viu nos olhos dela um sinal de reconhecimento pois estava a reagir da forma que ela esperava quando ele lá entrou em casa.

— O que é que lhe fez, Amanda?

— Nada. Se soubesse que ele lá estava, tinha-o ajudado como o ajudei a si.

Naquelas últimas horas brindara Harrison com uma interpretação notável, mas, agora, estaria a representar? Deacon achava que não mas também não era grande entendido na matéria.

— Por que mentiu ao Harrison sobre mim e o Barry? — perguntou abrindo todas as janelas para deixar entrar o ar frio. Sempre era melhor que o cheiro adocicado, doentio, da morte.

Ela abanou a cabeça, incapaz de acompanhar a súbita mudança de assunto.

— Os Streeter têm razão? Você e o Nigel cometeram a fraude e depois assassinaram o James?

Ela baixou o lenço.

— Quem cometeu a fraude foi o James. Toda a gente sabe isso, menos a família dele. Estavam tão orgulhosos da vida de sucesso que ele levava que se esqueceram de como ele realmente era. Detestava-os, nunca se aproximava não fosse a pobreza franciscana deles pegar-se-lhe. — Falava com muita amargura. — Queria sempre mais dinheiro, sempre à procura de informações internas sobre acções que pudessem duplicar de valor de um dia para o outro. Não fiquei minimamente surprecndida quando a Polícia me disse que ele tinha feito um desfalque de 10 milhões de libras.

— Onde é que ele foi buscar os conhecimentos para enganar o sistema informático? Foi Marianne Filbert que o ajudou?

Amanda encolheu os ombros:

— Deve ter sido. Quem mais podia ser?

— Nigel de Vriess? — aventou ele. — É uma grande coincidência ele ter comprado a Softworks depois do desaparecimento de James e Marianne.

Ela encostou a cabeça ao espaldar da cadeira.

— Se o Nigel estava envolvido — replicou ela com voz cansada — então cobriu extremamente bem o seu rasto. Foi investigado, como todos os outros, mas as provas apontaram todas para o James. Lamento que os Streeter não entendam isso mas é a verdade.

— Se antipatizava assim tanto com o James por que continua casada com ele?

— Não quis mais publicidade. E para quê divorciar-me se não quero tornar a casar? — Inesperadamente, fez um sorriso. — Há uma explicação simples para todas as coisas, Mr. Deacon, até mesmo para esta casa. A Lowndes, a empresa que fez os apartamentos em Teddington, também construiu esta. Eu negociei uma permuta directa. Dei-lhes o título de propriedade dos Teddington em troca do desta casa. E eles lucraram muito mais com o negócio que eu. Reconverter a escola foi fácil porque eu já tinha feito o projecto e obtido a licença de planeamento e os apartamentos foram vendidos antes de estarem prontos. A Lowndes tinha muito mais problemas em despachar estas casas porque as tinham inflacionado e o mercado imobiliário estagnou em 1991. Pode não acreditar mas eu fiz-lhes um favor livrando-os desta. — Tornou a falar com amargura. — Se o banco não tivesse ameaçado que me puxava o tapete por causa das suspeitas sobre o James, tinha ganho muito mais concluindo o processo da urbanização do que aceitando esta casa em troca.

As explicações seriam sempre assim tão simples? Por que não se esforçara mais para levar o seu projecto por diante? Não era nenhuma otária, havia que reconhecê-lo. *E uma vez ilibada do seu envolvimento na fraude...*

— Disse-me que o Billy gostava de parar o mais possível junto ao rio — recordou-lhe — mas o mesmo se aplica a si. Teddington fica junto ao rio. Esta casa fica junto ao rio. O seu escritório fica junto ao rio. Será o rio a ligação entre ambos?

Ela levou o lenço à boca. O rosto continuava sem cor, tirando o azul dos olhos que seguiam todos os movimentos dele.

— Se eu soubesse a resposta a essa... — Fez uma pausa. — Pensei — bom, esperava que isso bastasse para o identificar. Se puder pôr o nome certo na placa dele... — E calou-se.

— Ele repousará em paz?

Ela acenou que sim.

— Nem sempre é assim, sabe? — Fez um gesto triste na direcção da janela. — Está pior desde que aqui entrou.

— Ele chegou a falar consigo?

— Não.

— Acho que o ouvi — afirmou Deacon, casualmente. — Ou então estava a sonhar. «Devorador do pai, eis que se renova teu inefável tormento» — explicou. — Ouvi.

— Por que havia o Billy de dizer isso?

— Não sei. Estava obcecado com a religião. Acho que deve ter assassinado alguém, por isso é que se julgava condenado. Tanto ele como a mulher pareciam encarar o inferno como seu inevitável destino. — *«Não é na minha redenção que estou interessado...»* De quem, então? De Verity? De Amanda? Observou-a com curiosidade. — Pregava o arrependimento aos outros mas parecia encarar a sua própria salvação em termos de uma mão a entrar pelo poço sem fundo para o tirar de lá. Dizia que a única saída do inferno é pela misericórdia de Deus.

Os dedos dela apertaram o lenço com força, transformando-o numa bola:

— O que é que isso tem a ver comigo?

Ou comigo, pensou Deacon. *Por que tenho a sensação que o meu destino está inextricavelmente ligado ao de Billy...? Ele dizia que Londres estava cheia de merda... Já vi homens morrerem de forma violenta... A água fazia-lhe lembrar sangue... Ela manda a merda pelo rio abaixo para infectar os locais inocentes...*

— Preciso falar com o Nigel de Vriess — disse ele, abruptamente. — Se deu o seu endereço ao Billy talvez ele lhe tenha dito por que é que o queria... — parou para pensar — embora isso não explique por que é que o Nigel não a avisou para contar com ele. — Fez um ligeiro sorriso. — Eu diria que ele não gosta de si, Amanda, não fosse o Barry ter testemunhado o que vocês dois fizeram a noite passada.

Ela encolheu os ombros com indiferença:

— O seu amigo é muito capaz de inventar fantasias obscenas sobre o que viu pela minha janela. O que ele fez à minha fotografia é nojento. Até o senhor tem de concordar que ele não é uma testemunha fiável.

Deacon aconchegou-se melhor no casaco. Estava muito frio embora isso parecesse não afectar Amanda.

— Não. Ele é totalmente fiável quanto a tudo o que seja visual. É a teoria da conspiração dos Streeter, não é? Daí ser tão importante continuar a negar que o Nigel cá esteve.

— Já me perguntou isso e eu já lhe dei a resposta.

— Tem o número de telefone do de Vriess?

— Claro que não. Há cinco anos que não o vejo.

Ele deu uma risadinha rouca:

— Então, para seu bem, espero que ele seja tão bom a mentir como a Amanda. É demasiado sofisticada para se sair mal desta história toda. — Levantou o braço num gesto de despedida. — Feliz Natal, Amanda.

— Feliz Natal, Mr. Deacon. — E entregou-lhe o lenço.

— Fique com ele. Algo me diz que vai precisar mais dele do que eu.

Terry Dalton (14)

Viveu com Billy desde de 1993 Cadogan Square   Paris
Casa de Geoffrey Standish? Embaixada? Peter Fenton

  Tom Beale (68)   c. (1956)   c. (1980)
  Viveu com Billy desde?

       Verity
      (1937-1988)
     Anthony e Marilyn

  Armazém
(Abrigo há quanto tempo?)   INFERNO

SUICÍDIO   Peter Fenton / Billy Blake (45) IDENTIDADE
   (Winchester, Cambridge, Neg. Estrangeiros)
      (1950-1995)
    (Desaparecido 3 de Julho 1988)
  Geoffrey Standish morreu a 10.3.71 — a 32 km de Cambridge

  O Tamisa   HOMICÍDIO Nigel de Vriess (48)
            (Softworks /DVS / saiu do
            Lowenstein's — 1990)

          Amanda Streeter-Powell (36)
            c. (1986)
          James Streeter (44)
        (Desaparecido 27 Abril 1990)

        DINHEIRO
W. F. Meredith (arquitectos) Lowenstein's Bank
Apartamentos Teddington (c. 1900)
  Thamesbank Estate   Marianne Filbert
(Amanda mudou-se em 1991) (Mudou-se do RU para os EUA — 1989)
   (De onde?)   (Desaparecida Abril 1990)

Onde estava Billy em Abril de 1990?

258

18

— ACHO QUE VOCÊ e o Mike me tomam por parvo — afirmou Terry abrindo outra lata de cerveja e voltando a estirar-se no sofá. — Não engulo essa tanga de você querer saber como é que a Amanda era. Já vi como é que olha para o Mike, e já vi como é que ele olha para si, e o meu palpite é que anda atrás dele para ele lhe saltar para cima mas ele não gosta da ideia.

Barry não conseguiu olhar para ele:

— Não sei do que estás a falar.

— Claro que sabe. Você é maricas, Barry. Por isso o que é que queria quando foi rondar a casa da Amanda? E por que é que a bófia o prendeu? — Entalou um cigarro nos lábios e pôs-se a rodá-lo de um lado para o outro com a ponta da língua.   Sabe o que eu acho? Acho que ficou todo entusiasmado com os copos que bebeu comigo e com o Mike e depois foi lá para dar cabo da concorrência. Aposto que anda mesmo lixado da vida por ele gostar mais da Amanda que de si. Tenho razão ou não tenho?

Barry esticou o braço para subir o volume do televisor:

— Não quero falar contigo — replicou.

— E com razão. Era capaz de ouvir alguma coisa que não gostasse, tipo o Mike não estar assim tão desinteressado como dá a entender. — Os lábios cerraram-se numa linha cruel ao acender o cigarro. — Uma coisa é certa, ele grama-me à brava.

Barry não disse nada.

— Então e você? Também grama de mim, não grama? Começou a chegar-se aqui ao rapaz, a noite passada, quando estávamos a analisar aquelas fotos. — Soergueu-se, apoiado num cotovelo, e bebeu ruidosamente alguns tragos de cerveja.

— Não devias estar com essas conversas.

259

— Porquê? — redarguiu o jovem com um sorriso desdenhoso. — Excitam-no, não é?

Barry duvidava que alguma coisa voltasse a excitá-lo. O medo era, agora, o único sentimento que ele conhecia. Devia ter confiado na sua primeira impressão, de que Terry não passava de um rufia de cabeça rapada, poupando-se a tão terrível desilusão. Tirou os óculos e olhou miopemente para o ecrã.

— Se eu fosse outro tipo de homem... mais corajoso — disse, passado um momento — fazia-te frente. Não por mim, mas pelo Mike. Não me interessa o que digas de mim, toda a minha vida tive gente a falar nas minhas costas, mas o Mike merece coisa melhor. O que é triste é ele achar que tu és um puto decente. — Apertou a cana do nariz com os dedos como se a tentar conter as lágrimas. — Mas está completamente enganado, não está?

— Bom, você não está em situação para me falar de decência quando o mais provável é ter sido preso por *in*decência.

— Abusaste da amizade do Billy como estás a abusar da do Mike?

— Se soubesse o que isso quer dizer talvez pudesse responder-lhe.

— Ah, sim, esqueci-me. Tens tanto de ignorante como de desprezível.

Terry fez um largo sorriso:

— É melhor ter cuidado com o que diz de mim, Barry. Não tenho medo de bichas. — E, desdenhosamente, mandou uma baforada de fumo na direcção de Barry.

— Não faças isso — pediu o gorduchinho com voz sufocada. — Eu sofro de asma.

— C'um caraças. Se não fosse um caguinchas já me tinha dado um murro. Não tem mesmo tomates nenhuns?

Estava absolutamente desprevenido para a rapidez com que Barry se lhe atirou ao pescoço, e igualmente desprevenido para o peso e força enganadores do sujeitinho. Quando os pulmões começaram a sentir a pressão combinada do aperto do pescoço e do sólido joelho de Barry bem fincado no seu peito, percebeu que tentara aplicar o golpe da violação à pessoa errada. Olhou desesperadamente para os olhos míopes de Barry e viu somente loucura.

— Onde está o Terry? — perguntou Deacon quando voltou para o apartamento.

— No quarto dele.

— A dormir?

— Provavelmente. Está lá metido há meia hora. Queres tomar alguma coisa, Mike? Café? Uma bebida?

Deacon deu uma olhadela pela sala, viu o maço de cigarros de Terry caído no chão e a manchas na carpete onde a cerveja tombara.

— Que aconteceu?

Barry seguiu o olhar dele:

— Desculpa lá. Ele deitou a lata ao chão sem querer. Está cansado, Mike. Não te esqueças que só tem catorze anos.

— Tentou alguma gracinha?

— Preferia que lhe perguntasses a ele.

— Está bem. E que tal um café? Vou lá vê-lo enquanto tu o fazes. — Viu o outro entrar para a cozinha, depois seguiu pelo corredor lateral e bateu ao de leve à porta do quarto de hóspedes.

— Se é você, sacana dum raio — disse a voz desconfiada de Terry do outro lado — pode desandar. Só saio daqui quando o Mike chegar.

— É o Mike.

— Bolas — disse o rapaz, abrindo a porta —, que prazer em vê-lo. O Barry é marado dos cornos. Tentou matar-me. — Apontou para o pescoço. — Olhe para isto. Porra de dedadas.

— Está feio — comentou Mike olhando para as marcas encarnadas no pescoço do rapaz. — Por que é que ele fez isso?

— Porque é chanfrado, ora! — Terry espreitou nervosamente junto à ombreira da porta. — Por lei, devia processá-lo. É montes de perigoso!

— O que é que te impede de o fazeres? — perguntou Deacon semicerrando os olhos. — Não hesitaste assim tanto quando o Denning desatinou.

— Isso foi diferente.

— Ou seja, o Denning não teve motivo nenhum para atacar o Walt mas o Barry teve todos e mais algum para te atacar a ti, não é? És um idiota, Terry. Avisei-te para te portares bem durante a minha ausência. Digo-te com toda a franqueza, se não estás na disposição de tratar o Barry com respeito o melhor é ires-te já embora.

— Como é que sabe que não foi ele que começou?

— É a lei da selva. Os coelhos só atacam as doninhas se estiverem encurralados. Mais, ainda estás vivo, o que não seria o caso se o Barry fosse chanfrado. — Começou a afastar-se. — Tens duas opções, meu menino — disse, por cima do ombro —, pedir desculpa ou ir embora.

— Não peço desculpa a nenhum tarado. Ele é que tentou matar-*me*.

Deacon voltou-se para trás:

— Não aprendeste absolutamente nada com o Billy, pois não? — comentou, com ar cansado. — Ele meteu a mão no fogo por ti para te mostrar os perigos da raiva incontrolável, seja a nossa ou a de outra pessoa, mas tu, de tão estúpido, não percebeste a mensagem. Acho que estou a perder tempo contigo, tal como aconteceu com ele. É melhor começares a fazer a trouxa.

Foi um Terry acabrunhado que se lhes juntou na cozinha dez minutos depois. Havia nos seus olhos uma vermelhidão denunciadora e a sua maneira de andar era menos arrogante do que o costume. Deacon, que estava a reorganizar o seu gráfico, ergueu os olhos por brevíssimos instantes, inexpressivo, e voltou ao que estava a fazer. Terry estendeu a mão ossuda a Barry:

— Desculpe lá, amigo — disse. — Passei das marcas. Não leve a mal, hã?

Barry, que se mantivera mergulhado num silêncio acabrunhado enquanto Deacon o ignorara, pegou na mão do outro, surpreendido:

— Acho... — olhou para as marcas no pescoço de Terry — bem, eu é que devia pedir desculpa.

— Ná. O Mike tem razão. Eu é que o provoquei. É mais corajoso do que pensa. Disse que me fazia frente e fez. A culpa foi minha.

Barry pareceu estar prestes a concordar até sentir o olhar de Deacon pousado nele e mudar de ideias. O único comentário de Deacon, desde que voltara para a cozinha, fora: «Não me interessa o que ele te disse, Barry, mas se tornas a levantar a mão para uma criança eu desfaço-te.»

Deacon apontou então para uma cadeira vaga enquanto empurrava o gráfico para o lado.

— Senta-te — disse, escutando ao longe o repicar dos sinos para a missa do galo. — Se calhar devíamos ter ido à igreja — comentou, com um gesto de cabeça na direcção da janela. — Íamos sempre à missa--do-galo quando eu era pequeno e é a única altura que me lembro de nos portarmos como uma família normal.

Terry, encarando aquilo como o que na realidade era — umas tréguas — tornou a arrebitar:

— Foram na noite em que o seu pai deu um tiro na cabeça?

Deacon fez um leve sorriso ao ver a expressão horrorizada de Barry mas o horror devia-se à insensibilidade de Terry, pensou, e não à brutalidade da morte do pai.

— Não. Se tivéssemos ido ele não o teria feito. Deixámos de ir à igreja quando ele e a minha mãe deixaram de se falar.

— O Billy dizia que família que reza unida mantém-se unida.

Deacon não respondeu porque não queria desapontar o rapaz. Pensava muitas vezes que era o acumular de desilusões dos milhares de preces não atendidas que fizera com que a sua família se desintegrasse. *Por favor, meu Deus, faz com que o meu pai seja simpático para os meus amigos... Por favor, meu Deus, faz com que o meu pai fique doente para não poder ir ao Dia dos Desportos... Por favor, meu Deus, deixa o meu pai morrer...*

— O meu pai era ateu — disse Barry, encabulado, como se, também ele, não quisesse desiludir o rapaz.

— Que lhe aconteceu? — perguntou Terry.

— Morreu de um ataque cardíaco quando eu tinha dez anos — respondeu Barry com um suspiro. — Foi muito triste. Depois disso a minha mãe modificou-se. Era sempre tão alegre, mas agora, bom, o problema é eu ser tão parecido com o meu pai... e ela sofre com isso, acho eu.

A conversa ficou-se por aí e, em silêncio, escutaram as badaladas dos sinos. Deacon não gostava de remexer no passado, por muito boa que fosse a causa. Em vinte anos ainda não se libertara da terrível imagem do ensanguentado escritório do pai e do corpo disforme que em tempos fora Francis. O suicídio, achava ele, era a menos perdoável das mortes porque não havia tempo para uma pessoa se preparar para o choque da perda. Qualquer mágoa que tenha sentido, subsumira-se na repulsa enquanto limpava o sangue e os miolos do pai espalhados pelas paredes, pelos quadros, estantes e livros.

O que o levou a pensar naquele outro suicídio.

— Gostava de saber por que é que Verity se enforcou — disse, num murmúrio.

— Não acho que se tenha enforcado — afirmou Terry. — Acho que foi o Billy que a matou. — Levantou os braços tal como fizera, junto ao braseiro, na primeira vez que Deacon o vira. — Isso era mais do que suficiente para se passar da carola.

Deacon abanou a cabeça:

— Seria a primeira coisa que a Polícia investigava. As provas de suicídio devem ter sido muito convincentes para eles se darem por satisfeitos.

— É claro que Anne Cattrell tem razão — afirmou Barry. — Se Verity descobriu, casualmente, que tinha casado com o assassino do marido, não seria isso motivo suficiente para se matar?

— Não vejo porquê. Ela detestava Geoffrey. — Deacon pôs-se a bater com o lápis nos dentes. — Segundo o livro de Roger Hyde, o filho achava que ela tinha um amante. — Desenhou um círculo à volta do nome de Verity e depois uma linha para baixo, até ao de James Streeter. — Que tal? Lembrem-se de como James e Peter eram parecidos. Pode ter-se sentido atraída apenas pela beleza de James. É uma explicação para o interesse do Billy pelo endereço da Amanda.

— Tipo ele querer vingar-se? — perguntou Terry, com uma expressão de dúvida. — Não acredito nisso, Mike. Primeiro, ia vingar-se na pessoa errada e segundo, o prato não ia estar só frio, ia estar era gelado como a porra.

Deacon soltou uma casquinada. Nunca diria ao jovem o quanto admirava a coragem que ele revelara naquele aperto de mão com Barry, mas isso não significava que a admiração não existisse. *Laivos da sua relação com a mãe? No fim de contas, talvez o amor fosse mais forte por estar disfarçado. Clara nunca deixara de lhe declarar o seu amor até ao próprio dia em que o deixou.*

— Está bem, espertalhão, dá-me uma ideia melhor.

— Não tenho nenhuma. Só acho que tem tudo a ver com o destino. Repare, a Amanda podia ter falado com outro jornalista qualquer mas escolheu o único que ia ficar suficientemente agarrado para não desistir. Você mesmo disse que estava ligado ao Billy pelo destino.

— Ela não me escolheu — corrigiu Deacon. — Eu é que a escolhi a ela, ou mais exactamente, foi o meu editor-chefe que a escolheu e me mandou entrevistá-la contra minha vontade. Consoante o que ela esperava conseguir, teve sorte ou azar por os acontecimentos na vida do Billy terem ligeiras repercussões na minha.

Mas Terry não se deixava dissuadir:

— E há eu. Nunca lhe telefonaria a falar do Billy mas depois tive de fazer isso por causa do Walt. E se Mr. Harrison não tivesse reconhecido o Tom, eu não ficava com medo que ele me denunciasse, e se você não tivesse encontrado o velho Lawrence e o convencesse a vir dar-nos uma ajuda também ele não metia o nariz nessa treta de ser bom pai — parou para ganhar fôlego — e eu agora não estaria aqui. Mais, o Barry não se tinha embebedado e ido dar uma espreitadela à Amanda e nenhum de nós saberia que o Nigel ainda lhe anda a saltar para cima. É o destino, sim senhor — rematou, triunfante. — Não é verdade, Barry?

Barry baixou a cabeça para tirar os óculos. Estava tão cansado após a tareia emocional das últimas vinte e quatro horas que cada vez lhe era mais difícil acompanhar a conversa.

— Acho que depende de acharmos, como o meu pai achava, que tudo acontece por acaso — respondeu, pausadamente. — Ele achava que não existia nenhum propósito na vida para além do da propagação da espécie e que tanto se podia suportar esta inútil existência como desfrutá-la. Mas, para desfrutá-la, tínhamos de fazer planos para o futuro com vista a minimizar a ameaça de desagradáveis acidentes. — Fez um sorriso pesaroso. — E depois morreu de um ataque cardíaco.

— Concordas com ele? — perguntou Deacon, com curiosidade.

— Ah, não, concordo com o Terry. Acho que o destino desempenha um papel importante nas nossas vidas. — Tornou a pôr os óculos e refugiou-se nervosamente por detrás deles como um cavaleiro inexperiente a preparar-se para o combate. — Continuo a pensar que, de facto, não interessa por que é que Verity se enforcou, pelo menos no que se refere a Amanda Powell. — Pousou um dedo gorducho em cima do gráfico de Deacon onde se lia: *Onde estava Billy em Abril de 1990?* — Esse é o destino de Billy Blake, não o de Peter Fenton. Peter Fenton morreu em 1988.

Ao longe, os sinos calaram-se com o início do Dia de Natal.

Nessa noite, sonhos muito estranhos povoaram a mente de Deacon. Atribuiu isso ao facto de ter optado por dormir no sofá para que Barry e Terry ficassem trancados nos seus quartos com ele a servir-lhes de barreira física. Mas mais tarde pensou várias vezes que era fácil de mais dizer que fora uma noite mal dormida, culminada por temores subconscientes de esquemas de violação homossexual e recordações do pai, que o levou a sonhar com James Streeter coberto de sangue.

Sobressaltado, emergiu do sono às quatro da manhã com a nítida sensação de que *era* James e que acordara segundos antes de ser desferido o derradeiro golpe que o mataria. Tinha o rosto banhado de suor — sangue? — e o coração a martelar no silêncio da noite. *E quando ele começou a pulsar, que mão terrível, que tremendo pisar...* Era um sonho? *Minha mãe gemeu, meu pai chorou, para o mundo perigoso um pulo eu dou...* Quem sou eu? *Devorador do pai, eis que se renova teu inefável tormento...*

Depressa se tornou claro que o velho adágio «Padeiros a mais estragam a massa» era verdadeiro. Barry começou com toda a paciência mas, defrontado com a natural incompetência de Deacon e Terry na cozinha, rapidamente passou da irritação à pura tirania.

— A minha mãe matava-te por causa disso — comentou, acremente, afastando Deacon de uma taça de recheio quase líquido para a colocar dentro do lava-loiça.

— Como é que eu posso fazer isto bem se não tenho um jarro medidor? — retorquiu Deacon, amuado.

— Usa a tua inteligência e acrescenta a água um pouco mais devagar — respondeu Barry espremendo a aguada mistura numa peneira para escorrer o excesso em líquido. — Talvez aches estranho, Mike, mas o recheio não é para se *despejar* para dentro do peru e sim para o *rechear*. Por isso é que se chama recheio. Se fosse para despejar, chamava-se despejo.

— Está bem, está bem, já percebi. Não sou assim tão estúpido.

— Eu bem lhe disse que ele não sabia cozinhar — afirmou Terry, arrogantemente.

Barry dirigiu a sua indignação para o rapaz e pescou uma couve minúscula do montinho em cima do escorredor.

— Que é isto? — perguntou, carrancudo.

— Uma couve-de-bruxelas.

— Enganas-te. *Era* uma couve-de-bruxelas, agora é uma ervilha. Quando te disse para retirares as folhas exteriores era uma camada, não dois centímetros de espessura. Isto é para ser comido, não para se tomar com um copo de água.

— Está a precisar de um copo — replicou, prosaicamente, o íncubo de cabeça rapada de Deacon. — Só é assim tão implicativo quando está sóbrio.

— Um copo? — guinchou Barry, batendo com os pezinhos no chão. — São nove da manhã e ainda nem sequer metemos o peru no forno. — Num gesto teatral, apontou para a porta da cozinha: — Fora daqui, os dois — ordenou — ou podem dizer adeus ao almoço.

Deacon abanou a cabeça:

— Isso é que não. Disse ao Lawrence Greenhill para aparecer. Vai ficar muito desapontado se não houver nada para comer. — Viu uma onda de fúria alastrar-se pelo rosto de Barry e levantou os braços, apaziguadoramente, já às arrecuas para sair da cozinha. — Não entres em pânico. É um tipo porreiro. Vais gostar dele. Tenho a certeza que não se importa de esperar se o almoço não estiver pronto mesmo à uma. Escuta, tive uma ideia — acrescentou como se tivesse sido ele a pensar nisso —, e se eu e o Terry fôssemos dar um giro para tu trabalhares à vontade? Estamos de volta ao meio-dia para pôr a mesa.

— Boa — concordou Terry erguendo os dois polegares. — Até loguinho, Barry. Veja é se faz batatas assadas com fartura. São as minhas preferidas.

Deacon pegou-lhe pelo colarinho e pô-lo a andar antes que o seu *chef* desaparecesse numa nuvem de fumo por combustão espontânea.

— Onde é que vamos? — perguntou Terry ao entrarem para o carro. — Temos três horas para gastar.

— Chafurdar na lama, primeiro. — Deacon pegou no telemóvel e marcou o número das informações. — Sim, o número de N. de Vriess, se faz favor, Halcombe House, perto de Andover. Obrigado. — Tirou uma caneta do bolso de dentro e apontou o número no punho da camisa antes de desligar o telefone.

— Que vai fazer?

— Telefonar-lhe a perguntar o que é que ele esteve a fazer em casa de Amanda Powell na noite de sábado.

— E se for a mulher dele a atender?

— A conversa será ainda mais interessante.

— Está a ser mauzinho, hã? É Dia de Natal.

Deacon soltou uma risadinha.

— Não acredito que alguém atenda. Este deve ser o número da secretária dele. Os tipos como o de Vriess não tornam públicos os números particulares. — Olhou de esguelha para o punho da camisa enquanto foi marcando os algarismos. — Seja como for, desligo se a Fiona atender — prometeu, encostando o telefone ao ouvido. — Está? — Pareceu admirado. — Estou a falar com Nigel de Vriess?... Ele está?... Saiu? Sim, é importante. Ando a tentar contactá-lo desde sexta-feira por causa de um assunto de trabalho... Chamo-me Michael Deacon... Não, estou a falar de um telemóvel... — Uma longa pausa. — Seria possível falar com a esposa?... Pode dar-me um número onde possa contactá-lo?... Nesse caso talvez me possa dar uma ideia de quando ele volta?... O meu número de casa? Sim, devo lá estar a partir do meio-dia. Obrigado. — Deu o número de telefone do apartamento e desligou olhando para Terry com um pensativo franzir do sobrolho. — O Nigel foi passar uns dias fora e a esposa está demasiado combalida para falar com quem quer que seja.

— Fogo, grande sacana! Aposto que trocou a pobre da mulher pela Amanda.

Deacon pôs-se a tamborilar com os dedos no volante.

— Só que eu era capaz de apostar tudo o que tenho em como foi um polícia que atendeu e não se chama a Polícia só porque um famigerado marido anda com outra mulher.

— Por que acha que era a bófia?

— Porque ele mostrou-se demasiado eficiente. Deixou-me pendurado depois de eu lhe dizer como me chamava, a ver se o meu nome dizia alguma coisa a quem quer que estivesse lá ao lado.

— Podia ser um mordomo. Quando se vive numa mansão é normal que se tenha um mordomo.

Deacon ligou a ignição.

— Os mordomos dizem logo de onde fala — respondeu — mas houve um silêncio na linha até eu perguntar por Nigel de Vriess. — Virou para entrar na rua. — Não achas que ele deu o salto, pois não?

— Como o James?

— Sim.

— Por que iria ele fazer isso?

— Porque a Amanda o avisou de que o Barry o viu na casa dela e ele resolveu pirar-se.

— Então por que é que ela não foi também?

Deacon lembrou-se da mala que tinha visto no vestíbulo.

— Talvez tenha ido — replicou, soturnamente. — É o que nós vamos saber.

Seguiram para a Thamesbank Estate e estacionaram no outro lado da rua, defronte da casa de Amanda. Parecia deserta. As cortinas estavam abertas mas, apesar da manhã cinzenta, não havia nenhuma luz acesa nem o carro dela estava diante da garagem.

— Pode ter ido à igreja — aventou Terry, sem grande convicção.

— Tu ficas aqui — disse Deacon. — Vou dar uma espreitadela pelas janelas da sala de estar.

— Sim, está bem, mas não se esqueça do que aconteceu ao Barry quando ele fez isso — redarguiu o jovem, contrariado. — Se os vizinhos o vêem, vai direitinho para a esquadra para responder a mais uma data de perguntas estúpidas e lá fico eu dois dias seguidos sem almoçar.

— Não me demoro. — Fiel ao prometido, regressou dentro de cinco minutos. — Não há sinais dela — disse sentando-se ao volante e puxando dos cigarros. — Que raio hei-de eu fazer agora?

— Nada — retorquiu Terry, com firmeza. — A bófia que resolva o caso sozinha. Olhe, vai é fazer papel de parvo se lá aparece a dizer que o Nigel e a Amanda se puseram na alheta quando se calhar o que aconteceu é eles estarem escondidos para aí algures num hotel a curtir à brava. Está mesmo muito interessado nela, só não percebi ainda se é para lhe descobrir os podres ou por a achar uma tipa com garra. Pensando bem, acho que é por ter a certezinha absoluta que ela ainda vai prà cama como o Nigel. — Lançou um olhar malicioso ao perfil de Deacon. — Fica cá com umas trombas sempre que o assunto vem à baila.

Deacon ignorou o comentário.

— Estas casas são todas parecidas e a dela é a décima. Por que é que o Billy escolheu a dela?

— Porque a porta da garagem estava aberta.

— A número oito está aberta, agora.

— E depois? Não estava aberta quando o Billy cá veio.

Deacon olhou para ele:

— Como é que sabes?

Houve uma pausa momentânea antes de Terry responder:

— Calculo. Ouça, tenciona ficar aqui parado o dia todo, ou quê? O Barry não vai gostar mesmo nada que o Lawrence apareça antes de nós voltarmos.

Apesar dos protestos de Terry, Deacon passou pela esquadra da Polícia para pedir o número de telefone de casa do sargento Harrison. O cavalheiro estava a brincar, com certeza. Julgava que eles davam os números de casa a qualquer bicho-careta que lhos pedisse? Esquecera--se que era Dia de Natal e que os polícias, tal como os outros mortais, prezavam a paz e o sossego do precioso tempinho que passavam com as suas famílias. Deacon insistiu e por fim lá se conformou com a promessa do agente de telefonar a Harrison «a uma hora decente» para lhe dar o recado que Michael Deacon precisava falar com ele sobre um assunto urgente relacionado com Amanda Streeter e Nigel de Vriess.

— São dez e meia — disse Deacon batendo com o dedo no mostrador do relógio. — Então não é uma hora decente?

— *Certas* pessoas vão à igreja no dia do nascimento de Nosso Senhor — foi a ríspida resposta.

— Mas a maioria das pessoas não vai — murmurou Deacon.

— O que é uma pena. Uma sociedade temente a Deus tem menos criminosos.

— E tantos hipócritas que uma pessoa já não sabe em quem acreditar.

— Quer que eu faça o telefonema?

— Sim, por favor — respondeu Deacon, humildemente.

Quando já estavam a menos de um quilómetro do apartamento, Deacon encostou à berma e desligou o motor:

— Tens andado a mentir-me — afirmou, amavelmente. — Agora gostava de ouvir a verdade.

Terry ficou profundamente ofendido:

— Não lhe menti.

— Devolvo-te aos serviços sociais se não começares já a desbobinar.

— Isso é chantagem!

— Exactamente.

— Pensei que gostasse de mim.

— E gosto.

— Então pronto.

— Então pronto o quê? — perguntou Deacon, pacientemente.

— Quero ficar consigo.

— Não posso viver com um mentiroso.

— Pois, mas se eu lhe contar a verdade deixa-me ficar?

*Um estranho ecozinho do que Barry dissera ontem...«Eles libertam-
-me se eu disser a verdade?»... Mas o que era a verdade?... Verity?*

— De uma maneira ou outra ganhas sempre.

— Não estou a perceber.

— Presumo que tenhas passado os últimos três dias a tentar cair nas minhas boas graças não me dizendo a verdade. — Deacon ainda pensou em recordar-lhe o seu comportamento da noite anterior mas mudou de ideias. Sabia, por experiência própria, que remexer em feridas velhas trazia azedumes que só serviam para reiniciar as hostilidades.

— Achei que precisasse de tempo para me conhecer. O Billy só passados uns meses é que percebeu que eu era o máximo dos máximos. Seja como for, não pode correr comigo. Por enquanto. Ainda não aprendi a ler e quero ganhar aquele dinheiro que prometeu pagar-me.

— Já me custaste uma fortuna.

— Sim, mas você é rico. Só a casa da sua mãe deve valer umas boas massas, por isso bem pode alimentar outra boca.

— Disse-lhe que a vendesse.

— Mas ela não vai vender. Está pior que estragada por ter rasgado o testamento do seu pai e passar a sua fortuna para as mãos da sua irmã. Quando chegar a altura — os poucos meses que ela está a dar a si mesma — apaga-se. Está mesmo decidida a isso e não há nada que possa fazer para o evitar, a menos que lhe dê motivos para ela se manter por cá mais uns tempos.

— E como é que eu faço isso?

Uma espécie de sabedoria provecta trouxe um brilho aos olhos claros do jovem.

— O Billy dizia que era a curiosidade que mantinha as pessoas vivas, já que todos nós queremos saber o que vai acontecer a seguir. E os que se matam ou desistem e morrem antes de ser preciso acham que já não há nada que lhes desperte a curiosidade. — Falava com um ar muito sério. — Você e a sua mãe não têm mais nada do que falar a não ser daquilo que o irritou ao ponto de se zangar com ela, por isso tem de dar-lhe outra coisa em que pensar. Eu, por exemplo. Ficava toda entusiasmada se você lhe dissesse que ia ficar comigo. Passava a vida a telefonar, a meter o nariz nos nossos assuntos.

— Isso é o bastante para eu pôr já a ideia de lado.

— Se não lhe der um motivo para ela falar consigo acabam por se passar outros cinco anos. O que nem você nem ela querem.

— De certeza que tens só catorze anos? — perguntou Deacon, desconfiado. — Às vezes falas como um homem de quarenta.

Terry pareceu ficar ressentido:

— Já amadureci. Além disso, estou mais perto dos quinze que dos catorze.

— Os serviços sociais não vão autorizar que fiques comigo — redarguiu Deacon passando-lhe um cigarro. — Se eu mostrasse o mais pequeno interesse que fosse em tomar conta de ti, chamavam-me logo pedófilo. Hoje em dia é perigoso os homens gostarem de alguém com menos de dezasseis anos. — Aproximou um fósforo da ponta do cigarro. — Além disso, sou um irresponsável. Para começar, não devia deixar-te fumar estas porcarias.

— Deixe-se disso. Não tive nenhuma dessas chatices com o Billy. Deitou-me a mão como se eu fosse um filho que ele tivesse perdido e pronto. Não estou a pedir que me adopte e o mais certo era eu basar passados uns meses. Ouça, só quero ficar mais uns tempos, aprender a ler, tornar a ver Mrs. D. Estamos num país livre e se você não está a fazer nada de mal, só a dar uma cama a um gajo sem-abrigo, por que é que os sacanas dos serviços sociais têm de meter o bedelho?

— Porque é para isso que lhes pagam — respondeu Deacon, cinicamente, a olhar pelo pára-brisas. — Quanto é que me vai custar, em comida, roupas, cerveja e cigarros, manter um adolescente de um metro e oitenta durante uma data de semanas?

— Vou pedir esmola. Sempre é uma ajuda.

— Nem pensar. Não quero lá em casa um pedinte ou um analfabeto com um vocabulário limitadíssimo. Precisas estudar. — *Não digas isso, Deacon...* — Vais levar-me à falência, se calhar até mesmo à cadeia, e no fim disso tudo dás à sola e eu fico a pensar que diabo me aconteceu.

— Não sou desses. Não abandonei o Billy, pois não? E ele não era, nem de longe, tão simpático como você.

Deacon olhou-o de soslaio:

— Se saíres da linha, e com isso me arranjares problemas com os serviços sociais ou com a Polícia, vou à tua procura com um machado mal saia da cadeia. Combinado? — E estendeu a mão com a palma voltada para cima.

Terry agarrou-lha, exultante:

— Combinado. Agora posso telefonar a Mrs. D. a desejar-lhe um Feliz Natal? — Estendeu a mão para o telemóvel. — Qual é o número?

Deacon deu-lho.

— Gostas mesmo dela, não gostas? — perguntou, com curiosidade.

— É você, numa versão mais velha — replicou Terry com toda a naturalidade —, e nunca conheci duas pessoas que me tratassem logo à partida com respeito. Até o velho Hugh foi fixe, por isso se calhar nenhum de vocês é assim tão mau como gostam de parecer. Já alguma vez pensou nisso?

19

O QUE TERRY OMITIRA é que *tornara* a ver Billy antes de ele morrer, uma vez só, no armazém. Era de manhã cedo e o jovem estava sentado no baldio das traseiras a olhar para o rio. Pairava sobre as águas uma neblina matinal que o calor do sol começava a desfazer. Disse que se sentia «deprimido como o caraças».

— A vida não era a mesma coisa sem o Billy. Está bem, a maior parte do tempo era um ganda chato mas eu já me tinha habituado a ele. Está a compreender? O Lawrence topou logo isso. Era como ter um pai por perto — não, mais tipo um avô. Bom, a certa altura virei-me e lá estava o sacana sentado ao meu lado. Pregou-me um grande susto porque não o ouvi chegar. Aliás, nem sei como é que não tive um ataque cardíaco. — Calou-se para pensar. — Para ser franco, achei que era um fantasma — prosseguiu. — Estava com um aspecto tão mau como de costume — a pele branca e uns lábios que pareciam não ter sangue nenhum. — Estremeceu ao recordar a imagem. — Então perguntei-lhe o que é que ele tinha andado a fazer e ele respondeu «A espiar».

Deacon ficou à espera.

— Disse mais alguma coisa? — perguntou ao ver que Terry se mantinha calado.

— Sim, mas não fazia lá grande sentido. Disse que «o pecado inespiado é o verme invisível».

Pensativamente, Deacon coçou a face.

— Acho que ele deve ter dito «a *ex*piar» e «*in*expiado». Expiação dos pecados é o mesmo que arrependimento. — Meditou por um instante, sondando a memória em busca de associações de palavras. — Blake escreveu um poema chamado «A Rosa Doente» — disse, por fim. — É sobre uma linda rosa que está a morrer por dentro porque um verme invisível lhe vai corroendo o interior. — Olhou fixamente pelo pára-brisas. — Podemos interpretar o simbolismo da maneira que quisermos mas, para o Billy, o verme devia ser o pecado inexpiado. — Fez nova pausa. — Não podia estar a falar da sua própria expiação pois autotorturava-se pelos seus pecados — afirmou, pausadamente — o que só nos deixa a Amanda. Estás a perceber isto tudo?

— Claro, não sou completamente estúpido, sabia? E você disse que ela tresandava a rosas. Além disso, foi a casa dela que ele me obrigou a levá-lo.

— «*Obrigou*» como?

— Pôs-se a andar para lá e eu não tive outro remédio senão ir atrás dele. Não abriu a boca o dia todo, depois entrou para a garagem dela e fechou a porta.

Deacon observou-o com curiosidade:

— Sabias que era a casa dela?

— Não. Era apenas uma casa.

— Como é que o Billy sabia que a porta da garagem estava aberta? Terry encolheu os ombros.

— Um acaso? — aventou. — Nenhuma das outras estava.

— Ele disse alguma coisa antes de entrar para lá?

— Só adeus.

Deacon abanou a cabeça estupefacto com a aparente descontracção com que o jovem aceitara o bizarro comportamento de Billy.

— Não lhe perguntaste o que estava a fazer? Por que queria lá ir? De que se tratava?

— Claro que perguntei mas ele não me respondeu. E parecia tão doente que achei que era capaz de se me ficar nos braços a qualquer momento, por isso não estive para piorar as coisas chateando-o. Nunca se conseguia impedir que o Billy fizesse o que ele queria fazer.

— Mas não ficaste preocupado quando ele não voltou para o armazém? Por que não foste lá buscá-lo?

O ar de ressentimento voltou ao rosto de Terry:

— Fui, quer dizer, mais ou menos. Fui pôr-me à entrada da propriedade, no dia seguinte, mas não havia sinal dele, e fiquei com medo de lá ter ido dois dias seguidos não fossem os chuis deitar-me a unha por andar a rondar a casa. Além disso, tive receio de arranjar chatices ao Billy se ele estivesse escondido num sítio confortável. Portanto, eu e o Tom discutimos o assunto e estávamos já a pensar em ir dar uma olhadela à casa quando ele leu num jornal que o Billy tinha batido a bota na garagem da Amanda. — Encolheu os ombros. — E a coisa ficou-se por aí.

— Lembras-te em que dia é que lá o levaste?

Terry pareceu atrapalhado:

— Lembro mas o Tom acha que eu passei quase toda aquela semana pedrado em canábis e que baralhei tudo. Não é verdade mas é a única coisa que faz sentido. Demos, os dois, uma saltada ao cemitério, depois de a Amanda nos dizer que tinha pago o funeral do Billy, só para termos a certeza que ela não estava a mentir e lá estava, preto no branco. Billy Blake, morreu a 12 de Junho de 1995.

Deacon folheou a agenda.

— Doze foi uma segunda-feira e o patologista calculou que estivesse morto há cinco dias quando o corpo foi encontrado na sexta a seguir. Então em que dia é que tu o viste?

— Na terça. E foi na quarta que me fui pôr à entrada da propriedade, na quinta eu e o Tom falámos acerca disso e na sexta decidimos ir lá dar uma olhadela. Eram para aí umas oito da noite, íamos a caminho, o Tom pesca um *Evening Standard* de um caixote do lixo e lá estava o grande cabeçalho a dizer: «Sem-abrigo deixa-se morrer à fome». Então põe-se a ler e diz: «Caramba, és muito estúpido, Terry! O sacana está morto há dias e fizeste-me vir à procura de um cadáver.»

Deacon manteve-se calado por tanto tempo que Terry acabou por retomar a palavra.

— Pois é, se calhar o Tom tinha razão. Talvez tenha sido na terça anterior e eu estava tão pedrado que deixei passar uma semana toda sem fazer nada.

— Segundo a Polícia, ele entrou para a garagem no sábado, dia dez.

— Não foi num sábado que eu o vi — afirmou o rapaz, categórico. — Os sábados são dias bons para os turistas por isso eu devia andar a pedir esmola.

Deacon levou a mão à chave:

— Quanto tempo depois de o Billy morrer é que a Amanda lá foi fazer perguntas?

— Umas semanas depois. Nessa altura já lhe tinha pago a cremação porque nos falou disso.

Deacon ligou o motor e engatou a mudança:

— Por que não lhe disseste que o Billy ainda estava vivo na terça--feira?

276

Terry pôs-se a olhar pela janela com ar desanimado:

— Pela mesma razão que não lhe disse a si. Não acho que fosse ele, percebe? Aliás, não gosto de pensar muito nisso. *Você* acredita em fantasmas?

Deacon recordou-se do cheiro a podridão que havia em casa de Amanda e, nervosamente, interrogou-se sobre a natureza do *deus ex machina* de Billy.

... Acredito no inferno...

... Por vezes tenho pesadelos em que pairo no negro vazio fora do alcance do amor de alguém...

... Apenas a intervenção divina pode salvar uma alma condenada a existir, para todo o sempre, na solidão do poço sem fim...

... Por favor, por favor, não fiques longe mais tempo do que o necessário...

O sargento-detective Harrison dormiu mal. Durante toda a noite a sua mente foi atormentada pela suspeita de que algo lhe escapara. Abstraiu-se temporariamente com a barafunda da manhã de Natal, enquanto as crianças, excitadas, abriam os presentes e a mulher se afadigava na preparação do almoço, mas pouco depois das onze veio um telefonema da esquadra transmitindo-lhe o recado de Deacon.

— Recusou-se a dizer qual era o assunto urgente — afirmou o sargento de plantão — e, para ser franco, não levei aquilo muito a sério. Mas este nome, Nigel de Vriess, surgiu agora ligado a outro caso. Hampshire e Kent estão a lançar alertas por todo o sul para o procurarem. Pelos vistos o *Rolls-Royce* dele apareceu, abandonado, a noite passada num campo de lavoura nos arredores de Dover. Que quer que eu faça? Que dê o número desse tal Deacon ao comandante geral?

— Não, eu trato disso. Diga ao comandante que já vou a caminho.

— A Amanda deve ter feito alguma coisa muito grave para deixar o Billy assim tão danado — comentou Terry, de repente. — Prontos, ele não concordava lá muito com os roubos e com as drogas mas não se enxofrava todo com os tipos que fizessem isso. Está a compreender? As mortes é que faziam com que se passasse da carola e metesse as mãos no fogo a falar de sacrifícios. Como daquela vez

277

que o Tom sacou o casaco ao outro gajo e o gajo morreu de frio durante a noite. Foi quando o Billy passou a noite nu para assumir a culpa. Ia morrendo por causa disso. Foi só porque o Tom ficou mesmo chateado pelo que tinha feito que conseguimos que o Billy tornasse a vestir-se. Acha então que ela assassinou o Billy deixando-o morrer à fome?

— Não — respondeu Deacon, cujos pensamentos tinham estado a seguir linhas idênticas. — O Barry tem razão. Ela não me teria contado a história do Billy se tivesse medo do que eu pudesse vir a descobrir. Seja como for, não estou a ver o Billy muito preocupado com a sua própria morte.

… Não é na minha redenção que estou interessado…

— Com a de quem, então?

… Continuo à procura da verdade… A única saída do inferno é através da misericórdia de Deus… Continuo à procura da verdade… Para quê, sequer, ir para o inferno?… Procuro a Verity…

— Da Verity? — aventou Deacon.

Terry abanou a cabeça:

— A Verity matou-se.

… O senhor e eu seremos julgados pelos esforços que fizermos para poupar outra alma do eterno desespero… Gosta de sofrer? Sim, se inspirar compaixão. A única forma de sair do inferno é pela misericórdia de Deus… Ando à procura da Verity…

— Do James?

— Isso — respondeu Terry acenando com a cabeça. — Acho que a cabra assassinou o marido e que o Billy a viu fazer isso. Uma vez contou-me que parava lá pela zona ocidental de Londres antes de vir para o armazém. Mas eu não liguei. Na altura não era importante. Mas agora faz sentido, não faz?

— Sim — respondeu Deacon, pausadamente, pensando no rio a seguir a Teddington onde o nível das águas se mantinha constante porque as comportas retinham as marés.

Harrison pôs-se em contacto telefónico com um tal Chefe Superintendente Fortune, de Hampshire.

— Tenho um possível paradeiro do de Vriess na noite de sábado — disse-lhe. — Esteve com uma mulher chamada Amanda Powell, ex-Amanda Streeter. É casada com James Streeter que desapareceu em 1990 com 10 milhões de libras. Pelas informações que temos, ela e o de Vriess são amigos íntimos desde meados dos anos 80.

— Quem é o seu informador?

— Um jornalista chamado Michael Deacon. Anda a investigar o desaparecimento do Streeter.

Houve um silêncio momentâneo.

— Telefonou esta manhã para casa do de Vriess alegando tratar-se de um colega de trabalho. Vamos lá enviar alguém para o interrogar. Como é que ele é?

— Acho que está a proteger a reportagem dele. Ouça, proponho que o seu agente se inteire primeiro da situação vindo falar comigo. O caso é bastante complicado e talvez a minha presença, quando o interrogarem, seja útil. Ele não é o único envolvido. — Sucintamente, informou-o do papel que Barry Grover tivera nos acontecimentos. — Não fez uma identificação absoluta do Nigel de Vriess — preveniu — mas descreveu-o como tendo um sinal de nascença no ombro e isso consta, do vosso boletim, como característica identificadora.

— Onde podemos encontrar o Grover?

— Está em casa do Deacon.

— E quanto a Amanda Powell? Disse que ela estava em casa, a noite passada. Ainda lá está?

— Não sabemos ao certo. Temos uma viatura parada do outro lado da rua há cerca de meia hora mas não se registou nenhum movimento lá dentro. Também sugerimos à Polícia de Kent que fosse dar uma vista de olhos à casa da mãe dela, em Easeby. Passou lá ontem o dia quase todo e só regressou a Londres no final da tarde.

— A que distância fica Easeby de Dover?

— Trinta e dois quilómetros.

— Certo. Vamos lá aparecer dois. — Deu-lhe um número. — Manterei essa linha livre para vocês. O trânsito não deve estar muito mau por isso contem connosco entre a uma e a uma e meia.

Barry estava de bom humor quando Deacon e Terry voltaram. Entregue às suas tarefas e com uma meta definida em vista, reorganizara a sua rotina e do forno já se evolavam uns aromas bem apetitosos. Sorriu-lhes, todo satisfeito, ao entrarem em casa e Deacon ficou admirado por vê-lo tão diferente do homem tristonho que vivia encafuado nos escritórios da *Street*.

— És um génio — afirmou, com sinceridade, aceitando um copo de vinho branco gelado.

— Não é assim tão difícil, Mike. Lembro-me de ter lido, em tempos, que os perus se assavam em fornos muito quentes e foi o que resolvi fazer. É importante manter a carne húmida, por isso meti-lhe umas fatias de *bacon* e cogumelos por baixo da pele.

Falava no mesmo tom ligeiramente petulante de quando se referia aos seus dotes fotográficos e Deacon teve pena dele pois percebeu que a auto-estima de Barry era tão frágil que ele só desabrochava quando podia provar a si próprio que era melhor que os seus pares. Vendo bem, preferia um Barry autoritário a um Barry choroso, por isso não lhe disse que Lawrence era judeu e que o *bacon* poderia trazer dificuldades.

— E fiz mais batatas assadas para o Terry.

— Fixe — disse o rapaz, elogiosamente.

— E se me desculpares o abuso, Mike, servi-me do telefone para ligar para a minha mãe. Lembrei-me que pudesse estar preocupada sem saber o que me tinha acontecido.

— E estava?

O prazer de Barry foi indisfarçável.

— Sim — respondeu. — Estava raladíssima. O que me surpreendeu um bocadinho. Nunca se preocupa quando eu fico a trabalhar até mais tarde no escritório.

Deacon teve vontade de o avisar — *Sê objectivo...O amor de mãe é ciumento...Quando a solidão se torna para ti uma recordação, torna-se para ela uma realidade... Ela está a usar-te* — mas calculou que muita da renovada confiança de Barry proviesse da sua conversa com a mãe e conteve-se.

Terry, sem as peias do tacto ou da sensibilidade, rebentou logo:

— Bolas, mas é mesmo uma tipa de duas caras, hã? Não mexe uma palha por si quando está metido numa alhada e depois derrete-se toda consigo quando os amigos o safam. Aposto que está pior que uma barata por o Mike lhe ter dado abrigo. Espero que a tenha mandado à fava — rematou, rispidamente.

— Não é assim tão má — murmurou Barry, com lealdade.

— Se calhar a minha também não — redarguiu Terry —, mas ninguém diria a ver pela maneira como me tratou. Prefiro a mãe do Mike.

Um bocadinho mandona mas pelo menos é certa. — E desandou para a casa de banho.

Deacon reparou que o homenzinho mexia, tristemente, nos talheres da mesa já posta.

— Com ele é tudo a preto e branco — comentou. — Deixa-se levar pela aparência das pessoas e parte do princípio de que elas são como ele as vê.

E muitas das vezes isso dava resultado, pensou. A conversa de Terry com a mãe dele ao telefone fora uma revelação. («*Olá, Mrs. D. Feliz Natal. Sabe que mais? Vou ficar uns tempos com o Mike. Já sabia que ia ficar satisfeita. Sim, claro que havemos de ir visitá-la. Que tal no próximo fim-de-semana? Com certeza. Fazemos uma festa de Passagem de Ano.*» E a mãe, para ele, depois: «*Pela primeira vez na vida, Michael, tomaste uma decisão com que eu concordo mas ficarei muito zangada se andares a fazer promessas que não podes cumprir. Essa criança merece algo melhor do que ser posta de lado quando alguma coisa mais interessante te aparecer pela frente.*»)

— Achas que ele tem razão quanto à minha mãe? — perguntou Barry. Há anos que ela não lhe falava com tanta ternura e ansiava que Deacon lhe desse uma esperança a que se agarrar.

Mas Deacon só conseguia pensar na ambivalência do homenzinho na esquadra da Polícia quando expressara temor e ódio pela mulher para, logo a seguir, desatar a chorar por ela. A verdade é que Harrison ficara tão preocupado com o estranho comportamento de Barry nesse campo que mandara um carro-patrulha verificar se Mrs. Grover ainda estava viva.

— Não sei — respondeu, sinceramente, dando uma palmada amiga no ombro de Barry —, mas a lei da natureza diz que os filhos devem seguir o seu próprio caminho na vida, por isso, se fosse a ti, mantinha a tua mãe na expectativa. Quanto mais não seja, se está tão ansiosa por te ver depois de uma noite fora, acaba por vir comer à tua mão se a fizeres esperar uma semana.

— Não tenho mais nenhum sítio para onde ir.

— Podes ficar aqui até arranjarmos uma solução.

Barry voltou-se na direcção do forno, libertando-se do braço consolador de Deacon.

— Falas como se isso fosse muito simples — comentou, com um certo azedume, abrindo a porta para espreitar o peru.

281

— E é — replicou Deacon, alegremente. — Caramba, se eu consigo aturar o Terry de certeza que te aturo a ti.

Mas Barry não queria ser «aturado»; queria ser amado.

— Sinceramente, estávamos convencidos de que se tratava de um caso de rapto — afirmou o Superintendente Fortune. — Nem a mulher do de Vriess nem os colegas dele referem quaisquer problemas monetários, não há antecedentes de depressão e, embora ele tenha uma enorme fama de mulherengo, a opinião geral é que não pôs o pé em ramo verde desde que a ex-mulher voltou para ele em Maio. É claro que não se pode confiar muito na palavra dela — não seria de esperar que o marido a mantivesse a par dos seus romances —, mas afirma categoricamente que ele não teve nenhum contacto com Amanda Powell nos últimos sete meses.

— Até sábado — redarguiu Harrison. — Ouça, se calhar a mulher tem razão quanto aos sete meses de abstinência. Não é assim um período tão longo se ele estava a tentar acertar as coisas com ela.

— Então porquê claudicar no sábado?

Harrison abanou a cabeça:

— Não sei, a menos que o Michael Deacon tenha despoletado algum acesso de pânico quando lá entrou à força na noite de quinta-feira.

— O que me intriga é a cronometria — declarou o superior de Harrison. — Segundo a Polícia de Kent, o *Rolls-Royce* foi visto pela primeira vez ontem à hora do almoço mas o agricultor não ligou importância porque pensou que fosse um casal a namorar. Só comunicou o caso quando viu que ele ainda lá estava ao anoitecer e depois de ter verificado que as portas estavam destrancadas e o carro sem ninguém. Mas Mrs. Powell só foi informada de todos os pormenores do acto de *voyeurismo* de Barry Grover por volta das cinco da tarde, portanto os dois casos não podem estar ligados. Em suma, Nigel desapareceu do carro várias horas *antes* de haver qualquer indício de que fosse preciso fazê-lo.

— Partindo do princípio de que os dois se aliaram para assassinar o marido dela em 1990?

— Exactamente. E não há provas de que o tenham feito. — Fortune meditou por um instante. — Para ser franco, meus senhores, não sei bem qual o caminho a seguir. Antes do telefonema do sargento-detective Harrison, eu tinha um fulano desaparecido há dois dias e um *Rolls-Royce* abandonado numa herdade do Kent. Agora tenho-o na companhia de uma ex-amante trinta e seis horas antes e o único motivo para ele sair da circulação, ou ela se ver livre dele — uma possibilidade sempre a ter em conta, quanto a mim — é eliminado porque o carro foi abandonado cedo de mais. Não tenho como justificar a utilização de preciosos recursos numa caça aos gambozinos. Somadas as provas, nem sequer podemos afirmar que tenha sido cometido algum crime.

— Ainda há o Michael Deacon — lembrou Harrison.

— Sim — replicou o seu comandante-geral. — Ainda há a casa de Amanda Powell. Creio que se impõe uma visita da autoridade com vista a eliminar quaisquer dúvidas oficiais no que se refere à integridade física de Mr. de Vriess, tendo em conta que foi o último sítio onde ele foi visto com vida.

Lawrence chegou com presentes e precisou de ajuda para subir três lances de escada quando soçobrou, ofegante, à entrada do prédio.

— Ai, ai, ai — gemeu, agarrando-se com força à mão de Deacon para se sentar no sofá. — Já não sou o homem que era. Sozinho não tinha conseguido.

— Foi o que eu disse ao Mike — afirmou Terry omitindo a sua própria recusa em servir de braço de apoio «não vá a velha bichona tentar apalpar-me ao subir as escadas». — Podemos abri-los já? — perguntou, ansioso, batendo nos presentes. — Só que não temos é nada para si.

O velhote fez-lhe um sorriso rasgado:

— Oferecem-me o almoço, que mais posso eu desejar? Mas, primeiro, não me apresentas ao Barry? Estava ansioso por conhecê-lo.

— Ah, sim. — Pegou no homenzinho pelo braço e puxou-o para a frente. — Este é o meu amigo Barry e este é o meu outro amigo Lawrence. É de esperar que simpatizem um com o outro já que ambos são meus amigos e do Mike.

Lawrence, levando à letra a ingénua afirmação, tomou nas suas a mão de Barry e apertou-lha alegremente.

— É para mim um grande prazer. O Mike disse-me que era perito em fotografia. Invejo-o, meu querido amigo. Um olho de artista é um dom precioso.

Deacon virou-se de costas com um sorriso quando o pronto rubor de prazer coloriu as faces de Barry. O segredo de Lawrence, pensou, era ser incapaz de parecer fingido, mas se os seus sentimentos eram de facto tão genuínos como pareciam isso já não sabia.

— Uísque, Lawrence? — perguntou, dirigindo-se para a cozinha.

— Obrigado — respondeu Lawrence dando uma palmadinha no sofá ao lado dele. — Sente-se aqui, Barry, enquanto o Terry me diz quem fez este belo trabalho de decoração.

— Fui eu — respondeu Terry. — Está bom, não está? Devia ter visto esta casa quando eu aqui entrei a primeira vez. Era montes de antipática. Sem cor, sem nada. Está a compreender?

— Faltava-lhe ambiente? — alvitrou o velhote.

— É esse o termo.

Lawrence olhou para a cornija da lareira onde Terry dispusera os *objets d'art* do seu poiso dentro do armazém. Uma pequena réplica em gesso do Big Ben, uma concha de búzio e um garrido gnomo de jardim encavalitado num cogumelo. Duvidou que representassem o gosto de Deacon em decoração por isso atribuiu-os, correctamente, a Terry.

— Dou-te os parabéns. Agora sem dúvida que a tornaste mais simpática. Gosto particularmente do gnomo — afirmou com um sorriso malicioso a Deacon que já voltava com o uísque.

— Ainda bem que disse isso — murmurou Deacon pousando o copo numa mesa à frente do joelho de Lawrence e retirando o dele. — Tenho dado voltas ao miolo sem saber o que lhe havia de dar e não vamos ter saudades do gnomo, pois não, Terry?

— O Mike detesta-o — confidenciou o jovem tirando-o da prateleira. — Se calhar é por eu o ter fanado de um jardim. Tome, é seu, Lawrence. Feliz Natal, amigo.

Deacon fez o seu sorriso matreiro:

— Sabe que mais? Se tiver uma lareira na sua sala é o local indicado para ele. Como diz o Terry, uma sala fica sempre a ganhar com umas pinceladas de cores berrantes. — E ergueu o copo num brinde ao convidado.

Lawrence colocou-o em cima da mesa.

— Sinto-me deslumbrado com tanta generosidade — declarou. — Primeiro uma festa, depois um presente. Acho que não mereço nenhuma das coisas. Comparativamente, as minhas prendas são muito modestas.

Deacon arreganhou os lábios. Tinha um pressentimentozinho de que o velho safado se preparava para os envergonhar.

— Agora podemos abri-los? — perguntou Terry.

— Claro. O teu é o maior, o do Barry é o que está embrulhado em papel vermelho e o do Michael em papel verde.

Terry entregou a Deacon e a Barry os deles e rasgou logo o seu.

— Fogo! — disse, estupefacto. — Que me diz a isto, Mike? — Mostrou-lhe um blusão de piloto de bombardeiro já muito gasto com uma gola de pele de carneiro e a insígnia da Royal Air Force cosida no bolso de cima.

— Estes custam um balúrdio lá para as bandas do Covent Garden.

Deacon franziu o sobrolho quando o jovem começou a vesti-lo e depois voltou-se meio de lado para o velhote com um olhar interrogativo que dizia: *Tem a certeza?* Lawrence acenou que sim.

— Disso nunca hás-de tu encontrar no Covent Garden — comentou Deacon, então. — *Esse* é verdadeiro. Que aviões pilotou? — quis saber. — *Spitfires?*

Lawrence acenou outra vez que sim.

— Mas foi há muito tempo e há anos que o blusão anda à procura de um dono. — Reparou que Barry apalpava o embrulho que tinha no colo. — Não vai abrir o seu, Barry?

— Não estava à espera de nada — respondeu o homenzinho, timidamente.

— Então é uma dupla surpresa. Por favor. Não aguento a expectativa, sem saber se vai gostar.

Com todo o cuidado, como era típico nele, Barry descolou a fita gomada e abriu delicadamente o embrulho deixando ver uma Brownie caixote envolta em diversas folhas de papel de seda.

— Mas isto é de antes da guerra — comentou, surpreendido, virando-a com extremo cuidado. — Não posso aceitar.

Lawrence ergueu os braços num protesto:

— Mas tem de aceitar. Uma pessoa capaz de ver a idade de uma máquina fotográfica logo à primeira vista deve, seguramente, ficar com ela. — Virou-se para Deacon. — Agora é a sua vez, Michael.

— Estou tão atrapalhado como o Barry.

— Mas eu estou *encantado* com o meu gnomo — replicou ele com um brilhozinho malicioso nos olhos. — E farei exactamente o que me disse, vou colocá-lo na lareira da sala de estar. Vai ficar muito bem ao lado da minha colecção de porcelanas Meissen.

Deacon conteve uma risadinha e desembrulhou o seu presente. Não sabia se ficar aliviado ou desiludido pois a oferta, embora sem valor material, tinha claramente um enorme valor estimativo. Começou a virar as folhas de um diário escrito em letra miudinha, cobrindo muitos anos da vida de Lawrence.

— Sinto-me honrado — disse, apenas —, mas preferia que mo deixasse no seu testamento como recordação sua.

— Assim eu não teria prazer nenhum. Quero que o leia enquanto eu for vivo, Michael, para eu, de vez em quando, ter alguém com quem recordar acontecimentos passados. Em relação a si, fui totalmente egoísta na escolha do presente.

Deacon abanou a cabeça:

— Já se apoderou da minha alma, meu safado. Que mais deseja?

Lawrence estendeu-lhe uma mão frágil.

— Um filho que reze o Kaddish pela *minha*.

O cheiro a podridão que se jorrou como uma descarga de esgoto quando a Polícia arrombou a porta da casa de Amanda Powell fez com que a brigada de agentes recuasse atabalhoadamente. Tão intenso e nauseabundo era o fedor, que feria olhos e narinas e dava a volta aos estômagos. A própria estrutura da casa parecia exsudar o líquido da decomposição.

O Superintendente Fortune tapou a boca com um lenço de pano e descarregou furiosamente em Harrison:

— Mas que raio de idiota você pensa que eu sou? Não lhe pode ter escapado uma coisa destas se aqui esteve a noite passada.

Harrison agarrou-se à barriga, tentando evitar que as entranhas se lhe revolvessem:

— Também cá esteve uma mulher-polícia — ripostou. — Pedi-lhe para ficar com Mrs. Powell enquanto fui falar com o Deacon. Acredite, ela também não deu por nada.

— Está a desanuviar — disse o colega de Fortune aproximando-se, desconfiado, da entrada. — Deve haver lá dentro alguma corrente de ar. — Afoitamente, espreitou para o vestíbulo. — Parece que a porta de comunicação com a garagem está aberta.

Não houve reacção imediata dos restantes agentes. Unanimemente, receavam o que sabiam ir encontrar pois a Natureza não dotou as suas obras belas com o cheiro da morte. No mínimo dos mínimos, contavam encontrar rios de sangue no cenário de uma brutal carnificina.

Contudo, quando finalmente arranjaram coragem para entrar na casa e ir ver à garagem, só lá estava um cadáver nu, intacto e impoluto, encostado num canto a uma pilha de sacos de cimento fechados, fitando-os de olhos arregalados. E, embora nenhum deles expressasse o que lhe ia no pensamento, todos se interrogaram como é que algo tão frio e puro podia exalar tão intenso cheiro a putrefacção.

20

— COMEÇO A DESEJAR nunca tê-lo conhecido — afirmou o sargento-detective Harrison cruzando com ar cansado a soleira da porta de Deacon e apresentando o seu companheiro: — O Chefe Superintendente Fortune, da Polícia de Hampshire.

— Deixei-lhe uma mensagem para me telefonar.

— Fui ultrapassado pelos acontecimentos — replicou Harrison, laconicamente.

Deacon reparou no ar soturno de ambos e, tardiamente, tirou da cabeça o chapelinho de papel enfiando-o no bolso. Os simples prazeres como o de ir, aos poucos, ficando com um grão na asa apreciando o almoço de peru de Barry e lendo as piadas horríveis nos papelinhos das bolachas desvaneceram-se muito rapidamente em face da sobriedade oficial:

— Aconteceu alguma coisa?

O superintendente, um sujeito magro, um nadinha intimidador e com olhos treinados para verem mais do que dar a perceber, fez-lhe sinal para que andasse.

— Vamos, Mr. Deacon. Se faz favor.

Com um encolher de ombros, lá subiu as escadas e apresentou-os aos convidados.

— Se é de Hampshire — disse, a Fortune, depois de voltar a sentar-se — o caso deve estar relacionado com Nigel de Vriess.

— O que é que sabe acerca dele? — perguntou o superintendente.

— Muito pouco.

— Então por que telefonou para casa dele hoje de manhã?

Deacon olhou de soslaio para Terry interrogando-se se o jovem seria capaz de ficar de bico calado. *Confie em mim*, foi a resposta que leu na expressão dele, de uma inocência desarmante.

— Ocorreu-me que o homem que os vizinhos de Mrs. Powell viram ontem a mexer na porta da garagem dela pudesse ser Nigel, por isso

288

lembrei-me de confirmar se ele tinha ido para casa. — Coçou o nariz. — Pelos vistos, não foi.

— Mais tarde deixou um recado na esquadra a dizer que queria falar comigo sobre um assunto urgente relacionado com Amanda e Nigel — disse Harrison. — De que se tratava?

Deacon olhou para o relógio:

— Já passa das três. Deixou de ser urgente. — Viu o ar de impaciência no rosto de Harrison e, com um sorriso trocista, apresentou-lhe em traços largos a sua teoria de que Amanda e Nigel se tinham posto ao fresco quando souberam que Barry os vira juntos. — Eu e o Terry fomos hoje de manhã à zona das docas e demos uma vista de olhos à casa dela — esclareceu. — Parecia deserta e o carro dela não estava lá. Achei que valia a pena transmitir-lhe esse dado, se pudesse, mas o seu sargento de plantão mostrou-se relutante em incomodá-lo.

— Isto mais parece uma epidemia — comentou Harrison. — Primeiro é James que foge, depois Amanda e Nigel. Acredita mesmo nessa sua teoria, Mr. Deacon?

Terry fez uma largo sorriso:

— Bem lhe disse que ia fazer papel de parvo.

Deacon ofereceu uma bebida aos dois polícias mas eles não aceitaram.

— Peço desculpa pelo tempo que vos fiz perder — redarguiu tornando a encher os copos dos outros. — Atribuam isso ao facto de eu andar há semanas a pensar em desaparecidos.

— Refere-se a James Streeter.

— Entre outros.

Lawrence meteu-se na conversa:

— Duvido que aqui estivessem, meus senhores, se soubessem o paradeiro de Amanda e Nigel, portanto vão dar-nos alguma explicação ou deixar-nos às escuras? Devo acrescentar que considero um pouco injusto estarem a desdenhar da teoria do Michael se não tiverem uma vossa para apresentar

Os dois polícias trocaram olhares.

— Afinal acho que vou aceitar essa bebida — disse, inesperadamente, o chefe. — Está a ser um dia levado da breca.

Harrison pareceu aliviado embora Deacon não soubesse bem se por estar a precisar de um copo ou se por o colega ter dado sinais de fraqueza:

— Eu também não digo que não.

Preferiram cerveja e, enquanto Terry os servia, Fortune fez-lhes um breve relato dos acontecimentos que o haviam trazido a Londres para ter uma conversa com o sargento-detective Harrison.

— Há pouco tomámos a decisão de entrar em casa de Amanda Powell. — Calou-se para beber do copo que Terry lhe entregou. — Encontrámos Nigel de Vriess morto ao canto da garagem dela — prosseguiu, sem rodeios. — Estava nu e parece ter morrido de uma pancada na nuca. É uma mera estimativa, mas calculamos que a morte tenha ocorrido há cerca de trinta e seis horas, presumivelmente horas depois de Mr. Grover o ter visto na sala de estar.

Seguiu-se um longo silêncio.

Deacon só gostava de saber qual seria a reacção se lhes dissesse que estivera em casa de Amanda na noite anterior. Calculou que as teorias sobre a inexorabilidade do destino não pegassem com a Polícia de Londres e de Hampshire, sobretudo quando Harrison já tinha as suas dúvidas quanto ao envolvimento dele, e de Barry, com o estupor da mulher. Lembrou-se da palidez dela e da forma como o seu olhar seguia todos os seus movimentos. Estaria com medo que ele tropeçasse no morto? E teria ele estado prestes a fazê-lo, santo Deus? *E como diabo conseguia ela estar tão calma e controlada com o cadáver do amante escondido em sua casa e na sua consciência?*

Rodou a haste do copo entre o indicador e o polegar, descrevendo lentamente um círculo na toalha.

— Admira-me que ela vos tenha apresentado queixa do Barry se tivesse um cadáver lá em casa — disse, a Harrison. — Ou é muito fria ou muito estúpida.

— Fria — replicou Harrison recordando a impressão com que ele próprio ficara de uma mulher que, calmamente, autorizou a Polícia a entrar em sua casa com um morto na garagem. — Calculo que quisesse saber o que é que ele nos tinha contado antes de decidir o que fazer em seguida. Presumivelmente, a ideia inicial era abandonar o carro dele em Dover antes de se livrar do corpo noutro sítio qualquer mas pôs-se ao fresco quando percebeu que não conseguiria desacreditar o depoimento de Barry. — Fez uma pausa. — Continua a haver um problema de logística. Quem conduziu o *Rolls-Royce* até Kent se o seu proprietário estava morto dentro de uma garagem em Londres?

Ninguém respondeu.

— Se foi Amanda que o levou para lá — prosseguiu ele — como é que voltou a tempo de os vizinhos falarem com ela e a virem sair de carro para ir passar o Natal com a mãe? Não pode tê-lo feito mais tarde porque estava em casa da mãe ao meio-dia quando a Polícia de Kent a informou da detenção de Barry. O que torna o espaço de tempo demasiado curto para trocar de carro, levar o *Rolls* para Dover e vir buscar o *BMW.*

— Pode ter saído de casa às três da manhã e apanhado um comboio de manhã cedo de Dover para Londres — sugeriu Deacon. — Assim já estaria de volta às nove, não?

O sargento abanou a cabeça:

— O primeiro comboio, ao domingo, só chega a Waterloo depois das nove.

— Pode ter apanhado uma boleia.

— Na madrugada da Véspera de Natal? Às escuras? Mesmo até à porta de casa a tempo de estar repousada e fresca que nem uma alface para falar com os vizinhos?

Lawrence observava-o atentamente:

— Qual é a vossa teoria, sargento?

— Achamos que houve mais alguém envolvido. Confesso que se trata de pura especulação, mas digamos que de Vriess levou uma pancada na nuca *enquanto* estava a fazer amor com Amanda, que é a única explicação lógica para a sua nudez. Digamos também que foi o cúmplice que foi buscar o *Rolls-Royce* de de Vriess ao sítio onde ele o deixou — não estaria, certamente, parado à porta da casa dela senão os vizinhos teriam reparado nele — e o levou para Dover. Creio que tem de concordar que se trata de uma sequência de acontecimentos mais provável, com os dados de que dispomos.

Lawrence sorriu:

— Eu sou advogado, meu caro senhor. Não espera, por certo, que concorde com tal coisa. Uma sequência de acontecimentos igualmente provável é que de Vriess estava tão excitado por Amanda que se esqueceu de trancar o carro tendo este, subsequentemente, sido levado por estranhos para um passeio. Entretanto, depois da sessão de prazer na sala de estar, ele tomou um duche, escorregou nos azulejos e matou-se acidentalmente. Amanda, consternada como o que acontecera, escondeu o corpo na garagem e agora pôs-se em fuga para organizar as ideias. Tem alguma prova que refute a minha versão dos factos?

Ambos os polícias olharam para Barry.

— Talvez Mr. Grover possa ajudar-nos — sugeriu o Superintendente Fortune. — Durante quanto tempo esteve a observar o que se passava na sala?

Barry olhou para as mãos:

— Não muito.

— Foi-se embora antes de eles acabarem?

Ele acenou que sim.

— Tem a certeza? A maioria dos homens, na sua situação, teria ficado até ao fim. Ninguém o estava a ver. Topou com aquilo por acaso. O senhor mesmo disse que era excitante. Tanto mais... — lançou um breve olhar aos outros três como se a interrogar-se até que ponto poderia ser explícito — que lá voltou umas horas depois para uma segunda dose. Para quê ir-se embora antes do tempo?

Barry humedeceu os lábios:

— Pensei que ela me tinha visto. De repente obrigou-o a levantar-se para ir fechar as cortinas.

Fortune mostrou-lhe uma fotografia de Nigel de Vriess:

— Era este homem?

— Sim.

— Por que acha que Amanda o viu?

— Porque ele só se levantou depois de ela ter olhado para a janela.

— Estava mais alguém na sala?

Barry abanou a cabeça.

— Olhou por alguma das outras janelas?

— Não. Tive medo de ser apanhado. Voltei logo para a estrada principal e apanhei um táxi para casa.

— Não devia estar assim com tanto medo — redarguiu Harrison, rispidamente — visto ter lá voltado menos de oito horas depois.

— Esqueceu-se da pasta com as fotografias — explicou Deacon, calmamente. — Por isso é que lá voltou. — Lançou a Barry um olhar pensativo: — Ela conduz um *BMW* que está sempre parado na entrada. Estava lá nessa noite?

Barry tornou a abanar a cabeça.

— Então foi homicídio premeditado e ela não precisou de nenhum cúmplice — redarguiu, tranquilamente. — Fez duas viagens a Dover. A primeira no sábado, no carro dela, que deixou lá ficar regressando a Londres de comboio, e a segunda no domingo de manhã cedo, no

Roller, regressando no *BMW*. — Puxou um cigarro para fora do maço que estava em cima da mesa, interrogando-se se ela não teria feito a mesma viagem de ida e volta há cerca de seis anos. — A questão que interessa é o que tencionava ela fazer com o corpo de Nigel. — Aproximou o isqueiro da ponta do cigarro. — Devia estar muito segura quanto ao seu esconderijo ou não se daria ao trabalho de deixar o carro dele perto de um porto de *ferry-boats*.

O superintendente observava-o com toda a atenção.

— O único problema nessa hipótese é que os vizinhos se recordam de ter visto o carro dela à porta de casa durante todo o dia de sábado.

Deacon encolheu os ombros:

— Se o Barry diz que ele não estava lá é porque não estava mesmo.

— Palpita-me que estão a querer incriminá-lo no homicídio — afirmou Terry, agressivamente. — Quer dizer, ele está tramado se eles acham que ela teve algum tanso a ajudá-la. — Deu uma cotovelada a Lawrence, nas costelas. — Não devia permitir que eles o interroguem desta maneira. Nem lhe leram os direitos nem nada.

— Ora, acho que estás a ser injusto com os nossos amigos da Polícia, Terry. Sabem tão bem como tu e como eu que o Barry não lhes diria que tinha visto um homem em casa de Amanda se fosse culpado de o ter assassinado. — Franziu levemente o sobrolho. — É um problema e tanto, não é? Partindo do princípio de que Nigel foi assassinado, temos de admitir que Amanda está envolvida no crime. E no entanto é uma jovem tão bonita.

— O senhor conhece-a?

— Vi-a uma ou duas vezes. Somos vizinhos afastados e, como o Michael vos pode dizer, gosto de me sentar na margem do rio a pensar na vida.

— Continue — pediu Fortune quando Lawrence fez uma pausa.

— Perdoem-me. Estava a pensar no quanto a depravação humana pode estar enraizada sem se ver. É que, se o Michael tiver razão, Mrs. Powell deve ter encorajado Nigel a fazer amor com ela para assim lhe facilitar o crime e isso faria dela uma mulher muito depravada. — Sorriu, um nadinha melancólico. — Por norma, prefiro pensar bem das pessoas.

O superintendente fez um sorriso educado, disfarçando a falta de paciência para as divagações de um velhote.

— Por experiência sei que não existe nenhuma relação entre o aspecto de uma pessoa e a forma como se comporta.

— Normalmente concordaria consigo. — Tirou a fotografia de Nigel de Vriess das mãos de Barry e observou-a com interesse. — É um rosto cruel, não acha? Mas a verdade é que ele era um homem muito arrogante e a arrogância é uma característica perigosa. Posso afirmar categoricamente que Nigel de Vriess era um dos mais sórdidos subprodutos da uma sociedade civilizada.

— Conhecia-o?

— Por assim dizer. Um dos meus sócios mais novos tratou-lhe dos dele durante vários anos. — Deu uma palmadinha na foto. — A segunda vez que se recusou a interceder por ele foi quando de Vriess lhe deu ordens para comprar o silêncio de uma jovem que sofrera maus tratos quase ao ponto de perder a vida durante o acto sexual. De Vriess atribuiu um valor de 10 mil libras à integridade física e mental dela mas o meu colega ficou tão chocado com a gravidade das lesões que rescindiu o contrato entre a nossa firma e ele. Classificou de Vriess como um psicopata e nada do que eu li ou ouvi dizer acerca dele me leva a pensar de maneira diferente. A sociedade nunca devia permitir que um homem desses acumulasse riquezas. Quando o dinheiro está nas mãos erradas, a justiça, o alicerce rochoso em que assenta a nossa democracia, pode sempre ser corrompida.

Deacon fez uma expressão pensativa ao olhar para o amigo mais velho.

— Não sei se estou a perceber onde o senhor quer chegar — disse Fortune.

Lawrence pareceu admirado:

— Desculpe. Calculei que fosse óbvio. É que eu acredito muito mais na depravação de de Vriess que na de Mrs. Powell.

— Mas quem está morto é de Vriess e não a amiguinha dele.

Barry pigarreou nervosamente:

— Ela não parecia nada feliz — confessou. — A certa altura ele começou a arrastá-la pela sala presa pelos cabelos e depois obrigou-a a dobrar-se para a frente para cima de uma mesinha para ele poder... bom... — Não conseguiu acabar a frase. — Acho que estava a violá-la — acrescentou, num sussurro.

Cinco pares de olhos viraram-se de imediato na sua direcção.

— Por que raio não nos contou isso ontem? — perguntou Harrison, irritado.

Barry fez um ar apavorado.

— Não lhe perguntaram — frisou Deacon. Mas, c'um diabo, isso explicava em grande parte o estranho comportamento de Barry nas últimas vinte e quatro horas. Não admira que conseguisse descrever o macho dominante com tal exactidão...

Daily Express
27.12.95

Última Hora: Num acto sem precedentes, a Polícia divulgou esta tarde o nome e a fotografia de uma mulher que querem interrogar com relação ao desaparecimento do empresário Nigel de Vriess cujo *Rolls-Royce* foi abandonado em Dover. Trata-se de Amanda Powell, de Thamesbank Estate, Londres E14, anteriormente conhecida por Amanda Streeter. Crê-se que esteja escondida, algures no Reino Unido.

Daily Express
30.12.95

Última Hora: Depois de ter sido vista por uma fonte anónima, a Polícia acusou Amanda Streeter-Powell do homicídio do seu antigo amante, Nigel de Vriess. Foi descoberta a noite passada num chalé em Sway, na New Forest, que dista apenas 65 quilómetros da residência de de Vriess em Andover. Segundo os vizinhos, era visita habitual aos fins-de-semana. Os vizinhos em Londres E14 e colegas de trabalho afirmam-se «estupefactos» com a sua detenção. «É boa senhora» afirmou um deles. «Não acredito que seja uma assassina.»

Mensagem telefónica

De: SD Greg Harrison   Data:3.01.96
Para: Michael Deacon (sala 104)   Ditada a: Mary Petty

Greg Harrison está farto das suas chamadas. Diz que passa mais tempo a falar consigo do que com a mulher, e ama-a!

Amanda Powell <u>foi</u> acusada de homicídio e está sob prisão preventiva em Holloway e não, não pode levá-lo lá para a visitar porque provavelmente será também convocado como testemunha no julgamento dela, juntamente com Barry. De qualquer modo, seria uma perda de tempo porque ela não tem nada a acrescentar ao que declarou à Polícia quase seis anos atrás sobre o desaparecimento de James. Passou o fim-de-semana de 27/28/29 de Abril de 1990 com a mãe, em Kent, e a mãe confirma-o. O álibi convenceu os agentes da investigação na altura e continua a convencê-los. Sem mais provas, não há justificação para desperdiçar o dinheiro dos contribuintes dragando o Tamisa em Teddington.

Em relação ao assassínio de de Vriess, <u>e por amor de Deus não o cite pois está tudo em segredo de justiça e ele pode ir para a rua por ter revelado informações</u> (foi Greg que me pediu para sublinhar isto) Amanda confirma as declarações de Fiona Grayson. Há meses que não contactam um com o outro. Amanda afirma ter-se encontrado casualmente com Nigel em Knightsbridge no sábado de manhã (pelos vistos andavam ambos nas compras de Natal), ele mostrou-se muito interessado em voltar a vê-la e doze horas depois forçou a entrada em casa dela para a violar. O depoimento de Barry sustenta a sua afirmação. Quando finalmente Nigel a soltou, ela deu-lhe uma bofetada e ele caiu de costas em cima do travão de bronze da porta. As provas forenses (hematoma na face/vestígios de sangue no travão da porta) confirmam-no. Continuamos a procurar testemunhas que possam ter visto o *BMW* em Dover durante o dia de sábado mas, até à data, não encontrámos nenhuma. Os vizinhos continuam a sustentar as declarações dela de que estava parado na entrada (embora estejam menos seguros do que anteriormente dado que estão habituados a vê-lo lá).

A razão por que Amanda não ligou para a Polícia foi porque entrou em pânico. Diz que percebeu de imediato que precisava criar a maior distância possível entre ela e o *Rolls-Royce* de Nigel, por isso conduziu-o até Dover, uma cidade que ela conhece bem porque a mãe vive apenas a 32 quilómetros de lá. Concorda que é ridículo ter achado que desfazer-se do carro era mais importante que desfazer-se do corpo mas estava confusa e assustada depois da violação. Apanhou boleia em Dover de um camionista francês, chegando a casa por volta das 8.30 h.

De momento nada disto pode ser contestado mas Greg está a tratar do assunto.

De futuro, comunique por fax. Polícias que trabalham a sério não podem passar horas ao telefone.

21

DEACON FEZ novo telefonema para Edimburgo.

— Fala Michael Deacon — disse, a John Streeter, quando o outro atendeu. — Presumo que tenha lido a notícia de que a sua cunhada foi acusada do homicídio de Nigel de Vriess?

— Sim.

— Imagina por que terá ela feito isso, Mr. Streeter?

— Não. Falei com ela na sexta-feira antes do Natal, propondo umas tréguas. Mostrou-se surpreendentemente amável.

— Que tipo de tréguas?

Seguiu-se um breve silêncio.

— Das que o senhor sugeriu — respondeu ele, por fim. — Eu disse-lhe que agora acreditávamos que ela tinha dito a verdade e pedimos-lhe para se servir da sua influência junto do de Vriess para podermos procurar nos processos pessoais da DVS algo que nos conduzisse a Marianne Filbert. Ela concordou e pediu-me para voltar a ligar-lhe no novo ano com uma proposta de acção.

— Pareceu-lhe ficar receosa com o seu pedido?

— Apenas admirada. Perguntou-me por que é que acreditávamos nela agora quando antes não tínhamos acreditado e eu disse-lhe que o senhor se tinha interessado pela história do James e que nos convencera a trabalhar com ela e não contra ela.

— Qual foi a resposta dela?

— Se bem me lembro, disse que era uma pena não termos despertado o seu interesse há cinco anos, antes de tanta água ter corrido debaixo da ponte.

— Perguntou-lhe a que estava a referir-se?

— Não. Deduzi que queria dizer que teria havido muito menos sofrimento para todos se a verdade tivesse sido divulgada na altura do desaparecimento do James.

298

— Mais alguma coisa?

— Não. Desejámos um ao outro um feliz Natal e despedimo-nos.
— Streeter fez nova pausa. — Sabe se a Polícia a interrogou a respeito
do James?

— Sim, mas a versão dela não se alterou. Continua a negar ter algum
conhecimento do que lhe tenha acontecido.

Um suspiro do outro lado:

— Vai manter-nos informados, espero.

— Claro. Adeus, Mr. Streeter.

Com todas as garantias de que o papel dela na história nunca seria
tornado público, Deacon convenceu Lawrence a falar com o colega
sobre a mulher à qual de Vriess oferecera 10 mil libras para ficar calada.

— Só quero saber — disse ele ao velhote — se ela participou o caso
à Polícia e se não por que não o fez.

Lawrence franziu o sobrolho:

— Porque o dinheiro era uma instigação ao silêncio, acho eu.

— Como é que pode ser se ele teve tempo de ir falar com o advogado? A maioria das mulheres chama a Polícia mal o agressor sai porta
fora. Não lhes dão tempo para irem ter com os advogados. Aquelas
dez mil libras soam-me mais a indemnização por despedimento injusto
do que a silenciamento.

Lawrence deu-lhe a resposta, por telefone, uns dias depois:

— Tinha razão, Michael. Tratou-se de uma compensação e ela não
participou o caso à Polícia. A desgraçada já tinha um longo historial
de maus tratos que acabou com as lesões testemunhadas pelo meu colega. Aliás, ele aconselhou-a a levar o caso a tribunal — deu uma
casquinada bem-disposta — o que não é lá muito ético, diga-se de passagem, pois na altura continuava a trabalhar para o de Vriess, mas ela
estava com tanto medo que não o fez.

— Do de Vriess?

— Sim e não. Recusou-se a dar quaisquer pormenores mas o meu
colega acha que o de Vriess andava a chantajá-la. Era corretora da bolsa
e ele está convencido que ela se servia de informações internas para
comprar acções e o de Vriess descobriu.

— Para quê acabar com isso? Para quê pagar-lhe?

— O de Vriess afirmou tratar-se de um incidente pontual tendo-se excedido porque estava bêbedo. A mulher diz que foi o culminar de uma série de incidentes desses. O meu colega acreditou nela e rescindiu de imediato o contrato entre a nossa firma e o homem que ele considerava extremamente perigoso. A opinião dele é que o de Vriess percebeu que tinha ido longe de mais — partiu-lhe o braço e o maxilar — e resolveu despachá-la com um pagamento único. As ordens dele foram para oferecer 10 mil libras à fulana deixando bem claro que não haveria mais contactos entre as duas partes.

— Ela chegou a receber?

Nova casquinada:

— Ah, sim. O meu colega sacou 25 mil ao de Vriess antes de recusar futuros trabalhos.

— Já viu que isso vai beneficiar consideravelmente a defesa da Amanda? Prova que o Nigel tinha um certo prazer em violar mulheres.

— Ah, não me parece. Não lhe conviria mesmo nada, a ela, demonstrar que o Nigel chantajava mulheres para levá-las a tomar parte na sua própria violação. Quanto a mim, vai alegar que aquilo nunca tinha acontecido, que o Nigel entrou lá em casa à força num estado de grande excitação sexual e que a morte dele foi um acidente quando o esbofeteou depois de conseguir soltar-se.

— Ela está a mentir.

— Tenho a certeza que sim, meu amigo, mas está a lutar pela vida, coitada.

— E vai safar-se?

— Sem dúvida nenhuma. Só o testemunho do Barry é o bastante para convencer um júri a absolvê-la.

— Se não fosse ele, não tinha sido presa — comentou Deacon — e agora depende dele para se safar. Como diria o Terry, é montes de irónico.

Lawrence soltou um risinho nervoso:

— Como vai a leitura dele?

— Mais depressa do que eu esperava — respondeu Deacon, secamente. — Descobriu o prazer de procurar palavrões no dicionário e anda a dar comigo em doido pondo-se a ler as definições em voz alta.

— E o Barry?

Seguiu-se uma longa pausa:

— O Barry resolveu ser sincero quanto aos seus sentimentos — respondeu Deacon ainda mais secamente — e se não se deixa de coisas muito rapidamente tenciono ser eu a fazer o trabalho por ele arrancando-lhe os tomates e enfiando-lhos pela boca abaixo. Sou um homem tolerante, como sabe, mas não estou para ser objecto das fantasias de outro.

TRANSMISSÃO FAX   DATA: 4.01.96

THE STREET, FLEET STREET, LONDON EC4

De: Michael Deacon
Para: SD Greg Harrison

Nota bene: Não é a única pessoa para quem telefono!

1. John Streeter telefonou a Amanda na semana anterior ao Natal (seguindo o meu conselho) a pedir tréguas e a informá-la de que os Amigos de James Streeter tencionavam contactar Nigel de Vriess no novo ano com vista a uma consulta aos processos pessoais da Softworks/DVS para tentarem deitar a mão a Marianne Filbert.

2. Tenha juízo! É quase tão provável que Amanda se tenha encontrado casualmente com Nigel em Knightsbridge no sábado antes do Natal como você ou eu ganharmos a lotaria. As hipóteses de isso acontecer são mínimas. Por amor de Deus, andaria lá meio mundo mais a mulher dele à procura de presentes de última hora. Ela marcou um encontro com ele, em casa dela, para uma festinha de Natal. Ver em baixo.

3. Quem é o dono do chalé em Sway? Amanda ou Nigel? Se é ele, então a mulher não sabia de nada e o depoimento dela, de que não houvera nenhum contacto entre Nigel e Amanda, não vale nada. Aposto que Amanda tinha de ir até lá sempre que Nigel lho ordenava. (Ele sabia que ela assassinara James e usava-a como saco de pugilista pessoal sempre que lhe apetecia sexo. Lawrence disse-lhe que Nigel era um grande canalha e Barry afirma que ele estava a violá-la — que mais provas precisa de que Nigel a tinha na mão?)

301

4. Como é que ela sabia onde Nigel deixara o *Rolls* se não estava à porta de casa? Terá ele parado, a meio da violação, para lhe dizer onde é que o estacionara?

5. Se o carro dela <u>estava</u> arrumado na entrada, por que não o meteu na garagem, enfiou o corpo de Nigel na bagageira e o largou num sítio qualquer antes de se livrar do *Rolls*? O facto de o não ter feito é a melhor prova que tem de que o BMW não estava lá.

6. Como é que ela explica a presença dos sacos de cimento na garagem quando temos provas fotográficas de que estava vazia em princípios de Dezembro?

7. Para quê o truca-truca em Londres quando podiam ter ido para Sway tendo em conta que ela já tencionava ir para lá e que o chalé distava apenas 64 quilómetros de Halcombe House? Porque a encenação do desaparecimento teria sido mais difícil de levar a cabo a partir de Sway, essa é que é essa! <u>Tinha</u> de ser Londres pelo fácil acesso a Dover; e <u>tinha</u> de ser algures onde ele não fosse conhecido. Por isso ela telefonou-lhe e convidou-o a vir ele a <u>Londres</u>, para variar!

Foi homicídio premeditado, que teria corrido bem se Barry não lhe desse cabo dos planos. Enquanto a Polícia de Kent e de Hampshire andavam às voltas como baratas tontas à procura de um empresário raptado/fugido, ela passaria um Natal tranquilo com a mãe (que fornece sólidos álibis!) O único risco era deixar o corpo na garagem durante o feriado mas não tinha tempo para se desfazer do *Rolls* <u>e</u> de Nigel na mesma noite, por isso se calhar achou que valia a pena correr esse risco. Nunca seria tão fácil como desfazer-se de James. Se atirasse Nigel por cima do muro do jardim, ele apareceria em cima de um banco de areia quando a maré baixasse e alguém ia querer saber o que estava dentro do sobretudo de cimento. <u>Devem</u> mesmo dragar o rio junto aos apartamentos de Teddington. Garanto-lhe que encontram um saco com ossadas metido num bloco de cimento e podem usar John Streeter para comparação do ADN. Já agora, conheci a mãe de Amanda e o álibi é fraco. A pobre da velhota sofre de artrite há anos e todas as noites se encharca em comprimidos para dormir. Amanda podia ter assassinado metade de Inglaterra que Mrs. Powell Mãe não daria por nada.

Com os melhores cumprimentos,

De: Greg Harrison
Para: Michael Deacon

1. Testemunho indirecto. Amanda nega que John Streeter tenha dito
   semelhante coisa. A sua versão é que ele a agrediu verbalmente como
   sempre fez todos os Natais desde que James desapareceu.
2. Não podemos provar que não se tenha encontrado com ele em
   Knightsbridge.
3. O chalé em Sway pertence a uma tal Mrs. Agnes Broadbent.
   A inquilina nos últimos cinco anos foi Amanda Powell.
4. Disse a Nigel que não queria vê-lo e que ia chamar um táxi. Ele disse:
   «Não te maces, eu vou-me embora. O *Rolls* está estacionado em
   Harbour Lane.» Depois atacou-a. Uma testemunha lembra-se de ver o
   Rolls-Royce em Harbour Lane nessa noite.
5. Pensou em meter o corpo de Nigel na bagageira mas ele era pesado de
   mais para ela. Só conseguiu arrastá-lo para a garagem.
6. Tenciona arranjar o pavimento do terraço no jardim. Algumas das lajes
   estão soltas.
7. Sway não entra na equação. O único propósito de de Vriess era violá-
   -la, por isso forçou a entrada lá em casa. A sua morte foi um acidente.
   (Você sabe que eu não acredito necessariamente nisto, estou apenas a
   citá-la.)

Faz ideia de quanto *custa* dragar um rio? Temos tantos motivos para fazer
uma busca no Tamisa junto a Teddington como noutro trecho qualquer.
Precisamos de provas de que lá se encontra um corpo. Parece embirrar
com Amanda. Porquê?

Cordialmente,

P. S.: Confia muito em Barry e Lawrence. Os depoimentos deles sobre a
«brutalidade» de Nigel para com as mulheres são muito fracos. Quer
arranjar problemas com a família dele?

THE STREET, FLEET STREET, LONDON EC4

De: Michael Deacon
Para: SD Greg Harrison

Lawrence e Barry não têm nenhum motivo para mentir, ao contrário da família de Nigel. E, longe de «embirrar» com Amanda, quero é ajudá-la, portanto, como diria Terry, estou «pior que estragado» com a ajuda que vos dei a descobri-la. Devia ter protegido a história dela com a tenacidade com que protejo a de Billy e assim teria conseguido entrevistá-la. Por que diabo não a acusam de homicídio involuntário, com base em provocação, e estipulam uma fiança em vez de a manterem na choldra? Assim eu teria arranjado um encontro casual. Garanto-lhe que lhe arrancava mais informações do que vocês hão-de arrancar.

Já agora, a ideia de eu ser convocado como potencial testemunha foi <u>sua</u>? Esqueça! Mas o que é que eu <u>vi</u>? Certo, estive em casa dela na véspera de Natal mas, cá para mim, a desgraçada estava a tentar combater o cheiro que vocês acharam que provinha de Nigel. Ouça, até mesmo eu, um humilde jornalista, sabe que os corpos não cheiram assim tão mal decorridas 36 horas em pleno Inverno rigoroso. Billy Blake é que <u>foi</u> o companheiro constante dela, desde Junho, numa tentativa vã de obrigá-la a admitir um homicídio que cometera. Está bem, sei que parece um disparate mas «há mais coisas no céu e na terra do que as sonhadas na sua filosofia», meu amigo!

Façam um favor a vocês mesmos, draguem o rio junto aos apartamentos de Teddington e procurem James. Eis o verdadeiro crime dela: perder as estribeiras e limpar o sebo a um canalha de primeira que se preparava para fugir para o pé da amante com 10 milhões de libras numa conta numerada num banco da Suíça. E olhe que não a censuro por isso. Quanto mais sei a respeito de James, menos gosto dele e ela já pagou bem caro sendo o brinquedo de Nigel de Vriess nos últimos seis anos.

Quanto às tretas que me enviou na semana passada:

A mulher de John Streeter ouviu a parte dele do telefonema, por isso <u>há provas concretas do que ele disse</u>; procure nos extractos bancários de Nigel os pagamentos da renda de Sway; <u>Amanda</u> terá dito a Nigel para estacionar em Harbour Lane; se Amanda conseguiu puxar Nigel para cima dos sacos de cimento também conseguia içá-lo para o meter na bagageira (é arquitecta portanto deve perceber qualquer coisa de técnicas de elevação); ninguém substitui lajes de terraços a meio do Inverno — a geada faz estalar o cimento. Siga o seu instinto. Interrogue-se por que é que Nigel violou Amanda. PORQUE ELA NÃO PARTICIPARIA DELE. Porquê? PORQUE O SACANA A TINHA NA MÃO?

Imagino que a cena com James tenha sido do género:

- James Streeter era um ladrão e um mentiroso. Iniciou uma mini-fraude em 1985 para financiar os seus sonhos de investidor na bolsa. Quando conheceu Marianne Filbert, em 88, soube como é que se sacavam uns milhões e a fraude tornou-se mais requintada.
- Neste meio tempo, casara-se com Amanda que conheceu por intermédio de Nigel de Vriess. Só consigo explicar esse casamento em termos de fuga, para ela, pois na altura já devia ter descoberto como Nigel era na realidade. Mais difícil é adivinhar quais teriam sido os motivos de James. Um pouco de ambição social, talvez (se Amanda era suficientemente boa para o chefe então valia a pena tê-la). O pai diz que ele dava muita importância ao estatuto social.
- O casamento foi tumultuoso e não tardou que James procurasse alguém mais submisso. Entretanto, incentivou Amanda a avançar com o projecto dos apartamentos de Teddington, possivelmente para legalizar parte do seu dinheiro «sujo». (O título de propriedade estava registado apenas no nome dela — por razões fiscais? — motivo pelo qual ela não teve problema nenhum em trocar o imóvel pela casa de Thamesbank.)
- Mal a fraude foi descoberta, Nigel, no cargo que detinha na administração do Lowenstein's, calculou que o responsável fosse James. Talvez até o tenha desmascarado através da ligação Marianne Filbert/Softworks/DVS — a investigação interna do banco terá desenterrado o esquecido relatório feito pela Softworks. Seja como for, há grandes hipóteses de ele ter recebido uma fatia do bolo por dar a dica a James sobre a altura certa de dar à sola.
- Acho que, por malvadez, também deu a dica a Amanda porque de certeza que ela sabia que James se preparava para desaparecer deixando-a sozinha a enfrentar as consequências.
- Ela matou James por raiva, depois aproveitou-se do facto de todas as provas apontarem para a fuga dele. O problema é que Nigel sabia o que ela tinha feito e usava esse conhecimento para a dominar. Calculo que *tenha* alertado Amanda e *tenha* sacado algum a James e Marianne. Quando Marianne o contactou a dizer que James ainda não chegara,

percebeu logo que ele nunca chegara a sair do Reino Unido. Depois somou dois e dois, descobriu que Amanda atirara James ao rio, afundando-o com sacos de cimento da obra, e ameaçou ir à Polícia. (O método foi tão eficaz que ela ia repeti-lo com Nigel.)

• As provas de tudo isso estão na forma como Nigel tratou Amanda, tal como testemunhado por Barry. Como é que um homem como Nigel de Vriess podia fazer o que fez *se* <u>não</u> soubesse que ela não iria à Polícia? Que diabo, tinha <u>tudo</u> a perder se ela o acusasse de violação mal ele virasse costas.

Com os melhores cumprimentos,

Mike

THE STREET, FLEET STREET, LONDON EC4

Amanda Powell
HM Prison
1X Parkhurst Road
Holloway
London N7 ONU

15 de Janeiro de 1996

Prezada Amanda,
Não faço ideia se as opiniões de Billy sobre o inferno e a danação têm alguma validade. Para ele, o purgatório era «um local de eterno desespero onde o amor está ausente». Contudo, encarava-o não como uma eternidade de ignorância mas uma eternidade de aterradora consciência. A alma condenada sabe que o amor existe mas está condenada para todo o sempre a existir sem ele. Creio que vivia tão aterrado por tal imagem que, como Billy Blake, se predispôs a salvar pecadores dos perigos de um pecado irredimido.

Por outros, enfiava as mãos no fogo e submetia-se aos rigores do frio. Por si, morreu. Não quer isto dizer que deva ficar com a morte dele na consciência pois a morte era o que ele desejava. Sem ela, não tinha nenhuma esperança de resgatar a sua tão amada esposa, Verity, da solidão do poço sem fundo para o qual, como suicida, ela fora expulsa. Acreditava que a única saída desse lugar terrível era pela compaixão divina e esperava que levando uma vida de extrema penitência, antes de morrer voluntariamente por autonegligência, conseguiria alcançar o milagre de arrancar Verity do inferno pela misericordiosa intervenção de Deus.

Poderá dizer-se que a sua mente se encontrava totalmente desequilibrada pelo choque, mágoa, excesso de álcool e contínua subnutrição. A verdade é que alguns dos seus amigos achavam que ele era um esquizofrénico não diagnosticado. Mas estou de acordo com os sentimentos por si expressos na primeira vez que a vi. «Estamos muito mal, como sociedade, se partirmos do princípio de que a vida de qualquer homem é tão inútil que a única coisa interessante sobre ele é a maneira como morreu.» O valor de Billy estava no esforço que ele fez para a salvar, pois o único motivo por que a procurou foi para convencê-la a pagar, nesta vida, pela morte de James, em vez de adiar o seu sofrimento para a eternidade.

A ironia é que a Amanda se dispôs a dar a um desabrigado sem família a dignidade na morte que negou a James e talvez tenha sido sempre essa a intenção de Billy. Afinal de contas, foi o que me levou a ir falar consigo. Billy deve ter calculado que uma caminhada até Andover a meio de um Verão quente para pedir o seu endereço a Nigel de Vriess (embora Nigel, na altura, estivesse no estrangeiro e foi Fiona que lhe disse como poderia encontrá-la) destruiria as poucas reservas de energia que lhe restavam.

O que significa que a morte dele na sua garagem seria a consequência inevitável dos seus actos. Como você mesma disse, ele podia ter chamado a sua atenção ou comido do que havia no congelador mas não fez nem uma coisa nem outra, mitigou apenas a sede com cubos de gelo e morreu tranquilamente. É que ele não estava interessado em julgá-la — sendo ele próprio um assassino — estava apenas interessado em recordar-lhe aquele outro homem que não fora condignamente sepultado e chorado.

Junto um resumo daquilo que acho que aconteceu e que enviei ao sargento-detective Harrison. Omiti o papel de Billy nos acontecimentos porque ele não disse nada na altura e porque duvido que a Polícia aceite o depoimento de um morto. Estou, porém, convencido de que ele estava a observar, nas sombras, quando você matou James. Vizinhos de Teddington lembram-se de ver um albergue na velha escola e Tom Beale, do armazém, disse-me que Billy costumava «parar lá mais para diante, depois de Richmond» antes de se mudar para a Isle of Dogs.

Talvez se interrogue por que é que ele não foi à sua procura mais cedo. A resposta é simples, conhecia-a apenas por Amanda Streeter, a mulher que comprou a escola onde ele se abrigava, e quando voltou a usar o seu nome de solteira e mudou de casa ele perdeu-lhe o rasto até ler o seu nome associado a Nigel de Vriess. Mas a verdadeira resposta é que não estava preparado. Uma velhota falou-me, um dia, a respeito do suicídio. Disse-me: «Já pensou que pode haver alguma coisa à sua espera do outro lado e que talvez ainda não esteja preparado para a enfrentar?» Billy sabia melhor que ninguém, penso eu, que precisava estar preparado e a sua preparação vinha através do sofrimento. Dizia sempre que ainda não sofrera o bastante.

Não tenciono fazer mais do que já fiz — ou seja, deixar a justiça entregue às autoridades — excepto dizer aos Streeter que o filho deles <u>foi</u> assassinado. Não há ninguém que seja totalmente mau, Amanda, e todos merecemos ser chorados na nossa morte. Deixo por sua conta a salvação de Billy. A meu ver pouco importa se ele era maluco ou não. Acreditava que salvando outra alma do inferno mereceria a compaixão de Deus. Pediu-me que provasse que a vida de Billy tinha valor mas estou certo que agora entende que seja você a única pessoa capaz de fazer isso. Depende de si, através da sua própria redenção, redimi-lo também a ele e a Verity.

Com os melhores cumprimentos,

Michael Deacon

Michael Deacon

P. S.: Por favor não veja nenhuma animosidade nesta carta. Sempre simpatizei consigo.

De: **SD Greg Harrison**
Para: **Michael Deacon**

Amanda Powell abriu o jogo sobre James. Começamos a dragar amanhã às 8.30. Encontramo-nos em Teddington!

Cordialmente,

Greg

22

AO DOBRAR A esquina do edifício da antiga escola, Deacon lembrou-se da primeira vez que visitara o armazém das docas. Esta era outra paisagem árida, avivada por pessoas metidas em grossos e escuros sobretudos. Um grupo de homens reunira-se a poucos centímetros da margem do rio, fitando as águas turvas, de golas levantadas para se protegerem do vento cortante. Eram mais novos e mais uniformes na indumentária mas o frio beliscava-lhes os rostos com a mesma ferocidade com que beliscara os rostos dos desabrigados do armazém. Mais ao fundo, mergulhadores da Polícia já equipados balouçavam na água junto a um pequeno barco a remos imobilizado contra a corrente a uns metros do local de onde se estendia uma faixa ajardinada em declive até ao rio, terminando num passadiço de madeira que formava um caminho de sirga ao longo da estrema da propriedade. O jardim, com arbustos e canteiros, curvava para dentro dando uma perspectiva emoldurada do rio e Deacon interrogou-se se fora essa a ideia de Amanda ao projectar a reconversão.

De súbito reparou nela, vestida de preto, ligeiramente afastada com um guarda prisional e a olhar atentamente para o rio, tal como os polícias. Voltou-se na direcção de Deacon quando ele se aproximou pelo relvado e, ao reconhecê-lo, um débil sorriso ergueu-lhe os cantos da boca. Levantou um braço num gesto de saudação e depois deixou-o cair, talvez receosa de estar a forçar a nota da solidariedade humana. Ele levantou também o braço, retribuindo o gesto.

O sargento-detective Harrison retirou-se do grupo para o desviar de um contacto com Amanda. Olhou para a máquina que Deacon trazia na mão e abanou a cabeça:

— Desta vez nada de fotografias, companheiro — disse.

— Só uma? — murmurou Deacon com um aceno de cabeça em direcção à mulher. — É para a minha colecção particular, não para publicação. Fica óptima de preto.

— Pois claro — replicou o sargento. — Mata os amantes depois da cópula.

— Isso é um sim ou um não?

O outro encolheu os ombros:

— É um «o problema é seu». Ela não é flor que se cheire, Mike.

Deacon fez um largo sorriso:

— Bolas, você também é homem. Nunca lhe apeteceu viver um pouco a vida? Não acha que o *qui pro quo* para o macho da viúva negra ser comido é a melhor queca que ele já teve na vida?

— E a *única* — redarguiu Harrison, amargamente. — Seja como for, depois de cumprir duas penas de prisão perpétua, há-de estar velha e feia.

Um mergulhador pôs fora de água uma cabeça reluzente, de foca, e fez um gesto com os polegares para baixo aos observadores em terra. A cena tinha tanto de triste como de bela. Um céu cinzento sobre as águas cinzentas com a silhueta negra do barco contra um sol branco de Inverno. Antes que Harrison pudesse impedi-lo, Deacon ergueu a máquina e registou o momento para a posteridade.

— Não há coisas feias na vida — comentou, virando a objectiva na direcção de Amanda e usando o *zoom* para obter um grande plano — a menos que queiramos vê-las dessa forma.

— Espere até pescarmos o James. Nessa altura vai pensar de maneira diferente. — Ofereceu um cigarro a Deacon. — Tinha razão quando disse que o de Vriess lhe deu a dica — afirmou fechando as mãos em concha à volta do fósforo — só que na altura ela não soube de onde tinha vindo a informação. Ele enviou-lhe uma fotocópia da acta da primeira reunião referente à investigação interna do banco, com o nome de James como suspeito. Chegou na sexta-feira de manhã, 27 de Abril, e ela passou o dia todo em pânico. — Calou-se para acender o cigarro. — Tinha combinado estar em casa da mãe nessa noite mas ligou para o James, para o escritório, e pediu-lhe para vir encontrar-se com ela aqui, na escola, às seis da tarde, frisando que era para falarem de um ou dois problemas que tinham surgido por causa dos planos de reconversão. Diz que a única intenção dela era descobrir a verdade mas a coisa transformou-se em discussão quando o James desatou a gabar-se da sua própria esperteza. Estavam dentro da escola e ela empurrou-o por um lance de escadas abaixo. Acha que ele deve ter partido o pescoço na queda.

Fez uma pausa quando um segundo mergulhador veio à superfície.

— Segundo ela, o corpo ficou entalado debaixo de uma passadeira de tábuas. Era, obrigatoriamente, a primeira fase da construção. Reconstruir o arruinado caminho de sirga em troca da autorização para reconverter a escola. Já existiam os pilares de apoio e ela meteu lá o James, atrás deles.

— Às seis da tarde, em Abril? — perguntou Deacon, espantado. — Ainda era dia.

— Não fez isso na altura. — Harrison puxou uma fumaça do cigarro protegendo-o do vento com a lapela do casaco. — Deixou o James morto ao fundo das escadas, meteu-se no carro e seguiu para Kent em estado de choque já a contar que a Polícia estivesse à sua espera quando lá chegasse. Como não estavam, começou a acalmar e concluiu que ou tinha de confessar o crime ou desfazer-se do corpo. Voltou às duas da manhã, enquanto a mãe dormia, e desfez-se então dele.

Deacon ia observando Amanda enquanto Harrison falava.

— Como? Não é nenhum Arnold Schwarzenegger e estava a trabalhar às escuras.

— É uma mulher desenrascada — comentou Harrison — e trouxe uma lanterna de casa da mãe. Quanto a mim, fez rolar o corpo até junto de uma porta velha e usou o método da alavanca e uma rima de tijolos de cinza para levantar a porta o suficiente para o fazer deslizar para dentro de um carrinho de mão. O plano era atirá-lo da passadeira para o rio e esperar que quando o corpo fosse arrastado pelas águas, a sua morte fosse atribuída a um trágico acidente. Mas estava cansada, não conseguiu controlar o carrinho como deve ser e caiu tudo para este lado da passadeira. — Apontou para os arbustos à esquerda. — Há cinco anos, havia uma fenda de vinte metros no sítio onde a margem erodiu por isso em vez de repetir todo o processo da porta e da rima de tijolos de cinza, atirou o corpo de cabeça através da fenda, calculando que viesse a ser puxado para o rio.

— Mas não foi? — perguntou Deacon quando ele se calou.

Harrison encolheu os ombros.

— Nunca veio à tona, por isso ela acha que deve ter ficado entalado num dos pilares e que depois ficou soterrado no balastro e betão com que os operários encheram as fissuras ao longo do passadiço.

— E eles não viam o corpo?

— Ela diz que voltou na segunda-feira de manhã, para verificar isso, mas não havia sinal dele. Depois pensou que era apenas uma questão de tempo até um de nós lhe bater à porta a informá-la de que, em vez de ter fugido, James estava era morto há semanas.

— Mas isso nunca aconteceu.

— Não. Uma gaja cheia de sorte.

— Se ele está debaixo de uma tonelada de balastro, que esperam os mergulhadores encontrar?

— Algo que confirme que ela está a dizer a verdade. Andam à procura de objectos metálicos, o Rolex dele, fivela do cinto, ilhós dos sapatos, botões, até o fecho das calças. Se encontrarem, começamos a arrancar o balastro à procura do esqueleto do desgraçado.

Deacon lançou novo olhar de soslaio a Amanda:

— E por que não há-de estar a dizer a verdade?

— Ninguém percebe por que é que ela, de repente, resolveu abrir o jogo. Tinha todas as hipóteses de sair ilibada da morte do de Vriess pois o testemunho do Barry, quanto à violação, permite-lhe alegar que foi em legítima defesa. Continuamos à procura de indícios de premeditação mas não temos tido grande sucesso. Não há registo de telefonemas, nenhum vestígio do carro dela em Dover, e se o Nigel alguma vez foi a Sway ninguém o viu lá. — Espetou o queixo, apontando para o rio. — Por isso para quê dar-nos esta informação, de borla? Que espera ela conseguir com isso?

— Uma consciência limpa? — sugeriu Deacon.

Harrison deixou cair a beata para a relva e esmagou-a com a biqueira do sapato:

— Você é um romântico, Mike. Estamos nos finais do século XX e as pessoas já não têm consciências. Têm é advogados espertos. Acha mesmo que a Amanda nos teria dito alguma coisa sobre o James se não tivesse sido acusada da morte do Nigel? — Abanou a cabeça. — Tem sido cada vez mais pressionada quanto ao desaparecimento do James e não pode arriscar-se a dois julgamentos por dois crimes diferentes. Pode ser absolvida uma vez mas nunca duas e a última coisa que ela quer é que a gente desenterre o James *depois* de ela se ter safado no caso do de Vriess. Tenho a certeza que não há-de restar grande coisa dele que nos diga como é que morreu e ela quer uma garantia, antes de ser julgada, de que não haverá mais acusações pendentes. Mas que rica consciência, hein?

Deacon não respondeu de imediato e mantiveram-se em silêncio a observar a azáfama da Polícia no rio.

— Como é que ela descobriu que foi o Nigel que lhe enviou a fotocópia sobre a fraude? — perguntou então.

— Ele telefonou-lhe a oferecer os seus préstimos depois do desaparecimento do James e nessa altura falou-lhe nisso. Disse que queria avisá-la de que o James talvez viesse a ser preso mas que não podia fazê-lo pelas vias oficiais devido ao cargo que ocupava na administração. Ela nega a sua teoria de ele a ter na mão — continuou. — Diz que o Nigel não sabia nada acerca da morte do James e afirma que a relação deles foi sempre amigável até ele forçar a entrada lá em casa e a ter violado.

Deacon soltou uma risadinha rouca que foi levada pelo vento:

— Nem pode afirmar outra coisa, se quer alegar legítima defesa.

Harrison olhou-o com curiosidade:

— Por que está tão interessado em provar que não foi?

— Agora já não.

— Não estou a perceber.

Deacon esmagou a beata no chão:

— Estou apenas interessado em que ela admita que matou o James. No que se refere ao Nigel, diria que ele teve o que merecia quer a tenha violado uma ou uma centena de vezes.

— Mas tem a certezinha que foi a segunda hipótese.

— Sim. — Enfiou as mãos nos bolsos para as manter quentes. — Acho que era dono e senhor do corpo e da alma dela por saber que ela tinha assassinado o marido. Falei com o sócio do Lawrence e ele classifica o Nigel como um animal. Diz que não hesitaria em abusar de uma mulher que tivesse na mão. — Trocista, ergueu uma sobrancelha: — Ouça, teve de haver algum motivo para a morte do sacana. Talvez *você* acredite que ela, acidentalmente, matou dois homens em legítima defesa mas eu não. Penso que se calhar andou estes últimos cinco anos a planear uma forma de se ver livre do Nigel mas quando John Streeter telefonou a anunciar uma mudança de táctica foi o empurrão que ela precisava. Uma coisa é ser o alvo de difamatórios comunicados à imprensa em que nenhum editor com bom senso pega, outra é ficar impávida e serena enquanto as pessoas de quem temos medo formam alianças a conselho de um jornalista.

Harrison fez uma careta:

— E onde estão as provas? Não se faz justiça com meras especulações.

— Neste caso sim — redarguiu Deacon, simpaticamente. — Fez-se justiça no momento em que ela admitiu ter morto o James, e pode agradecer isso a Billy Blake. Foi ele que a convenceu a falar.

— Não me vai dizer que ela também o matou?

— Não. O Billy morreu de autonegligência.

— Como é que explica que o Nigel tenha dado o endereço dela ao Billy?

— Não deu. O Nigel esteve fora do país nas duas últimas semanas de Maio. — Lembrou-se da mulher azeda que, uns dias antes, despejara o saco com ele. — Foi a Fiona que explicou ao Billy como podia encontrar a Amanda.

Sabe Deus o ódio que eu lhe tenho... Ela deu cabo da minha vida... Divorciámo-nos por causa dela e agora ela matou-o... Sim, disse àquele velho vagabundo onde é que ela morava... Era doido de todo... Disse que era um instrumento de Deus... E depois pediu-me a morada dela... Se me ralei por estar a mandar um louco à procura dela?... Nadinha. Até achei piada... Ah, eu sempre soube onde ela estava e que apelido é que usava... Só se fosse doida é que não sabia...

Registou-se uma súbita actividade na água quando um mergulhador veio à superfície e, excitadamente, desatou a fazer gestos para os espectadores na margem. Harrison avançou com um grupo de agentes, deixando Deacon à vontade para atravessar a fenda de vinte metros que o separava de Amanda Powell. Observava-o a ele, não ao rio, e Deacon sentiu-se atraído por ela como na primeira vez em que a vira.

Interrogou-se muitas vezes por que não foi ao seu encontro.

Em vez disso, tornou a subir a encosta sem um único olhar para trás.

Lawrence Greenhill
23 Wharf Way
LONDON E14

22 de Janeiro de 1996

Caro Lawrence,
Que pode dizer-me acerca disto? Descobri-o, a noite passada, no seu diário.

Londres — 19 de Dezembro de 1949: Uma nova cliente, Mrs. P., viúva de guerra, veio hoje falar comigo para se aconselhar sobre a gravidez da filha de 13 anos. Deve tentar processar o homem em questão ou ficar calada pelo bem da filha? Com mais de 7 meses, a gravidez vai demasiado avançada para fazer um aborto — Santo Deus, a pobre da mulher achava que era obesidade infantil e fiquei cheio de pena dela. Recebeu GS em sua casa como um amigo. Ele tem 27, apenas cinco anos mais novo que ela, e sentiu-se lisonjeada pelas atenções dele. A sua confusão foi ainda maior pois certamente acalentava esperanças de vir a casar-se e ficou arrasada ao descobrir que ele estava mais interessado em seduzir-lhe a filha, V. Sugeri o silêncio e a adopção e dei-lhe a morada de um convento em Colchester no qual a filha pode recolher-se antes de o seu estado se tornar visível a amigos e professores. Quando chegar a altura, as freiras arranjar-lhe--ão uns pais adequados. <u>Mas esta noite estou em conflito comigo mesmo.</u> Em que espécie de mundo vivemos nós onde crianças inocentes, orfanizadas pela guerra, se tornam presas de monstros? Então um homem destes não devia ser julgado, ainda que à custa da manchada reputação da sua vítima?

O Terry diz que é o destino. Será? Ou será obra do seu Deus? Devia tê-lo posto <u>a si</u> no meio do meu gráfico e não o Billy Blake pois era <u>você</u> que tinha a solução para ambas as histórias. O Billy continuava à procura da verdade enquanto você sempre a soube.

O seu amigo de sempre,

Michael Deacon

P. S.: Segui o seu conselho e mandei o Barry para o pé da mãe dele depois de se embebedar três noites seguidas. A culpa é do Terry. Provoca o desgraçado sem dó nem piedade. Posto isto, não suporto mais declarações de amor!

O jovem empregado de mesa encolheu expressivamente os ombros e apontou, com a cabeça, para o vulto sentado à mesa da janela.

— Tem estado a chorar desde que aqui chegou — disse. — Não sei o que hei-de fazer. Não pede nada e não se vai embora.

O homem mais velho aproximou-se da mesa.

— Sente-se bem, Mrs. Metcalfe? Deseja alguma coisa?

Ela ergueu uns olhos marejados de lágrimas, fitou-o, e depois levantou-se tremulamente.

— Não — respondeu. — Estou óptima.

Enquanto ela se afastava, ele olhou para o jornal inglês que ela, ao chegar, tirara do expositor do hotel. Mas ficou na mesma depois de ler o cabeçalho da primeira página.

DNA confirma serem de James Streeter as ossadas no rio

Uma Parábola do Nosso Tempo

por Michael Deacon

A trágica história do suicídio de Verity Fenton e do subsequente desaparecimento de Peter Fenton é bem conhecida. Desconhecido até recentemente é o que aconteceu a Peter pois a verdade estava enterrada na campa de um suicida.

«**BILLY BLAKE** — falecido a 12 de Junho de 1995 por inanição». É o que diz a placa num crematório de Londres assinalando a morte de um sem-abrigo. Devia ler-se: «PETER FENTON, OBE. Nascido a 5 de Março de 1950 — falecido a 13 de Junho de 1995 de mortificação.»

Custa a crer como é que um homem como Peter Fenton, tão influente nos meios de Knightsbridge e dos Negócios Estrangeiros, pôde sair de sua casa e desaparecer sem deixar rasto a menos que se entenda a razão por que o fez. Na altura, deduziu-se que fugira e portanto as buscas concentraram-se no estrangeiro. O que nunca ocorreu a ninguém foi que escolhera a vida de penitente entregando-se à pobreza nas sarjetas de Londres.

Será de admirar que tenha conseguido desaparecer quando nenhum de nós presta muita atenção aos indigentes não vá o contacto visual tornar-se perigoso ou constrangedor?

Mas as transformações levam tempo e Peter, um homem de 38 anos, atraente e de cabelo escuro, ter-se-á mantido reconhecível durante semanas até a falta de higiene e uma alimentação insuficiente o reduzirem à figura esquelética de Billy Blake, bem conhecido da Polícia como farrapo humano de 60 anos e pregador de rua. Como pôde ele mudar tão radicalmente e em tão curto espaço de tempo? A resposta, creio eu, é que o choque do suicídio de Verity o destruiu. Já envelhecera ao ponto de não ser reconhecido quando entrou no mundo anónimo da mendicidade.

Poder-se-ia dizer que Peter Fenton morreu a 3 de Julho de 1988 quando saiu da residência familiar em Cadogan Square. Não tinha, seguramente, interesse nenhum em voltar a ser quem era: Peter Fenton, diplomata profissional, homem seguro e confiante com um intelecto invejável e sem vícios conhecidos. Por contraste, Billy Blake era um indivíduo torturado, que se deleitava com o sofrimento auto-infligido e pregava sobre a danação a quem quisesse escutá-lo. Era um alcoólico inveterado, ladrão e pedinte, mas esforçava-se, muitas vezes com graves consequências para si próprio, por proteger outros do mal que ele próprio fizera. A ironia é que Billy, indigente, era um bom homem e Peter Fenton, abastado, não era.

Peter era um assassino que veio a seduzir e casar com a mulher da sua vítima, Geoffrey Standish. Não pode haver dúvidas de que sabia exacta-

(continua)

mente quem Verity era quando fez amor com ela pela primeira vez pois, mesmo que Geoffrey Standish fosse um estranho quando Peter o matou, terá sabido pormenores a seu respeito, depois, através dos artigos dos jornais. Podemos especular que esse conhecimento tenha aumentado a atracção por Verity Fenton ou afirmar, numa perspectiva mais complacente, que Peter pura e simplesmente se apaixonou à primeira vista por uma mulher frágil e vulnerável cujo sofrimento às mãos do brutal primeiro marido deixara a sua marca indelével.

Era uma mulher pequenina e elegante, com enormes olhos tristes e claro que Peter não foi o primeiro a oferecer-lhe protecção. Era, porém, o mais jovem e Verity, após anos de maus tratos com Geoffrey, mais velho que ela catorze anos, viu segurança numa relação com um homem mais novo. Contudo, não se mostrou interessada em tornar público o seu amor por um rapazote. Existem provas de que não queria legalizar o romance com medo do que as pessoas pudessem dizer. Mas, embora tendo-se casado com Peter ainda com certas reservas, os seus receios quanto à incompatibilidade da união rapidamente se desvaneceram. O seu casamento foi descrito por amigos como «um idílio», «o maior amor desde Abelardo e Eloísa», «uma coisa linda de se ver», «tão forte que se aproxi-

mava da idolatria», «é difícil dizer qual deles adorava mais o outro».

Que situação trágica, portanto, quando ela, obcecada pelo amor de Peter, começou a ignorar os dois filhos que tivera de Geoffrey. Facilmente se entende porquê. Na altura do casamento, a filha, Marilyn, de vinte anos, estava na universidade e o filho, Anthony, de 14, num colégio interno. Já não era tão importante para eles e o seu papel como esposa de Peter levou-a para o estrangeiro.

«Pagavam-nos sempre as viagens de avião nas férias se quiséssemos ir» afirma Marilyn «mas não tinha piada nenhuma servir de pau-de-cabeleira durante semanas a fio. Isso ainda custava mais ao Anthony, por ser mais novo. Não que ele alguma vez tenha culpado o Peter por isso. Era com a mãe que ele se revoltava porque ela nunca fizera segredo do quanto odiara o nosso pai. Por fim, quando o Anthony apanhou uma depressão depois de a namorada o ter deixado, o ressentimento exacerbou-se e ele pôs o tal anúncio no *Times*. Sabia que a mãe o ia ler e queria arrancá-la à sua indiferença. Ambos ouvíramos os boatos de que ela tinha mandado matar o nosso pai e Anthony quis recordar-lhos. É que ele tinha apenas cinco anos em 1971 e nunca acreditou que Geoffrey fosse tão mau como todos diziam.»

Anthony Standish tinha 22 anos em 1988. Era um jovem triste, cuja depressão por causa de um namoro

(continua)

fracassado se confundiu com um ressentimento antigo face à frieza da mãe para com ele. O seu azedume ficou expresso no seguinte anúncio:

«**Geoffrey Standish**. Quem tiver alguma informação a respeito do assassínio de Geoffrey Standish, na A11 próximo de Newmarket, 10.03.71, favor escrever para a Caixa Postal 431.»

Anne Cattrell foi a primeira a avançar com a hipótese de Peter ter assassinado Geoffrey no seu artigo «A Verdade sobre Verity Fenton» (*Sunday Times*, 17 de Junho de 1990). Segundo ela, Peter e Verity poderão ter-se conhecido muito antes do que diziam e Peter foi o braço vingador de Verity. Não há como prová-lo mas existe um acervo de provas confirmando que Geoffrey e Peter tinham outra coisa em comum em 1971. O jogo.

Como Billy Blake, Peter confessou ter morto um homem e é lógico deduzir que esse homem fosse Geoffrey Standish. A penitência de Billy foi demasiado longa e demasiado tormentosa para que não exista uma relação entre a sua vítima e o suicídio de Verity. Mas, como Billy Blake, também pregava contra os perigos de uma raiva súbita e incontrolável que leva os homens a cometer actos de violência de que mais tarde se arrependem. O que poderá indicar que o homicídio de Geoffrey tenha sido resultado de uma raiva dessas, transformando-o num acto irreflectido e não premeditado.

Decorridos vinte e cinco anos, só podemos especular, mas amigos de Peter, dos tempos de faculdade, falam das suas «noitadas de jogo ilegal à sexta-feira numa casa particular algures em Cambridge» que lhe permitiam perseguir os seus objectivos de «dinheiro» e «boa vida». É muito possível que Geoffrey, que seguia para Huntingdon na sexta-feira, 9 de Março de 1971, tenha sabido de uma dessas sessões de jogo e resolvesse tomar parte depois de telefonar aos anfitriões a dizer que chegaria mais tarde. Igualmente possível é a eclosão de uma briga por causa de dinheiro que, tragicamente, acabou em morte.

Deve ter havido outras pessoas presentes que testemunharam o sucedido. Com efeito, Peter pode não ter sido o único envolvido no crime o que explica o bem sucedido disfarce de acidente de viação. O mais provável, talvez, é ter sido Geoffrey a atacar primeiro — a sua agressividade está bem documentada — o que ilibaria os outros participantes, pelo menos moralmente, da intenção de matar. Seja qual for a verdade, a decisão foi tomada de modo a proteger todos os envolvidos largando o corpo o mais longe possível da casa de jogo ilegal e fazendo com que a morte fosse atribuída a um caso de atropelamento e fuga.

Conquanto não exista qualquer prova que distinga esta teoria de qualquer uma das outras (a não ser, talvez, a inesperada decisão de Peter de dei-

(continua)

(continuação)

xar o jogo «a certa altura em 71», segundo os amigos) faz, porém, com que mais facilmente se entenda porque Verity pôde ter casado com Peter sem saber do crime. Pois, como argumentava Anne Cattrell no mesmo artigo, ter-se-á Verity suicidado por descobrir, casualmente, que casara com o assassino do seu primeiro marido? A resposta é que não se tratou de um acidente. Foi o próprio Peter quem lhe contou, durante uma acesa discussão entre Verity e Anthony depois de ter aparecido o anúncio no *Times*. «Eu acusei-a de ter morto o meu pai e quando ela desatou a chorar o Peter ficou furioso e disse que tinha sido *ele*. Sei que parece ridículo» afirma Anthony, agora «más não acreditei nele. Pensei que estava só a tentar acalmar os ânimos. Ele fazia sempre isso. De cada vez que ela e eu discutíamos por causa de qualquer coisa, o Peter assumia a culpa. Eu ficava danado com isso. Em muitos aspectos, a minha mãe era muito infantil. Parecia incapaz de assumir responsabilidades pelo que quer que fosse.

«Vivi, durante oito anos, com os remorsos dessa discussão. Devia ter esperado que o Peter voltasse dos Estados Unidos em vez de atacá-la no dia em que ele partiu. É um daqueles truísmos horríveis, em que só nos damos conta do quanto gostamos de uma pessoa quando a perdemos. Eu estava a sofrer imenso, depois de a minha namorada me ter deixado, mas não é desculpa para o que fiz. Nunca acreditei realmente que a minha mãe tivesse morto o meu pai mas quando ela se enforcou deduzi que o tinha feito e que, em consequência disso, o Peter a rejeitara. Sempre esperei que ele voltasse, um dia, por isso é que até hoje nunca tinha falado nisto.»

Mas se Verity não se enforcou por remorsos, então por que foi? Por súbita repugnância pelo homem que adorava? Num acesso de pânico por recear que o crime do marido viesse a descobrir-se agora que Anthony sabia a verdade? Qualquer das explicações pode ser a verdadeira mas nenhuma delas satisfaz. Apesar de toda a sua fragilidade, Verity era uma mulher forte. Suportara anos de maus tratos de Geoffrey e parece pouco provável que tenha sido a repugnância ou o pânico a levá-la ao suicídio.

Na minha perspectiva, foi algo infinitamente mais terrível que levou Verity a tal acto extremo. Um segredo que ela guardara durante quarenta anos e do qual tive conhecimento, por acaso, por um advogado que a mãe de Verity, Mrs. Isobel Parnell, consultou em 1949 a respeito do crime de sedução de Geoffrey Standish na pessoa da sua filha de 13 anos.

«Era uma história terrível» afirmou Lawrence Greenhill. «Isobel esperava ser ela a casar com Geoffrey e odiava Verity pelo desgosto que lhe causara.

(continua)

322

O bebé, um rapaz, foi dado para adopção e Verity enviada para um colégio interno. O lamentável é que ninguém se importou com o sofrimento de Verity. Num só gesto, Isobel despojara-a de filho, amante e mãe, e sabe-se lá a solidão que a pobre pequena terá sofrido. Analisando as coisas em retrospectiva, é óbvio que tenha querido desforrar-se de Isobel casando com o homem que destruíra as suas vidas. Como poderia uma adolescente perturbada distinguir o amor do desejo se a mulher que a amava a rejeitou e o homem que a seduziu continuava a persegui-la?»

Não existe, porém, nenhuma explicação simples para esta história. Peter não era o filho que Verity nunca mais vira, nem ela podia ter achado que fosse. Faz parte das atribuições do Registo Civil verificar tais anomalias antes de conceder licenças matrimoniais e não se levantaram tais questões na altura do casamento de Peter e Verity.

Racionalmente, Verity deve ter sabido que não havia nada de condenável na relação deles, apesar da intensidade do seu amor por Peter. Mas irracionalmente, sozinha no terrível silêncio da casa vazia depois da partida de Peter para os Estados Unidos, terá ela começado a matutar no amor desnatural que nutria pelo assassino do seu primeiro marido e também a questionar a legalidade dos documentos de adopção?

O seu bilhete de despedida fala de traições e é-se tentado a deduzir que, quando o escreveu, estivesse a pensar na própria mãe e no filho dado para adopção. Mas talvez uma explicação mais plausível seja que, finalmente, reconheceu que traíra todos, *até mesmo Peter*, pela incapacidade que tinha de expressar naturalmente o sentimento do amor. Pois é pouco provável que Peter tivesse sido forçado a denunciar-se a Anthony se Verity o amasse menos a ele e mais ao filho.

Como afirma Lawrence Greenhill, a verdadeira tragédia de Verity Fenton foi confundir amor com desejo. Não conseguia expressar correctamente o seu amor por Anthony porque desejo por um filho é ilegal, por isso optou por monopolizar na figura do filho-substituto, toda a paixão da sua natureza. Mas, analisando as consequências do crime confesso de Peter, sozinha e isolada em Cadogan Square, ter-lhe-á ocorrido que a sua adoração pelo homem que matara o pai de *todos* os seus filhos era a maior de todas as traições?

E decidiu matar-se por ter percebido que isso não fazia diferença nenhuma, e que, enquanto vivesse, ia desejar que aquele homem a possuísse — fosse ele assassino de um pai *ou* filho?

(Excertos tirados de ***Édipo***, de Michael Deacon, a ser editado pela Macmillan, 8 de Novembro de 1996.)

EPÍLOGO

O apartamento estava deserto quando Deacon chegou, pelo que ficou grato. Não se sentia com disposição para aturar a apatia canábica de Terry, depois da terceira discussão em três dias com o novo editor-chefe da *Street*.

Quem diria que ainda havia de lamentar a saída de JP?

— Os tempos mudam e os hábitos também, Mike — dissera JP no dia da partida. — Anódina é como eu classificaria a nova administração. Já não vais andar à cata de prostitutas, só de breves comunicados de políticos experientes.

— Com isso posso eu bem — replicou Deacon.

— Não tenhas assim tanta certeza disso — alertara JP, profeticamente. — Podes não ter concordado com as minhas ideias sobre o que dá uma boa reportagem mas sempre tiveste toda a liberdade para a escreveres como quisesses. — Pegou no artigo de Deacon sobre Peter Fenton, que estava em cima da secretária, e destacou as duas últimas páginas sobre o motivo por que Billy Blake morrera na garagem de Amanda Powell. — Posso garantir-te que estas últimas setecentas palavras não vão para a rotativa. Sei que queres dar a conhecer o porquê e a forma como o desgraçado morreu mas nem penses que os novos senhores vão correr o risco de serem processados, e muito menos por uma fulana em prisão preventiva. É demasiado controverso. Quase de certeza que infringe as leis do *segredo de justiça* e vai afectar o direito de Amanda a um julgamento justo pela morte do de Vriess. Já para não falar dos sarilhos que vais arranjar com a família dele acusando-o de múltiplas violações.

— Tu arriscarias?

324

— Claro. Argumentaria que a questão já não está em *segredo de justiça* porque Amanda não foi acusada do homicídio de James. — A sua expressão tornou-se ainda mais cínica. — E não vai ser, a menos que os forenses descubram uma causa da morte. É verdade que ela retirou a confissão?

Deacon acenou com a cabeça.

— Ora aí está mais uma razão para se publicar e, se por acaso conseguíssemos dar força a uma acusação, eu tirava logo partido do facto de ter sido graças aos nossos esforços que ela era condenada por *ambos* os homicídios em vez de se safar, impune, como parece estar a acontecer.

— E se a revista ficasse depenada com um processo de difamação escrita?

— Nós fizemos justiça, tanto em relação a ele *como* a esse sacana do de Vriess — redarguiu JP com uma casquinada. — Claro que foi por isso que eles correram comigo. Hoje em dia só interessam os lucros, e as consciências sociais, como a minha, saem caras.

Deacon premiu a tecla das «mensagens» do gravador de chamadas. «O Barry tornou a ser preso» disse a voz inexpressiva de Greg Harrison. «Desta feita por embriaguez e desacatos mesmo à nossa porta. A mãe já disse que não o quer mais lá em casa, por isso ele quer dar o seu endereço para o caso de sair sob caução. Vai ter de resolver isto, Mike. Ele diz que só se embebeda porque está apaixonado por si.» Uma breve pausa. *Para se rir?*, interrogou-se Deacon, amargamente. «Ligue-me quando puder.»

A seguir a de Lawrence. «Lamento muito, meu querido amigo. Já vi que o seu artigo foi cortado. Que desilusão, para si. Sei o quanto desejava provar que a vida do Billy teve um objectivo. Serve-lhe de consolação pensar nele como mentor do Terry? O certo é que, no fim, foi aí que residiu a verdadeira importância dele.»

Quando acabaram as mensagens, o vazio, no apartamento, começou a fazer-se sentir. A *Mulher em Camisa* de Picasso desaparecera, juntamente com o televisor e a aparelhagem que Terry transferira do quarto para a sala. O Big Ben e o búzio já não estavam na cornija da lareira e o *Aguerrido Téméraire* de Turner era apenas uma memória numa parede nua. Deacon foi à cozinha e inspeccionou a lata das bolachas. Tinha lá dentro um papel dobrado.

Viva, amigo. Acho que mereci o que tirei por ter aprendido a ler e a escrever. Além disso, é muito menos que as quinhentas que podia ter--lhe sacado no princípio. Dê cumprimentos meus ao Lawrence e a Mrs. D. São fixes. Você, também. Um dia faço-lhe uma visita. O seu amigo, Terry.

P. S.: Mande bugiar esse seu editor e dedique-se só aos livros. Faça o que gosta, amigo. Olhe, como o Billy costumava dizer: homem que morre acorrentado provavelmente merece-o.